LALILULE論

RADWIMPS主唱隨筆散文集

野田洋次郎

ラリルレ論

如果，有另一個自己存在。
我想我們一定處得不好。我也不想遇見他。
多一個像這樣的傢伙。我一直都覺得，毫無必要。
我也很討厭這麼想的自己。像是逃跑一樣很讓人討厭。
會想說：「你也好好喜歡一下自己啊。」

不過最近改變了。
總覺得，就算多了另一個自己，保持著喜歡他的狀態過活，好像不全然是件壞事。

因為我確實地喜歡現在的自己。確實地。
只是因為太清楚自己討人厭的地方所以感到痛苦，但是也確切知道自己的優點。
也就是說，非常討厭，不過也非常喜歡。
俯瞰這個宇宙，站在喜歡和討厭兩端的人就是我。

說不定，我最愛的人，
就是會拉起這兩個人的手，牽在一起，
說著「來，要好好相處喔」的人吧。
然後我也像他一樣，是會把那人心中對立的兩隻手牽起來的人。

二〇一四年三月十六日（日）

這是一年前的我。我似乎，思考著這樣的事。有生以來第一次連續寫了三天的日記。然後有生以來，第一次稍微理解了寫日記的意義。一年前的我，比想像中還像陌生人。他思考著現在的我不會想的事。用「初次見面」的表情對我訴說。他懷抱著跟現在的我所抱持完全不同的苦惱拚命地生活，並帶給我新的發現。我比想像中更不了解自己，也不記得自己。

這本書是從二〇一四年二月到七月，長達半年的紀錄。這段期間，我所屬的樂團RADWIMPS經歷了至今最長期間的巡迴演唱會。總計四十四場演出，約有二十二萬人進場。踏上未曾謀面的土地、進入會場、彩排、正式演出，然後品嘗當地的食物、散步、就寢，隔天又啟程前往不同的地方。再與明明只待了一晚，但比初來乍到時更加親近的土地告別。這樣的半年。

說到巡迴期間的搖滾樂團，多數人的想像可能會是光鮮亮麗的世界。我自己，剛開始玩樂團的時候也一直這麼覺得。

來自西歐那邊各個外國樂團的傳聞。蜜月套房，房間弄得一團亂，從窗戶丟出來的電視、狂熱歌迷、嗑藥、豪華料理、稀鬆平常地晚一小時開唱、不時會延期。這是只有搖滾樂團才被允許的特權。

但是這本書不是。這是本在離前述內容最遙遠的地方寫下的書。空無一人的房間、加溼器、便當、不受控的電腦、葛根湯、大量的時間、浴缸裡的熱水、寂靜——到甚至讓人害怕是不是一輩子回不來了——

這一切，都是為了演出的那兩小時而存在的。為了它而剩下的二十二個小時。並不是受誰所託，而是那就是我最大的冀望。我們是音樂人。找不到比做一場好的演出，更想要做的事。

就這樣，在巡迴演出中這段會在人生中接觸到最多人，同時也是一個人度過的時間最長，非常扭曲的時期，這本書被寫了出來。

有時是為了填滿獨自一人的時間，有時是為了不忘記那些過於可愛珍貴的瞬間，有時是為了自問自答，有時是為了了解自己的成長，而想把那些都記錄下來。不知不覺間，內容朝著自己的童年、在美國的生活、家人、朋友、話語等，各種方向延伸開來了。而我也無意間樂於這趟腦內旅行。

有寫日期的文章是日記的部分。然後另外用粗體字寫的文章，是在正好巡迴一年後，重新讀過這份日記時新想到的事，補足、對照、衍生寫下的文章。超越時空的兩人在這本書當中相會。

基本上是日記的書寫形式——巡迴中，演出時間以外多是重複一樣的事——所以也會有一些很平淡無趣的場面吧。碰上的話請隨意跳過。

包含雜亂、混沌、平穩、矛盾、放棄、渴望、焦躁、幸福、升天，etc.。充斥在這星球各個角落，甚至讓人愕然的情感，那些的集合體就是我。

二〇一五年三月十六日

2014年2月5日

想要寫日記。毫無來由地。

可能可以持續寫下去，也可能會膩。但我想寫。

巡迴首日在高崎 club FLEEZ。是場很棒的演出。是的，大家都這麼說。我應該也是第一次體驗到這麼有充實感的巡迴首日。它就是這麼棒。想一想，這是我們睽違三年在 LIVE HOUSE 的演出。還是我們第一次到訪的地方。站上舞臺的瞬間就很新鮮，令人雀躍。腦袋前所未有地冷靜，心情則是未曾有過地熱血。只覺得可以做出一場很棒的表演，有種能飛天的確信。聽說高崎是搖滾樂的發源地呢。果不其然氛圍非常熱烈。謝謝啊，大家。

這次巡迴一定會非常精采啊，我想。從大家身上得到了這樣的感覺。

謝謝。一定會和不倒翁[註一]一起，跑完這次巡迴的。

在讀這份日記的過程中，RADWIMPS 的團員會多次登場。他們是我的生活裡不可或缺的存在。首先簡單介紹一下，在這半年間跟我可說是肩負共同命運的三人。

首先是桑原彰。我們樂團的吉他手。算算也認識了十五年，已經占了一半的人生了啊。

身材微圓。最近公然宣稱這是「個性」，還變得真有骨氣。真想給七年前拚命減重穿上貼身內搭褲，找他去吃飯也一臉正經說「已經超過六點了我沒辦法進食啦」的那個桑，看看他現在的樣子。跟他說：「沒用啦。」

跟他初次見面是在升上高中一年級的四月。當時桑原和同一間國中的同學為了要參加國中的畢業表演所以組了個樂團。我和那個樂團的團員之一是朋友（光是這部分又是長篇故事了容我割愛），我跟他說我也在玩音樂，他說：「讓我聽聽看。」我就在他家自彈自唱了綠洲樂團[註二]的歌。

沒想到那傢伙瞞著我偷偷打電話給其他團員，讓他們聽了我的歌聲。他說你歌唱得很好耶、大家也都聽到了喔，還在驚慌失措的狀態下我就這樣加入了樂團。我從小學開始就都一個人唱歌，所以這個邀約讓我滿開心的。

桑原是那個樂團初期成員當中最不顯眼的。長得小隻、又胖胖的、家教很好、是會禮讓周遭他人的類型。可能也是因為包含我在內的其他成員都是個性鮮明的人吧。

主吉他的Y因為高中時飲酒被抓過好幾次，這就算了，還因為騎機車出車禍重傷需要休養三個月而缺席演出。那時候我們也沒辦法，只能在少一個人的狀態下表演。

鼓手的S則是將熱誠投入了考取證照。他誇口以後要考到直升機的駕照，然後在美國做灑農藥的工作。當時大家是這麼想的：「那你幹麼玩樂團？」（但我們也不敢直接說）。

貝斯的A則是到二十三歲還在讀高中，是個怪人這點不需要多做說明。他是個虔誠的基督徒，而且是騎機車之前、正式演出前，不管什麼時候都不忘對耶穌禱告的大好人。因為他常常說一些小謊，所以儘管他說了很多次「我們家是有九個小孩的十一人家族」，團員誰都沒有相信，就笑說他又亂講了啊。（後來掀起了美魔女風潮，電視上播了個有很多小孩的美女媽媽特集，A全家人都上了節目。電視畫面上滿面笑容的A。原來真的是十一人家族啊。抱歉啊，A。）

就是在這些如此個性破天荒的初期成員中，桑原是最保守、最值得信賴、最正經的人物。

包含我在內，幾個散漫的成員練團都會輪流遲到。而他總是會最先到練團室，然後對其他人說教。（現在最常遲到的則是桑原〈比起我的話〉。人是會變的啊，真感慨。）

沒錢的我時常跟他借租練團室的錢。我都說，等我紅了會還你的。我問桑原：「你也沒什麼打工怎麼會有錢啊？」，他說：「因為我親戚多，拿了很多紅包。」我想純粹是個有錢人的家庭。

不過他在演奏層面上看不太出個性，總有種桑的吉他埋沒在大家音色中的印象。他的愛將是在夏威夷買的紅色Les Paul Junior。再加上BOSS的OverDrive效果器就是他的風格。我每次都跟他說：「音色聽起來很單薄耶，你也買把別的吉他啦。」他卻頑固堅持、不肯讓步。他說：「我就是要用這個音色。」結果第一張專輯[註三]好像就是只用那把吉他錄的吧。出道之後他還反過來跟我道歉，說：「抱

歉，現在聽起來覺得那個音色實在是太俗了。真搞不懂當初想什麼。」沒問題的，我也不懂。

他在高中二年級的尾聲，突然從高中退學了。

在那時候的前一年，我們在樂團全國大賽得到優勝似乎是這個抉擇的所有原因。當時他領悟到了——「這個樂團就是我的人生。我是為了玩這個樂團而生的。」他想。

當時的公司社長和我為了他騰出時間，花了五個小時左右拚命說服他。我們真切地對這位不諳世面、不把眼光放遠的年輕人，講述世道的嚴峻和讀高中的意義。就算不用功讀書、朋友不有趣也沒關係啊。總是會在上學的時候找到什麼的。只不過是在業餘樂團大賽得到優勝，又不是要跟主流唱片公司簽約，也還沒開始領薪水，這個階段就不去上學，說什麼都是急過頭了。他很認真地聽我們講。看到他深深點頭的我們總算安了心，那天就這樣跟他道別了。

隔天，他退學了。

我也不打算再跟他說什麼了。覺得有點煩了。就，有點，嗯。

不過後來到我上了大學之後，持續一起玩團的也是桑原。那是因為我知道他已經什麼都不剩了。我不想要被他記恨，然後多年後突然在街上遇刺。從結論看來，他那次捨身奮力一躍算是成功。

桑原，你現在還懷抱著，當時對音樂的渴求和對吉他的熱誠嗎？

接著是武田祐介。是位特別喜歡擊弦[註四]和使用多弦貝斯（弦數較多的貝斯。

一般貝斯是四弦。他主要是用五弦、六弦）的貝斯手。有段時期他還打算買七弦貝斯，當時團員們拚命説服他才沒有下手。

我們跟他説：「不需要喔。」

他很喜歡機械類的東西，遊戲、空氣槍等等。是我們裡面最具有阿宅屬性的人。買回家的音響機器，要裝的時候全都會麻煩武田弄。只要大概講一下要需求，他就會帶著笑臉，看起來很開心地處理。

和他認識是在十八歲的時候。進了大學，最一開始是桑原帶了智史來。只有貝斯手到最後都定不下來，我們還辦了好幾次甄選結果都找不到人。後來是智史説他音樂大學的學弟有個不錯的人選，而他找來的就是武田。

當時的他纏著頭巾，腰上綁著方巾，用看起來有點像阿拉伯人的造型拍擊貝斯的弦，樹立了獨自的演奏風格。

身高不高、相當帥氣，十分純熟於「讓人著迷」技能的武田，讓我們陷入了他所釋放的絕技裡，於是拜託了他加入樂團。

武田剛開始和我講話都很緊張。這持續了、可能有好幾年吧。是位很纖細的男子。我也敏感地察覺到了這點，所以有段時間不知道該怎麼和他接觸才好。現在我仍然不懂當時武田的心情啊，是因為後來才加入所以很緊張嗎？還是因為我長得太大隻很恐怖？

他是三兄弟中的老么。和兄長們的關係好像不算太好，所以不太提家裡的事。是團員裡面最純真的人。我覺得現在武田跟我兩人想盡辦法要鼓勵心靈脆弱的桑原和智史的這種場面好像變多了。是個很可靠的人。

對剛加入樂團的武田印象一言以蔽之就是大胃王。纖細的身材卻有出乎意料的飯量。當時我們團才剛起步，雖然說簽了間地下唱片公司但薪水是每個月一萬五千日圓。幾乎等於沒有。錄音和巡迴期間吃飯都是公司老闆請的，所以能吃回多少本錢是重點。

我們團員都算滿能吃的，但武田的飯量可稱為異常。連其他人的份也會吃掉。隔壁人的也吃，連桌子對面盤子裡的都吃。他的口頭禪是：「這個你不吃嗎？」現在回想起來也覺得很好笑。

後來吃飯時間團員間就開始私下角力。坐下位子的時候大家都會有些不安定的動作出現。理由僅此一個，「不想坐武田隔壁。」就只因為這樣。

在武田面前吃飯，他就會馬上說出那句話。是的，就是那句：「這個你不吃嗎？」

明明只是想要細細品嘗，但是被這麼說就會有種壓迫感而讓給他吃。而且看著總是單手拿著大碗白飯，凶猛獵取配菜的武田根本沒辦法靜下心吃飯。所以特別是在我跟桑之間，為此產生激烈的角力。

某次有個機會，和武田的媽媽見面後和她說過這件事。讓人驚訝的是她回說祐介在家裡都不太吃，引起團員全體震驚。是不喜歡媽媽的料理嗎？還是在家裡性格不一樣？我們心中出現了各式各樣的臆測。雖然不知道哪個才是正解，但我有個最可能的假說。武田家有三個小孩，全都是男孩子，他又是老么，一定很吵鬧吧。我想他可能有過在用餐時被兩位哥哥搶飯的經驗。說不定因為當時的經驗，造就了他現在用餐時基本上都是正座，左手總是捧著飯碗，身體些微前傾的攻擊姿態。

我和桑家裡都是兩兄弟，智史家是四個小孩，但除了智史以外都是女孩子。都沒有那種會奪取自己獵物的天敵在身邊。這麼想的話就覺得武田滿可愛的。「多吃點啊武田，你肚子一定很餓吧，多吃點，我的份也給你吃。」會有種這樣的心情。（我先說這全部都是我的推測）

在那之後過了十年。我們即將步入中年，飯量大減了。武田也變得只能吃下一般人吃的量了。不過，能夠和平用餐很可喜可賀。

不僅是飯量，團員中最會喝酒的也是武田。很強。其他三位完全沒有什麼回家之後一定會開啤酒喝的習慣，但武田似乎有這種頗像是日本男子的部分。

我做出跑完巡迴之前要禁酒的宣言時，武田也是趁勢跟著我一起禁酒了呢。因為我只有偶爾會喝所以也不算是太痛苦，不過武田看起來是真的很想喝。

在巡迴結束後，他帶著十分幸福的表情喝了酒。喝酒時的武田看起來最幸福了。

最後是智史。智史雖然跟我同年但大我一屆。他在我們以RADWIMPS之名參加的全國樂團大賽上，已經以別團團員的身分出場了。那樂團叫做「WOKASHI[1]。」雖然當時就這麼覺得，但現在回想起來依然是個滿微妙的樂團名。在舉辦決賽的橫濱體育館裡，我們是壓軸、「WOKASHI」是開場。他們是金

1 譯註：「WOKASHI」從日文翻譯過來為「零食」。

屬搖滾樂團。智史頂著那張溫和的臉踩著雙踏[註五]，樂團不知為何，是用失戀題材的曲子嘶吼這種獨特路線和大家一決勝負的。後來智史回顧這段往事說，「是為了炒熱大會氣氛才被選為開場。」但要說演奏和技巧都是RAD所無法比擬的高超，反倒是我們比出場的所有樂團都還要差。這點其他樂團也都認同。

在那場大賽後我們也沒什麼聯絡。不過幾年後，桑原偶然在街上發現正在發面紙的智史，我們後來找鼓手時，才因為那次再會而找他加入，是段不可思議的緣分。

當時的智史雖然進入了音樂大學，卻都不太去學校而是花時間打麻將和打工，過著墮落的生活。聽說接到雖然是地下樂團但在橫濱還算有點名氣的我們邀約，問他要不要加入樂團時，智史好像很興高采烈。

「我真的是，把命都賭在這個樂團上了。請讓我加入。真的，我會努力的。」在新橫濱的 First Kitchen 和他碰面的桑和我兩個人都被他的直率所感動。

在那之後過了幾個月，武田正式加入後，我們也定下了彩排和演出。我們很器重身為年長者的智史，智史也對此有所自覺。當我們自然而然討論到「團長應該是智史吧」的話題時，他也是相當冷靜地說：「我認為我還沒被這個樂團正式認可。接下來就是看我努力的程度了。說真的，現在可不是什麼交女朋友的時候，我會全賭在這樂團上。」這些話聽起來很可靠。

結果由這四位團員所進行的第一場演出慘不忍睹。在橫濱的 Club 24 West。因為我要考大學所以停止了活動，後續加入新成員，久違的RAD復活演出吸引了不少觀眾，但那是場根本無法回應他們期待的演出。一同感到失落的團員，意志消沉。但仍要對參與的工作人員們表達謝意，姑且仍在那個 LIVE HOUSE 裡舉辦了慶功宴。桑、武田不甘心地談論著各自的反省點。我也把內心不中用的心情告訴了他們兩個，更重要的是充滿危機感。

我自己有著是我把他們兩個拉下水的責任在。這樣下去不行。我想寫出好的曲子。要拚死命做音樂。要寫出誰也寫不出來的歌，成為一個現場演出精采的樂團。重新有了這樣的想法。

忽然看向四周。沒有智史的身影。我也想和智史分享這份心情。對了，他賭在這場演出上的意念比誰都強烈。還沒被認可為RAD的一員，只有這種程度的話是不行的。「沒臉見大家」，他一定會像這樣感到自責。說不定還躲在廁所裡哭。我們團員三人，在 LIVE HOUSE 裡分頭找他。然後終於被我們找到了，他待在休息室裡。但看起來不太對勁。

休息室裡還有另外一個，女孩子。是今天來看表演的觀眾，還是武田的青梅竹馬。兩位看起來有說有笑很開心。距離好近。非常近。一點都沒有我們能介入的空隙。就在武田打算跟他們搭話而踏入休息室一步的瞬間，來了一句衝擊的話語。

「喂，滾去旁邊啦。」（用手背做出「去去」的動作。）

如此壓抑憤怒的武田，至今為止我也只看過當時那麼一次。那天的武田真的怒氣沖天。我和桑雖然笑著但心裡默默想：「唉，又要找下一個鼓手了啊。」

不過就結論而言，在休息室和他打情罵俏的對象就是他現在的老婆，所以是個專情的男子。很有男子氣概。

智史是個率直到底的人。囂張起來不可一世，失落的時候也是比誰都還要失落。我不爽次數最多、惹哭次數最多、受到他的話鼓勵最多次的人應該都是智史。

不過智史變了。真的。雖然他現在還是很純粹，覺得這人很不成熟又拿他沒辦法的地方也很多。很少有機會能近距離看一個人的變遷。他變得越來越可靠、越來越有男子氣概。就成長而言，在四人當中改變最多的就是智史吧。接下來也很看重你喔。

註釋

註一　聽說高崎是不倒翁的名產地。演出前我們收到了歌迷們送來寫滿留言的不倒翁。那天安可上我們為祂畫上單邊眼睛，也答應了歌迷在巡迴跑完時要畫上另外一隻。那之後我們都一定會把祂擺在每個會場的休息室裡，然後把祂當守護神一樣膜拜。

註二　我國中時認識的英國搖滾樂團。是讓我對樂團懷抱憧憬的樂團。自從國中籃球社的朋友菅推薦我聽了之後，我就買了樂譜幾乎天天在家自彈自唱他們的歌。

註三　「RADWIMPS」。高中三年級時發行的，我們的第一張專輯。高中二年級的最後春假，我們一邊在埼玉合宿一邊錄音。原點。

註四　用手指勾弦的演奏方法，會出現「唄！」的聲音。我們的《「阿彌陀佛（おしゃかしゃま）」》這首歌裡用了滿多這個奏法。

註五　鼓的演奏方法。用兩腳啪噠啪噠地踩大鼓。有粗獷感。

2月6日

移動日。我們中午離開高崎，兩個多小時後抵達宇都宮。

巴士裡基本上有團員、技師（樂器組）、音響組、燈光組、舞臺導演組、製作組、各個經紀人等主要工作人員，約三十人同坐一輛車。

巴士的司機是個奇怪的人。我想我們大概是被找碴了。被挑了一些很無謂的小麻煩。是碰到了什麼事嗎？在家遇到討厭的事之類的，或是有什麼無法紓解的壓力。這種事你跟我們說就好了嘛，不用這麼拐彎抹角地表現。

我們在休息站忍著不吃東西，去了我朋友推薦的餃子店「正嗣」。離車站有段距離，因此我們租了車去。因為已經下午四點了所以肚子很餓。大家一起吃了煎餃套餐和水餃。比預期中還要順口不油膩。跟想像的不太一樣但非常好吃。

晚上，因為有點餓打算去趟超商，結果在路上遇到了桑和武田還有智史。他們三個也說餓了正要去吃拉麵。雖然說我們午餐是同時間吃的，但沒想到會四個人同時肚子餓。真不愧是樂團。總覺得滿高興的。不過這個時間吃拉麵……我還是算了。隔天聽他們說很好吃呢。太好了太好了。

2月7日

剛才抵達了甲府的飯店。

今天本來預計在宇都宮演出結束後回東京的自家住一晚。我果然還是喜歡家裡。不過看到明天的大雪預報，經紀人塚原[註一]從演出開始前就慌慌張張的。正是希望今天晚上就這樣移動到後天甲府會場的小塚，和堅持「不要，今天絕對要回家裡睡」的我。

但沒過多久，新幹線就公布明天預計要搭的班次停駛的消息，我只好忍痛放棄。回到東京後，我在家用十分鐘換了一個大一號的行李箱，把厚外套塞進裡面，然後換上一條比較花的圍巾就匆忙出門。每位團員臉上都是失望的表情。是吧，果然還是家裡比較好吧。如果要睡的話。

坐兩個小時多一點的車抵達了甲府。抵達的瞬間就開始飄起雪，經紀人塚原看起來很滿意。如同想像畫面的得意表情。從那個表情裡彷彿可以聽見「你看，我就說吧」的聲音。

嗯，就跟你說得一模一樣喔。這次巡迴，也麻煩你囉。

今天演出的事。

在我眼前的是對情侶。看起來就是來約會的，讓我有點不自在，不過演出很開心。「我和在RAD演唱會上認識的男友結婚了喔」、「我和兒子一起來看的」這些迴響，讓我覺得很高興呢。媽媽很漂亮呢。其中一位兒子長得很高大呢。會讓我單純地感受到玩樂團的價值。LIVE HOUSE 就是這點很棒呢。說實話，我們對體育場或是 LIVE HOUSE 規模並沒有太在意，比如哪種規模比較怎樣或是比較好之類的。體育場規模的話沒辦法看得太清楚，像是每一滴汗，或是每一道聲音。這部分我主要會在 LIVE HOUSE 場上盡量感受，畢竟機會難得。

才第二場。接下來的場次沒問題嗎？心情上，還有體力上，感覺有一部分得依靠觀眾才行呢。但是還想要繼續高亢下去。演唱會雖然是在既定的空間內舉行，但我想要超越框架局限。該怎麼說，如果一切突然都照預料中進行我反而會沒有幹勁。好擔心。

希望大家真的能樂在其中。我也會盡全力回應大家的。回應。回擊。以多幾萬倍的意念。

只是如果毫無反應的話，我也沒有辦法回應任何東西。

拜託了，大家。我在心中這麼祈望著。

註釋

註一　林林總總也當了我們快八年的總經紀人。討厭青菜，不過三十五歲後開始慢慢改善。前年結婚。是育有一子的爸爸。最近成功戒菸，會自豪地跟我們分享這件事。

2月8日

漫～～長～～的休息日。街上下著大雪。

看新聞說明天的甲府，還有下一個巡迴地點松本達到了本州最大的積雪量。「呼風喚雨的樂團」聽起來就很老氣又俗。不過因為是事實，也只能盡全力表演了。我們是極端的雨男、雪男。

東京聽說也是睽違了五十年的積雪，要前置作業[註一]的工作人員似乎也因為電車停駛而無法前來。我們就是怕這樣所以才提前準備，但如果工作人員來不了的話還是開不了演唱會啊。團員一定也這麼想。但大家都刻意不提這件事。

窩在飯店房間一整天，看了電影、確認了放著不管的工作相關影像、吃脆薯棒。本來想泡個澡但作罷、放空看雪、回想起以前跟雪有關的丟臉記憶、晚餐吃了田島[註二]買回來的小七關東煮、看個連續劇、想說再去泡個澡卻還是算了。然後一下子就晚上了。

《離婚萬歲》，是部精采的連續劇。感覺像是俯瞰著自己的害臊和焦躁，不過又很引人入勝。

好，來去洗澡吧。希望明天可以順利開唱。

還有，希望這份日記不要只有三分鐘熱度能長久寫下去。

洗完澡了。

*

總覺得能繼續把這份日記寫下去。家裡桌子抽屜裡擺著的日記本寫下的第一頁和下一頁之間，隨便都空了快一年半。希望很多人都是這樣。

沒有定個期限、沒有出口的目標很難達成呢。和人的一生一樣。

這份日記，是有定好終點的。這麼一想就會覺得很珍貴。半年的長期巡迴，就只有半年啊，會這麼想。足夠產生出把我平常的積極態度全部搜集起來也集不到的正向心情。是的，我就是這麼捉摸不定。加油啊。期待自己能做到。

半夜突然想打電話給誰的時候、想打到不行但無可奈何的時候、快要被寂寞壓垮的時候，首先寫在這份日記上好了。

雖然RADWIMPS很喜歡彩排，但這次是超乎以往的彩排量。也是因為和過去的巡迴有所不同吧。比以往更上一層、更有一番、多了一張（哪方面的一張），各首曲子就像是自己的所屬物一樣。從巡迴前開始。在彩排期間就夢過好幾次在正式演出上失敗的夢。然後隔天又繼續練習，反覆這個過程。這裡要敲木琴、這裡要用肌電[註三]裝置、這裡彈吉他，接下來彈鋼琴，等等。

巡迴前，至少一次，多的時候大概會夢到三次，演出了最糟的現場表演的夢。歌詞完全忘記，或是演奏完全對不上的夢。途中觀眾一個接一個地離席，想要挽回局勢而拚命努力，結果觀眾席只剩下五個人呆站著並空虛地看向我。一夢到這裡就會醒過來。當然因為是夢所以和現實有所差距，但也正因如此才覺得恐怖。

站在眾人面前做些什麼時的恐怖一直存在。那個夢境是濃縮過後的意識嗎？但我覺得在看過那樣的夢之後，才能做出更好的表演呢。就只是，覺得而已。

註譯

註一　前一天就先抵達會場附近的意思。業界用語。

註二　另一位經紀人田島。出身於廣島。皮膚白皙、身材纖細。是家中三個孩子裡中間的那個。可靠到不像是只小我們一歲。是位問他：「在人生盡頭想吃什麼？」會回答你「醃梅乾」的男子。

註三　將電極導片裝在身上，透過肌肉動作發出聲音的機械。詳細請看演唱會[2]影像。

2 譯註：演唱會名《RADWIMPS LIVE&DOCCUMENT 2014 × 與○與你》。

啊、
真是顆沒用的心臟啊，好討厭。

2月10日

結束了甲府場回到東京。在東京待了約十五個小時，再坐上特快梓二十五號路經甲府，抵達長野的松本。啊，只有我沒趕上車所以一個人晚到。不好意思，真的是待在家發呆，就到了該坐車的時間了。我有反省。

看到梓二十五號的文字想起了〈梓二號〉這首歌。是一個叫做狩人的兄弟雙人組所唱的。以前過年一定會上電視唱這首歌的，但最近不怎麼看到了呢。

「八點準時的～～梓二號～～我啊我啊～～要從你身邊啟程。」我很喜歡這段旋律。這麼說來日文歌裡好像滿多這種分手方式的，最近很少聽到這種感覺呢。是因為現在是用簡訊或電話說分手的時代嗎？我也曾經有一次是被傳簡訊分手的。本來已經約好今天要見面結果因為一點誤會，就這樣分了。早上還聊著天晚上就說再見。真是不懂。充滿了不明白的事。滿厲害的呢。

我還寧願當個舊時代的人。在這點上。

那麼要從哪裡開始說起呢，甲府的演出非常開心。這次LIVE HOUSE部分是以「要去還沒怎麼去過的地方」為發想而安排的行程，所以多是初次造訪的地方，和很久沒去的地方，不過很有趣。

山梨離東京很近所以不覺得很有距離，不過當地人應該會覺得離很遠吧。可以感受到他們飢渴的心情。大家可說是相當喧鬧。我光講句話，臺下就停不下來了呢。有點能明白國中時期班導師的心情。學生完全沒聽他講話的老師的那個感覺。

不過大家的愛都傳達過來了覺得很幸福喔。哼哼。

果然我就是個收到什麼就會想回應的個性。好的也是不好的也是。深深感覺到自己沒辦法只當被動接收的一方呢。總覺得會很不自在，或該說我不管何時何地都尋找著能讓自己拚命努力的理由吧。沒有什麼是比那個「理由」就在我面前，更加幸福的事了。其他團員看起來都閃閃發光呢。

觀眾也比任何時候都耀眼。耀眼到，一個很不得了的程度。站在最前排的那個人說他二十四歲有兩個小孩呢。好帥啊。他說 LIVE HOUSE 隔壁的麥當勞很好吃呢。麥當勞不同分店的味道會差這麼多嗎？最後三首歌才勉強趕上的他，有好好享受其中嗎？想說機會難得在安可時多唱了幾首，但光這樣應該也還不夠吧。抱歉啊。謝謝。都是雪害的。聽說他從新宿搭車趕來，結果因為誤點晚了一個半小時。

工作人員也是被雪耽誤了好不容易到達，我們才得以順利地演出。載著周邊的車整晚塞在高速公路上，到不了，所以沒辦法賣周邊。只好再另尋機會販賣周邊，讓大家能好好選購。

演出結束後回到東京，寂寥一瞬間席捲而來。這個餘震好可怕啊。至少還要持續四十次以上。壓倒性的寂寞。畢竟本來身處在如此幸福、歡騰的空間裡。想和人見面。會這麼想。但是又沒有，想見的人，只好一個人，睡覺。

回到家人身邊的大家。覺得對此感到欣羨的自己好丟臉。自己不足的東西。自己的弱點。自己為什麼會像現在隻身一人，我愁悶地思考著。

好難過。

心裡也是有一些底啦。我沒這麼笨。

我的「普通」，和旁人的「普通」不一樣。我的「理所當然」是他人的「極端」。被說過無數次了。不過大家不都如此嗎？沒辦法。但不是說句沒辦法就能解決。這就是，人跟人的一切。偶爾和價值觀相近到奇蹟般程度的人聊天，會覺得很高興。然後，發現一直相信跟自己很接近的人其實近乎絕望的不同時，那種悲傷也很不得了。這是，最可怕的。在有生之年當中。

沒辦法和會將自己寶貝的東西隨意丟進垃圾桶的人在一起。

這也是當然的。

我不想放棄，那些對我而言很重要的東西啊。

不然活著就沒意義了啊。

我一個人晚到長野，所以和大家分頭吃飯。我和田島（比團員穿著打扮更像玩樂團的，所以偶爾會出現去廣播電臺時對方先跟田島介紹休息室，我們再跟著他過去的珍稀現象）兩個人。今天的第一餐。隨意踏進的居酒屋很不錯。最後吃了蕎麥麵，非常美味。但說到底，還是因為邊望著白雪紛飛邊吃，所以才感到格外美好吧。一定是這樣的。就算在東京吃一樣的東西也會是這種感覺吧。我很常碰到這種現象。這現象，在巡迴當中應該會有好幾十次吧。吃沖繩的海葡萄、喝奧利恩啤酒，或是吃博多的內臟鍋時都會這麼想吧。一定會體會到很多次的乾脆幫它取個名字好了，這個感受。

「當地產銷魔法。」太拗口了。味覺不單只是味道，簡稱「味不單」。沒辦法傳達意思啊。正因為在這裡吃，別名「正因在這吃」。這個好。發音跟廣告上的「轉未素[3]」很像呢。

＊

痛苦到睡不著。好痛苦。
內心，刺痛著。

平常的視野大概是一百八十度左右
我內心世界的視野現在只剩十度左右
痛苦的時候只看得到痛苦的部分
困在那裡　單單不停跳動

不過，如果能看到內心溫和的景色
瞬間就會改變　那裡，是該往那裡喔

啊
真是顆沒用的心臟啊　好討厭

3 譯註：整句廣告詞是「未来に化ける新素材」，意指轉化為未來的新素材。

2月11日24：20

演出結束後吃過飯，回到飯店洗過澡的現在。今天也是場非常棒的演出。初次造訪的松本。白雪之中的松本。十分耀眼喔，大家。都展露出很好看的表情。收穫了很多。

今天也問了臺下果真八成左右都是十幾歲的觀眾呢。這麼一想就會覺得不能說些不負責任的話啊，像是我都蹺課之類的。畢竟大家多數都是明天還要上課的人。單單只是蹺課，也沒什麼帥的。那之後我的說明有好好傳達出去嗎？

叫大家要念書的那部分。不用得到誰的認可沒有關係，既然都得到了這樣的腦袋就好好運用啊。不然太浪費了。離保存期限還有很久，冰箱裡還剩下大半罐的果汁你也不會丟吧？跟這個一樣啊。據說不管再怎麼努力我們能運用的大腦就只有百分之幾而已。聽起來很難過。但既然這樣就想要盡其所能，把它發揮到極限思考一些很厲害的事。單憑這顆腦袋，能夠想出多少這個世界上還沒有任～～何人想過的事才算是真正的輸贏。

啊，今天慶功宴的場地是我昨天吃飯的地方。哈哈。

昨天才跟田島說：「這裡當成明天慶功的場地也很適合呢～～這裡這麼好吃。」就成真了。

關於青春期。

仔細想想這是件很弔詭的事。我們要在人生中精力、食欲、睡眠欲、活力、體力、智力、好奇心、叛逆心、猜疑心、絕望，這所有的要素達到最高境界並互相交會的狀況，如此奇蹟般的「十多歲」時期，被強迫進行用功讀書這件最不適合的作業。可說是天大難題、近乎不可能的。

不知道其他人是怎麼樣但就我經驗而言，過了二十幾歲中段就算心有不甘還是能夠在這些衝動中維持平衡。為什麼我們在那個時期必須學習呢？至今我仍懷抱著莫大疑問。

就證據而言你可以看到相當多的人過了二十幾歲才說：「現在想讀大學。」或是：「如果是現在就會想要積極上進地念書。」十幾歲的時候要把那些滿溢而出的欲望凝縮成一點，並以念書做為解放。當然沒有這種如同魔貫光殺砲一樣的技能，而是趨向墮落。這就是常規。極其自然且完整的走向。讀不下書坐在書桌前就會一直想拉下褲子做一些壞事的你、一閒下來就會想像每天搭同個車廂的美麗女孩的你、爸媽不在就會開始打電動的你、每十五分鐘就會覺得餓然後走向冰箱的你，你很正常的喔。沒事的。

也就是說上東大、京大的那些人才是變態。有問題。怎麼想都是如此。走個三步路就會對其他東西產生興趣的那段時期，要完全集中在讀書上要沒有什麼明顯的問題是絕對做不到的。這些話包含對他們的憧憬。

因此，說來不好意思，其實我到了這個年紀還是會在東大畢業的人、官僚面前抬不起頭。不管他們是空降高官職位或弄了一個很複雜的稅金機制要從國民身上撈錢，還是要把法律改成對他們有利我都會原諒他們。會覺得，這點小事不算什麼。

畢竟他們曾經這麼努力啊。

光是這句話我就會原諒他們。為他們偉大的才能，敬禮。我們「理所當然」地連聲高喊「好想做愛」、偷機車、偷東西、蹺了課然後模仿《伴我同行》，搭上電車聊著今天能晃到哪的時候，他們都念著書。這是「異常」。

對被賦予的正確毫不懷疑，從十幾歲就放眼看向明天之後的「將來」。若是現在我就能理解。他們才更加反叛、更目無法紀。如果現在能回到那個時期——回不回得去另當別論——我也想像他們一樣反抗生物學上的理所當然，GOING MY WAY 看看。深切地這麼想。騙人的。果然還是不想。

他們那些菁英應該也知道。死命讀書的人可能會想說現在努力以後就能到處玩，但才沒有這種事。十幾歲時的閃耀是只存在於當下的。不論好與不好。有很多是那個沒錢、沒經驗、沒素養、有幹勁、有決勝心、有無限可能的時期才能做到的事。

話說回來，那的時候的年輕人們為什麼會滿是祕密、約定和背叛呢？特別是女孩子。

學校的女生口中全是「絕對不能跟任何人說」、「這是我們之間的祕密喔」、「不是都約定好了嗎」。由此而生的背叛、嫉妒、絕交、和好每天反覆上演。到昨天都還是摯友的朋友隔天突然一句話也不說。然後錯失和好的機會在尷尬狀態下畢業，一輩子再也不見面就這樣結束。當兩位都成為家庭主婦、有了孩子之後會在各自身處的地方突然回憶起這件事。然後想著，為什麼當時，沒有辦法坦承說出對不起呢？那一次的擦肩就讓兩人永遠形同陌路。

友情或是人與人的聯繫、愛情，這些都過於曖昧縹緲，大家在高中的時候都實際證明過了。兩人的距離感在第三者現身的同時就會開始改變，三人的關係在另外一面（集團）出現的瞬間亦會變化。所以大家才會用祕密或是約定試圖讓這段關係變得明確。

「只有你不管發生什麼事都還是我的朋友喔。」是想要些確切的證明吧。

青春期的小孩子真是不容易。平胸的人會煩惱自己什麼時候胸部才會長大，胸部大的人又會擔心被嘲笑。男生則是煩惱包皮掀不開啊，每天晚上都哭著在浴室裡弄。

比較早長毛的人，會被嘲弄「陰毛陰毛」的，過幾年後則是立場一轉，換成還沒長的人被笑「光溜溜」。

大家感情都很好。基本上都一樣。都特別喜歡平均。喜歡當個中間值的人。

*

回答海外巡迴的訪談問卷回到累了。好像是韓國的歌迷吧，把我們的歌聽到滾瓜爛熟，問了幾個很不得了的問題。連ROCKIN'ON[註一]都不會問的那種。真有趣啊。不過很高興。翻譯之後還能夠閱讀、理解歌詞到想出那些問題。比如說，這樣的問題。

「〈Iron Bible〉裡面，『為了趕上後天開始的新世界我會把這個世上的一切都記錄下來』的部分，是建立在第四張專輯《bugbai》裡『希望我誕生之前／和我消失以後／會有什麼不同／希望世界有所改變』這段內容的延伸上嗎？我很在意在第四張裡面漠然期盼『會有哪裡不一樣』的部分，是不是在第七張裡能視為已經有更具體的結論了？」

「像〈五月之蠅〉註二，這種偏激且直接的歌詞，應該是第一次嘗試，大家都覺得寫出這樣的歌詞也有RAD的考量在。歌迷也都各自做了解釋，想緩和這樣的歌詞帶來的衝擊，雖然一開始發行的時候衝擊很強烈，但你們有預料到這樣的反應嗎？我覺得歌迷對這首歌的喜好應該會很極端，難道各位團員，對這一點並不擔心嗎？」

不過啊，我在問卷裡面也寫到，關於歌詞的提問我是真的不太想回答啊。因為會隨著那天的感覺而有不同啊，我的想法。答案什麼的，會隨著當時的心境和現在的心境有所不同。是可以有所差異的。

歌曲是寫給當下的信件、功課、提問。那是什麼意思？我也是在巡迴途中邊唱邊想著，然後得出現在的我所認為的答案，並不斷重複這個過程。我覺得這樣就好，這樣很好。

我是個音樂人、是個歌手、是表演藝術者。不是作詞家。不過因為我唱著自己的歌所以才寫歌詞。

我第一次寫歌詞是國中二年級的時候，寫給當時我養的狗——洛基——的歌。

開始玩樂團後，也是因為我是主唱逼不得已所以才寫歌詞。因為想進行演出，因為想在演唱會上唱，不得已寫下歌詞。最初高二能在獨立唱片公司發ＣＤ的時候，也是因為想出ＣＤ所以才逼不得已寫歌詞。說「逼不得已」可能聽起來很怪，不過我真的是這樣的心情。演唱會上大家也不是為了聽歌詞而來的。我聽音樂的時候也不會仔細思考歌詞的意義。說到底「有想唱的事情」這種帥氣的執著，我壓根就不曾有過。可能到現在還是沒有。

我想大家也是如此，我只是想要玩音樂而已。為了演出而寫的歌詞大多會在第二段重複唱一樣的內容，覺得麻煩的時候還會當場唱出當下靈光一閃的內容。

後來，高二結束第一次錄音的時候，錄音師在錄音室裡調整上一首錄完的曲子時，我就用那段短暫的時間寫下一首歌的歌詞。頂多只想了幾分鐘，沒有什麼抱頭苦思，或是停下來思考推敲之類的。第一張專輯的歌詞就是這樣完成的。

從當時到現在過了快十五年。在各種時機之下我對歌詞的考慮方式有所變化。

首先，是第一次發ＣＤ之後。第一次收到聽眾的感想。不經意寫下的字句，搭上聽者的心情，產生了意義。我覺得很受到衝擊。因為有人賦予了它意義啊。然後我也認知到了大家會從那當中，判斷我是怎麼樣的人。

而後我就突然寫不出來了。不覺得有人會聽才寫下那些詞的少年，發現到有人聽著。深思、刪掉、又再寫。開始為其苦惱。

然後變得越來越感到恐怖。像是要被文字壓垮一樣。那些話語彷彿擁有自我意志，獨自前行，披著我的皮，用我意料之外的方式表達出去了。

但也不全是壞事。言語為我指引了方向。我很喜歡文字。我有時會不假思索地撒謊，有時會被自己都不認識的我所傳達的文字給觸動。我被自己寫下的字句，拯救過很多次。流下了淚水。仔細想想聽起來有點噁心。

我沒有什麼想唱的詞。會有打從心裡想唱些什麼給大家知道的人嗎？我是因為想知道所以動筆的。想了解自己，了解喜歡的人、討厭的人，了解世界，所以寫詞。而不是寫下自己所知道的東西。「寫歌詞」這個行為就是「了解」。我想這大約十五年裡，我要是沒寫歌詞的話，對自己的了解一定不到現在的一半。

像這樣花了這麼多年，培養對文字的恐懼和愛，反覆在若即若離的狀態裡，才構築出了一段好的關係。我現在擁有這兩者，這兩種感覺。

「不過就是搭在音樂上的裝飾」的想法，和「是可能改變別人一生的神奇魔法」的想法。至今我仍在這兩種想法之間書寫歌詞。

*

稍微感覺得到，但我沒有提的事。

這次巡迴滿順遂的呢。很開心。究竟會有怎麼樣的陷阱等著，覺得好可怕。

不過我想肯定會是一次很棒的巡迴。團員花了兩個月左右彩排，變得更加喜歡這張專輯[註三]了。要變也是變成比我們預期之中更加精采的巡迴而已。沒有任何問題。想要繼續這樣下去啊。

昨天沒睡所以好睏。能睡得著嗎？誰來告訴我，演唱會結束後，該怎麼讓心情平靜下來。

註譯

註一　老牌日本音樂雜誌。

註二　收錄在專輯《×與○與罪》中的單曲。

註三　二〇一三年十二月發行的專輯《×與○與罪》，是累計的第七張作品。這次巡迴就是這張專輯的巡迴。

發生任何失敗或失誤時我並不想怪罪任何人，
成功或有所成就的瞬間我希望歸功於所有人。

2月13日 25：19

結束了名古屋的現場總彩[註一]。

好累。嗯。很漫長。做了各方面的確認、實驗、修正，然後出現了新的問題，手忙腳亂的。然後不斷重複這個循環。

這次的巡迴，有太多想做的事了。

因為有想做的事所以一有想法我就會提出來，在腦中想像出來，想著如果實現的話會有多厲害而興高采烈，工作人員則拚死命要把那些化為實體。直到正式演出前還是這樣呢。不過不可思議的是，我並不感到焦急。一定是因為我很相信，自己的感覺吧。覺得到最後會「沒問題的」。

我憑著這樣的自信一路走來。而大家也是因為信賴我的自信，所以才走到今天。還有在演奏上也做了很多練習。不管是多困難的演出手法，最終而言還是要有樂器然後唱得出歌、進行演奏，其他要素到頭來都是附加的東西。這點不能搞錯。

話說回來，這次的巡迴，從體育場開跑然後到 LIVE HOUSE 又再回到體育場，這樣來回切換讓人擔心。通常體育場和 LIVE HOUSE 兩邊都跑的樂團，大多都是前半部分以 LIVE HOUSE 為重，後半則是體育場，確保演奏狀況和工作人員的連動情形再慢慢習慣大型會場。但是我們的巡迴日程則錯綜複雜到讓人詫異，大家對此表達了不安。

演奏的樂器、歌單、音響環境、準備、心態，完全不同，所以大家都會有迷茫的那麼一瞬間。越是熟悉單一做法，感覺越容易發生事故讓人害怕。音響組也說LIVE HOUSE 之後馬上接體育館的時候特別棘手。據說是因為耳朵已經習慣小場，所以很難調出大音量之類的。原來如此。

善～～木哥[註二]，現場發生事件了喔～～

「沒人做過的事」。我很喜歡這樣的發想但也覺得當最後一次就好，這種形式的巡迴。因為最重要的目標不是做沒人做過的事，而是要做出最棒的演出。觀眾應該很難明白吧，這有多難辦。要怎麼比喻好呢。像是「在背山手線所有站名的時候都刻意隔一個站背，之後再把跳過的那些背起來」一樣吧。會覺得「咦，為什麼要這樣」。我覺得沒什麼意義。

隨著跑了越來越多場演出，我深深地這麼覺得。

我們雖然開始玩樂團將近十年了，但這是歷來彩排最多遍的一次巡迴，也是和工作人員討論最多的一次，歷經最多斟酌和修正，是團員最期待的一次，也最充滿幹勁地表演。也就是說是待在和習慣、如同預料相距最遙遠的星球上。這點讓我比什麼都高興，也引以為傲。

發生任何失敗或失誤時我並不想怪罪任何人，而成功或是有所成就的瞬間我希望歸功於所有人。尤其這次的巡迴讓我這麼想。不管是好是壞，全都會做為四人的東西呈現出去。不想找什麼藉口。一定會是，無邊無際又帥氣的。做出來超乎大家想像的。不管是在 LIVE HOUSE，還是在體育場。

這個感覺，該怎麼說呢。

我喜歡這群工作人員。個性上大家在某些地方都有點扭曲，清一色都是男生所以相處起來跟熱血的體育系一樣，不坦率，有時候會像孩子一樣針鋒相對，場景一轉，在演出中又會發揮出驚人的能力。

分散的力量，會在一瞬間集結起來。這點很帥氣。在我說「我想做那個、這個想改成這樣」的時候會灌注全力去做。

有時會以如同女孩子的纖細程度在我們腳下的效果器盤[註三]上貼螢光膠帶。

我的樂器技師 Koty[註四]。調音的完美程度世界第一。在正式演出前握手時表情很好看，會讓人充滿幹勁。

桑的吉他技師大地[註五]。雖然是個粗枝大葉的人但是對吉他音色的感覺很厲害。他經手就絕對會是很棒的音色。

智史的鼓組技師 Suzu[註六]一直都會留意團員。不論何時。在快要感到不安的時候，他會跟我們說：「沒事的。」

武田的樂器技師 Nie[註七]。第一次跟我們一起巡迴不過做起事來很細心，而且很萬能。擁有很多技能和知識。髮型和個性真心不合，是公雞頭。

對負責監聽音響的 Kouzu[註八]之耳抱有絕對的信賴。他能理解我們四個人各自耳中的景色，還有習慣。尤其調整音響又很憑感覺，沒有 Kouzu 不知道會變怎樣。一般人說「一點」時分量不是會不同嗎？Kouzu 明白我們每一個人的「一點」是多少。

監聽的助手本田[註九]。跟著 Kouzu 真的是幫了我們很多。能營造出很棒的氛圍。

硬體操作[註十]的 Ooi[註十一]。應對著從我們、岩見哥、Kouzu 接連拋出來的要求。

提詞的 Miku[註十二]很認真、細心、讓人安心。一定是反覆聽著我們的歌吧。不然沒有辦法像那樣跟上歌詞。我都跟不上。在一堆男生之中就她一個女生，真的很努力了。據說她意外地很能吃，還有意外地是位酒豪。

燈光的Chacha[註十三]。他也是第一次跟著我們巡迴，可是從首場開始，儘管我們站在舞臺上表演也能夠感覺到他把我們的歌聽得很熟，燈光呈現起來還帶有感情。肯定做了很多預習吧。很纖細，也能夠很激烈，是能夠無條件切換模式的人。和上島[註十四]一起負責體育館的場次，還請多多指教。

岩見哥[註十五]，總覺得比認識的時候更圓滑了。不是指外表喔，是說個性。還是因為我們老了？以前演出結束很常在休息室裡被說教呢。很抱歉的是岩見哥在正式演出中所調出的音色，我們一輩子都沒機會聽到。因為是我們演奏出去的音樂。不過大家所聽到的音樂，全部都是從岩見哥的音響控臺傳出去的，因為大家是聽著那裡傳出的音樂來感受現場，所以岩見哥調出的音色可以說就是RAD的音樂本身。

本來不該是這樣內容的日記。不過算了。果然這些也必須留下紀錄。因為不知道什麼時候會死掉。真的，很重要。要寫成文字。轉化為言語。

大家，體育館場次也請多多指教喔。

大家都是奇怪的傢伙，但是也最棒了。

明天，已經是今天了因為不太喜歡鋼琴的音色所以要去樂器行試彈鋼琴，如果可以的話就會買下來請他們用貨車送去會場，再到現場確認鋼琴的音色。然後還要做今天沒有做到的兩手肌電裝置確認、光雕投影[註十六]的確認。因為不想要留到當天，希望明天之內能夠弄完。

LIFE IS WONDER
2013.10.9 in stores
RADWIMPS
RADWIMPS
RADWIMPS
RADWIMPS
KROME
Gibson SG
RADWIMPS
Fender Telecaster
RADWIMPS
Upright Bass

HIWATT
KORG

還想要放心睡個覺。總之，今天也努力過了。晚安。忘記寫了。

KLASICA 的河村先生[註十七]幫我們做了服裝。沒有特別和他討論過，卻做出了很酷的成品。光是服裝，就會讓表演的感覺差這麼多啊。長版白色拼接襯衫。我自己當初也有構思過服裝部分，不過那件衣服穿起來也很搭、很不錯。這麼一來演唱會就更讓人期待了呢。好棒好棒。

河村先生，謝謝。我得到了一對新的翅膀了。嘿嘿。

註譯

註一　演出第一天前在舞臺上照正式演出流程進行的最終彩排。工作人員也都知道我不是很喜歡現場的總彩排。因為我不想習慣舞臺。我希望，舞臺自始至終都屬於正式演出、屬於現場。

註二　我們公司（股）voque ting 的老闆。視演出如命。主要負責排巡迴日程。雖然身高不高但非常有存在感，人稱「小巨人」。是我在公司裡最常吵架的人。是距離最遙遠又最接近，如同父母般的存在。

註三　為了改變吉他或貝斯音色，而放進各式裝置的箱子。我們把它擺在腳下，在演出中交替踩踏使音色能夠配合用途切換。

註四　樂器組的頭頭。手臂上有「音藥」字樣的刺青。

註五　樂器組的副首領。和風圖樣的刺青讓他看起來很像凶神惡煞，不過是個很溫柔的人。

註六　樂器組。身材嬌小很喜歡吃炸雞。
註七　樂器組。主要負責武田的樂器。
註八　音響組。主要不是負責外場而是團員的監聽音響等。外表看起來會讓人誤以為是墨西哥人。
註九　音響班的新人。為了和女友同住而搬進一間比較大的房子，結果才搬沒多久就分手了，現在一個人住在寬敞的家裡。是個好人。
註十　負責同步播放現場演奏的樂器以外，事先錄好的音源。
註十一　負責電腦。一板一眼、自我中心，還有完美主義。讓大家都自嘆不如。
註十二　告訴我們 CUE 點或是讓我們看到螢幕上的提示字卡。
註十三　燈光組，很喜歡燈光。
註十四　燈光組的頭頭。
註十五　音響組的頭頭。負責外場音響。
註十六　將影像投影在實際站於舞臺上的團員的技術。
註十七　是我很喜歡的 KLASICA 服裝品牌的設計師。就為人而言，我們的波長也很合。上次巡迴演出也拜託他做了幾套服裝。

2月14日21：08

沒有什麼能夠超越發現喜歡的人其實是個垃圾時的難過。無可救藥。讓人想尋短。唉，算了吧，這種事。

今天順利地試彈了鋼琴，順利地找到中意的音色，順利決定要在正式演出上用了。也因為這樣又要針對換鋼琴、音色調整、動線、舞臺視角調整，為大家添上一堆麻煩。抱歉啊。不過，絕對是百分百用新的這臺比較好，音色而言。這點毫無疑問。會做出精采的演出的。

還有肌電裝置試用和光雕也做了各種變更……不太順利。Rhizomatiks[註一]團隊和舞臺組之間還瀰漫起肅殺之氣。不過我覺得這也是沒辦法的。不管誰曾經說過什麼，這都是一份工作，既然無法做到承諾的事，會變成這種感覺是當然的。既然是以團隊型態工作，只要哪裡沒辦法盡到責任就會在哪裡出差錯。計畫是由大家的「可以做到」所堆疊推進的。如果說「做得到」變成了「這做不到、那做不到」，就會崩壞。明天要正式演出了，說實話也覺得有點煩躁。不過沒問題的。

這次的我們很強的，是無敵的。光是這點問題，當成不讓我們飛過頭亂來的腳鐐剛好。

是名古屋〜〜明天現在的我會寫下怎麼樣的日記呢？我想像了一下。話說回來，我還真是認真地每天寫啊。心情上，就精神狀態上絕對稱不上好，但不可思議地有種安心感。不管晚上有多麼睡不著，心跳有多麼奇怪。

應該是變強了吧。以前，我不知道半夜打了多少次電話給各個經紀人。就三年前的事。會有各種理由打電話給他們。請他們幫我換房間。幫我換飯店。叫他們幫忙買菸。因為睡不著所以當天壓線才到現場。板著臉不發一語。

還曾經因為不想發出聲音所以掛了個小白板在脖子上，讓有事找我的人用寫的。把自己過得很狹隘。

這次巡迴我想應該不會這樣（如果這樣的話先抱歉）。今天永戶哥[註二]也這麼跟我說。演出時的洋次郎，變了呢。

他說：「你不是都待在另一端嗎？以前。是個不管多親近也不會讓大家靠近他的人。」又說：「現在則是個好哥哥。」哈哈。可能是喔。我可能是看著幾乎都是十幾、二十幾歲的觀眾、看著曾經的自己，而改變了吧。

在說不定是二十幾歲最後的這趟巡迴上，能有這樣的變化讓我很高興。不過，當時的我，也一下就會跑出來啊。這是理所當然的。表裡兩面。人不會有這麼大的改變的。不管哪個我都存在於我的內心。現在率領行動的「我的代表」，是個還算有些可靠的傢伙。

嘿，名古屋首日。大家全力放馬過來。雖然是不完全的狀態。演出之類的。不過沒有關係。因為我們會做出比完美更精采的演出。

註釋

註一　負責肌電裝置、光雕投影的團隊名稱。

註二　藝術總監。是我為數不多的良好理解者。作品封面和音樂錄影帶的想法等視覺部分全都是跟他討論做決定的。

不想要上沒有意義的床。
不想要接沒有愛的吻。
這種事，理所當然吧。
沒有活過的價值。

2月15日24：02

體育館第一天，名古屋GAISHI HALL結束。

嗯，很棒。雖然到正式開演前都手忙腳亂的，但不可思議地並不覺得焦慮。演奏不需要擔心，喉嚨狀況也很好。

和觀眾之間的熱氣交換，或該說是交流讓我感到有點困惑，這是穿插LIVE HOUSE場次所造成的恐怖嗎？雖然後半開始抓到節奏了。不知道大家玩得開心嗎？如果開心就好了。感謝大家的莫大歡聲。

想想其實滿怪的。一萬人來看我們四個。LIVE HOUSE還勉強，雖然三百人依然很怪，但至少有辦法用肉身面對。真的是用盡全力。不過體育場內要對一萬、兩萬人唱歌，感覺只有自己的肉身是沒有辦法的。我想起這件事。不連自己都超越是不行的。這個感覺該怎麼說呢？變成能使用魔法的身體，還是變成一面鏡子。將那些壓倒性數量的視線和聲音，反彈回去，沒有可以增強威力再反射回去的鏡子可不行。忘記這點的話就會被壓垮。在眾人的力量面前。說了跟沒說一樣。只是想說那就是個不尋常的空間。容我複述。

不過我很喜歡。那個空間。

偶爾也會有因為是這個人數才能到達那個境界的感覺。特殊境界。甚至能到達極地。會有覺得自己已經無敵，誰也別想擋下我們的瞬間。很棒呢，無敵感。

啊，還能遇上，這種感覺幾次呢。

不想要上沒有意義的床。不想要接沒有愛的吻。這種事，理所當然吧。
沒有活過的價值。
話題偏了。謝謝，名古屋首場。非常開心。
還有對不起啊。明天一定也會是場很棒的演出。棒到讓今天來的你們嫉妒。

話說昨天也下了雪。
包含東京在內的關東今天好像也下了雪。載著周邊的卡車前幾天沒趕到甲府，所以周邊販售延期到後天，沒想到甲府又下了一百一十四公分的大雪。據說是觀測史上第一次。一如既往厄運不斷的我們。需要下雨、下雪的地方儘管找我們去。後天為了ＮＨＫ紀錄片我們預計要去仙台，聽說這場雪明天就要侵襲東北地區了，究竟會是什麼狀況呢。豪雪之中，要在陸奧公園採訪的話我真的沒有辦法喔。一定會抖到牙齒喀喀作響沒辦法說話。

2月17日 25：29

還死命地活著。心情，很不妙。
在粉身碎骨之前，會一直，努力撐下去。
明明分崩離析也無所謂。很像拿透明膠帶拚命修早就壞掉的美勞作品。已經夠了喔。不用再撐了。

我長大成人了呢。

真的是，只要一點事就能馬上落淚。感到痛苦。

這三天一直都是這樣。

究竟會變成怎麼樣呢。我啊。

明明也沒到那種程度，但就覺得眼淚會奪眶而出。

即使是走著、坐電車，或是跟別人對話。

停不下來。

好不甘心、好丟臉。不像樣。

今天當日來回仙台。

我們曾於二〇一三年九月在宮城縣陸奧杜湖畔公園舉辦戶外個唱。名為「青與MeMeMe」。這是考量在「災區」（這個稱呼還是很讓人討厭）和我們之間之中，還能夠做什麼所得出的結果。本來要在震災隔年舉辦，工作人員盡了全力卻沒能實現，而後相隔一年盼望已久的演出。

當天從早上就開始下大雨。在這樣的天候條件下仍然聚集了兩萬人，然後開演前十分鐘雨突然停了，到演出結束中間的三個小時，沒有下過一滴雨。是我直到前一天拚死命做的晴天娃娃勉強發揮成果了嗎？那是段和兩萬人各自心中的震災、重要的人、悲傷、生之喜悅面對面的美好時光。

再次回到，那個陸奧公園。雖然積著厚雪但是放晴了。風強到不行。據說往年從沒這樣。當年戶外演出的時候也是如此，不管夏天還是冬天，只要我們去就是天候大亂呢。

覺得已經過了很久，但好像並非如此呢。我想起了那天的事。想來依然是一場很特別的演出。我想起了那架鋼琴。修好了受災的鋼琴，並用它演奏。很美。不曾聽過那樣的音色。

採訪中回想起來又差點落淚。看起來只會像個傻子所以我忍住了。但全被攝影機拍進去了。不過啊，其實我也搞不清楚是為何而流的淚水。

今天也沒睡就去錄影了，沒問題嗎？這樣上電視。會不會露餡啊。會有人想要聽，那麼沒條理的採訪內容嗎？「MeMeMe」的演出一定很精采。明明播那個就好了。不過回去那裡太好了。我一定會，一直想起那天的事。有過那天歷史的我很強大。我記得我在演唱會上也講過這件事。還是我的錯覺。嗯，是錯覺。

明天放一天假，不過中午要看牙醫。後天是這次巡迴最長的一段，驚濤駭浪的十一天外宿。會變得怎麼樣呢。我會變得怎麼樣。

名古屋第二天也很棒。比起首日，觀眾感覺比較安分。

雖然我們對問題進行了修正，不過出現新的問題所以我們又有下份作業了。各團員也更有幹勁了呢。很好很好。再往前進吧。我覺得工作人員的士氣也被帶起來。每一個人的目標，都變得明確了。要做出好的表演，必須專注於此。ＭＣ的時候好像講太多話了。也還好？隨便啦。

2月19日20：59

抵達鹿兒島。沒什麼睡到。

這陣子，都沒怎麼睡。不過沒關係，身體很健康。

各團員也都沒感冒真是太好了，在去過大雪的仙台後。

本來以為九州會暖和一點，好像也沒差太多啊。的確，還是二月啊。是我期待過高了。不過聽說明天會稍微回暖。期待。我帶了皮衣來，不知道能不能穿上。

在高山滑雪大曲道榮獲女子銀牌。竹內智香選手恭喜！太棒了。這次巡迴，前半段真的是和奧運一起度過呢。我們也會一起努力奮鬥的。

總覺得……現在的我，不知道是怎麼樣。看起來是什麼樣子呢。

如此空洞的我所唱的歌，大家會想聽嗎？

不過空虛如我還是只能把滿載的心情，唱給大家聽。

因為我知道我的內心只要降下一滴雨，就足夠崩潰，活了二十八年還是不想要有此體會，所以會盡可能過好自己，不過我不知道這樣做是不是對的。把現在所看到的東西、所攝取進來的訊息都過濾一遍。不把那些削弱到只剩一半強度的話，在心魔來襲時無法抵擋。

所以說，感動，還有喜悅也都被削減了一半了吧。

抱歉啊，我知道今天在飛機上看到的天空、日本選手奪下銀牌、演唱會上觀眾的臉龐，都比我看到的還要更美。我也想要把它們收藏進內心。但現在我還沒有這樣的勇氣。

這段九州期間是十二天十一夜。希望能在這裡再抓住些什麼。想要掌握。

變得不太喝酒了。前天喝一杯就快倒地不起。嚇了我一跳。沒辦法變得會喝呢。這全部都是由心境決定的。巡迴當中絕對一直都會是這個感覺。也不特別會想要喝酒。

啊，昨天去了蘑菇帝國[4][註一]的演唱會。超級棒。是我現在最喜歡的樂團。團員的氛圍也都很不錯呢。唱片公司裡負責我們的邊哥[註二]說之後兩團可能會共事，我覺得很高興。覺得很棒啊。邊哥值得相信。

回想起來在我們離出道不遠的時期，有很多大人出現在我們身邊，每一個看起來都很可疑，一如所想，當中也有騙子讓我們上當。不過在那之中邊哥一直都看著我們不曾改變。

邊哥也會說謊。但他不會為自己說，而是為了我們說謊，所以會忍不住原諒他。然後從中明白到愛。多虧了有邊哥。邊哥教了我們，戀愛和前後輩以外的愛。

跟邊哥認識超過十年了。從我們十幾歲還處於地下時期，在橫濱辦的演出就幾乎每次都會來看。初次見面的時候，我記得當我們得知那間知名的東芝ＥＭＩ

4 譯註：團名原文為「きのこ帝国」。

唱片公司有人來找我們，十分地歡欣鼓舞。

在那之後花了一年的時間加深交情，在要簽約之前邊哥偷偷跑來跟我們說。「洋次郎，雖然我們今天要簽約了，但是如果你不想幹了的話隨時都可以說喔。我覺得洋次郎一定不會是個能長久玩音樂的人。我覺得等你玩夠了，就會找到其他想做的事，突然消失無蹤。」

他跟我這麼說。是個怪人啊。這不是個唱片公司職員該對藝人說的話。我當時，也回他說：「嗯，我也這麼覺得。所以我現在會好好加油的。」

峰迴路轉至今，今年也出道十年了。還持續做著音樂。

說不定，當初那是邊哥的計謀。

註釋

註一　一個姓佐藤的女孩子當主唱的好樂團。大概看過他們五次演出。

註二　從出道就一直很關照我們，是善心的五十二歲。

2月20日 14：25

今天上工時間很晚。是下午三點出發，所以很閒。

有帶吉他來飯店真是對了。我一直唱著歌。但唱太過頭聲音啞掉的話會被罵，還是稍微注意一點好了。

鹿兒島，今天好像天氣不錯。啊，多久沒來這裡了。以前很常在這裡表演啊，那個場地好像是叫 SR HALL 來著。我記得有個聽得很陶醉的年輕人啊，站在我左前方。不知道為什麼大家舉起手來的感覺都很嘻哈，還輕快地跳個不停。那應該是第三張專輯[註一]的巡迴吧。

還有連續來了兩、三場大分、熊本等九州場，穿著一樣T恤的女子三人組。在空蕩蕩的觀眾席裡要卡位在中間滿需要勇氣的吧。當時很高興呢。已經是八年前了啊。現在說不定都為人母了。還會聊到當年的事嗎？那樣的記憶應該到死前都不會忘記吧。

這麼說來，很常有人說我記憶力很好。似乎優於常人。幾年前某個時間點見過的人、吃過的東西、發生過的事。幾乎都記得。好像。

我也不知道一般人是怎樣，但因為太常有人這樣說就覺得好像的確如此。然後我思考了一下為什麼自己記憶力很好。想出了很多原因。要幫不確切的東西找理由通常能找出一堆。

因為我很愛操心，之類的。或是，因為我很一板一眼。

基本上我對「現在」總是有種「過去」的意識，也有可能。

還有，最重要的是我覺得人是靠記憶過活的。

說得更極端一點是記憶給了人動力活著，可能。不管是有意識，或是無意識。

可能也會有人覺得你未免太誇張了，但才沒有。

沒有記憶的話我們永遠都是嬰孩。

今天嚎啕大哭。明天也嚎啕大哭。

偶爾聽說有人因為生病只剩下幾分鐘的記憶。因為記憶過了幾分鐘之後就會重置，所以他拚命寫筆記。拚命。為了活下去。剛才見過面的人、發生過的事、喜歡的人、不怎麼喜歡的人、自己、自己。當然在某個時間點之前的記憶還是存在，只是那之後的記憶全都消失了。不可思議。

還有最近很常聽到的失智症和阿茲海默症。聽說有的人病程緩慢，也有人是一下就失去記憶。搞不清楚自己是誰。雖然能夠對話，但沒有什麼比不記得名字、家裡地址、家人，更可怕的事。

人是憑藉著記憶過活的。

也就是說喪失記憶的話，不管是戀愛、結婚、讀書、工作、對話、走在路上、坐電車、銀行開戶、交朋友這些都做不到。

如果沒了記憶的話。

光是想像，我就感到恐懼。

人是有過去才能活在今天的，而不是未來。

然後我對「記憶」，這個人類所擁有的美好機能感到感謝。

人能感受到的愛、感傷、同情抑或友情，都是因為有記憶存在。

喜歡、厭惡。

這些全都是記憶。只屬於自己的記憶。既然要活下去的話，我想要好好地記著。不是要想著這些事過活，而是覺得如果這種潛在意識能夠存在於額葉的話就太好了。

一直以來，謝謝了。

那，我要上場表演了。

希望今天會是精采的一天。把這樣的期盼藏在心裡。

註釋

註一 《「RADWIMPS3～忘記帶去無人島的一張～[5]」》。是我們主流出道的第一張專輯。現在回想起來明明是出道專輯標題卻是「3」。封面是狗狗頭上擺了一張CD。還搞不清楚方向總之先拚死命做出來的一張專輯。

2月21日 25：33

我想在三十歲以前死掉。

我的內心是野獸嗎？有瑕疵嗎？是廢物嗎？不美嗎？

朋友的孩子沒了。流產了。
我去了永戶家。
和永戶的家人見了面。和孩子們見了面。

5 譯註：此張專輯沒有官方的中文翻譯，原名為《RADWIMPS 3～無人島に持っていき忘れた一枚～》。

流下了眼淚。

一如既往。
全部都是為了自己？
那些淚水呢？是為了誰而流。

阿蘇一望無際的天空和山。

開車馳騁三小時，比待在巴士上懶散地度過好。

見到了那片景色和孩子們。

再次覺得好想要小孩，但也再度覺得是不可能的。
或許，那些淚水就是這個意思吧。

是瑕疵品。

回到飯店房間打電話給失去孩子的朋友聊天。

本來是要聽他說的，但我卻一個勁地哭。

他淡然地，說著話。
如果是自己的小孩走了，我有辦法像他這麼堅強嗎？
今天完全不行了。
心情很糟
很爛很爛
那個人對我說了。「如果和我分手的話你就沒辦法跟任何人結婚了喔」
我一開始覺得開什麼玩笑。
但後來覺得真的是這麼回事。
已經唱了太多歌了。
唱歌會消耗精神。

磨耗。

最後就沒救了。

已經過了保存期限了。

我要為了團員，和團員的家人而活。

跟這樣的廢物主唱、這種瑕疵品一起待了十年，愛著我所創作的音樂。我只能跟這些傢伙一起玩音樂。他們三位跟我以外的人一定也能組團，但是我沒辦法。

我要為了他們三個，還有他們三個所重視的人而活。

他們三個也是這麼想的。「他要是不跟我們一起這輩子肯定都沒辦法玩團了」

沒錯啦，你們這群渾蛋。

把這段誓言留在這裡。

今天哭得太過頭了。

明天的演出。明天之後的演出。

我會更努力的，只要想著是為了他們三個我一定做得到。

今天，就讓我化成一片浮雲。請讓我消失。
希望我珍視的人們，都能夠幸福快樂。
永戶家的孩子們——Midori、Youji、Saki
得到了很多力量。很～～～多。
如果沒有和你們見面，我就沒有辦法度過今天。
一定是誰派你們來拯救我的吧。
謝謝。

Mi。
「我喜歡上洋次郎了」
告白讓我很高興喔。我不會忘記的。
不過我有喜歡的人了，所以說了抱歉
不久還會再見面的喔。

我的情感是什麼呢。情感是什麼呢。

心情為何而起伏呢？是為了維持什麼，為了讓自己好好的，所以才會搖擺不定嗎？是訊號？是反射？是吶喊？還是藥？我無從得知。

我的情緒起伏很激烈。好像。心臟的狀態很容易變糟。

有人說這叫躁鬱。有人說是歇斯底里。也有人說是多愁善感，還有人說是瘋了。我覺得都是正解，但聽來都不踏實。二十九歲，完全看不清答案。

2月22日13：48

第一次，整晚沒睡就要上場演出。

會怎麼樣呢。

我出發了。

25：32

演唱會，很棒。大家，都這麼說。

我偶爾會意識朦朧，比往常更像夢一樣。途中還想就不幹了，露出大概是幼稚園以來的撒嬌樣，嚇了我自己一跳。不過觀眾拉了我一把。在心情上。今天也是，光從觀眾身上得到東西。很開心。

有順利發出聲，真的鬆了口氣。彩排的時候幾乎唱不出來，跟大家說我身體狀況不太好，他們也都很體諒。開唱前我大概在按摩椅上躺了半小時。

結論而言這是場精采的演出，不知道對未來能不能算是一個好的前例，不過讓我增加了點自信。不管是怎麼樣的自己，只要當下做出反應就好了啊。今天的觀眾、永戸的孩子們。

結束之後就安心了。沒有體力和精力可以唱安可所以我拒絕了，不過大家等了這麼久，我還是自彈自唱了一首〈「Scissor Stand」〉註一。大家能喜歡太好了。不過，對不起啊。

這次的歌單，真的打算在正式演出裡完全表現。沒有留下唱安可的空白。我相信大家一定能夠感到滿足的。

今天，又順利跨越了。

我又，得到了受到鼓舞的自己。

還有，我也為這幾天悶悶不樂的自己找出答案了。我想了又想，覺得自己是個不能困在半吊子狀態，或是模稜兩可狀態下的人。

今天，有人跟我說：「你很直率。」有時會有人說我很極端。

不管對方怎麼說都好，我就是個這樣的人。有想要到達的地方、想要實現的想法、有想要讓對方幸福的對象、有無法完成的後悔，關於這些事，若有些是現在能做的，我沒有辦法丟下那些不處理。

還有，面對重要事物的心情指針，如果持續飄移不定就會坐立難安。

我想知道自己該面向的方位在哪、自己的目的地是哪。

想要明白了這些再睡覺。為了讓自己醒來之後，不要迷失方向。

如果到盡頭也想知道那就是終點。

如果需要努力我就會努力。用盡全力。

不是為誰，或是不為誰的幸福，我無法用上我這點，本來就薄弱不堪的全力。

當然，在前進的途中脫軌、節外生枝是沒問題的。很歡迎。這樣只要再決定下個要前往的方向就好了。

今天，又釐清了一點東西。很高興。

我知道今天會是個很重要的日子。在演出前就這麼覺得。

我沒有逃跑，而是好好承受下來了。

今天前來看表演的大家，謝謝你們。

我能夠還給大家，比我所接收到的，更龐大的力量嗎？

接收的份沒有比較大嗎？

我會回饋給大家更多更多的。把我自己。送給你們。

沒有什麼，比大家說需要我還讓人高興。

和昨天的我又有所不同了。

明天過後的我，請多指教喔。

請多指教。

那麼啟程前往，長崎。

啊，我一直一直都這麼想但是沒寫到。

塚原和田島，真的總是為我們做很多。辦事俐落、重視跟大家的群體交流、注重禮貌，樂在其中，會在該退的時候退一步。我對身為 RADWIMPS 經紀人的他們感到很驕傲。

謝謝啊。

註釋

註一　二〇一三年三月發行的單曲〈Dreamer's High〉的 c/w 曲。

我討厭沒道理的事。
因為我，是個人啊！
生來就有自己的想法，有自己的感情。
厭惡沒道理的事有什麼不對。
像是那些暴力啊！霸凌啊！
犯罪啊！開什麼玩笑啊！
以死謝罪啊！

2月23日21：41

今天也辛苦了。今天是從熊本到長崎的移動日。花了三小時左右抵達。

本來想說昨天應該能睡著結果不知道是睡眠感覺麻痺了還是怎樣，到早上都睡不著。還有我覺得跟床很不好睡也有關（你未免毛太多）。我翻了好幾十次身。這幾天的我是負誤差。

過了三點我們就到了飯店所以我打算在街上閒逛。永戶和鹽田[註一]碰巧也在就三個人一起。我想起上次巡迴我也很常一個人在街上晃。啊～～當時很有趣的。果真不走走逛逛不會認識的。對一片土地來說。

對巷子裡的寬敞程度感到訝異。十分巨大。也因為是星期天傍晚所以街上悄然無聲。夕陽看起來像朝陽一樣，所以體驗了一會兒在酒店或小酒吧喝完回家的大叔們的感覺。

是歷史。外面的商店街是迎接外地客人用的。很漂亮。裝潢完整、富有秩序。是日常，而且平凡的幸福。正因為有這些才能夠活下去。不過越過路面電車經過的大路後，世界就徹底變了個樣。

閒置多年的廢屋、禁止隨地便溺的看板、從正中午就坐在地上用顫抖的手拿著一口杯[6]喝的老人、舊時代的霓虹招牌、貼著的傳單。不管哪個都很棒。渾沌不堪，

6 編註：原文為One Cup，是日本酒類常見的迷你包裝「一口杯」。

大哭大笑，創造出城鎮氛圍的，一定是那一側吧。

十年、二十年還不足以形成這樣的氛圍。渾然、儼然、沉浸於其中，用傲然姿態，鄙視著我們這些外地人。我很喜歡那個地方。不知不覺間，構築了不成文的規矩、潛規則。從那裡很能感受到人情味。外地來的人會藉此感受到他們和自己的不同。當地的人則會因此感到安心和連帶感。

小學轉學，也是如此。

轉學生要適應新學校時的難題不是上學的途徑或校規和老師，而是在其他學生當中產生的獨特規則、用語、習慣、流行的遊戲。要適應這些只能花時間融入，讓自己沉浸於其中。

途中，有段通往神社的階梯於是我們爬了上去。階數比想像中多所以有點累，不過和當地的神明請了安。跟祂說我們明天會在這裡開演唱會，要唱歌給大家聽，之類的。還有，看到了宏偉的櫟木。

樹齡八百年的原生林。我想應該是，這片土地的守護神吧。這麼宏偉的樹看著我們，就有一種安心感。

大概是因為很多坡，所以很多小綿羊機車。確實，如果要來回這坡數十次的話有機車比較方便呢。

仔細想想，最近的房子標榜無障礙空間，所以把樓梯和高低差都取消了不過要做到多徹底才行啊？為了能讓老年人輕鬆生活。

駒澤公園之類的啊，早上都被爺爺奶奶占據了，慢跑、打門球或是網球看他們揮汗如雨的。我想就共同概念而言一定是指「要在可能範圍內做些運動比較好」。不過就這個理論而言搭電車時站著才算是適度的運動吧。還是「絕對必須讓位」這點也在我們的社會上片面深根。

啊，我會讓位，也不是說我討厭讓位。只是覺得這世界上豎立了太多名為「常識」的城牆，生活起來有點狹隘啊。

大家都相信想相信的。

今天晚上，也和永戶聊了這個話題。

今天的日記感覺會是長篇大論。

我們在市中心閒逛了二小時左右之後，去了原子彈爆炸的中心地點。這麼說來上次來長崎沒有去那裡。去了真好。果然，去到現場不一樣。據說當初造成十六萬人喪命。

八月九日上午十一點二分

不知為何這個數字殘留在我腦中。終戰六天前。

據記載死亡人數之中有七萬多人都是一瞬間就喪命的。在不知道那個爆炸是原子彈的狀況下，也不知道那是美國的攻擊下，在閃光的下個瞬間已燃燒成一片鮮紅一下就被燒死了。我想像了一下，那會是怎麼樣的心情。

一如往常要去買東西的人、和戀人約好碰面的人、想著怎麼還沒到午餐時間啊餓著肚子的人、蹺了課的人、正動身要回鄉下老家的人、發現自己懷孕了的人、決定今天要告白的人、覺得今天真是平凡無奇的人、一直等著丈夫回來的人、覺得人生已經毫無意義的人、覺得世界乾脆毀滅算了的人。

全部都被奪去了性命。毫無道理。

我討厭沒道理的事。
因為我，是個人啊。生來就有自己的想法，有自己的感情。
厭惡沒道理的事有什麼不對。
像是那些暴力啊。霸凌啊。
犯罪啊。開什麼玩笑啊。
以死謝罪啊。

既然都生而為人了總是有一死嘛。這件事大概每個月會讓我極度消沉一次。覺得很難過。提不起勁來做任何事。

生，是暴力的。是件多糟的事啊。活著的所有人必定會死亡。生命，會被奪去。

「如果不出生的話就不會死亡了。」我前年十一月左右傳過這樣的訊息給其他團員。當時接近我們幫專輯命名的期限，而且那份定期會朝我來襲的情感使我想用這個做為專輯名稱。到了現在覺得當初沒有倉促定下專輯名太好了。怎麼想《×與◯與罪》都是個比較好的名稱。

今天是被很多人發現的日子。在和平公園被女子三人組搭了話。感覺很純粹的三人，聽說正在看過和平之像要回家的路上。

其中一位跟我這麼說。她好像是長崎人，她說看到我會實際造訪這樣的地方很高興。我聽了她這麼說也很高興。

在到和平公園之前有座很長的手扶梯。那座手扶梯途中有一段水平的部分，然後再往上升，既長又有些特殊的構造。搭上之後，一直聽到「請抓住扶手」、「注意踏階」、「接下來要進入水平段了」、「請不要鬆開孩童的手」、「就快要，抵達終點了」等女聲的廣播無止盡地，不間斷播送，並且反覆。我跟永戶說，還真是逼人呢。

我思考了一下這段廣播必須不斷播放的必要性。當然盲人會覺得有用。但是那個連珠炮般的念法和死板的感覺，會讓我覺得就算我是個看不到的人也應該還有其他方式可以幫助我吧。

仔細想想這個世界充滿了注意事項和提醒的廣播。零食的包裝、廣告下面會出現的小字、「這不是食物」、「後來工作人員好好享用了」、「效果有個人差異，無法保證」。寫滿大量文字的契約書。

我這麼想了。那些，都是藉口。並不是真的擔心對方，或是出於親切、關心。而是，希望你用、你買。但如果發生意外，那些無意義的廣播就是有什麼萬一時的藉口。即使不說，如果擔心小孩當然會牽著他的手。當然也會注意自己踩的踏階，如果你發現那裡有高低差的話。也不僅限於搭手扶梯。那些廣播只是為了在發生什麼不測的意外時，能夠說一句：「我們已經提醒大家注意了。」

這也是受到了最近俗稱奧客的人所影響吧。會找一些碴抱怨，大聲嚷嚷自己事前沒有聽說這些。有人這麼說的話，公司、組織會思考如何對應這種客訴。學校的家長會、ＰＴＡ。會沒辦法公布賽跑名次也是因為如此。

以前的日本不用戴安全帽也可以騎機車。不算違法。覺得危險的人請自行負責。我覺得這是非常正確的態度。覺得，是個很棒的國家呢。

到現在泰國或柬埔寨，那些東南亞的國家也是沒戴安全帽、三人、四人共乘根本理所當然。我去印度的時候搭了七、八人也是司空見慣。我想說的不是像高中生那樣，覺得不戴安全帽騎車很棒喔，而是覺得不會被囉嗦規勸保持靜默的感覺很棒。

發生事故的話就會死。但不想戴安全帽的也是本人。

很難過啊。很難過。但是沒有辦法把那份難過轉化為新的憎恨。

去讀書、去寫作業、幾點就給我回家、差不多該睡了，被這樣嘮叨之後雖然會做但也會有不想服從的時候吧。隨意帶過一句，或是放著你不管的狀態下，大家才會思考啊。我就是這樣。沒被念的事讓我變得會自己思考，反成了我的強項。

被嘮叨過的事反而做不好。

和父母的關係。

啊，到頭來還是像高中生一樣。

話題跑偏太多了。

總之，現在這種乍看之下好像很體貼，卻只是冗長無味的注意事項或廣播我真的都很討厭。那不叫溫柔。

客人來來往往的餐廳、服飾店中交錯的談笑聲。

「歡迎光臨～～」「謝謝惠顧～～」「樂意之至～～」「請多指教～～」

我對這些抱有違和感。我跟朋友講了這件事後，他說有什麼好奇怪的。在日本，如果去一間充滿活力的居酒屋，他們一定會喊出歡迎光臨。站在門口迎接客人的人就算了，聲音傳播進店裡，連看不到外頭客人的廚房都會傳出歡迎光臨的聲音。每次我聽到都覺得很不可思議。

走進服飾店，店員突然就會不朝任何人，而是朝著空氣發出「請多指教～～」一語，然後其他店員也會跟著一同複誦。聽到這個我也會有一樣的感覺。覺得：「你們這是對誰說啊？」

最過頭的是某連鎖居酒屋必說的：「樂意之至！」跟其他句型同樣感覺，只要有一個人說大家馬上都會跟著一起高喊。這邊一句「樂意之至」那邊一句「樂意之至」，究竟有客人會為此感到高興嗎？是樂意為您服務的省略版嗎？也就是說表達自己很樂意的意思嘍？把自己很樂意的狀態表達出來，客人就會開心嗎？這樣說就好了嗎？最一開始弄出這個制度的人還真是大發明。雖然我完全不覺得這樣很好。

在日本生活無意間就會聽到這些問候語，雖然這可能已經變成一種理所當然，但實際上在日本以外的國家不太會有這種事發生。

法國、德國、西班牙等西歐諸國，墨西哥、美國等北美諸國，香港、臺灣、泰國、印度、印尼等亞洲各國，南非，我這二十九年的人生還算去過不少國家但記憶中不曾發生過這種現象。

基本上言語是有表達的「對象」才會傳遞出去的，也因此有媒體的誕生。歐洲、美國等英語系國家若是跟日本一樣進到餐廳、服飾店跟你打招呼的時候，幾乎百分百會看著對方的臉。當然態度有好有壞是不分國度的。

「Hi, How are you?」

這可能跟言語本身所持有的職責不同有關。像是這句稀鬆平常的問候一看會發現是以疑問句作結。「How are you?」也就是「你好嗎？」。如果不回話會像無視對方。當然你並不想無視對方，也沒辦法如此所以你自然會回他「Pretty good, thanks」或是「As usual. How are you?」。隨當下情況。

多數國家而言打招呼通常都是一來一往的。要在店裡高喊招呼語是不可能的。反言之，比如說日本人去到英語系國家被問到「How are you?」的時候，很多都會不知所措無法回答。實際上在國外看到日本人在店裡被搭話都低頭不語直接走掉。這不是因為他們心地不好，是因為對日本人來說這很普通。

未曾謀面的人，從進店裡到走出店外的這數十分鐘，最多可能也才數分鐘的接點，要和對方問候，或是對上眼說話，對日本人來說都有些過頭了。（不過被無視的人，會無法忘懷那個奇妙的違和感。我見過太多因為互認為理所當然，在沒有互相理解的狀態下就直接忽視問候語走過去的場面。）

還有跟諸多外國人相比日本人性格過度內向，我們的祖先甚至沒有和旁人或是上位者對上視線的習慣。

這類麻煩的人種所想出來的接客招呼語，正是我在開頭所說的「對空氣，說的話」。客人不想要一入店就被裝熟搭話，但是店家又想表現出歡迎的心情和重視顧客之意。

所以才會喊出「（並不是對著你說喔，真要說也是對著你說啦，但是不用在意的）歡迎光臨！」「請多指教～～～」然後沒有客人會有所反應或是答覆。就本來的對話構成而言是很弔詭的。不過也是日本孕育出的獨特文化吧。也因此如果你回了什麼的話，有些店員會不停地跟你推薦試穿或是聊天。分寸相當極端。

說到「樂意之至」根本近乎暴力。用上這種詞的話不是很奇怪嗎？「高興」不是一種情感嗎？不是一種躍動嗎？不是應該溢於言表的嗎？當這變成公式句型，受到全體高呼時的異樣感。當人太過習慣說一些並不這樣覺得的話，內心只會逐漸荒蕪。

他們的臉上沒有笑容。不覺得高興。臉上表情寫著今天也要努力然後度過嚴苛的長時間勞動。絲毫不調漲的薪資、態度糟糕的醉漢、班表調整、打工的年輕人無故蹺班、徹底施行的樂意之至招呼語。

將毫無道理的內容硬塞進去的形式總會招致扭曲。

註釋

註一　從五年前就開始共事的攝影師。爆炸頭。五官、打扮、個性全部都很不日本人。是個純粹的男子。

2月24日 25：42

辛苦了。我現在在福岡。結束了長崎的演出，就這樣搭夜車抵達了福岡。為了讓明天能輕鬆前往高松。

今天的演出也很熱烈。到頭來，好像每天都說一樣的話啊。不過這是最幸福的。因為這些都是真的感受。上次的巡迴如果也寫日記的話就不會是這個樣子了。

今天真的也很棒。大家的表情讓我很感動。好想抱住臺下每一個人。

想抱入懷中。想抱入懷中。這樣的心情。我看得非常清楚喔，你們的臉龐。你們的心情，全都寫在了臉上喔。只要看到那些臉龐，我就能好好的。明天開始的人生，也一定沒有問題。我這麼想著。

大家又是在這次巡迴點之中算相當吵雜（好的意義上）的一場演出。一直跟臺上說話，害我們抓不到進歌時機。不過沒辦法呢。我也是一開口就停不下來的人。又從大家那裡，得到很多很多的能量。明明想回報給大家，卻只是一味從大家那裡獲取能量。

謝謝。下次再見。

安可上不小心說了一些有點害臊的話。對其他團員。不過大家都說聽了眼眶泛淚，太好了。這是我純粹的心情喔，真的。我沒辦法跟三位以外的人一起玩團。謝謝你們啊。

前面的欄杆好像很多地方都擠壞了，所以有幾位工作人員在演出中一直用背支撐著。覺得他們很辛苦，可能也是大家的激烈程度超乎預期，不過我想前面的觀眾不容易觀賞表演，而且應該也不喜歡前面一直有人，這部分必須再強化。

長崎場安可的喊聲很特別呢，覺得相當新鮮。而且結束之後，我們很晚才從會場出來，大家還是一直在外面等著呢。雖然想要大家快點回家啊不過很高興喔。媽媽會擔心的喔。

好像上次也是這麼想的，距離東京越遙遠，到越鄉下的地方，就有越多會追著巴士、在演唱會中抓住我們的手不放、大聲跟臺上說話的人呢。覺得，很能感受到大家的心意。謝謝。

啊，武田和智史兩個人把什錦炒麵吃完了喔。武田的吃相像是回到了以前呢。多謝款待。

「合不來的地方就是合不來啊！

你只能諒解啊！」

2月25日17：55

抵達高松。實際感受到身體狀況逐漸變差。喉嚨癢、皮膚刺痛。買了大量的藥回來。到下一次休假日還有兩場，撐著點啊。一定沒問題的。

我吃了烏龍麵。據說是在當地很受歡迎的店。很好吃。不過早知道我就點蛋拌烏龍麵。我點了肉烏龍麵，肉的味道滿強烈的，當初只吃烏龍麵就好了，有點後悔。回程光要攔計程車就花了四十分鐘。驚人的香川。我太小看這裡了。

天氣也很不錯，本來想在街上稍微逛一下但考慮到身體狀況就回飯店了。要為明天做準備才行。結果昨天也是到早上都賴在床上，「這也不是那也不是星人」在腦中，充滿活力地到處玩耍。這就是最大的原因。睡眠是最好的恢復方法。這我懂啊。最近卻很難好好睡上一覺。

我很喜歡睡覺。時間允許的話能夠一直睡下去。過世的時候也想要在睡夢中死去。睡覺很幸福。所以，睡不著才會讓人這麼煩。我心中似乎對現世還有留戀。

話說雖然是時事，不過名叫德田毅的政治家似乎辭職了。

說實在我覺得「啊，這樣啊」，不過由此又開始了平常擅自冒出的妄想。

首先是他現在的心情。出生在超級有錢的家庭，生活毫無阻礙，且當上了政治家，結果現在要辭掉議員這個狀況應該帶給他巨大的絕望感吧，但他好像沒放棄回鍋所以應該還是會頑強掙扎吧，覺得不愧是流著望族的血啊。然後我也思考了關於很常聽說的那些說法。

「政治家都是一些貪汙的人」、「政治家就是為錢和權力賣命，沒什麼好東西」之類的說法，我其實對於這類論點非常有興趣。不知為何。因為不能理解。講不通道理，或應該說以我的知識不足以闡述論證。

說到底剛才提到的德田議員。他出生世家父親是醫療法人德州會的創辦人。在有記憶以來就生活無虞。大學應該也是上了間不錯的學校吧我也不知道就是了（帝京大學中輟。後來查的。）肯定要什麼有什麼。不管要做什麼都做得到。跟一般人的起跑點不一樣。

錢也是取之不盡，只是純粹想要增加財富的話首先才不會選擇當政治家。如果是我的話。畢竟在一般的企業、在民間工作賺錢才好啊，優秀的人能夠受矚目，就算你在背地裡讓多少人受苦他們也沒有辦法抱怨。像是比爾・蓋茲、像是史帝夫・賈伯斯。

這是資本主義厲害的地方，也是我們現在所生存的世界。也就是說政治家是最不適合賺大錢，說他們是不是賺這麼多錢也會讓人打個問號，還有他們要是賺錢反而會引來民怨的少數職業。

這份日記會有誰看也是很讓人疑惑，不過可能會有看不懂的人所以還是稍微整理一下內容。說到底，那麼政治家為什麼地位崇高呢。這和政治家所做的事有很大的關聯。

也就是「立法」（這裡大概會包含我先入為主的觀念或是曲解，所以大人們如果有什麼要訂正的請嚴厲指正）。

國家的權力大致上能分為三種。立法、司法、行政。這稱為三權分立。這三項擁有其獨立的權限，大致來說國會負責立法、法院負責司法，然後內閣肩負行政。也就是政治家要配合時代背景制定法律。可能沒有很多人知道，在NHK可以看到在國會呼呼大睡或是阿伯互相怒斥看起來像班級失序的風景，那正是法律誕生的瞬間。相當於「現在，正通過產道」的部分。

然後意外地一年大略估算會通過一百到兩百條新法律。

讓人訝異。在我們上學上班、在外遊玩想些色色的事又哭又笑，或是發呆之中誕生了這麼多法律。

有一部分是改正或修訂所以只是大概的數量，不過還是很厲害。在這當中有和我們息息相關的，也有感覺一生無緣、無關的法條。前面說過戴安全帽的那個也是法律。最近很常被討論的是加重酒後駕駛刑責之類的，那些全都算是。

要說到跟我們有關的話，像關於著作權的就讓大家議論紛紛。還有特定祕密保護法等，到現在我還是搞不懂，也擔心之後會如何變化。我感覺是總理大臣為首的政治人物面對傻傻的國民，輕鬆地照他們自己所想的亂搞。

還有在漫畫家之間造成話題的是兒童情色管制的改正法案，那與表現自由當中的取捨引發了廣泛討論。還有像是禁止舞蹈表演的風俗營業法放寬管制也是。大地震後受災戶的補助金或是臨時住宅的建設，這也都由法律規定。很常聽說為了接受在日本尚未核可的手術所以去美國，那也是因為日本還來不及立法，所以如果在日本動手術就會因「違法」而被捕。

講到這裡我想大家也能理解了，重點就是法律並不是絕對的。可能隔年就會變動。反而言之七十年前那些時代錯誤的法律現在也可能還留著。這部分我說的是民法，我記得跟親權相關的法律到現在還是存在問題。

被抓的人是絕對惡者的這種風潮，雖然我不是不懂，但我不會站到謾罵他們的那一邊。因為明天那可能就是我自己，我沒有那麼相信法律。日本是封閉的國家所以不太能理解，不過美國是更明顯根據不同州有不同法律的。跟宗教很像。簡單來說，在東京做沒問題的事，你到埼玉做可能就會被抓。這關乎你住在哪裡，遵守哪裡的法律，和想被哪裡的法律所保障。

也就是說，我想表達的是，政治家可以「把自己想的變成規則」。最強的地方就是這點。有人感到困窘，想為他們做什麼，想要改變國家的政策，這時只能依賴政治家。

說得極端點，他們甚至能把違法變成合法。如果耍些小聰明，還能夠使用法律讓特定群眾透過法律得到利益，諸如此類。然後政治家再從中獲取報酬達成供需。不難想像就是這些勾當造成現在大家對政治家有不～～～好的印象。

現在某些縣有一堆高速公路經過，通常該縣都有位有力的國會議員。那個人只要一當選法律就會很容易通過然後做一些對地方有利的事。會為當地增加預算。做出超乎常理的使用者預想數和收支計畫，並建造好幾條到頭來都是虧損的公路。

當地人會說要去市中心的超市或是精華地段走高速公路很方便，不過那也頂多數十個人這麼想。

國家的錢是稅金。是回收與分配。該分配給誰呢？

話題繞回來。

一開始說到的「政治家為錢賣命」。

政治家裡面肯定有貪汙的人、也有很愛錢的人。有爭權奪利的人，應該也有因為大家吹捧所以自認價值不菲的人吧。不管在哪個世界都是如此。

不過我還是覺得這樣很不划算。專門去做那種只會被別人抱怨的工作，如果單單為了賺錢的話我想要更光明正大地賺。至少他們都認真地想為這個國家、想為困窘的人做些什麼吧我想。就算只有最一開始。

不管是被誤解也好，或是他們做了什麼。

這只是理想嗎？看了這篇文章會嗤之以鼻嗎？政治人物的各位。你們怎麼想的。

若這一切都是開玩笑的話大概就是有超乎我們想像的甜頭能嘗吧。是有那種不管被說什麼閒言閒語或是受人批評都還是能賺的，那種能讓人沉醉其中的工作內涵嗎？

以結論而言，我死都不要當政治家。

畢竟是不管有什麼藉口，所有政治家一人不剩全都失敗收場的當今日本。不管支持率再怎麼高，都沒有差別。

現在就是結果。我用非政治的手段。對社會做出回饋。

政治家。嘔。光想就覺得，絕對不可能當。

現在突然想到了鳩山由紀夫的事。

他擁有幾十億日圓的總資產啊。然後被各方唾棄說：「你懂國民的心情嗎？」不過反過來說出身很貧窮的人如果當上總理大臣，編列幾兆日圓的預算感覺也會被大家激烈批評吧。像是「才沒辦法讓你經手這麼多錢」之類的。

不管是沖繩美軍基地的問題也好、政見施行率的問題也罷，雖然他做了很多事都不好但我想他當初一定是認真的吧。

只是個笨蛋。沒有人明明都坐擁幾十億資產還為了打發時間而把國家推向壞的一方吧？甚至被全體國民批評。怎麼想都很不合邏輯啊。他肯定是胸懷大志，認真地要做那些有勇無謀的事吧。

然後每件事都做不好。果真是有勇無謀。明明做到的話多風光啊。

那麼政治家的話題就先告一段落。

感覺還能繼續講下去呢我內心不可思議地還有很多想說。

啊，那個啊，選舉前一味哭著跟國民鞠躬拜託說：「懇請大家支持，拜託了。」當選之後反倒要國民磕頭說：「議員、議員，拜託你了。」這個立場關係和頭部的相對位置反轉我真的覺得很不可思議。

當選之前都算是無業遊民所以要說理所當然也是理所當然。不過如果有選前就不低頭一直抬頭挺胸的人，我覺得這才是真正的政治家。

23：31

果然還是睡不著。這種時候我已經不勉強自己睡了。乒乒乒乒。砰咚砰咚。

因為還年輕啊，或是只要習慣就沒關係了，這些想了很多但是過了十年也沒變啊。這顆不中用的心臟一定到死都是這樣子吧。

這麼說來，想說要瘦一點就稍微限制了一下食量結果肚子變得越來越不會餓了。這究竟是好還是不好呢。啊不過在演唱會上的動作也變得更輕盈了算是好事吧。

這樣的夜裡，會很想跟誰說個話呢。

一個人好討厭啊。大家一定也這麼想吧。

我覺得這種時候會想聊天的對象，就是重要的人呢。

我啊，沒有想要一起吃飯的對象。

我前陣子這麼想了。

心血來潮的時候啊，沒有個「待會兒想一起吃飯」的人。

一個人吃飯比較好。

或是完全相反的狀況。跟完全不認識我的人一起。這樣省得輕鬆。

大略了解我的歷史、認識我，會貿然說一些正經話的人也不對。

有那種手機ＡＰＰ對吧？用電話聯繫完全不認識的空閒陌生人，那種軟體。

我覺得那也滿棒的啊。

「合不來的地方就是合不來啊

你只能諒解啊」

有人跟我這麼說。還真是如此。

明明只要明白這點，就萬事解決了。

我們，對彼此抱有多大期待地活著呢。想要被誰所了解呢。
大家都說人和人之間有所不同，而反覆爭論和爭吵。

正因為大家都有所不同，所以才希望重視的你能夠明白。
希望你能理解我所重視的東西。我啊，我啊的。這樣也算是自私嗎？

但是我們沒辦法不抱著期待過活。因為我們是人。因為我們知曉了被對方理解時的喜悅。必須要活向明天。
如果說活向明天必須要有希望有點太浮誇了，不過至少要有一丁點的期待吧。

2月26日22：52

今天的演出也結束了。很精采。
明明身體狀況很差，但是結束之後反倒恢復了。真不可思議啊。
會場一如既往十分熱烈。途中好幾次覺得缺氧，本來就吃了很多藥所以意識有些朦朧。老實說今天唱〈實況轉播〉[註一]的時候，自己咒罵了這歌詞的量。
好不容易唱完了，不過，這種歌真的是要不得啊喂。在那個充滿二氧化碳的空間裡要唱那首歌太難。

不過真的很開心。大家一直等著我們的感覺、渴望感、再多唱一點啊的感覺都傳達給我們了喔。

我暗自想著「烏龍麵縣」這個名字的命名美感，當地的年輕人好像沒有那麼喜歡。這也是當然。我安心了。畢竟叫烏龍麵縣……為了要宣傳，我覺得有可以捨去的也有不能割捨的。烏龍麵很好吃的話不用叫做烏龍麵縣直接光明正大地說是「香川的烏龍麵」就好了。演唱會上光這點講了滿長的呢。

今天也是，從大家那裡得到了很多能量喔。謝謝。感謝大家在雨中等我們離開喔。小心不要感冒了。我也是今天就要治好它。明天起來如果狀況好點的話，還有如果雨停的話我要去直島。還有豐島美術館。

就這麼打算。

今天演出結束之後預計要和工作人員們一起慶功，不過我為了讓身體狀況早點恢復所以沒去。好可惜啊。

明明有很多話想要跟大家講的。明明有很多話是大家一起喝酒才能夠共享的啊。雖然跟過於熟稔只有一線之隔，不過我覺得新橋的夜晚，上班族一起喝酒也是有這兩種種類吧。說到底幕後工作人員不管怎樣都還是會對藝人有所顧忌。跟他們聊過知道他們是怎樣聽我們音樂，用怎樣的心情與我們共事，明白了這些就會有所改變。在下個現場。

全體的慶功宴之後再辦一次吧。下次我一定會出席的。

在這裡好好養身做出好的表演也是為了大家呢。

今天也活過來了。全身上下都感到滿足，活得很充實。很幸福。純粹感到幸福。

謝謝。

註釋

註一　收錄在專輯《×與○與罪》裡的一首歌。述說神與佛待在銀河中的觀眾席上俯瞰地球並好笑又好玩地進行實況轉播。最後神佛吵起架來的內容。這個點子本身五年前就已經有了，不過很難把它寫成曲子，成形花了不少時間。

2月27日14：49

抵達德島。

前半段是坐巴士，途中在休息區吃過烏龍麵之後，開著社長善木哥的 Cherokee[註]到德島。雖然下起了預料之外的豪雨，不過感覺很舒適。

善木哥，途中搞錯了兩次路。於是我們無預警登上淡路島。喂喂……出發之前不是還說路很簡單一看就知道了嗎？真是的。

這時候我也會深思，我對善木哥所懷抱的情感應該不是公司老闆跟旗下藝人的那種，毫無疑問是父子。比真的父子更像父子。

不耐煩的時候是真的不耐煩。撒嬌、生氣、一同感到喜悅的樣子，是從身體裡相當深處的地方，互相交流。我覺得很難開口說出愛的部分，也跟父子相處很像。

五年前左右我也開過一次啊，那輛車。引擎聲聽起來有種不穩定感，讓人很不安的感覺至今沒變。這趟旅程我們過了好幾次橋。

我很喜歡橋。怎麼說呢，首先做為建物很喜歡。喜歡從橋上看出去的景色。過了橋就會再次體會到自己出生於島國，生活在被海包圍的地方呢。

在休息區吃的烏龍麵，因為在高松吃的肉烏龍麵裡肉的味道太強烈所以這次選了釜揚烏龍麵雪恥。很好吃。像蕎麥麵一樣的吃法。嗯，很適合我。

昨天我沒去成的慶功宴。聽說大家玩得很開心。太好了太好了。聽說 Miku 是位酒豪。果然吧。我就覺得她本來肯定是裝弱啊。

好，下次喝酒的時候大家給我等著啊——我也要去喝。這麼說來，我是從什麼時候開始沒喝酒的呢。沒問題嗎？能喝嗎？

德島，今天和明天是休息日。雨也停了，來去街上逛逛好了。

註釋

註一　善木老闆的愛車。紅色。每次回到善木哥老家的岡山都會拋錨。巡迴到四國附近的時候我也很常借來開。到了二〇一五年的現在，因為已經無法維修所以成了報廢車輛。

25：14

喉嚨的狀況都好不起來。為什麼啊。吃了喉糖、喝了茶，外面很冷的時候盡量少出去，沒喝酒，還泡了澡乖乖地休息。

我想說戒菸之後這種壓力就會不見了，果然每隔一天要在臺上唱兩小時這種生活，天天過的話還是會有很大程度的消耗啊。看來是我太過怪罪於香菸了。

那還是抽好了。不，**說什麼啊白痴！**

這兩場表演左右，開始覺得不妙但正式上場時聲音還是有出來，真是謝天謝地。這還真的，只能等它好起來啊。明天預計要坐纜車登上眉山。是恰的晃[註一]告訴我的。

聽說烤麻糬很有名。她傳了個很少女心「可以看到正在烤麻糬的樣子喔（笑）」的訊息過來。原來如此，雖然聽起來就是很普通的烤麻糬但會想一探究竟。

如果喉嚨能好起來就好了啊。今晚還睡不著。

來找個不能睡的理由好了。作戰計畫是說不定這樣反而會想睡。這叫「偽裝思考」啊。不過內心知道了反而會出現一個聲音說：「其實根本很想睡吧，你這傢伙。」然後變得睡不著吧。然後陷進這個循環啊。寫成文字就覺得很蠢大家應該看不懂吧。算了。

二月到明天就要結束了。

還是先說比較好啊，這句全國幾百萬人大概都在想的感想。

「耶——二月已經要過完了嗎！」

被眾多情感襲來而回想起這一個月的種種，但這是現在最確切的心得。

已經不只是一轉眼能形容了啊。畢竟一個月前是巡迴開始之前，雖然的確發生了各種事，但速度上有落差啊。很奇怪吧。明顯地很怪吧。就算說謊也好你也再多表現一些過了一個月的感覺比較好吧，時間先生。

感覺和跟四點從學校回家、五點就看起電視的小孩說：「去寫作業啦。」他回你：「我寫了啊。」一樣假。

時間並不是一定的。你看，人們全都已經發現了這件事。名為時間的你，其實是個飄忽不定、愛說謊、急性子、隨和的人。是很容易隨波逐流的個性，大家都已經知道了最重要的是你還很不會撒謊。你就認了吧。這世界不斷討論著這個話題喔。說謊說得太過頭的話，就要被抓了喔。

時間不是一定的。

也會有人對現在感到憤怒而緊盯著秒針，想看到你變快或變慢的那個瞬間吧。明明不是這麼一回事的啊。讓人想笑啊。不過這也說明著，你真的是唯恐天下不亂的傢伙。我打從心底不相信你所以沒差就是了，不過人們似乎比我想像中的還要依賴你。

還有人說時間就是金錢呢。

才沒這回事吧。如果是這樣的話，那對大多數人來說時間根本無關緊要。他們能這樣一本正經地說嗎？對小嬰兒或小學生。

真可笑。

在擺盪的時間當中，像是游泳般活著。

這次的巡迴是我戒菸之後的第一次巡迴。說來我覺得這次是身為歌唱者，至今以來最無壓力唱歌的一次。本來絲毫不打算戒菸呢。因為我很喜歡香菸。它幫了我很多忙，也覺得果然還是有多虧了香菸才寫出來的歌。

我本來是所謂的重度吸菸者。抽到身邊的人覺得可怕的程度。最後一段時間平均一天都是兩、三包。如果開始錄音會抽到四包。到底要怎麼樣才能抽那麼多。就是一直抽。總之不停抽。

音樂業界是很明理的世界，不管是在練團室裡還是廁所裡，甚至是走廊上、錄音間裡不管哪裡都擺著菸灰缸。是這個世界上對吸菸者最溫柔的世界。

然後我也沒必要做些表面工夫。極端來說除了演唱會的舞臺以外平常不會有什麼特別不能抽菸的狀況。一般在辦公室裡或是工作中應該沒辦法這樣。要等到休息時間或是工作結束才能夠抽上幸福的一支菸。

因為這樣我跟菸草的關係急速前進。不管幹麼都想抽一支。早上起來抽。吃完飯抽。錄完一段吉他也抽。寫歌詞的時候不停抽。過著這樣的日子。

曾經我很喜歡香菸。不論何時何地，我有著比起其他東西，自己跟香菸一起度過的時間更長的自負。現在應該過追溯期了，坦白說我是國中三年級的夏天，在籃球最後大賽上輸球後開始抽菸的。

從以前開始我爸一直都會在家抽菸。我家有著比較傳統的觀念，老爸說的話就是絕對。想當然他並沒有在孩子面前盡量不抽菸的意識，就算是吃飯時間，他還是會在全家待著的客廳裡吞雲吐霧。

老爸會把大家聚在地下室裡演奏鋼琴的那個地方，像是個密室。宛如昭和時代的麻將莊，煙像是會讓周圍蒙上白靄。對我來說那是很稀鬆平常的，並不特別覺得排斥。

也因為這樣吧，聽說大多數人第一次抽菸都會嗆到或是覺得不舒服，我小心翼翼地試抽了之後發現一點也不覺得難受，而是很普通地吸了進去。而且從一開始就覺得很容易抽。上了高中，雖然還是持續參加社團活動不過玩團的時候就會抽菸。在家的時候我也很喜歡從狹窄的陽臺探出身子抽菸。高中二年級之後到了學校就占好頂樓的固定位置，沒什麼事可幹幾乎就是一直抽菸。中午的飯錢、零用錢花在買菸上。是從那以來這十幾年，長久共處下來的香菸。我為什麼會跟心愛的香菸告別呢。

越是愛，反倒越是討厭的心情，也會增長恨意。正是這種感覺。

我的人生完全受到菸草的支配。我沒有辦法像適度使用菸草的人一樣，一天幾支，或是適應那種只有重要時刻才會抽的時髦抽法。四包抽好抽滿。那就是我的個性。說好也可以說不好也可以。

法國的音樂家甘斯柏（Serge Gainsbourg）如是說：「香菸所帶來的快感勝過性愛。」看他的影像或是照片大多數都叼著菸。以他為原型的電影裡主角也是無時無刻都抽著菸。

立川談志這麼說：「戒菸是意志薄弱的人做的事。」後來我爸也是這麼說的。

很多人沉迷於菸草。將它塑造為一個不可或缺的存在。

我如果繼續下去會變得跟那些人們一樣。把人生獻給菸草。我不希望變成那樣。我想要活出自己的人生。沒有香菸活不下去的人生，光想就覺得相當悲慘。

這樣決定戒菸後過了三個月，真可說是單為了戒菸而過活。那是在二〇一二年。想寫歌、想工作的瞬間就會想抽菸，所以那段期間我拒絕所有創作行為。然後盡量不思考任何事，為了維持內心平穩，而生活著。因為太想抽菸手還發抖了。好好笑。我覺得自己是很容易埋頭在一件事裡，很容易陷入中毒的個性、體質，看來沒錯。我想我要是吸過一次毒，肯定無法從中脫身。要是對毒品出手，就是下了一輩子和它相處的覺悟之時。要和那些藥結婚了。

就是這樣我從那時候開始戒菸，只會偶爾從朋友那邊拿來抽，反覆這過程大概一年半才戒掉香菸。現在終於，不會特別想要抽菸了。能戒掉太好了。很幸福。

註釋

註一　叫做「恰萌奇」的樂團的貝斯手兼鼓手兼什麼都會。是個非常好的人。跟我們同天出道。

2月28日16：32

二月最後一天，你好。

在德島散步。在街上亂晃。走過圓頂商店街、穿過鬧街，為了要搭人家推薦的眉山纜車而興高采烈地去了阿波舞會館。到了才發現驚人的事實。「到三月二十日為止因檢修而停駛」

上面寫說是從一月開始的，騙人的吧。沒有檢修這麼久的吧。我在心裡抱怨了一大長串。

走到隔壁的神社參拜。裡頭奉祀的是菅原道真。還有隻據說越摸就越能得到智慧的牛。我摸了個夠。還抽了籤試試運氣。大吉。

嘿嘿，看到了吧。

願望，能夠如願　但不可大意。

等待的人　會出現。

戀愛　積極行動吧。

旅行　有保佑　可成行。

最強的籤。

纜車停駛就放它去吧。

徒步稍微爬上了山。

說來在長崎的時候也覺得，有山的城鎮很棒呢。有種被守護著的感覺。我想可能不經意就會想要爬山。如果山一直在那邊的話，會不會反而不這麼覺得。

我高中的時候啊，很常爬學校的後山。跟女朋友，或是朋友們一起去然後在那裡待上好幾個小時聊天，或是膩在一起。

可能是住在都內才更這麼覺得吧，高中在橫濱，我很喜歡那個有點小山丘的地方。雖然學校後來就不怎麼去了。

除了樂團去練團室，另外就是早上從家裡出門坐著電車來來回回好幾趟，還有去公園啊、河邊或是山上和朋友們一個勁地聊天（上學時間如果穿著制服在路上走馬上會被抓去輔導）。

當初應該聊了些將來的事，還有國家的構造和大人都怎樣之類，好像很了不起的事吧。那些話題怎樣都無法對人啟齒的我，認識了願意聽我聊的人應該很高興吧。當時的我很討厭回家。

我總是被爸媽說你不想念書的話也沒關係就趕快退學，然後趕快開始工作。不過他們還是模糊其詞要我去上學。

如果我有了小孩，我想我不會跟他說不念書的話就趕快退學，而是會給他一點時間。求學期間，那些不去學校的日子也是很寶貴的時光。這只是我的猜測，不過如果我說「好」然後退學我爸媽應該也會覺得頭痛。但如果我現在問了他們應該也不會承認。真心話和場面話。

雖然是滿怪的血統，但到頭來還是古板的上班族家庭。母親內心某處還是希望我能從事一份正當的工作讓我理解了一起生活會很痛苦。

她好像跟我說過，你不能當醫生嗎？外公臨終的時候，因為癌症身體虛弱到一步也動不了卻被醫院踢皮球，沒能接受完整的治療就這樣過世了，母親時常把當時的後悔掛在嘴邊。

如果家族裡面有一個人是醫生就好了……她是這麼想的吧。聽到她這麼說我不是沒有思考過，但我覺得時間點太糟了。

那個時候到判斷要不要以醫生為目標的高中二、三年級中間隔了太久。外公是我小學二年級的時候過世的。對於忘卻當時的心情來說，是過於充分的時間。

還有，說到底我們家族不適合當醫生啊。心臟不強，對打擊承受度很弱。另一方面對各種事的心情切換都很不擅長。重情義，缺乏冷靜。我覺得醫生就某方面來說需要減少這些人類情感。

他們必須具有把人的內臟翻來覆去時，仍如同組裝模型般的冷靜沉著。然後是在當天晚上，回家之後還是能夠正常吃飯的人。

非感性、非人類情感。這是野田家所沒有的人。還是擅長的人當比較好。

我媽的名字叫亨子。喜愛音樂，會彈古典鋼琴。外表看起來很年輕，住在美國的時候和滿頭白髮的我爸待在一起，偶爾會被認成父女而她會為此欣喜若狂。是個努力不懈、有些笨拙、容易感性的人。

傍晚的新聞節目裡如果播到殺人事件，她常會用手遮住嘴巴，流下眼淚。小時候對此我沒多想，但長大之後這個多愁善感的麻煩個性使我感到煩躁。

「每天都有誰過世啊，如果要為這些事都感到消沉的話，怎麼活下去啊。」

現在想想，這應該有部分也是對我自己說吧。這顆麻煩的心應該是從我媽那邊承接下來的。我從這個人身上得到了一半的遺傳基因。

18：14

好～～閒啊～～

我在 YouTube 上看紀錄片《崩之戀》（Sid And Nancy）[註一]。忽然覺得有點想哭。我也不知道為什麼，但想哭。

日記，寫起來越來越開心了。雖然不知道之後會不會回過頭來看，不過四十歲的時候來回顧感覺很不錯。如果重讀的時候，會有些新鮮驚奇就好了呢。想要持續變化呢。自己沒什麼變的話會很討厭啊。

三十歲之前，想把至今的自己好好寫成一些文章。現在覺得，這份日記就是那樣的紀錄好像也很不錯。雖然不知道能寫到哪裡為止，不過想要在萌生想法的時候回顧過去的自己。

我們家老爸是個怪人。要回顧過去無庸置疑會提到父母的事，如果回顧過去的內容越長，他們一定會多次登場。

我爸的名字叫昇。中等身材，現在是白髮。喜愛爵士鋼琴、香菸還有閱讀，頑固且耿直雖然重情理但是個愛講道理的人。能幹、運動神經很好，又聰明。聽說以前很受歡迎。我從這個人身上，得到了一半的遺傳基因。

這樣的老爸在我國小低年級的時候很常跟我說。

「你現在過著百分百由別人供給的生活。用我賺的錢當零用錢、住家裡、上學，吃媽媽做的飯，她還幫你打掃、洗衣服你才得以生活。所以說，你也要趕快成為一個能為別人而活的人。不是讓他人為你做什麼，而是你為他人做什麼。我如此期盼。」

連講法我都鮮明地記得。這句話在那之後他對我說了好幾次。

現在回想起來。我覺得這句話有兩個面向。

一方面的意義是，身為家長，家族應該要絕對服從。你是這樣才得以過活的。我（＝老爸）很偉大。你要聽我的話。說來其實我們家是連當時都算稀有的「嚴格家庭」，對父親總是用敬語說話。

「是的——請——我能——嗎、再麻煩了——感謝。」像是要確立這個壓倒性的主從關係，當時的我多少是這麼覺得的。

不過更重要的是，不如說最主要的是他真的賭在自己小孩身上。我爸是希望能實踐「凡事為人」的人。然後他也期望自己的小孩能這樣。

我很感謝老爸對我說了那些話。過了二十八年，那仍然是在我人生中留下很大一部分的話語。

比如說，我對於自己所達成的事、成就的事並沒有什麼太大的興趣。

很常被說這樣感覺有點奇怪啊。但我細想覺得，這是生性吝嗇吧。特別是關於創作，看到自己還沒實現的事，或是被遠高過自己高度的牆阻擋時，就會覺得「看著自己完成的事滿足露出笑顏」的餘裕一秒也不存在。

總是有所不足，總是背著債的感覺。自己最清楚腦中的理想、對於閃閃發光自己的想像。可惜的是我自己所創作出的東西我一輩子也沒辦法冷靜看待。

因為我已經明白下一步在哪了。

真的覺得對跟我共事的人很抱歉。就算我閉關一星期寫曲有時候什麼也生不出來。我會對思考了幾十個小時卻沒有產出任何東西的自己感到失望。走到街上看到從電車上走下來，今天也結束了一天工作正要回家的人，會覺得抬不起頭來。然後覺得不好好吃飯不行。直到下次寫出歌為止。

寫成文章之後再次覺得。自己真是個傻子。

嗯，我知道。

不過沒辦法，因為就是這樣。

至今為止我都是這樣創作的。

我並未覺得音樂人這個職業有什麼特別，抑或是個特別閃耀發光的職業。當然仍有站在舞臺上或鏡頭前被人注視的意識，但是玩音樂的本質並不在那裡。這可說是個很樸素，且很難清楚知道，在哪個階段能夠對社會做出任何回饋的工作。偶爾會有一些聲音說音樂人是個相對優越的工作。我會有點受不了。我比起來頂多是跟大家相同，普通思考的話應該還比大家低階。

就算音樂人不做音樂，大家還是能夠生活。音樂或許會為生活增添新的感覺或色彩，但跟生活的根基最無關的工作之一就是音樂。食衣住、人身安全、經濟安定，這些都滿足之後音樂產業才得以作用。戰爭中軍人一同合唱或是在震災那類困境狀態下腦中可能會響起音樂，但那是音樂本身的力量並非這個產業所帶來的。

可以陪伴在誰的人生當中，或是為他們帶來些新氣象，如果音樂能做到一點也好，我覺得那真的是件很高興的事也很令人驕傲，不過我始終無法拋開對於這份職業「身為邊緣人類」的意識。

電車、巴士、計程車的司機或廚師，還有製造車輛、電氣設備的中小企業甚至大公司裡上班的人，買賣日圓或美金的人，各種職類的ＯＬ、上班族等等……我是因為那些人而轉動的世界才得以生存的。

今天製作的曲子毫無進展，或是最後還是刪掉寫下的歌詞我的勞動量就是零，那我當天所用過的餐說起來是某個誰勞動出來的分量。什麼生產都沒有，卻進行了消費。這樣的狀態光靠我一個人是不可能維持的。是因為有人勞動我才得以生存。我會有這種感覺。而且這並不是謊言，而是真實。

在這種狀態之下，身為創作者我還是抱持著幸福的精神，我覺得這件事的原點還是來自於那段話。我也不覺得音樂是為了人而做的，但是隨時都該出發前往下一個目的地的心情，是從當時就一直有的。

長到了二十二還二十三歲，見到老爸時他跟我說了句話。

「我在公司上班，站在帶領幾百人、幾千人的立場上，希望能藉由製造車輛為多數的人帶來幸福。不過說不定現在，你給予幸福的對象比我還多了呢。雖然我明白數量並不是重點。」

他如是說。

我雖然寫得相當簡略，當時我們家的關係經歷過一次完全崩壞，是好不容易重整起來準備往前邁進一步的時候，我也是「這樣啊」地半帶過地聽了。

淚水奪眶而出，若是像這樣的話就是令人動容的故事了，但我記得我是用，「喔是嗎」的態度接收了這段話。明明都是情緒化的性格，但是這些特別細微表現上真的是很糟、很糟、糟透了的一家人。

嗯不過，太好了。我是很陽光的孩子。如果就分類而言的話。

占卜，前世。會有人提起這種話題。然後問：「你相信嗎？」

信或不信，全憑個人。大家都一樣。你也是相信自己想相信的東西吧。或是相信值得相信的人所說的。所以我盡量不讓自己太刻板地看待，不過這類話題裡面有很多冷靜思考後會想吐槽的點實在讓人相當困擾。然後也很常會有人說，你不要用這種偏頗的態度。

我沒有自己問過占卜或是關於前世的事。只是某些節目上，或是朋友、女友會擅自去占卜然後跟我說結果。

這是我們團員做常規廣播節目時的事。請了占卜師上節目卜算了團員各自的前世。再從中帶到團員現在的關係。我據說是花魁（不知為何很常被說前世是女性）。智史是平民百姓。剩下的兩個人我忘了但是武田好像是商人的樣子。還有，給另一個人占卜的時候她說我和女友前世在江戶時期是親子關係，之類的。從那個時候開始我就對這類型的話題抱持懷疑。

首先，為什麼大家前世也是日本人？在這個廣大的世界上，我們四個前世也都在日本，歷經輪迴之後還生活在差不多時代這點就已經很不可思議了。是像命運共同體的感覺嗎？但是會讓人覺得也不用這麼剛好都被送到這個世界地圖上的邊緣島國來吧。我確實會希望一生的伴侶在轉世之後也能夠出生在同個時代。雖然是有這種浪漫情懷，不過身邊的人全都再會，這種的請饒了我吧。既然都能夠超越時空了我想要遇見還不認識的人。

然後要再追究下去就是為什麼大家都是人類？

要說有生命的東西，在這星球上存活著大約幾百萬種的生命吧。若有輪迴，為什麼這麼碰巧只有我們一直待在食物鏈頂端當人類而且還連續兩次。

人類肯定是大熱門中的大熱門生物。在黃泉之下都要排預約候補。受到人類摧殘的生物數也數不盡，他們都血氣方剛地計畫著如果轉生為人該怎麼進行復仇吧。我甚至覺得人類說不定是歷經過螞蟻、綠鬣蜥、老鼠、蜘蛛或蟑螂等幾百萬次輪迴才能抽中的超級無敵大籤。不，肯定沒錯的。為什麼只有我們，而且還夠連續成為人類呢。思考過「道理」之後，我應該在地球尚存的狀態下最多只會再輪到一次吧。噓聲四起。插太多隊了。

如果有一位占卜師跟我說：「你的前世是蚯蚓。然後來世是蛾。不過出生兩秒就會被吃掉喪命了喔。哈哈哈。以上。」我會相信。聽起來相當有說服力。會真切覺得要好好活過這僅有一次的人生。

前世也是人，而且是在現今的我們也可以想像到的世界，是教科書上寫著的某個時代，會讓我覺得這些都還帶有人類的傲慢吧。將自己的生命看得太過特別了吧。這樣的話宗教上的意義會變得濃厚。前世是這樣，所以現世該這樣過活。

不就是把前世拿來當成活過今世的指標嗎？為了來世的幸福所以現世要積德，跟這種說法一樣。

難過的是生命並沒有如此重大的意義。若沒有我們人存在的話。我們人類目光所向的方向才有其意義。正因此，人的生命才稱得上偉大。

不過我們吃烤雞串的時候並不會一一幫那些鳥類取名。還有吃魚的時候、驅除虎頭蜂的時候，殺蟑螂的時候也是。我們不會緬懷每一條性命。這樣會沒完沒了。但是我們自己的性命卻有所不同。儘管自己的生命僅是那些沒完沒了的無數生命之一我們卻不把它算在裡面。而認為是特別且崇高的高貴之物。這就是傲慢。

我們相信自己想相信的。

尋找自己和喜歡的人、在意的人的共通點。對於適配程度感到歡喜，擅自在自己和對方之間牽上「命運之線」。那只是「命運的意圖」。試著做對自己有利的解釋。

反過頭來會尋找和討厭的人、看不順眼的人有何不同。那個人和我這裡不一樣，那裡也不一樣，我們絕對不合。就算他和喜歡的人有相同共通點卻視而不見。

我們太常在一開始就抱著先入為主的答案去過活。在自己心裡選出正確解答。無法從中脱離。

很常有人問我：「你喜歡怎麼樣的人？」這個我也很不明白。

我每次都回答，沒有特別喜歡的類型。因為我根本不知道啊，喜歡的是哪種類型。那是種順序。擅於料理、笑起來很可愛、很會照顧人等等。那不是喜歡的條件而是我喜歡那個喜歡的人的地方吧。這樣想來就覺得我們真是自私自利的生物。喜歡的人不是用分數衡量的吧。幾分以上及格之類的。如果是我這樣受到分數評價我會覺得很討厭。感情是這樣的東西嗎？對人類而言。

因為不想被誤會所以順帶一提，我相信遠超越人類力量的感覺、力量。我也認為超越我們的頭腦和常識之處所存在的力量，正在使這個世界運行，並且拯救著我們。我自己親身經歷過好幾次，並且在那些當下會希望自己能夠觸碰到那力量、和其有所交流。

我不喜歡的是，那樣的力量和能力全被劃分在同個區塊裡，在人類的理解當中被歸類成同一類。對這點我有很強烈的抵抗感。那些力量才不是只有這個程度吧。才不是這樣的東西。

註釋

註一　SEX PISTOLS的貝斯手和他的女友。兩位皆在二十一、二十歲的青春年華逝世。PISTOLS的音樂我不太懂，不過其中的故事虛幻縹緲、有人情味、帥氣、讓人無法憎恨的感覺我很喜歡。

3月1日23：45

德島場，結束了。

昨天明明放鬆休息了，今天卻是喉嚨狀況最不好的一次。

不甘心。最大的感想就是，非常不甘心。

不甘心。

第二個感想是，真的是群很棒的觀眾。

閃耀發光著，打從心裡接納了第一次在德島開唱的我們。

喜歡上了，德島。

可能也是因為這樣吧，懊悔的心情更加強烈。下次想要在身體狀況周全的狀態下來雪恥。一定會回來的。

演出途中，演奏了網路上搜尋到的阿波舞音樂，觀眾很捧場地跳了起來。

當地的人們，體內都有阿波舞之魂呢。這就是血統嗎？理所當然跳起舞來的樣子某種意義上來說頗為異樣，但讓我覺得充滿了能量。想親眼看一次真正的阿波舞祭典。

聽到觀眾席傳來一句話。

「如果跟我們一樣是個傻子的話，不跳可惜。」好像不太一樣不過是類似的內容。我覺得很棒呢。我記得的是，

「欸——啦呀恰欸——啦呀恰 呦咿呦咿呦咿呦咿」

「呀陀撒——呀陀呀陀」

我很喜歡日文裡這樣的發音。
只能稱之為喊聲，是純度百分百的日語音樂。
只是演奏著一般曲子，觀眾席也有零星做著獨特動作的人。
要這樣才好啊。不可思議又有趣。
覺得很深奧呢。還有很多很多很多很多我所不知道的事啊，日本。
能這麼覺得，也是因為我們繞了全國啊。
眉山的纜車還沒坐過（聽說武田一個人獨步爬上了山。值得敬佩〈笑〉），拉麵我也沒吃到。
還會再來的，在那之前要過得幸福喔。
要讓故鄉保持元氣喔。
這次巡迴上我還沒這麼說過呢。不過認真說，我每次都這麼想的啊。
因為你們的表情實在是令人動容了。
會想要跟你們說：「不要來東京這種地方啦。」
保有那樣的熱情和心意還有眼神中的閃耀，反而這裡才會是讓東京稱羨的地方啊。
再來如果有智慧和金錢還有勇氣加忍耐以及國家規劃的話。會讓我這麼想。
不阻止這個地方人口流失的趨勢不行，巡迴起跑後我深切地覺得。
拉下了鐵門的店鋪數量之多，德島也有一些商店街空蕩蕩的。

鳥取那裡也是有很寂寥的商店街呢。幾百公尺的路上杳無人煙。

還有比起西日本在北日本、東日本更是情況迫切。事態嚴峻。

秋田儘管是車站附近也有很多空無一人的商店街、道路。市中心的車站附近人流也正在減少。

這樣真的好嗎？東京則是每年人口都持續增加。

我不懂少子化哪裡是問題。

不過就是無法持續目前為止的經濟成長而已嘛。無法支付年金。全部都是過往的幻想所遺留下的排泄物。而我們要負責處理那些糞。

誰也不說明人口減少哪裡不好。

世界的人口在二〇五〇年會達到九十億人。

現在大家煞有其事地說那是個大問題。糧食不足、資源枯竭，等等。這種時候我覺得現今的日本應該是個好範本吧。思考一些方式，適度調節人口就好了。只是為了自己國家的利益而想要阻止人口減少的話，這發想跟國債和年金完全一樣啊。只是把問題往後代一拖再拖。

對將來悲觀根本沒辦法生小孩，我覺得國家並沒有回應這樣的心聲。

正確和錯誤，繼續或變更，我覺得這都應該以數年為週期做更大幅度的改變。週期只會越來越短。從今以後。

非繳年金不可的理由，也沒有誰會解釋到讓人能夠認同。

但是法律仍然要求你繳納。

平等早就不存在了。所謂「法制下的平等」，我覺得只意味著，允許大家平等活在這不平等的世界裡。

孤獨死、餓死。這些不全然發生在地球的另一側或非洲還是開發中國家裡小角落的事，在日本也發生著。每年都有相當多的件數。隨意地做出從高收入者身上收取一半以上的稅金這種蠻橫的事，但也有在最後寫下「好想吃飯糰……」就往生的人，就是這個國家。

是稍微思考就能理解的事。

電視裡報了昨天眾議院通過本年度預算案的新聞。超過九十五兆元還多少吧。我不知道是多聰明的人為了決定金錢流向而煩惱，不過既然有這麼多餓死的人存在就是有哪裡不對勁的證明。

即使三歲小孩聽了，或是六十歲的人聽了都會知道這很奇怪。

在這結束了一場美好演出，興奮還難以平息的時間我說些什麼啊。

興奮情緒轉向了不同方向。真糟糕。

明天是相隔多日回到東京。睽違十二天。本來聽說最近春意漸濃東京也變滿舒適的，結果好像今天晚上到明天早上東京又要下雪了。我想了想，想了又想，還真是個到哪裡都受到雨雪之殃的樂團。這就是RADWIMPS。

我們樂團活動的最後一天會是大雪嗎？抑或是萬里無雲的晴天呢。

＊

你啊，沒問題的喔。

一定沒問題。

這句話今天聽起來很沉重。
很難受。
有兩個人對我這麼說。
明明是鼓勵的話，但我所接收到的卻非如此。
就算跟我說我沒問題，我也只能加油不是嗎？

想要撒嬌也不能撒嬌。

當然我會拚命去做，我也有在努力，
是我自己選了這條路的。

但有人對我說了，你沒問題的
感覺到好像只剩下這一條路了。

為什麼呢。

我有努力喔。好好地努力著。

這是我拚到極限換來的證據嗎
這十二天的期間是我以往不曾經歷過的。
不管是在肉體上也好，更重要的是精神上也是。
或許我期盼會有點讓我能撒嬌的餘地吧。

愛撒嬌的人

「沒問題的喔」

這句話我可能想自己說出口吧

可能是想在別人對我說，不要勉強的時候
自己回應他，沒關係沒問題的

抱歉

鼓勵的話語，卻被我這麼想。

那是在我的小小內心世界裡的事。

能睡著嗎
能睡著嗎
希望明天是美好的一天
請賜給我，美好的一天。

「愛哭鬼」
我覺得我是個愛哭鬼。我想想為什麼。
應該是因為看過很多人的淚水。
我的眼淚和小嬰兒的眼淚不同。
我看過的各種人的淚水，一定都是我淚水的教科書。

3月2日 14：24

我回來了。東京。

我搭了比其他團員早的飛機回到了東京。

相隔十二天回到自己家。果然很棒啊。讓人安穩。

植物變得更沒精神了。是怎麼了呢。本來水是只要兩個星期澆一次就好，還是因為太冷受不了啊。聽說它們比較適合待在溫暖的地方，想必是這個冬天的大雪對它造成影響。

希望能存活下去啊。我很擅長把植物養枯。不擅長讓它們活著。但還是會覺得失落。所以盡量不買。不過都收下了，然後覺得只有收下的那盆太寂寞了就持續幫它增加了夥伴。

啊，是說在德島收下的花，我請人寄到家裡來了。

那個感覺也很不錯。一定跟房間很搭。

3月3日 19：20

今天是女兒節。好像。

我其實不太清楚要幹麼。因為我們家小孩都是男生。昨天睽違兩星期左右喝了酒。喝個爛醉今天起床感覺很糟。可能也是和兩星期份的疲勞有關吧。

現在還是覺得身體很沉重……嗚嗚。今天一步也不踏出家門了。這樣也好。畢竟一直待在外面。

到各地跑巡迴，果然即使窩在飯店裡對我來說那還是「外面」。不是回到自己家，那裡算是外面。昨天睡在自己棉被裡再次這麼覺得。自己的家真的很重要呢。

雖然也有人跟貓一樣輾轉各地居住生活，但那跟我是不同種族的人呢。儘管感到羨慕，但我沒有辦法。

話說回來，這個家還真寬敞啊，對一個人而言。事到如今說些什麼。啊哈哈。

有報導說俄羅斯軍事介入了烏克蘭。

據說造成了一百人以上的死傷。

這好像也是烏克蘭東部和南部兩邊，俄羅斯裔居民和當地右派勢力的對立。

美國以及歐盟各國皆對此事表達批判。他們一致決定不進行接下來即將舉辦的G8高峰會的準備。

想來日本真是個輕鬆的國家。

被海包圍。

幾乎沒有領土問題。

領土問題也就是戰爭的歷史。

幾乎沒有領土問題的日本以前曾經為了要將這個狹窄的國家更加細分而在戰國時代歷經戰爭。

人一旦畫了線就會想要往那條線的外部擴展。不過日本的話還真的稱得上是可愛的。雖然與琉球及愛努民族之間有過衝突，但本州是同一民族鬥爭。在同一間學校裡面爭當老大。

歐洲、中東、中國、俄羅斯、朝鮮，各自都經歷過漫長不已的紛爭和領土爭奪，並且伴隨著持續數百、數千年的民族、宗教戰爭。甚至是，讓人哀痛於一代人能做些什麼的漫長期間。可能某天早上一醒來，這裡就變成不同國家了。

俄羅斯的普丁，讓人訝異的是索契冬奧過沒幾天而已就做出這樣的行動。明知受全世界矚目，卻還是做出比往昔更明目張膽的侵略行為。我覺得很恐怖啊。

議會也受到普丁的要求，馬上就許可了軍隊的派遣命令。就是任人擺布。普丁的獨裁究竟會持續到什麼狀態。日本為數不多的領土問題裡，北方領土就是和俄羅斯的交涉。

會變得怎麼樣呢，我是覺得給他們就好了啦。雖然這麼說的話，會有人很生氣的吧。

關於這次俄國對烏克蘭的軍事介入，我收到了善木哥的訊息。他說，想要把〈Order Made〉[註一]做為對這次紛爭的訊息發表出去。想要翻譯成烏克蘭文、俄文、英文上傳到YouTube。我跟他說，我覺得很不錯啊。

善木哥拿出了約翰・藍儂的〈Imagine〉出來講。那首歌原本的構思來自於小野洋子吧。他說，同樣來自日本人，創造出了這兩首歌。〈Imagine〉是從宏觀出發，〈Order Made〉是由微觀描述相同的事。我覺得我好像明白了卻又不太懂。一如往常很誇張，但我覺得很像善木哥會說的話呢。謝謝。

或許是小小的訊息。
我們很常埋下這樣的種子。
有些能夠傳達給歌迷，也有些實在渺小過頭沒辦法聽到。
也有很多是這個世間聽不進去的。

不過這樣就好。關於播種，我覺得各有一套方式就好。

我不喜歡，大家都一樣一面倒的播種法。那種只看著幾天後、幾個月後的發行、演出、薪水的播種法很討厭。這樣只長得出幾公分的樹啊。當然這也是必要的喔。

不過從天上看下來的話這個世上會是毫無凹凸起伏，光滑的地表。

那樣的產物會充斥這個世界。

會是時光流逝的速度，和人類不斷忘卻的記憶力互相追趕。

我想要確實地為幾十年、幾百年後埋下種子。

在忘卻之時有人會在遠方擅自為它澆水栽培它的那種。不過度保護。經由誰的手讓它長成變化到連我也認不出的嫩芽。

不然就沒有夢想了。

我想種下那樣的種子。生活在這時代壓倒性的速度之中，忽然停下腳步的瞬間。在那裡有所體悟。

當今所謂的娛樂這種東西，我不太信任。用大略的一般論調而言我不喜歡喔。只是還是會感受到它的氛圍。對那個氛圍我會思考。這個出口是既定的吧。

大紅，之後出續集，拍番外。巡迴大成功，門票完售。根據事實翻拍。引領年輕人間風潮的人。崇拜、流行、致敬、拍成電影。不管哪一個在最初出現的時候，都是純粹的「第一次」吧。

現象。播下的種。那在某一天就會成為規矩。「如果這麼做，就會有這樣的結果。」「這樣做，就會大賣。」像是掛保證一樣的大量生產。把觀眾當傻子。

想看到不是既成出口的東西。

這是所有人的盼望。

想要遇見不是被準備好的結論。

不過這也意謂那些東西幾乎都並不叫座。不好。平凡、單調，大多數是這樣。

這也是當然。準備好的東西，必定能出現一定程度的感動，或結果。也只能說，是一定程度喔。如果想要和未知相遇，必須做不知道的事。

我們所播下的種幾乎都會在毫無價值的狀態下消失殆盡吧。被人遺忘，還未盛開花朵就逐漸枯萎。自我滿足，還沒有顛覆既定概念就結束了。不過即便如此我也不痛不癢。這不構成我放棄的動機。

將來自己的小孩可能會變成殺人魔、犯罪者，或是對世間毫無貢獻就這樣死去。但也沒有父母會因為這樣就不生小孩。這不是理由。

希望是自由的。我們基本上，到頭來都是個樂觀主義者，這點甚至讓人感到難過。

「烏克蘭和俄羅斯軍方發生衝突，一般市民一百人以上死亡。」「敘利亞因政府軍空襲造成市民五十人以上死亡。」土耳其、奈及利亞、世界各地都有這樣的新聞。不過在日本是每天有將近一百人自殺。就算不被誰殺害，也死了這麼多人。

不僅要關心其他國家的事，被海包圍的日本也應該自己加油。

註釋

註一　主流出道後的第六張單曲。是在第四張和第五張專輯之間唯一發行的曲子。在這之間約空白了兩年半。這段期間在我心中真的是與世界隔離。每天反覆作曲，和將其丟棄的循環。那時候寫的歌應該有超過一百首吧。與其叫做音樂家，更像是位研究者的時期。最像活在永遠之中的日子。好不容易可以發行這首歌太好了。

3月4日16：58

我正在看一本叫《大家的死法[7]》[註一]的書。我不那麼常看書不過巡迴中移動的時候，或是必須為了喉嚨泡比較久的澡（確保充足的溼氣）的時候，就不只看漫畫也開始看起書了。

說實在，書最重要的是能夠看不膩一直讀下去，重要的是能「確實消磨」時間，內容則是其次。當然能有趣更好，不過我現在就把能打發時間當有趣。所以如果有想知道的知識，像數學書啊，或是覺得這麼說來很想知道的歷史相關書籍也很想讀讀看，但是我會避免把頭腦注意力都拉去內容上有讓人深陷的可能性的書。因為我很怕會出現「為了要了解那個，不得不先從別的東西開始查」的循環。

啊先不管那個，現在正在看的《大家的死法》。

7　譯註：意譯，原名為《みんなの死にかた》。

裡頭寫了作家、演員、搞笑藝人、學者、醫師、歌手、藝術家，各式各樣的人在生命最後時光的度過方法。癌症或腦梗塞、心臟疾病等快轉的方式（作者是這麼稱呼的），人是怎麼面對的呢？雖然會讓心情沉悶，不過還是會讓人不禁代換自己的心境思考。

我第一次對死亡有所意識是什麼時候啊。大概是三、四歲的時候吧。現在仍鮮明記得。出生後最初的絕望。走進客廳看到老爸坐在沙發上看報紙。我站著一動也不動地凝視著一點。然後，那個感覺從腳下一湧而上。我察覺「總有一天自己會死亡」，那為什麼要生下我呢？這樣我不是非得一死嗎？這麼悲傷的事情發生了好嗎？這個存在，將迎來終結。我記得這個荒誕的感覺席捲了我。

然後現在仍會襲來的那份感情，本質上可說是絲毫沒變。

和這世界的妥協、和自己本身的和解，在這二十八年內也算是某種程度讓我練習了這件事。不過，一旦直面死亡，還是沒有辦法如此從容。

死亡隨時伴在我們身旁。可能就是明天，也可能是下個瞬間。它經常跟隨在我的人生之中。我常被說想太多了，應該就是指這些想法吧。

但是，看了這本書，我覺得還是不能置身事外。

人會說不要到時候再來後悔，但我可能就是個把後悔放在未來的人。我是抱持著「絕對不想後悔」這個想法在過活的。把後悔可以放在未來。人類有想像的能力。有想像力。

如果只剩下一個月能活、只剩下一年、只剩下兩年，明天喜歡的人就會死去，或是今天跟重要的團員見的是最後一面了，那今天的我可能會有所不同。也可能是因為更小的事有所不同。然後發現事物珍貴的時間點真的有很多。

雖然不用做到這程度就能好好珍惜是最好的，但我是個健忘的人啊。我不想死。還不想不想不想死。有很多想要做的事，如果可以我認真這一輩子都不想死。就算有人說：「你是白痴嗎？」我也是這麼希望的。但我明白這無法成真。

也就是說，必須在剩下的時間裡改變這份心情。

假設我現在，得了惡化速度很快的癌症只剩下一年就要死了，我是否能夠跟在這本書裡面寫到的人一樣地度過我最後的生命呢。

死法，我覺得是能夠表現出最後時光的訊息。或許是，人生中能夠留給活下來的人最後的作品。

在自己罹病過世前對家人一語不發的人，還沒做好離世準備就過世的人、對抗病魔好幾年最後死去的人、拒絕維生治療的人、在治療方針上搖擺不定就這樣嚥下最後一口氣的人、為了家人想要延續生命的人、和心愛的人平靜迎接最後旅途的人、與其被病魔所殺不如自我了斷的人、直到最後都還工作著的人、一直逃避病痛的人、將罹病一事公開發表的人，或不發表的人。詳細交代了葬儀的安排，是要祕密下葬或是僅有家族參加、遺產分配、遺骨安置處的人。

自己會怎麼做呢？不管怎麼想像，只要病魔不出現在我體內，這一切都只是空想而已吧。不管是多優秀的人們，在接受餘命宣告的時候都是赤裸的，會被逼進到一個不允許任何虛飾且壓倒性的孤獨裡吧。會看到毫無遮掩的自己。連自己信以為真實面貌的樣子都會被剝得乾淨俐落。

我以前有讀過養老孟司的書。

他說：「如果我要死的話我想得癌症死。」

我懂他的說法。論事而言我也是他那一派的。

大概人的一生，就是不知道什麼時候會碰上被隨機殺人魔刺殺的事故，或是得到不測的怪病。這世界被謊言和虛構所掩蓋，基本上人就是欺騙他人而得以生存的。無法保證不會有必須將自己雙手掐在脖子上的處境發生。

在這之中，癌症可以大概幫你訂下死期。可以先做，離世的準備。

我覺得很有趣。我還沒有做過死亡的準備。若是現在有人問我：「那你做的是活著的準備嗎？」其實並不是。單純只是為了活下去而活著。

就我個人的感覺死亡並不是緊貼在自己背後跟隨著我，但也不是距離很遙遠的東西。

我覺得死亡就是如常的，畢竟我只會活幾十年。

宇宙的歷史是一百三十八億年左右吧？地球誕生至今四十六億年。在這之中我幾乎不存在。經常性處於死亡。

「既然沒有生也不會死吧。」雖然可能會有人對我這麼說，不過這是沒有辦法的。因為我就是這麼想的。現在碰巧活著，等過段時間就會死去了。

「生」就是如此稀有、如此特殊。

在幼稚園那時所想的事現在也這麼覺得。如果可以的話我不想死。正因為我生而為人，所以才會死亡。正因為生而為人，才會有「出生之前」的概念，也才會有「死掉之後」存在。這是件，多麼讓人難過的事啊。但既然都出生了，就活下去。我是這麼想的。
然後既然都要活下去的話，想要好好過活。
現在的我如果得了癌症，宣告只能再活兩年的話，我會感到絕望。究竟會到什麼程度，或是會有什麼其他的情感混入我並不知道，但是這點是確切的。
那就現在開始跟重要的人見面吧。兩年的話想做的事應該能完成不少喔，環遊世界一圈，吃好吃的東西度過吧，要能這麼想應該要花好長一段時間吧。
然後我這麼想了。那我還打算繼續活幾年呢？
兩年很短，那十年呢？
大家都知道一百年的話太長了。
如果照平均壽命來算的話我應該剩下五十年左右吧。
那被說剩下五十年的話會感到滿足嗎？
想到這裡我每次都會搞不清楚。
我有還沒做完的事。這些不管是誰都會這麼想吧。
也有很多人在臨終之前無法完成那些事。
正因有期限才能做到。開始寫這份日記的契機不也是如此嗎？
說到底數百年前，武士的時代人類的壽命只有三十多歲。如果從那個時代來看我已經活到了生命晚期。
我一直持續注視著死亡。因為很恐怖，所以為了在碰上的時候讓自己保持沒事，為了讓自己能夠珍惜當下，為了讓自己不為所動。所以以脫離自己身體的方式去思考，盡可能讓自己保持冷靜。

所以說這份日記很恐怖。我太過以原本的自己去思考了。

沒問題嗎？只不過，看到了很多人邁向死亡的最後一段路，我自己也感覺到赤裸。

是不得不變得赤裸。

重點不是時間嗎？

最近我在演唱會的ＭＣ上很常說的話。我跟大家說是最後一首歌的時候，大家都會很失落。不過，大家都會打從心底對於已經過了一個半小時感到驚訝。

國中時代那堂無聊的政治經濟課的五十分鐘漫長如地獄。想說差不多要下課了吧，看了一眼時鐘才過了五分鐘，當時的記憶至今仍鮮明記著。

不是開玩笑，我真的覺得快下課了；但沒有，時間確實撒了謊。

是由人心決定的。長度、距離，各種客觀的狀況都是由人決定的。

也因為這樣，所以才有標準，為了認識自己用的。

不準的是時鐘、秤、指南針。沒個結論，怎麼辦。

也就是說我覺得人的懊悔、悲傷、絕望、後悔的分量成了世界和人本身的連結吧。應該是你有多愛這個世界，這個世界就會愛你吧。我只能這麼覺得。

能跟養老先生有一樣的想法讓我感到驕傲。一定是因為我完成了很多事，然後身為人類逐一滿足自己的需求，找到了和時間的折衷才能有現在的這種想法吧。

我不知道我幾歲會離世。會在溫暖的床鋪上往生或是在寒冷的天空下斷氣，會在重要的人包圍之下過世還是在無人知曉的狀況下死去呢，會在讓人顫抖不已的疼痛當中死亡或是在睡夢中安然離去呢？我不知道，而且現在還有更需要思考的事。

我只有一個願望。我想要有自己的死法。

我唱了很多關於死亡的歌曲。

在歌曲裡面殺了好幾個人。

侮辱了神，偶爾還會戲弄祂，還和祂對話。

我強烈覺得，我並沒有逃避。

給現在站在死亡深淵前的自己——你有聽到嗎？

＊

今天，和松永導演[註二]見了面。巡迴剛好也到了一個段落可以在這個時間點和他見到面真的太好了。這麼說來，話說我在半年後就會模擬體驗死亡。

雖然那是模擬，一定也會對我的人生產生影響吧。以這樣的體驗為糧食、為肥料，我一定會再選擇某一種生吧。

好期待。不過上次見面時劇本改了很多讓我感到震驚呢。我最喜歡的場景被刪掉了。今天也會拿新的劇本給我看吧。希望有改善。

24：23

松永導演回家了。結果一直在我家悠哉地喝酒。能聊過實在太好了呢。我們聊了很多事情。雖然說了很多但最後還是聊到了小孩、結婚、戀愛的事。再次感受到，我現在是有生以來第一次，覺得好想要小孩啊。痛切地感受到這件事。一定會是一件很棒的事吧。

我不知道這個世界對我是怎麼想的，但我一直很嚮往有家庭的人。我有自己生長在扭曲家庭的自覺，我覺得，我是一個滿久以前就開始想如果我有家庭要這樣、要那樣，有理想模樣的人。現在以年齡而言、以社會處境而言，可能變得能更現實地思考了。啊不過現實的問題是，這感覺是滿不可能的事。

松永導演聊到了自己小孩的事。

「爸爸有一天也會死掉嗎？媽媽也是嗎？花也會？小狗〇〇也會？為什麼？能不能只有〇〇和花不會死掉？」

聽說他這麼問了導演。聽了這些話我就覺得好可愛啊。這是個多麼棒的問題。如果是我的話會怎麼回答呢。光是想像就讓我不禁露出笑容。

如果我當了爸爸，能夠把工作放著不管，兩年左右專心帶小孩嗎？

或是反而打開了爸爸開關開始當個「工作狂」拚命工作呢。

現在只能想像。

無法預知的驚人力量會改變自己的視野，那一定也會是個能夠遇見尚未知曉的自己的契機吧。和小孩的相遇。另外就是父母的死亡。這兩種我都還沒經歷過。

導演說他喜歡〈手機〉[註三]那首歌。他說，他想要過著沒有這種東西的生活。確實。曾經沒有手機，我們也照樣生活著。

據說在戰後日本的經濟成長期，洗衣機、冰箱、黑白電視被說是三項神器。

每個家庭都有一臺。而手機被稱為所有人皆持有的最後一樣電器製品。

我已經不覺得沒有手機比較好了。重要的人不在了的時候，自己碰到瓶頸的時候，可以快速方便取得聯絡對怕寂寞的我們人類來說，是不可或缺的工具。

不過我也想知道我們因此而失去的東西。

偶然再會、約碰面、約定、打電話到喜歡的女生她家時跟她爸媽的尷尬對話、對電話另一頭過度的擔心、喜悅。這些都不見了。我不知道這些其實都微不足道還是不然。另外，這十年來我們在只為了要打電話、傳簡訊的手機上加了網路機能。

想知道的事，被提供的「真實」、「正確」滿溢而出。在我們手中。

讓曖昧的東西保持曖昧。這個想法不見了。

充斥了很多看似正經的謊言。

我知道和失去的相比它的好處多到有剩。

不過，儘管如此這份虛無感是什麼呢。

這幾十年來一直想知道，卻讓它一直保持曖昧的事。然後在某天突然一個契機或相遇下就明白了。如命運般。一生難以忘懷。維基百科查到的資訊過個一天就忘記了。不知為何。

我是這麼想的。

人用各種奇蹟當成交換，尋求純白的真實。

正確性什麼的明明多走一步路就會有所不同了。這才是正常的。

但不管在何地，不管住在什麼樣的地方，人都追求著均一的解答。現在一定就是這樣。

講不清啊。就算我寫成這樣。

不過今天，我不太想多做說明。所以到這結束。

註釋

註一　在巡迴中碰巧走進書店偶然發現的書。不認識這作者，被書名吸引所以買了。

註二　我主演的電影《廁所裡的聖殤》的導演。

註三　第九張單曲。二〇一〇年發行。和〈Manifesto〉那張單曲同時發行。是RAD少見的不插電風單曲。我想應該是對手機感到相當厭煩時寫下的歌詞吧（我忘了）。

3月5日 17：05

我看了牙醫。外頭下了大雨。

大雨之中，開上高速公路單程四十分鐘。算是出了趟遠門。

我喜歡雨天。我喜歡待在家裡、在車上，或從電車的窗戶上看雨。

「不——是——喔不——是喔——[8]。」會不斷唱起這段合音。

8　譯註：這邊引用的是兒玉奈央的歌《ちがうよ》。

讓人感到舒服的歌聲。Yumin[9]的〈Velvet Easter〉[註一]也是雨天時會特別想聽，那首歌也有種哀愁感。

還想去看耳鼻喉科，和還想去看人家邀我去看的衣服不過今天就先作罷。雨感覺不會停。對老爺車來說有點太辛苦了。

晚上還要看舞臺劇，我就聽著雨聲彈個鋼琴，然後洗個澡好了。

哈哈，很不錯吧。「真・放假」的假日。

啊，昨天那個人打了電話來。我很高興。

來聊一下我開的車。

它是賓士的SL五〇〇。年代約一九八〇年代末期。比我還小。

非常帥氣。算是四人座不過實際上幾乎是接近轎跑的雙門車。

雖然小巧但車身滿長的。可以把頂篷收起來變成敞篷車，但那滿痛苦的。因為不是像現在的車款都是電動的所以兩個成人打開的話算勉強，沒有三個人一起開很累人。

打開一次光想到裝回去要耗多大勞力就覺得頭痛所以不太會想要動它。

我去年夏天打開過一次，幾乎整個夏天一直維持著敞篷的狀態。

我途中發現原來後面收著接近全新的車篷所以就算下雨也沒關係。

---

9 譯註：日本知名女歌手松任谷由實的暱稱。

因為壞了所以這個冬天在沒暖氣的狀態下度過，和不明原因的謎之車燈自行亮起事件，還有排除掉擋風玻璃很容易起霧這點車況很不錯。雖然維修費用龐大到驚人不過也是沒辦法。

我很討厭「環保」這樣的詞彙。我開的是老車。過了十五年的二手冰箱現在也還用著，小五的時候外婆給我的報童帽我現在也還會戴。

我對懷舊主義、保護環境都沒有厭惡感，只是覺得那樣就很好。

當然我也喜歡新的東西，覺得好的東西就會買。但我完全無法理解有人購物的理由是「因為這很環保，這對環境友善」。

我不明白認真說出這種話的人的意圖。

是我的腦袋太笨了嗎？還是大家比我想像中的還笨。這個謎題仍未解開。

「環保車減稅」、「榮獲某環保大獎商品」、「達到比原本百分之○減少的環保目標」

這些宣傳字句充斥在現在的家電、汽車廣告當中。

這些話術裡面最假的是，以「為了地球」、「為了周遭」的大義為掩飾全部到最後都是「為了自己」。

減稅後可以便宜購入高興的是自己。

雖然可以說是環保但是電費變便宜了高興的是自己。

低油耗所以省了油錢高興的是自己。

那些附帶的二氧化碳減少百分之幾並不重要。

假設新車發售了。那輛車比以往的車減少了百分之九十的二氧化碳排放。採用了防衝撞系統使絕對不會發生車禍的車輛成真。因搭載高度技術花費龐大所以列入國家減稅對象可以大幅壓低價格。金額是，一千萬日圓整！

這樣誰也不會買。

說來人們想要的就是，

「自己的利益」＋「世界的利益」這樣的附加價值。

越講越複雜啊。

對這個環保浪潮，有太多我想要提出的疑問，不知道該從哪裡問起好。

說到底大家有想過我繼續開現在開的車，和我換新的車然後報廢舊車產出新的大型垃圾哪一種選擇比較環保嗎？

「換新車趁現在！」的廣告詞，你們不會覺得「為什麼？」嗎？

冰箱也是。

「比起以往的冰箱電費每個月可以省下一千日圓，一年可以省下一萬兩千日圓！

（幾乎沒有能省這麼多的就是了）」

這些內容都很常聽到。賣方會跟你說，「所以」汰舊換新吧。

目的和理由亂七八糟的。自相矛盾。「所以」你也很驚訝。就文法而言讓人不知所措。

比如說那臺新的冰箱要價二十萬日圓，電費比以往省下「一萬兩千日圓／年」，若這樣叫做環保，它要回本得花十七年。假設現在用的冰箱可以用十年。那當然十年後老冰箱也會被報廢成為地球的垃圾。思維整體缺乏統合性。

明明是認為有道理才買的，卻沒有發現這理論很崩壞。環保、減稅、對環境友善、為了地球——這些都是時代繞了一圈的現在，新出現為了促銷的詞彙。為了要讓你買的標語。世間的氛圍。

得到了「做一些為了世界著想的事吧」的保證後再滿足自我欲望。想想就覺得這個世界越來越難生活了。以前要買什麼，都是花自己的錢。也不用管是不是會汙染環境、汙染空氣，或是到孫子那代樹木就會消失殆盡。活在三十年前的人們看到現在的廣告應該會覺得可笑到讓人掉淚吧。

現在好像不能這樣。

我不這麼覺得。

不怕有語病直說的話，活著就是汙染。買想要的東西是人類的欲望。吃好吃的東西謂之殺生。我並不打算從這個論點上逃開一步。如果有真正意義上「溫柔的人」存在，他們應該已經無法忍受自己成為這世界的惡害而自殺了，是不存在於這個世界上的人。

我並不是要大家別買環保車、把冰箱一直用下去、過得樸素點。也就是說，我覺得就說：「因為自己喜歡所以買了」、「因為便宜所以買了」不就好了。

因為對地球友善、對環境溫和。這些東西不是學者的我們不可能知道，也不是不知道報廢一輛車需要費多少功夫的我們應該說嘴的。只要把它當成是附送的就好了。設計很帥、很中意那個型號、機能一應俱全。這樣不就好了嗎？

我也最喜歡現在開的車了。因為它跟現在充斥在街上的車子完全不同外型。對我來說那很「嶄新」。很耗油。把油箱加滿要花上超過一萬日圓。到處都很常故障，每年無法避免要花維修費。二氧化碳肯定也大量地排放著吧。
但是我活著。為了自己追求的可愛，而犧牲掉其他東西在活著。
沒有辦法用臨陣磨槍的藉口含糊敷衍過去。然後也希望自己所能做到的對社會有所回饋。
現在 iPhone 大家人手一支。把史帝夫・賈伯斯當成神一樣崇拜。為什麼？是因為他比誰都更執著於自己的欲望。沒有人在意 iPhone 誕生背後有過怎麼樣的犧牲。
有多少人知道這機器是中國的工廠生產的。還有，那座工廠的環境有多麼惡劣，還造成了問題。在低工資、重度勞動下員工發起了罷工。
從那個地方，運送出了受到這個世界讚賞的機器。
另外 iPhone 還是世界各國眾多技術者的智慧結晶。不論是觸控面板、相機精密度、指紋認證，聚集了各類一流技術的就是這機器。當然也因為專利問題在各地被提起了訴訟。
像是和三星的官司。
我所生活的音樂業界也是由 Apple 掀起革命。
現在聽音樂的人多數都是用 iPod 或是攜帶式音樂播放器吧。還有 Apple 的音樂下載服務爆發性地為數位音樂世界打開了大門。將音樂人自己變成了對外窗口。
這樣的強韌來自於 Apple。他們做到了 Sony 和 Panasonic 做不到的事。
我也拿著 iPhone。用著 MacBook。很讓人難過嗎？我們都沒有辦法從犧牲誰換來喜悅、自由、便利這件事裡逃開。
不承認這點的人，沒有真正活在資本主義國家的資格。

話題再轉一下。

這個冬天，我家的暖氣壞了。

修到好花了一個半月。理由是：「這臺空調已經是十年前的機型了，沒有能換的零件需要跟工廠訂作新的。」

一開始對方跟我推薦換購最新機型。我嚇了一跳跟他說：「沒關係，可以繼續用的話我想繼續用，所以還是希望可以修理。」我說，只要修理費用不要太誇張我之後再考慮。

對方深深鞠了個躬，看得出來他相當抱歉，結果最後零件也送來了順利修好放了個心，但我沒辦法不問這個問題。

「沒有零件這件事，說到底這臺空調本來是以能用幾年的前提製造的啊？」

我以為空調這種東西就是隨便都能用上二十年、三十年，不對甚至五十年只要透過反覆地修理和補強就能用下去的東西。還是世界知名的日本品牌 TOSHIBA。

這臺空調用了十年就推薦換購讓我驚訝。然後明明可以馬上修好卻因為是十年前的機型零件已經停產，花了一個半月才修好。

也就是說，廠商無法提供不會壞的產品。

這很讓人難過嗎？這就是資本主義、經濟原理的大前提。

不管開發出多棒的技術，做出絕對不會壞的產品，公司只會因此而倒閉。企業會持續製造出，恰到好處地耐用且恰到好處容易故障的產品，消費者就得持續購買。

對企業來說，最理想的商品是「在保固期間內不會壞，過了保固期就會開始出問題的商品」。

等等。我寫個日記就早上四點了。明天要確認混音。
先不寫了。晚安。

註釋

註一　我從前奏的鍵盤旋律開始就很喜歡。我應該徹底地受到那首歌世界觀的影響。

3月6日 27：18

我回來了。已經這個時間了。
今天是漫長的一天。到昨天為止都活在比較悠哉的時間當中所以更覺如此吧。不過是很不錯的一天。
不錯的一天。可以這麼覺得是一件很厲害的事。謝謝。
去菅井[註二]家聽了混音。然後一如往常地在高圓寺閒晃。可惜的是沒看到什麼不錯的古著。啊不過這就是緣分，所以沒辦法。
混音結果大概花了五個小時吧。整體而言感覺已經很不錯了，想要多一點寬廣宇宙的感覺，不過筒鼓和大鼓這些要紮實有分量。還有打擊樂器的聲音當場加了一些進去感覺變得相當好。前奏也想加點什麼，完成了平常光想也絕對無法完成的作品。
只屬於今天的成果。覺得也完成了那樣的作品。最終而言我覺得是非常棒的作品。至於要說是怎麼樣的曲子，是要在三月十一日發表的曲子。震災發生的三月十一日我們每年都會在 YouTube 上發表歌曲。最一開始那年，想說要怎麼迎接這天到來才好，覺得只能作曲了。在大家的幫忙下十日晚上開始用一天錄音完，一天完成影像在十一日發表了。叫做〈白日〉的一首歌。在那之後，每年十一日都會公開一首歌曲。今年是第三年。在那之後已經過了三年了啊。該說是快，還是久呢。這個問題一定全體國民都會想吧。

我做不到什麼。如果想著要為誰做什麼反而會讓人發狂。這可能不會幫到誰。不過我還是想寫歌。這是根本。名為自我的根本。所以我才持續寫著。為了自己而寫。是的，今年也是。曲名要叫什麼好呢。

確認完混音之後和 Hiroki[註三] 碰了面。坐上 Hiroki 租來的車稍微兜了風。去祐天寺的雜貨商店找畫。走在街頭還真是冷。今天可能有好幾個人想過「春天到底去哪了」吧。真的是啊。這是個雖名為三月，但依然颳著寒風的夜晚。

雖然沒有我要找的那種讓我中意的畫，不過買了一個木偶和使用上一整隻羊毛皮的地毯。和這個傀儡木偶其實到現在為止已經見過三次面了。當時雖然相中了它，卻都在正要下手的前一刻和它說了再見。我跟它說，你一定能夠找到個好主人的喔。不過今天有些不同。

我覺得，啊，只有我能夠照顧好這孩子。而且碰巧我們家已經有三個來自歐洲的人偶入住，所以應該不會孤單才是。

它今天也看著我。丑角。表情不錯。哀愁感，表情很像幾十年前就已經跳舞跳累了的樣子。很棒喔，我們家沒有會逼你工作的人喔。

你就照你喜歡的悠哉度過吧。
偶爾會跟你玩的。偶爾喔。
另外還買了一盆，大的羊齒。不過我打算幫它換個花盆，所以等下次來之前先寄放在店裡。我覺得它如果爬滿樓梯間應該會超級好看的吧。
總覺得充滿生命力，可以讓內心不再黑暗，但是Hiroki說了會招蟲喔，還說藤蔓長得太超過的話枝枒會到處纏來纏去的喔，或是它的藤蔓會吃進水泥裡喔，之類的話來嚇唬我。
嗚……蟲不要啊。好討厭。
不過還是想種。覺得能從中獲得元氣。
一開始擺在外面好了。夏天它一定就會快速生長了吧。

註釋

註一　在錄音時負責錄製、編輯樂音的工程師。是個好人。
註二　朋友。

3月7日 13：29

早安。被電話吵醒了。不過不是討厭的那種。
是開心的那種。今天晚上不好好睡覺不行，所以現在保持有點想睡的狀態剛好。

現在突然回想了起來。小時候的記憶。為了不要忘記把它寫下來好了。

我幼稚園大班到國小四年級結束之間住在美國。因為父親工作的關係。在東部的田納西州的納什維爾住了兩年，在西海岸的加利福尼亞州洛杉磯，住了兩年。這對後續我的人格養成造成相當大的影響。

搬到田納西州後一年半左右，外公過世了。

我清楚記得那天晚上的事。母親不斷地哭。在田納西州鄉下的長型平房裡。不管在客廳裡也是，在床上也是，父親一直輕撫著媽媽的背。

發生了什麼事啊。我一直這樣想著但是卻問不出口。我們家就是這樣的家庭。最重要的事都問不出口。既然對方不說，一定就是還不能說吧。不論是好是壞，都是個在重要時刻沒辦法多做干涉的家庭。

「洋，明天可以回日本喔。快去準備。」家人只跟我這麼說。無關媽媽的心情就我來說覺得很開心。可以回到那個日本。想要一個人在商店街閒逛、想請家人去串燒店幫我買串燒回來。想去柑仔店。我記得我就想著這些悠哉的事。

坐上飛機，結束了十二小時的飛行，從成田抵達外婆家前的我可謂充滿元氣。大概是看到這樣的我，爸媽更什麼也沒辦法跟我說吧。

我想我應該到踏進外婆家仍是滿面笑容。進了玄關，眾多親戚群聚，我如同凱旋歸國般向他們打了招呼。大家卻紅著眼眶跟我說辛苦你們大老遠回來了啊。

我明白了有什麼不同。他們說：「外公過世了喔。」

穿過客廳，在我和外公總是睡在同個被窩裡的那個臥室裡，外公躺在那裡。一如既往，用著漂亮的姿勢動也不動地沉睡著。

我才終於明白了。這個狀況。我第一次看到人死去。第一次近距離地看到人生的終點。很重要很重要的人的死亡。我流下了眼淚。大叫。抱住了他。啜泣。不斷不斷地。

這是七歲少年的特權。我一個勁地哭。看到我嚎啕大哭，其他大人像是被容許顯露出情感了一樣，不顧在眾人面前，大人都像是潰堤般哭著。泣不成聲。

過了多久時間啊。可能就五分鐘，也可能過了一個小時。

我哭累了，接受就算繼續待在外公面前他也不會醒過來的事實，我回到了客廳。接下來守夜，到告別式，外公的死變得越來越確切。不過在最一開始見到他那晚之後我都沒有再哭了。

不管思考到什麼程度，終究是無法理解的。而且小孩是很殘酷的，說到底還是會對回到日本感到喜悅，也會對能見到表親感到高興。

我是一個不論誰都說很黏外公的孩子。一直都會給我零用錢或是買玩具給我的是外婆。在其他親戚，所有人之中受歡迎的也是外婆。

外公是個沉默寡言的人，盛夏之中也喝熱茶，服裝總是樸素的灰色西裝褲和襯衫，戴著黑框眼鏡看起來就很有在銀行上班架勢。是笑起來全世界第一好看的外公。然後最重要的是我最喜歡那個味道了。外公的味道。

我可能是想聞那個味道吧。大家聚在一起吃飯的時候我也會窩在外公盤起來的雙腳中。

去外公外婆家住晚上睡覺的時候，外婆都會想把我跟哥哥各抱在一側睡。要睡的時候總是會被賞以發出「啵啵啵——」那種破裂聲，不太讓人高興的吻。

不過沒辦法所以我一開始會在外婆那邊睡，不過確認她睡熟了之後我就會偷偷抽身，然後鑽進外公一個人睡的被窩裡。

然後外公也會小聲說：「小洋，你跑過來了啊。」一邊笑著抱住我。

為什麼我會這麼黏外公呢？我很喜歡他的聲音，也很想要觸碰到那樣溫柔的氛圍，雖然有很多原因不過說來說去果然還是味道。很想聞到那個味道。就像洛基（搬到美國住時開始養的狗）追著我跑到小學來一樣。

結束了告別式，回到美國之後又過了幾個月，媽媽找到了外公寄來的信。平凡無奇的信。

我們全家搬到美國之後大概每幾個月外公外婆會把日本的食物啊，或是給我的玩具等等裝箱寄來。因為空運很貴跟他們說寄船運就好，他們還是都寄空運過來。

那裡面總是會附上信。而信的開頭總是如此。

「給阿昇、亨子、小林、小洋」

老媽在納什維爾的家裡客廳的沙發上讀起了信，而哥哥和我聚精會神地聽著。

「你們過得好嗎？小林、小洋你們在學校還跟得上嗎？之前第一次去你們在美國的家玩，能見到你們兩個，真的很開心。在都是美國人的學校裡讀書的你們兩個，真的讓我打從心底感到佩服，覺得你們真的很了不起。」

太狡猾了，這不是絕對會想哭的嗎？畢竟都已經，不在這個世界上了啊。我們三個只能邊哭著邊繼續把信讀下去。

外公的存在、死亡，後來在我人生中登場了很多次。會用各種形式想起來。

我想往後還會有許許多多重要的人的死亡在等著我。
我能撐過嗎？我這麼想。我應該硬撐著嗎？我同時也這麼想。
雖然撐過去，可能才謂之於活著。
但我很軟弱，如果可以並不想要接觸到重要的人的死亡。
明明如果能說聲「預——備」大家一起死掉就好了。我不禁這麼想。

洛杉磯的 Silver Spur 是我在美國念的三間小學裡唯一可以走路上學的學校。距離學校約莫十五分鐘。我每天都走過兩個民宅密集的街口，再穿過草木橫生、人勉強能通過的小路上學。

有一天，大家一如往常在上課的時候。平凡的景色、日常。突然有隻大黑狗走進教室裡。小學四年級的教室裡大混亂。感覺體重比自己還重一些，若以成年男性來說，就像馬一樣的一條狗就這樣靜靜地走進教室。有被追著跑而倉皇逃竄的學生、爬到桌上的學生、哭出來的女孩子、要大家保持冷靜的老師（Ms. Melber）。

我一開始也很驚慌想說發生什麼事，仔細瞧瞧那個光景，就理解了狀況。「那是我們家的狗。」

是的，是洛基。我六歲待在田納西州的時候牠來到了我們家，一開始是只有手掌大的小生命但牠成長茁壯著，我們一起搬到洛杉磯的時候牠已經是體重有四十五公斤的大型犬了。雖然牠絕對不會咬人，不過那個天真無邪的個性，加上很難說是成功的調教，所以來我們家的人經常很怕牠，不敢靠近牠。

然後牠現在正追著我們班上的同學跑。牠也終於發現我所以最後跑到我面前，用滿是口水的臉對著我狀似滿足地笑了。我戰戰兢兢地走到老師面前跟她說那是我們家的狗，老師用了四分之一安心、四分之一憤怒、四分之一茫然、四分之一發笑的表情對我說：「What!?」

然後我和狗被老師帶到外面，打了電話到家裡，在家長來之前我跟洛基都很守規矩地在校長室裡等著。後來我問了媽媽，那天洛基從早上就跑了出來（大概每個月會搞砸一次），她正在拚命找牠的樣子。

以這件事為契機我再次這麼覺得。狗狗好厲害。想當然我沒有帶洛基來學校過。光是靠味道牠就能找到我在的地方來。單趟就要穿越兩條雙線道的大馬路。光想像就讓我捏把冷汗，不過當時的我覺得特地跑來學校找我的洛基很可愛，我也很高興。

21:45

住進了橫濱的飯店。平常常住的飯店。

果然有種家鄉感。不知道是不是種安心感。喉嚨也得到了不少休息，一定會是場很精采的演出。因為是關東近郊第一場體育場規模的演出所以滿多朋友會來的啊。說是這麼說也才五個人左右就是了。

雖然不會因此而感到緊張，不過讓身邊的人看到自己唱歌的樣子總有點害羞，另外還有一些感到自豪的心情。

再說一些在美國的事。結束了在田納西的兩年生活，英文逐漸開始有模有樣的我和家人搬到洛杉磯。要說我當時是什麼心情，大概並不覺得高興吧。不想要離開在田納西的生活，比起這麼想，應該最大的想法還是想要回日本吧。

當然我沒有跟爸媽說。我知道小孩子沒有選擇權，說到底他們也沒教過我們兄弟應該要把自己的意志表現出來什麼的。追隨著父母的決定是理所當然的。當時我對這點並沒有什麼疑問。

搬到洛杉磯，和老爸公司同事的杉野先生一家人關係好了起來。

他們家的小孩是一對姊妹，Sayaka 和 Yuka。年紀幾乎和我們一樣所以很好相處（話說之前走在街上遇到迎面朝我走來的女生，突然跟我搭話嚇了我一跳，回了她才發現是 Sayaka）。

他們是很愛說笑的一家人，去他們家玩很開心。搬去洛杉磯第一間念的小學也是 Sayaka 和 Yuka 她們念的學校。學校名字叫做 Soleado。本來要去念家附近的那間小學，但他們人數已經滿了所以進不去。

洛杉磯和田納西不同的地方多如山，甚至讓人覺得明明是同一個國家竟然不同到這種程度，全部的事物都讓人感到新穎。

首先第一點是，日本人很多。一個班上有三、四個全校加起來應該也有三十到四十人。乍聽之下是件很讓人高興的事，但實不相瞞我無法融入那個日本人群體裡。然後，也第一次認知到了「霸凌」這件事。

下課時間他們只跟其他日本人待在一起，上課中也講日文，我剛轉進去不久就知道他們在學校內算是顯眼的人種。

我感受到大家對日本人的共識就是：「在人面前不太說話，在背後偷偷說著未知語言的集團。」

還有，不只日本人，這裡的人種多元程度是田納西所比不上的。韓國、中國、西班牙語系國家裔、歐洲、非洲裔、南美洲，各種組合的二分之一混血、四分之一混血。說來美洲大陸也是歐洲人想要在全新的規則、宗教下自由生活所以才遠渡重洋，從美洲原住民手中奪來的土地。

純粹的美國人並不存在，所以完全沒有日本人特有的那種，外國留學生轉學來時用特異眼光看待他的狀況。

這是個移民大國。出入自由。洛杉磯正是象徵這點的地方。

剛才說到的霸凌一事。我似乎成為了對象。

明明是個日本人卻都跟美國人混在一起，我們跟他搭話也都不太回話。愛理不理的也不知道想些什麼。開不起玩笑。

大概是這種印象吧。

跟他們待在一起，我就會自動變得沉默。他們全部人一起捧腹大笑的內容，我都無法理解，心中不舒服到搔癢了起來。

他們蔑視誰、批評誰、貶低誰並為此大笑。我是第一次看到那樣的光景。

也不是什麼大事，沒錯我就是個無法理解那氛圍的傢伙。現在的電視節目裡一定也充滿了那樣的內容。雖然可能也很多人是心中帶著愛做這些事。或許我也會想要跟現在的樂團成員開這種玩笑。

但是當時的我，並不擁有任何和他們共通的「理所當然」。全部讓我笑不出來。

不僅如此他們的每一句話都讓我覺得很噁心。

剛轉學來沒多久，還沒交到朋友的我坐在中庭椅子上打算在外面獨自吃便當。結果日本人三人組就過來跟我搭話。畢竟是日文，我一開始本來想一般地跟他們對話，但發現話題根本對不上。

「什麼，這件事不有趣嗎？」「那你就吃便當就好了啊。快吃啊喂。」他們這麼說著讓我更沒有辦法回話。我覺得我的存在好像變得越來越小。覺得自己，乾脆消失算了。完全像是個外星人一樣。

那天我一口便當也沒吃就回了家。回到家裡，也很難開口跟爸媽說，媽媽問我：「便當有吃嗎？」媽媽覺得便當裝了我喜歡的炸雞和煎蛋捲，肯定會一個不剩地吃光回來吧。沒辦法我只好把這件事跟她說。我說，我沒辦法跟其他日本人好好相處。不知道為什麼讓我覺得好不甘心而哭了出來。

過了一段時間哥哥也回來了。然後哥哥也是，便當一口都沒吃。我問不出口他為什麼沒吃。老媽說：「那樣的傢伙，覺得不自在的話不用跟他們相處也沒關係。還能交到很多其他好朋友的。來，你們都餓了吧，兩個都來坐著吃飯。」

我和哥哥兩個人，坐在餐桌上流著眼淚吃掉放冷的便當。

在那之後，我在那間小學就過著被日本人排擠的生活。

還有另外兩個（一個叫 Hiro，另外一個，抱歉，我忘記小胖你叫什麼名字了……真的很抱歉。臉我到現在還是鮮明記得，紅紅的臉頰）沒辦法融入日本人團體的日本人，我們三個感情很好。Hiro 和我一起加入了當地美國人組的足球隊踢球。Hiro 是個體育全能的人，很帥氣，是大家說的那種受歡迎的類型。感恩節的時候去他們家玩，他媽媽也是個超級美人呢。

在Soleado第一次碰到舉辦包含家長在內的日本人聚會。初次體驗。當然我是被排擠的，但不知道開什麼玩笑我和我家人都被邀請了。Hiro和Hiro的家人也是。

當時的事至今我們都不曾特別提起，不過我想一定也讓媽媽有了一些不好的回憶吧。有人說：「你們家的兒子啊～～」之類的，應該有人說三道四了吧。覺得很對不起。

在那間發生了不少事的Soleado最後只待了三個月，本來要去家附近的那間小學空出了一個名額所以我又轉學了。

在Soleado的最後一天我到現在還是記得很清楚。

課程結束想說最後去和班導師道個別，老師突然流下眼淚哭了出來。平常是位非常冷靜就是大家說管教嚴格的那種老師，她給了我好多伴手禮和信。還跟我說了好幾次：「真的很謝謝你，謝謝。」

我這麼想著。在那間學校裡，「日本人」肯定不是什麼受人喜歡的人種。

我一開始也寫了就是一群摸不清底細的人們，不太表現出情感，待在自己的殼裡過活不想和別人分享。背地裡總愛混在一起的人。老師肯定是懷抱著這樣的想法吧。

然後我想老師自己，對於懷抱著這樣心情的自己多少有些罪惡感。大家都是自己的學生，想要平等對待大家。但是不知道該怎麼辦才好。

待在那裡的日本人，有著美國人所沒有的剛烈和機伶。

在這當中，有位表裡如一，真的是什麼也搞不清楚，腦袋像是水煮蛋一樣光滑的日本人轉學來了。不諳世面、不顧體面，連霸凌是什麼和小團體產生的來龍去脈都不懂的我。我想老師一定覺得很高興吧。

啊，也有這樣的孩子啊。也有這樣的日本人啊，她應該這麼想著。我覺得單單三個月我能夠以她尚未知曉的日本人之一留在她心裡是件好事。她現在應該也是個很不錯的老奶奶了吧。希望她還一切安好。

從那時候開始我也變得超討厭日本人。不過沒辦法，我自己就是超討厭的日本人之一。

今天先寫到這裡。不睡不行，明天要演出。

晚安。

26：32

唷，因為睡不著所以我回來寫日記了。

有好幾次感覺快睡著了，但是樓上的房間傳來咚咚鏘鏘的聲音我就放棄了。真讓人不爽。雖然很不好意思，但決定明天讓經紀人幫我換間飯店。要打「飯店」結果出現了「發燙[10]」。總覺得，最近怪怪的耶你。電腦。你再加點油好不好。

說到飯店，這次巡迴，到目前為止真的過得滿舒適的。

以前巡迴不知道叫經紀人幫我換了幾次飯店。我覺得很像某種恐慌症。一點點

10 譯註：日文中，飯店（ホテル）和發燙（火照る）同音。

聲音、交談聲，我真的會對一般人不會有感覺的那種聲音有反應，待到早上總是讓我累到不行。馬達聲也讓我很在意所以冰箱和電視那些的插頭我全都會拔掉。

現在改善滿多的。

想說要睡結果到現在已經過了兩個小時半，還不到很焦慮。以前的話會覺得要早點睡才行結果更睡不著呢。

不知道是不是長大了。可能是稍微變得能夠相信自己了呢。

總之，對我來說開演唱會就是件非生即死的事。

現在也是如此，不過變成了「非生即死所以要怎麼辦」。

以前，我會想著有些人只能來看明天那一場演出，會有人是最後一次來看我們表演。所以，絕對要做出最好的演出，要唱出最棒的歌聲。在不知道「好的演出」是什麼的狀況下，僅有氣勢搶先一步。不知道是不是因為在非主場的地方累積了演出經驗，讓我擅自有種一場演出就會讓一切崩解毀滅的恐怖感。

對「一場演出」的執著。

現在還是有著這樣的意念，不過會覺得只能擷取自己的一部分。

果斷。憑自己的力量沒辦法達到的部分，就相信奇蹟。

以前的氣勢，反過來說是會覺得全部都掌握在自己手中，如果自己失敗的話就是場糟糕的演出，如果演唱不行的話一切就玩完了，一直莫名覺得，全部都扛在自己肩上吧。我覺得我大概是不適合當主唱的個性。現在多了些從容。觀眾的聲音。話語。熱情。可以觀察對這些做出反應的自己。自己的意志朝向何處，可以直接將它轉化為歌聲。最重要的是，有團員在。

我是自由的。很高興。

最大的不同就是這點吧。

我不知道之前巡迴來過的人，看了這次的演出會有什麼感覺。

這份心情只屬於我就好。不過，現在，我比之前更投入在音樂當中喔。和音樂融為一體。不用唱歌也沒關係，能夠進化到那個次元固然很棒不過現在說這些還太奢侈了。用全身掌握、舞蹈，用音樂呼吸。我是這麼想的。

年紀增長真的是件讓人開心的事。

二十八歲，又是非常有意義且變動的一年。鬍子的生長速度變快了。二十歲左右的時候，和旁人比起來我是幾乎不長鬍子的人，這讓我覺得自卑但還是每天都用T字刮鬍刀刮著。刮那個沒鬍子的下巴。持續刮了一年，然後讓它長了半年，在〈二人事[註二]〉那部PV裡面呈現的就是我的極限了。那之後我就放棄了。後來覺得也不需要什麼鬍子，就這樣平凡過活到現在反而長到讓我覺得很煩。

真是搞不懂。之後會不會在奇怪的地方也開始長毛出來啊。

我們家族大家的毛量都很少。我這樣還算是體毛最多的。要說的話。

註釋

註一　主流發行的第三張單曲。現在的自己聽了也感到不可思議的曲子。歌詞量很多大概是從這裡開始的吧。這個時期拚命地摸索我們的風格、歌曲、音樂。

3月8日16：36

彩排結束。橫濱體育場休息室。這麼說來第一次進到這裡是高二的事。那個名為YHMF的夏季高中生樂團大賽。名副其實是我們的主場。

再過一個半小時就要正式演出了。結果今天到早上六點左右都是醒著的。真讓人困擾啊。我問了其他團員，不出所料三人也度過了最糟的夜晚。

我的見解是這樣的，昨天晚上是跟海灣之星的開幕戰所以職棒隊遠道而來。上次住那間飯店時也是這樣，他們幾乎占據了一整層樓，大概是包下整個樓層舒適地過活吧。剛好又是在我們住的那層正上方。話雖如此，凌晨三、四點發出那種噪音我是受不了。那間飯店已經不能住了。不是我要挑毛病，在演唱會之前睡個好覺也是我重要的工作之一。邊創作音樂、邊進行彩排，確實管理身體狀況讓自己在不會後悔的狀態下演出。我只想這麼做。可能有人會說還真不像個搖滾樂團。我才沒辦法為了那些刻板觀念做音樂。

不過今天還是要呈現很精采的演出。絕對要。我甚至有可以把昨天的飯店當成笑話來說的餘裕。而且前幾天還放了假呢。

好了。上場。

23:32

抵達飯店。昨天後來到早上六點都還在翻來覆去。問了團員他們好像也都沒睡好。那個噪音集團……鬧到凌晨三、四點。沒辦法今天只好換別的飯店。雖然離會場多了點距離不過這裡比較舒適。可以看到絢爛的霓虹燈光。

好懷念。這是我高中時期謳歌青春的地方。我為數不多的酸甜故事大多是在這附近誕生的。像是〈我色SKY[11]〉之類的啊。

不管怎麼樣，橫濱第一天的演出都結束了。個人的感想是，可能是，不甘心吧。最一開始感受到的心情。

有很多認識的人來看，大家都說非常棒讓我感到很高興，不過在我心底再次感受到滿足只有自己能給自己。可以做到更好。更好更好。

聲音也有出來，休息了幾天做為代價才能以萬全的狀況上場。不過好像還是有點空轉的感覺。工作人員和團員也都有出些單純的錯誤。

觀眾最棒了。超——熱情，超——棒。像家一樣地迎接我們，獲得了滿滿的愛。對於自己是不是傳遞出了相襯的東西出去，留下疑問。會覺得自己是不是能夠更努力表達出去。明天，要呈現甚至讓今天來的人感到不甘，火力全開的演出。

11 譯註：歌曲原名為「俺色スカイ」，沒有官方中文翻譯。

首先，明天必須要呈現出自己在前半回合裡的顛峰表現。巡迴還很漫長，要持續更新下去。野田。洋次郎。拜託你了喔。

註釋

註一　地下時期出的第二張專輯《RADWIMPS2～開發中～》當中收錄的歌曲。當時的錄音形成堪稱殺人等級，幾乎沒時間寫歌詞。說好也是不好也是，我都不假思索地寫。寫出文字。還有句歌詞是：「跟朋友喝完酒回家的早上～～」當時我還未成年，這沒問題嗎？雖然為時已晚。

3月9日 15：57

橫濱體育場第二天。彩排結束了。因為是第二天所以只是稍微確認。距離演出還有一段時間。

改了〈實況轉播〉的進歌方式，〈針與棘〉[註一]換了新的影像。一個人用CG為我們製作開場影片的谷[註二]。好厲害。他昨天好像也熬夜進行製作。我覺得感覺不錯，不知道大家會覺得如何。

剛才去了廁所想到，日本有免治馬桶。很常聽到外國人揶揄說：「日本的馬桶有個擅自幫你沖屁股的功能對吧，要是問我想不想要？我自己的屁股自己洗啦，哈哈哈（笑）。」

確實，我也不懂用那個功能的必要性，讓機械做到這個份上感覺有種自己的領域受到侵犯的心情。但是只要用過一次，就會覺得還真是方便。如果沒有那個功能上完大號總還是有種消化不良的感覺。

而且那個溫水多麼舒適。要是踏錯一步感覺就要被當成滿足新癖好的道具用了，不如說我甚至覺得日本國民之中已經有人這樣使用它了。

順帶一提，雖然是題外話不過有些人會把水柱強度開到最大。當然那些人就會讓它維持在最大的狀態下離開廁所。不為接下來用的人著想。

我想跟他們說。想跟正在看這篇文章的你說。不是每一個人都有著跟你們一樣強韌的肛門。偶爾沒確認強度就按下開關時會有像小學時代一不注意就被捅屁股的那種衝擊感，會讓人好一陣子沒辦法工作。

肛門本來就很纖細。我實在不知道你們怎麼鍛鍊的也不想知道，但是在你所不知道的地方有很多人，不，有很多肛門因此受傷、感到哀痛這點我希望你們能謹記在心。

我們團員裡面的話就是智史，他是水柱強度最強派。有一次在練團室我接著智史後面去上廁所，不出意料就發生了事故我馬上出來跟智史抱怨但是他用滿臉笑容回答我：「抱歉抱歉，嗯啊，我一直都是開最強。」當下的我想著，這男人真不是蓋的。

話說回來，我在這裡想說的是再更進一步的話題。也就是「便意規律」。

免治馬桶更嶄新的功能。簡單解釋就是藉由水柱強弱調整來刺激肛門，讓你排便能夠更順暢的功能。在演出一個小時前這個如此重要的時間點上還是待在橫濱體育館這個神聖場所的休息室各種打著「便」這個字的我一定哪裡有問題。但是，我還沒說完。現在不寫的話我覺得我一輩子都不會寫了。

我要對那個便意規律功能提出嚴正的抗議。因為我的大腦，對這個功能表達了抗拒。

來思考為什麼會這樣。照道理來說，我都已經讓機器幫我洗屁股了。跟嬰兒沒兩樣。既然機器有了新的提案我應該要感激地接受它更進一步的親切才是，為什麼我的大腦會說ＮＯ。

大概，我不喜歡「機械將我的身體也納入支配下的感覺」吧。如果是一般的臀部洗淨功能我還是會用。我解決完之後，支配著機器，是的，你負責洗屁股，就是這麼清楚了當的關係。

它做它的工作，並沒有超越這以上的深部交流。

但是便意規律就不是這麼回事了。就不是這樣陌生兩人的關係了。不就是對身體健康的捅屁股嗎？而且還試圖掌握使用者的心理。說什麼，要找到你容易解便的點。哎呀，是這裡嗎？還是這裡呢，這種感覺。

這種哪能忍啊。立場完全顛倒了。機器人與人類。被馬桶支配，我們完全投降。我不想要變成這樣。我斷然拒絕。我只想要和免治馬桶，維持表面關係。我覺得它很重要也很仰賴它，但我覺得每一種關係裡面都有不能跨越的那一條線。對我來說「便意規律」就是跨越那條線的產物。

話題再拉回前面，對外國人來說「自己的屁股自己擦」應該就是出自這種心情吧。是只屬於自己的纖細部分。而其受侵犯的感覺。就他們看來我們就是已經「越了線」，卻還是嘴硬否認的一群人吧。

不過，對我而言這個差別是很重要的。

但這部分也展現了在這種領域上，日本人熱衷研究、勤勉探求這點是世界第一的。日夜研究，不斷累積著便，找各式各樣的人來當範本，途中經歷試這也不對試那也不對的過程，研究出更能引發便意的結果，結果誕生了這個商品。對此我表示敬佩。

吃到好吃的零食時我每次也都會有這種心情。腦中會浮現穿著白袍，不論日出日落都一直吃著零食的研究員，然後想著那些在商品化之前被退貨了幾百次的試作品。

開發出便意規律的各個研究員。我還太過膽小，還沒有勇氣跨過那條線。不過，總有一天，我覺得我一定會受你們關照的。到時候，還務必請多指教。

註釋

註一　收錄在專輯《×と○と罪》最後的歌曲。因為完成了這首歌才完成了這張專輯。覺得能夠被這首歌救上一把的話，應該可以無止盡擴展下去。

註二　這次巡迴初次共事的影像、CG製作。開場的影片驚豔全場。

3月10日 18：49

橫濱第二天結束了。

大家都說是場很不錯的演出。我也很樂在其中，太好了。只是，還能展現出更多。

單純就影像的修正點和團員的演奏失誤，還有很多可以做得更好的地方。之後也想要演奏一些不一樣的歌，目標還很遠。不過首先，前半的前半部分？我覺得收在一個不錯的形式下了。謝謝大家。

昨天大概有三次，忘我埋頭在音樂裡。與其說是埋頭在裡面不如說是淹沒在裡面。

真幸福。從頭到腳，自己的存在就這麼消失只剩下音樂和環繞音樂的世界。自我消失無蹤。喪失界線。不分這邊和那邊。合而為一，化為相同，全部都成了完美。還想要再體驗一次那樣的感覺啊。其他團員的表情看起來也過得很充實。從這裡再繼續加油吧。

下一場是奈良啊。場景一轉是這次巡迴裡最小的場地。接下來是石川的產業展示館。可容納一萬兩千人、二百八十人、七千人。雖然變來變去的，不過也只能好好享受了。雖然我一點也不喜歡雲霄飛車，但希望自己能融入喜歡雲霄飛車的人的心境……我懂那個頭暈目眩的樂趣。

明天是三月十一日。

3月11日 25：19

今天是三月十一日。在那之後過了整整三年。延續著前年、去年、今年也發表了歌曲。名為〈蠶〉[註一]。過去兩年，音樂和影像都是壓線交的所以今年早了一點定下曲子然後交給島田大[註二]，並討論了關於影像的想法。不過果然還是想要用上三月十一日的天空，結果今年也還是讓Qotorifilm[註三]的大家熬夜了。一直以來真的很感謝他們。

每年都會把一些文字放在影像上，今年不知道還能說些什麼。在那場地震當中喪生的人、因海嘯而喪命的人、現在仍住在臨時住宅的人、從災區中撤離的人、精神上受到壓迫而過世的人、在絕望中自我了斷的人。那些人們，我光想像被留下來的人們的心思也無從知曉。

所以我僅僅訴說用我的眼睛所看到的景色。唱出我所看到的悲傷和希望。我不太用希望一詞。但這種時候我還是想要用它。

想要有希望。想要將希望，獻給這個國家、給現在活著的人、給下一個世代。我們才不需要絕望。一點也不。

還有七年。再過七年就整整十年了。我覺得到時候能夠得出一個答案。給這份作業的一個答案。不管是這個國家的、我的、所有活在這個國家的人的、你的，或世界的。在那之前我打算不要想太多就把那天的事銘記在心中活下去就好。將那天帶給我們的痛苦、恐懼化為前進的電池。

今天還開了一個「味噌湯's[註四][12]」的會。

---

12 編註：是RADWIMPS的特殊企劃，原文為「味噌汁's」。

「味噌湯'ｓ」要出專輯。已經錄好音了。這個企劃不只ＲＡＤ的工作人員還有很多人參與。對我們來說也是初次體驗。

開始做一些新的嘗試還是很讓人心跳不已。第一。最一開始。全新。全白。不論做什麼都可以，空無一物，讓人不安、擔心，卻又充滿期待，感到盼望。

有種從零開始玩樂團的感覺。會和這個世界有什麼樣的交流，抑或是完全不會有交流，無法想像。但我知道一定會發生沒有我們就絕對無法引發的事。

今天針對那個企劃收到了很多提案。大家都像孩童般，天真無邪地，各自描繪出了心中所想的「味噌湯'ｓ」。由我靈光乍現所開始的內容，觀眾們沒有漏看且接住了它，變成比我們當初所描繪的還要更大更大的圓。

終於走到了在主流唱片公司出專輯這一步。果真不管是怎麼樣的種不先播下都不知道會變得怎樣。

然後播下種子之後，掙扎也沒有用。到頭來還是只能目送它從自己的手中離開。蒲公英的種子不會對自己要去哪有所冀望。它的花也不會思考要讓它飛向何處。摸不清風的去向。只能夠，祈禱。

ＲＡＤ，還有我也都是這樣過來的。「味噌湯'ｓ」也是。不論會變得怎麼樣都為「味噌湯'ｓ」感到驕傲，替其他團員感到光榮，還有為不管我說什麼都會盡可能地做的各位工作人員感到自豪。

那麼，明天是奈良場。可以去看大佛嗎？可能沒時間。其實我本來有點期待的。

註釋

註一　震災後第三年發表的追悼曲。

註二　島田大介。從地下時期就認識所以已經超過十年以上了。有一段時間我只會跟小大玩在一起。不喜歡和人類接觸，唯一會見面的就是小大。小大就算我什麼也不說、不洗澡、是個怪人也溫柔地對待我。是一個好到不行的人。我們兩個以前都是完全不會喝酒的人，為了耍帥點了一瓶紅酒，結果喝不到一半，我們兩個就都手上拿著酒杯在店裡睡著了。相機、影像、創作上他也給了我很多不同的影響。

註三　我們委託製作音樂錄影帶的影像製作公司。各個員工都是很棒的人。

註四　演奏無秩序和風搖滾的前衛樂團。特徵是歌詞中展現出日本以及濃厚的日本文化。

這個世界是由溫柔的人們組成的。

3月12日22：34

初次造訪奈良。雖然晚上了還是很想到街上逛逛。於是我去商店街看了一下五重塔那附近。

傑作。打上燈光的五重塔一看就知道不是蓋的。

校外教學時沒有什麼興趣的佛像和寺廟，如今為什麼會對其如此鍾情呢。多年前我去印度回來之後也直接跑去了京都呢。由自己探索發現的樂趣原來會讓看法有這麼大的不同。後天出發之前也在附近散個步好了。

今天相當溫暖，雖然東京也是如此。到昨天為止都還是冷到讓人難以置信。不過這樣我就放心了。今天開始就是春天了吧。會有「春一番[13]」嗎？

那個，我很喜歡知曉今天開始就是春天的日子。大家也有這種感覺吧。這個我之前是不是也寫過。好像有？我忘了。還是我跟之前我傳給那個人的簡訊內容搞混了。

我覺得春天只要一天就會來了。不會拖拖拉拉地來，也不是循序漸進地來。我很喜歡這點。

---

13 譯註：形容日本在立春到春分之間，首度吹拂的強烈南風。

然後我也會跟自己說：「好，從今天開始就是春天了。」當成一個新開始。感覺失準的那年會讓人不太滿意。

大概是跟動物冬眠之後，決定自己哪天醒來很像吧。雖然我不太了解牠們的標準不過一定會有「那一天」吧。我覺得這是對夏天、秋天、冬天都沒有的感覺。

還要再等一陣子嗎？不過錯不了的是今天離春天一下子近了一大步。

今天來寫和哥哥的事。能夠說完嗎？我想起了很多不同時期的事，時序可能有點不一還請大家包涵。

我們家是兩兄弟。哥哥叫做林太郎。大我兩歲，所以是三十歲。娶了個很棒的老婆現在是育有一兒的爸爸。哥哥是我現在在世界上最尊敬的人。這不是誇張，沒有任何誇飾。我在離哥哥最近的地方看著他，然後這麼想著。

回想起來在美國上小學的時候，我一直都和哥哥待在一起。鼓起勇氣的時候、不甘心的時候、高興的時候、流眼淚的時候，大多數我們都描繪著相同的情感圖譜。

回到日本很多人看到都很驚訝。有些人會說跟兄弟姊妹感情多不好，但我覺得那只是單純受到眷顧而已吧。

在沒有日本人，全被美國人包圍的空間裡和唯一能夠和你對話的兄弟待在一起，要在那個地方活下去才沒有機會讓你們心生嫌隙。你們只能互相幫忙。我們努力地想讓如同風中殘燭的勇氣，透過兩人相依化為偌大的火苗。最初待在美國人面前的時候我們兩個正是這樣。

我們甚至無法理解，在我們眼前的世界有多大。後來去了洛杉磯，第一次正式和日本人面對面的時候也是這樣。和是相同國籍的人打照面卻不知所措，變成了外星人。

那時候的心情就像是我們並不屬於任何國籍。

外表是日本人，但不擅於面對日本人，就算都和美國人待在一起，日文還是比英文流利，卻又講得不完美。當時我們是這樣的人。可以共享這個稀有定位的唯一一人就是哥哥。沒有人比他更能理解我。

我覺得他還另外肩負了哥哥的責任。自己要照顧弟弟才行。自己不振作不行。我肯定也是深有所感所以才覺得安心吧。

當然我們不是總合得來。回到家裡也是跟一般兄弟一樣吵架。我也曾覺得哥哥比誰都還要討人厭。我們還會互毆對方。只是從沒有一次是哥哥先出手的。

也沒有因為哥哥起頭而吵架過。

雖然回憶會美化，但是確實，吵架的原因全都出於我。當初的我是個任性的男孩。想要這個。想要那個。為什麼哥哥有我沒有。想比哥哥還早拿到那個。想吃比哥哥更大塊的。都是哥哥、哥哥的。

如同世間印象的次男。

雙親也明白這點，因此必然會對哥哥很好。現在回想起來這是當然的。只是當時的我對這件事感到更不甘心、更寂寞所以加倍任性了起來。我很常因為一些無聊的理由打哥哥，一開始哥哥都是默默忍耐。後來媽媽說：「小林，你可以還手喔。」哥哥就使盡全力地揍了我。總之他是個很溫柔的人。

不管是蛋糕、魚、漢堡肉，他總是會先問：「洋要選哪一個？」到頭來，我們一直能維持好感情，我覺得都是託了哥哥的福。

這樣的哥哥，其實是個不輸給我的愛哭鬼。

在田納西的時候，每天早上我們搭上大衛（開校車脾氣很好的黑人司機，每天早上都做出固定的揮手動作再坐上車）開的校車——與《阿甘正傳》等美國電影會出現的校車，長得一模一樣——我們總是都會坐進左側的兩人座。因為那個位子可以看到站在玄關的媽媽。

我們每天、每天，都會從校車車窗盡全力邊揮手邊喊著：「我要出門了——」媽媽總是會用笑容送我們出門。每天，從不缺席。不只我們家，坐上校車的大家，都會和送他們出門的媽媽擁抱，再從車窗裡揮手。日常的光景。

不過只有一天媽媽沒有現身。那天我們坐上校車的時間點剛好從日本打來了通很重要的電話。我們一直盯著窗外看，等著媽媽走出玄關。不過到最後都沒有看到她的身影校車就出發了。並不是什麼大事。只是媽媽沒像平常一樣笑著和我們揮手說再見，只是如此。

不過在校車上，哥哥忍不住哭了出來。

像是壓抑著情感，啜泣起來。我懂他的心情。清楚明白。不過那份心情坐在巴士上的其他人應該是無法理解的吧。

不出所料，那輛校車上的頭頭（不管哪個國家都有孩子王，在這輛巴士上也不例外。大衛禁止我們在車輛行進間站著，只有這個頭頭一直到處換位子跑去別人的地方。不是個討厭的人，是個值得信賴的大哥哥的感覺）走到了我們這裡問說：「怎麼了？發生了什麼事？」

我笑著回說：「謝謝，沒問題的，什麼事都沒有。沒事喔。」我知道哥哥也希望我這麼回答。

只是在玄關跟我們揮手說：「路上小心。」六歲和八歲。這對在美國生活的日本人小小兄弟兩人而言是多麼大的支撐。當時，擁有世界唯一一位朋友這件事讓我很高興。覺得應該好好珍惜他。

家庭關係不順遂的人，煩惱著幾個兒子關係極度糟糕的母親，這都是小事，首先日本人放下一切去沒有人在的地方就好了。

只為自己設想就好了。

重要的事會留下。

會覺得平常的煩躁、憎恨、嫉妒、邪念，這些各式各樣的感情都無所謂而感到心情舒暢。要怎麼活過那一天，面對這樣的命題時才沒時間在家人、兄弟這種小單位裡互相憎恨。到頭來，血緣是最小但最濃密的牽絆。

所以我很常這麼想。我和哥哥普通地在日本生活，上日本的小學的話感情不會這麼好。這點是絕不會錯的。

後來回到日本，然後上了國中進入青春期，我們幾乎都不玩在一起了，有各自的朋友，活在各自的世界裡。還曾經因為偷看哥哥書桌抽屜裡的色情書籍所以他對我發脾氣，也曾因為隨便用他的飾品所以他怒罵過我。

因為在學校是前輩所以會對他加敬稱，我們成了一對一般的日本人兄弟。不過小學時代的那份經驗是不會消失的。我比誰都還有自覺我們受到強韌結實的羈絆聯繫。到現在我們都好好互相尊重、尊敬地生活著。哥哥是我的驕傲。

這麼說來哥哥高中畢業之前我們都在同個房間裡生活。雖然想要各自的房間，狹小的家壯碩的身軀，但是沒能實現。青春期的男生生活在同一間房間是件很辛苦的事。要打電話給女孩子也全都會被聽到。更不用說想要自〇的時候更是危險度倍增。不只媽媽還要小心哥哥。不知是不是有鑑於這樣的風險，哥哥也是到要畢業之前都一直跟媽媽說：「媽媽，我想要自己的房間。」不過，沒有實現。然後哥哥考上大學的同時，像逃跑一樣開始一個人住了。

哥哥一個人住的房間是四疊半[14]，真的是一間寒風凜冽的樸素公寓不過能保有個人隱私應該讓他比什麼都高興吧。

哥哥是個相當纖細的人。哥哥甚至纖細到讓人懷疑自己是個愚鈍的人，不管每天露出多少笑容他都是某部分繃緊神經過活的。

朋友很多、受大家愛戴、受託就無法拒絕。當然在籃球社被任命為隊長（我有我打得最好的自負，大家也都說我該當隊長但不知道為什麼卻是被選為副隊長。可能是教練看穿了我的懶散吧），成績也很優秀。

小時候持續和家長這個天敵對峙下來的我們，長成了相當複雜的精神構造。幼稚園的時候哥哥很常尿床。還有，幾乎每個晚上都會說夢話。而夢話的內容幾乎都是如此。

「對不起！……對不起對不起！……我下次會注意的……是！真的很對不起……！」一字一句實在太過清晰我總是會被嚇醒。而他冒著冷汗低語著。

我睡在雙層床的上鋪，哥哥睡在下鋪。聽到那個不像夢話的夢話時我就會急忙

14 譯註：換算成坪數大約二．二五坪。

爬下去鑽進哥哥的被窩裡。

「沒事喔，小林。沒事的。你什麼都沒有做錯喔。小林是個非常溫柔的孩子喔。沒事喔，沒事的。」只有這個時候我會覺得我變得像哥哥一樣。我大概只是把一直以來從哥哥那裡接收的溫柔仿效著還回去吧。

從有記憶以來我們就是對父母必須徹底使用敬語的二兄弟，所以哥哥連夢話都是用敬語道歉。不停地道歉。

從二、三歲開始我們就是這樣生活過來的。然後，哥哥的夢話直到十八歲上了高中三年級，偶爾還是會出現，不曾消失。

還有我三歲左右的某一天，那天晚上外面狂風暴雨雷鳴不已。本來想要忍著睡，但是聲音實在太大讓我害怕到發抖根本不是能睡著的狀況。往下瞄到在下鋪的哥哥睡得安穩。讓我更加心慌，於是我戰戰兢兢地敲了爸媽臥室的門走進去。

「抱歉，打雷好恐怖，我能和爸爸媽媽一起睡嗎……？」

我現在仍鮮明地記得。我顫抖著。

對於過於巨大的雷聲，和父親睡覺時出聲打擾這個行為兩者。我要用平常心，維持心跳不加速和父親說話的狀態大概在滿十八歲前都不曾有過。不論何時都很緊張。

更不用說在他睡覺時吵他是讓他心情最不好的時候。明白這點所以我更加緊張，不過我鼓起了最大的勇氣拜託他。我站在離床約三步距離的門旁邊。

「吵死了，不行。去自己的床上睡。」

這是父親的回答。我知道我表情扭曲了起來。我死命壓抑著，然後回了一句「……好。」光這樣就竭盡全力。

小孩子沒有得選。怎麼樣的父母比較好，或是怎麼樣的親子關係比較好。這是理所當然的。父母說不行就是不行。

我長大之後問了才知道媽媽和爸爸好像因為那天的事情發生爭論。為什麼就不能讓他一起睡就好。我也不懂為什麼那時連母親都拒絕了我。

不過一定是覺得爸爸和媽媽兩邊不一樣的話不好吧。如果那時候媽媽跟我說過來吧讓我窩進被窩裡的話兩人會開始吵架吧。如果當初他們兩個人是這樣應對的話肯定已經離婚了。因為父親，就是個這麼難搞的人物。

從父母的臥室哭著回去房間的我，後來記憶就很模糊了。我好像窩進了哥哥的被窩裡，然後哥哥很溫柔地抱著我。那段記憶是幻覺嗎？不，肯定發生過，我現在也這麼覺得。

我對溫柔感到憧憬。我不知道一般人生活上多在意溫柔，不過我很會注意溫柔，也會思考。我一直是個不溫柔的人。我自己知道，也討厭這點。

小時候和哥哥分點心的時候、玩玩具的時候、炫耀的時候，各方面而言都毫不溫柔。雖然要說一般的小孩都是這樣也說不定。不過哥哥很常會讓我，如果太過任性也會對我生氣。我對周遭的人的溫柔懷有憧憬，是從什麼時候開始的呢。

這個世界是因為有溫柔的人存在才得以運轉。我認真相信這點。雖然還有一些經濟或政治的構造，或是糧食等等的部分需要考慮，不過我覺得大前提是溫柔。在你說想要比較大塊的零食時，如果沒有人能回答你「好啊」，這個世界是無法維持下去的。基本上人是獨善其身的。所以這簡直就像奇蹟一樣。

兄弟、家人、教室、社團活動、朋友、遊戲、運動、校外教學、樂團、職場、國家，我認為不論哪種集合體皆是如此。

我有個第一次覺得打從心底喜歡的人。我和對方的家人見面時他們聊起了一件事。

那個人明明在兄弟姊妹當中是最小的，不知為何小時候選蛋糕的時候，問他想要哪個他也會說：「我要剩下的那個。」我聽到這件事時感到愕然。我不曾這樣過。世界是由溫柔的人所構成的。

要說些父母的事需要勇氣。因為我絕對沒有辦法保持平常心跟他們對話。我們一起花費了過分龐大的時間、情感。歷經消磨。不過我想盡可能，冷靜地，書寫。把那些，寫下來。

然後，我想要往下一個階段前進。

不管再怎麼美化，我的雙親都稱不上是好的父母。

他們很笨拙。不擅長應對。所有父母一開始也都是這樣，在教育子女上是初學者。不過當中也有手腕很高明的人，或是不加思索依然順遂的人，還有儘管迷惘還是好好教小孩的人。我家的父母並非如此。他們很怕小孩。這些孩子的未來掌握在自己手裡。結果全憑自己。他們太過用力了。他們搞錯了愛和教育還有教養。我是這麼覺得的。

怎麼辦？

話題會跑來跑去的。

算了。就來回跳一下話題。

上了國中我仍然是用敬語和爸媽對話。父親對自己的母親（我的祖母）用字遣詞很惡劣，不過我也沒辦法糾正這一點。

能吐槽的地方多的是。現在回想起來我完全能夠認同他不把自己捧得高高在上就沒辦法教育小孩，但是他甚至不允許我們回嘴。我第一次被關在地下室是三歲。為什麼會被關進去我不記得了，不過我記得我在一片漆黑中跪坐的樣子。我爸抓著我的後領把抵抗的我拖進地下室裡。原因好像是我沒有說「對不起」以示歉意。當時我三歲。

三歲對三十三歲。不過這對父親來說並沒有關係。就是一對一的關係。

一起度過的十八年裡，經常被用「閉嘴」、「去死」、「去睡」、「垃圾」、「你這傢伙」這些根本不像親子對話的惡言對待。是位會對自己小孩說「去死」的爸爸。對我來說父親曾是世界上最恐怖的人。晚上，老爸下班回家之後對我和哥哥來說是最讓人緊張的時光。今天心情不知如何。心情不好的時候絕對不能說一些會讓他不爽的話。

不管是被揍，或是偶爾對我們溫柔，都是看父親當下的心情。儘管如此他仍然是我唯一的爸爸。我身上，流著那個爸爸的血。

哥哥和我還有母親都知道，順著老爸看他臉色，是維持「家庭」的辦法。光是從這樣簡短的往事也能感覺得出來，是位很恐怖的父親。像是還活在昭和時代的大叔一樣。流氓裡面感覺至少會有一位的類型。喝醉酒會和別人吵架，個性有些破天荒。

在切炸肉餅的時候那個威嚴有種非比尋常的氛圍。但想當然我慢慢開始對父親感到不滿。因為開始認識到以前所不知道的「別的家庭、別的父親」，再加上我本來個性就有一點麻煩又碰上青春期的情感讓那些不滿交織累積在我的內心。

既是家人但也是個無比遙遠的存在。

我想爸爸媽媽他們兩個想要做到的事、想要教給孩子的事，希望孩子成為溫柔的人、希望他們長成有禮貌的大人這些願望，肯定不用讓小孩子在半夜冒冷汗半發狂說著夢話也能實現。不需要施加那種程度的恐懼也能做到。不用讓三歲左右的自家兒子因打雷的夜晚而哭泣，結果狠心拒絕也做得到。我覺得他們的做法有些錯誤。才三歲。老爸肯定是覺得像看到自己吧。彷彿鏡子一樣，所以感到害怕吧。會瞪大眼睛怒罵、揍人，都是因為對像鏡子一樣的自己感到畏懼吧。

現在，我冷靜地想著。

儘管如此我還是感謝他們。很感謝。

他們讓我有在美國生活的經驗。

他們讓我從來沒有經歷過為食物煩惱的生活。

他們教導了我維持夫妻關係的困難性、重要性。

還有很多其他的。

不要成為一個八面玲瓏的人。
不管再怎麼樣被討厭都要珍惜重要的人。
說想說的話。做想做的事。
不要半途而廢。不要停在無知的狀態。
想要知道就去徹底調查。去追求。去讀書。
去懷疑正確性。抓住了就不要放手。
雙親的事果然還是完全寫不完，我也不知道該不該寫。

我們家是個很嚴格的家庭。從開始學說話的時候開始就一直是用敬語跟雙親說話。「是的、我知道了、感謝」。這是基本。看著其他家庭我打從心底感到羨慕。

想想用字遣詞很重要，用敬語跟父親說話不管怎樣總有距離感，我覺得不是可以撒嬌、討價還價的關係。很想要叫叫看一聲，老爸。不管是多麼和樂融融的對話，對於用敬語對話的我們父子都有極限（順帶一提，現在我都叫「老爸」）。

好想像個小孩子撒嬌看看，雖然很常這麼想但我知道說到底是不可能的。在朋友面前跟父親說話也讓我覺得很丟臉。朋友們來家裡玩，或是運動會的時候，和大家在一起時我和老爸說話很常被用感到不可思議表情問：「為什麼你跟你爸說話用敬語？」我不知道該怎麼回答才好。

還有老爸對我的朋友也毫不留情。會對還不懂禮儀的孩子、不懂用字遣詞的孩子發脾氣、訓斥。「來別人家都不會打聲招呼的啊。」他會魄力滿分地這麼說。

一般家庭的小孩肯定在各種意義上都會嚇一跳吧。嚇到喪失言語。我不只一、二個朋友被老爸嚇哭。

說到這個有個有趣的故事。是哥哥帶朋友來家裡時的事情。媽媽碰巧看到哥哥站在玄關前面的路上小聲地和他朋友說話。想說他們說些什麼結果仔細一聽，發現他正在教朋友說：「聽我說喔！等下進了家門啊，記得要說打擾了喔！不然的話，我爸會發脾氣的喔。懂了嗎？很棒。」現在當成笑話來講，不過當時的我們每天都是這個樣子。這是理所當然的，我們只能接受。

老爸只要生氣就會動手。這是家常便飯所以我也不特別覺得怎麼樣，但孩子們變得只要有什麼事情就會縮首，成了習慣。變成條件反射。萎縮。

老爸一直都像個混混一樣。看他平時的言行舉止、態度就知道。他瞪大雙眼的時候眼力堪比歌舞伎演員充滿壓迫感，聲音也是相當粗獷。明明叫孩子用敬語說話，但他自己生氣的時候用字遣詞卻很糟糕。

在餐廳裡如果隔壁桌很吵，或是半夜附近的年輕人喧譁他會直接糾正他們甚至有時候還會吵起來。火氣升上頭（真不愧名字叫做昇）就無法控制。很容易和別人吵起來。說好聽一點叫做有正義感。

他一回家全家人就要站在玄關說「歡迎回來」迎接他。爸爸不在家的時光很是安穩，他回來氣氛就會緊張起來。畢竟，這世界上我最害怕的人就是父親。雖然當時是個小小的世界，不過那是我活著的一切。

因為父親是這種個性，所以當初祖母聽到老爸找了份上班族的工作還哭了出來，她和媽媽都很高興的樣子。「我想說他肯定去當流氓或是繼續當個沒出息的爵士鋼琴家了。亨子，真的太好了呢。」她說。

爸爸基本上不會買玩具給我們。全家一起去購物中心逛街看到很酷的玩具時，我都會悄悄貼到母親身邊。希望她可以瞞著爸爸買給我。但媽媽都會馬上說：「你去問爸爸。」這個時候已經定下我的成敗。我是不可能有勝算的。我要把玩具放回架上的時候媽媽就又會說：「你去問啊。」就算我說反正都是不可能的還是算了，媽媽依舊會堅持要我問。我想著這是什麼兩面為難的狀況，不得已只能去父親那裡。對象是我在這世界上最害怕的人。

光是要開口跟他說話就感到緊張。我能感受到，心臟撲通撲通激烈地在撞擊著胸膛。

「爸爸……可以買這個玩具……給我嗎？」，我鼓起勇氣問出口結果爸爸不假思索回了：「為什麼？」問一位當時僅有六歲的少年想要玩具的理由他也不太能想出什麼正當的理由。不過他肯定還是用盡全力，拚命思考而回答了吧。

「因為感覺很有趣」、「好像很好玩」。

不過終究無法贏過父親。他一句「不需要」就讓我把它拿回架上放了。媽媽問我：「怎麼樣？」我半抱怨地說：「不是就說不可能了嗎……」

有一次我說想要ＰＳ。

「為什麼？」

我說，因為大家都有。如果沒有的話，會跟不上話題，會被朋友們排擠。結果父親立刻回說。「不需要那樣的朋友。」

爸爸就是這樣的人。

使哥哥在半夜呢喃，或是對我們動手，父親極端的教育方式讓雙親經常吵架。母親有時候會哭著護著我們。為什麼這兩個人會在一起呢，為什麼他們會結婚呢。我曾經漠然思考過這件事。他們就是，如此不同個性的人。不過我現在會這麼想。

可以跟我們家老爸在一起幾十年的母親很厲害。有時候我認真覺得，老爸如果沒有媽媽在他身邊，應該會走成不像樣的人生吧。

不管別人說他什麼都毫不在意，堅持己見，要他人別插嘴。如果是玩搖滾樂的話感覺會很有威勢，但在一般社會的上班族世界要這樣過活沒這麼簡單。會被疏遠、被誤解，可能還會在不知不覺就變成孤身一人吧。

連我都會聽到別人跟我說：「你們家好怪」、「你老爸給人的感覺很差」，本人可能更常碰到這種事吧。

而母親拯救了這樣的局面。母親成為了他和社會之間的黏著劑。想想媽媽應該是喜歡老爸的吧。

到現在我偶爾會羨慕老爸那個銅牆鐵壁般的精神。因為我並沒有那種強韌。明明繼承了同樣血脈卻無法理解。總有一天，我也會明白嗎？

3月13日 14：29

奈良是雨天。到彩排之前還有不少時間本來想說要散步，但下雨就不太想出去。雖然雨淅瀝下著的奈良肯定別有風情。

今天的場地是這次巡迴裡的最小容納人數。二百八十人。好期待啊。跟體育場完全不一樣讓人熱血沸騰。咕嚕咕嚕滾著。LIVE HOUSE本身，也睽違了好一陣子所以鼓起幹勁上場吧。演唱會如果沒跟上狀況的話，一回過神就結束了。

待在美國的四年，特別是後半的兩年左右，要說我內心的想法就是「好想回日本」。外公過世的時候，什麼也不知道純粹對能回東京感到高興。在那之後也短暫回日本過幾次，我每次都興高采烈地凱旋回歸自己出生的故鄉。我可能也想過，幹麼要再回美國啊。

為什麼我會這麼想要回日本啊。今天要思考這件事。回想。

其中一點是親戚。偶爾回日本時堂親、叔叔、姑姑、奶奶和外婆，大家都會說大老遠的辛苦了啊歡迎我們回來。我最喜歡和大家見面了。想要一直和大家待在一起。

還有日本的街道。我最喜歡日本的街道了。特別是東京。現在也鮮明記得。我對東京這座城市懷抱憧憬。聽起來可能很奇怪。日本在那個一九九〇年代，是對美國的憧憬急速成長的國家。對他們各式各樣的文化、意識、城鎮，還有人的外表。

如果在美國上到國中、高中的話應該完全不會有這樣的心情吧。美國的話高中生就能開車了，只要上國中自己一個人能做到的事會一下子變多。

不過小學生的我，在美國幾乎沒有可以一個人做到的事。

那裡代步工具主要是車。光要和朋友一起玩都需要家長接送。「盡情去玩吧。」根本沒有辦法這樣。更不用說洛杉磯的市中心，是每五秒左右就會有人被槍殺的區域。那地方對一個小孩要獨自出門冒險是冒險過頭了。

可能是因為這樣的反彈吧，我回到日本就會跟外婆借腳踏車說：「我要出門了。」然後到傍晚就這樣一個人到處跑來跑去。只要彎過一個轉角就是全新的世界。玩CARDDASS卡牌、去書店買漫畫、途中坐在長椅上看起漫畫、買冰來吃，踏上了未曾造訪過的土地探險。這些理所當然的行為相當自由我很喜歡。

更重要的是我很喜歡「商店街」。當時外婆住的烏山那裡的商店街有肉販、麵包店、魚販、蔬果行、洗衣店、五金行（外婆在這打過工）、書店全部並排開在一起。

外婆是和誰都能處得來的個性，在這條商店街上沒有她不認識的人。名叫「歌子」。

光是走在商店琳琅滿目的街上就讓人興奮。對生活在美國的我來說，那裡像吉卜力的電影裡會出現的那種完全如同異世界的場景且閃耀發光著。嗯，我當時對日本的憧憬可能來自那條商店街。

所以直到現在巡迴之類的去到其他地方，我仍會尋找商店街。每一塊土地的商店街。可惜的是有很多商店街沒落了，對我來說，日本的風景就是那條特殊街道的存在。

在結束納什維爾兩年、洛杉磯兩年的生活終於可以回到日本時，我心所想的正是：「太好了！」

在美國交到了重要的朋友、有了喜歡的人，所以雖然也是滿寂寞的但對於日本這個國家的憧憬更加強烈吧。真是不可思議。明明跟日本人合不來還被霸凌，卻依然想要回日本的我。當時的心情要用邏輯說明應該相當困難吧。

離開美國的時候我升上了小學五年級。在當地是小學的最高學年。然後每間學校會從高年級的班級中，選出President、Vice President、Secretary。不管哪間學校都會選。很有趣吧。簡單來說就是把像日本選學生會長，改成選「總統」、「副總統」、「祕書」這些職位。

而且是採全校學生投票。當時選上的三個人都跟我很好。選上President的是我剛轉學進去時最先熟絡起來的Brenden。我覺得他真是有領袖氣質。

在洛杉磯學校最後一天上學。午休時間大家如常聚集在餐廳吃午餐。然後那「三位高官」就登上了臺，開始用麥克風向大家問候。

「今天我們的好朋友就要離開這所學校了，我們感到相當不捨。但是我們希望他能帶著在這裡的記憶回去日本生活。請大家為他拍手以示鼓勵。」

是場驚喜。我被簇擁著起身走到臺前去，紅著臉和大家輕輕鞠躬致意。雖然非常讓人害臊，不過我很開心。我心中好不容易才能坦率的部分，想要確實用言語表達出去的心情、想要直接傳達的想法，都是在美國交到了珍貴的夥伴而從他們身上學來的。我對此感到驕傲。大家不知道過得好嗎？

之前寫了外公的事，所以也來寫一些外婆的事。

歌子外婆是個很開朗的人。現在高齡八十八歲。有時候開朗過頭會讓我不知所措。

不聽別人説話、覺得是做好事但反倒踢了鐵板、不會説謊而因此被騙、做事不得要領，像漫畫裡面會出現的那種善良的人，這點讓我感到肉麻無法原諒。我生了她好多次氣。跟她吵架。我好像了解歌子這個人，又好像到現在都不甚明白。愛人的方式真的是每個人有所不同。

我是很親外公的孩子。不過他在我小學二年級的時候過世了。在那之後我甚至往外婆那裡追求我喜歡的外公的一些部分。當然對外婆來説是辦不到的。

不太有跟外婆一樣「為人」如同「為己」的人。她可説是「超」會管閒事。小時候我突然去她家玩她就會説：「要不要吃點心？我做飯給你吃吧？有什麼想要的玩具嗎？有什麼想去的地方嗎？外婆幫你弄。外婆帶你去。」這種狀態。基本上我們家管很嚴就是個不會買玩具給小孩的家庭所以我很高興，不過過度的服務精神也會讓小孩子的內心感到鬱悶。因為她做的全部都是為了我。

這樣的外婆在四年前左右輕易碰上了電信（匯款）詐騙[15]。犯人實在相當聰明。如果我是詐騙集團肯定也會找歌子下手。受害金額是三百萬日圓。龐大的金額。她好像以為打電話來的對象是我們家老哥。哥哥當時是還在念法律研究所的

15　譯註：原文為「オレオレ詐欺」，電話開頭會以「是我是我」開頭，藉此降低被害人戒心。

學生，都已經要靠父母的金援了，還肇事實在無法再叫父母籌錢，於是哭哭啼啼打電話給外婆。外婆大概是擅自想像了這樣的故事吧。

把錢交給車手後她打手機給哥哥，結果哥哥回她：「妳說什麼呀？」才發現被騙了。外婆沮喪到不行，在那之後整個人都悶悶不樂的。結果因為這樣連媽媽的身體狀況都糟了起來。其實小野寺家（媽媽的娘家）以前也有過像這樣被詐騙的歷史。

在我們出生前不久，外公在銀行上班。跟外婆兩個人都有工作。那時候聊到外公的朋友要開公司，拜託外公當連帶保證人。外公是比外婆還要冷靜的人所以一定多少有些猶豫吧，但他最後還是答應當保證人了。然後沒過多久那個朋友就半夜跑路了。只留下了欠債。

每次聽到這件事，都會覺得心被揪緊。外公為此一夜白頭，甚至考慮要帶全家走上絕路。從那之後外公一家就開始過著不斷還錢的日子。我爸和我媽當時已經結婚了，本來媽媽是家庭主婦，但外婆為了還債開始做和服店宅配工作，媽媽好像也是每天都開著貨車幫忙。外公為了還錢總之就是不停地工作。為了不要給家人，還有留下來的下一代添麻煩。工作、工作、不斷工作的外公就這樣過世了。他到過世前三天都還在工作。我當時完全不知道這件事。是到滿大了才聽說這件事。然後家人苦口婆心地跟我說：「拜託你只有別人的保證人是怎麼樣都不可以當的。」

發生過這樣事件的小野寺家。外婆再次碰上詐騙，媽媽失落地說著為什麼總碰上這種衰事時，我跟她說了。

「也不只有壞事啊。外婆如果當時厲害到能夠懷疑電信詐騙歹徒，就不是我們認識的外婆了啊。不是我們喜歡的外婆。外婆不會懷疑別人。她是不用道理而用本能體現性善說的人。那個人是用溫柔做為交換，選擇了偶爾會被騙的人生。她一定是這麼選擇而來到世間的喔。對吧？」

我想歌子過往的人生肯定也被騙過、被背叛過很多次。不過幾乎全部，歌子都沒有發現。對方想著得逞了的時候，她肯定毫不起疑地笑著。她的善良程度隨便都超越人的想像。被陷害、報復，這些人類負的連鎖在她這裡就會被終結。當然歌子的人生很辛苦，不過我覺得正是因為有這樣的人在所以世界才不會滅亡、得以維持。以前真的無來由地討厭她，也對她說過很多過分的話，不過現在我覺得有這樣的人當外婆我很開心。

接著也來聊聊佳子奶奶（因為她雖然是個剛毅的人但很怕寂寞）。佳子是我祖母。高齡九十四歲。很長壽，而且現在還很年輕。腦袋不會不清楚，還會畫畫、料理，完全現役。祖父在我出生之前就過世了，所以我想她一定是覺得要連爺爺的份一起活下去吧。奶奶就是個正經到傻的人。小時候一年見一、二次面，一見到她她的口頭禪就是：「有念書嗎？」我總是敷衍帶過。要乖乖聽爸爸、媽媽的話喔。要上好的大學喔。她是會大方說出這些讓人害臊的臺詞的人。也不是沒道理啦。佳子的老公，也就是我的爺爺是東大畢業的，然後在東京藝大當教授。是社會科學的專家。我記得家裡還有爺爺寫的書。

因為跟這樣的爺爺一起過生活會對孫子有所期待也是當然的。另外我知道奶奶本人，也對學問有著非凡的憧憬。奶奶在學生時代，因為戰爭爆發，還有為了要養兄弟姊妹所以放棄了自己喜歡的學業。她到現在還是對於沒讀什麼書的自己感到自卑。明明我沒看過其他這麼知性又有教養的奶奶。

也因為這樣，我從小只要跟她見面就必定會被說，要好好念書喔。我以前曾想過，我隨時都可以把這立場換給妳啊。

我上高中之後就變成二、三年才會見一次面，不過她知道我開始玩樂團好像內心很不滿。「洋次郎，玩音樂是也很好但書還是要好好念喔。」上大學之後她總是對我說：「既然都進了好的大學，要好好念書喔。奶奶很羨慕你啊。我跟洋次郎一樣大的時候也很想盡情求知。」

奶奶是個活潑的人。不服輸，個性頑固所以什麼都想要一個人做。本來她一直是當印度瑜伽的老師，大概三、四十年前她和爺爺好像去了好幾次印度（跟現在大眾認知的流行瑜伽是完全不同東西）。是不得了的強者。她到幾年前都還當著瑜伽教練授課。去奶奶位在千葉的山莊那裡二樓有寬敞的道場，那裡有好幾位學生練著不一樣的動作。我說妳做一下那個動作啊，她用超過七十歲的身體呈現出了三點倒立。超人奶奶。

聽說她最近放下教練一職退休了，不過到了去年她說光靠現在的教練她放不下心所以又回去當老師。真是個厲害的人。

汽車駕照她也是快六十歲才考，開車開到九十歲。我們小時候，去奶奶在山裡的別墅時，很常會穿上長靴戴上手套，拿起鐮刀去採竹筍。我們沒去的那年她也每一年都會採竹筍寄給我們。

跟歌子外婆可說是完全相反的人，所以我才覺得我很幸運呢。因為爺爺外公都很早過世，所以我更是被奶奶外婆看著長大的。她們也是雙親的歷史。可以切實感受到我體內的血脈從何而來。

有一次我問佳子奶奶說，「爺爺過世之後妳沒有碰到其他喜歡的人嗎？或是跟其他人交往之類的。」

結果祖母笑著說：「沒有呢，這種事我從沒考慮過呢。很難碰到那麼棒的人啊。在那之後沒有碰過任何一個比爺爺更好的人呢。」我覺得平時耿直的奶奶看起來變得柔和、可愛。

3月13日 24：46

奈良的演出。非常精采。

途中感到缺氧，在意識朦朧之中和大家一起完成了一場演出。LIVE HOUSE 場我們能決定的、能掌握的事很少。因為會受到場內觀眾的表情、動作、心情、聲音左右。今天從頭到尾雙方的情感都互相加乘，我覺得像是看到了舞動而上的一道光線。

觀眾席像是混雜了剛洗過澡的男女是個相當不得了的光景。熱氣直冒，戴著眼鏡的人鏡片始終霧著，他們邊擦著無數次邊專注地歌唱、亂舞。看到這個場景我就想要回饋更多給大家。想要把我的所有一切獻給大家。

這也算是愛吧。

互不相識。到了明天就不會再有交集的兩個人，儘管如此在那個瞬間毫無疑問是相愛著的。

感謝大家讓我有這麼棒的體驗。甚至無法呼吸、腦中一片空白不過用著幾乎平行的視線看到一樣從頭到腳都因為自己和別人的汗水溼透的你，不可思議地我呼吸著少量的氧氣還是唱完了。我把空白到要消失的意識拉了回來。

我接收到了你們每一個人的心意。感謝你將自己的所有展現出來，讓我們看見。還能繼續加油。

慶功宴去吃了肉類料理的餐廳。老闆很愛聊天像是他的個人秀。如果是少少人數去的話在演出後聽他聊些內容應該會有點難受吧。不過今天影像團隊的大家也在我們一大群人裡一起去了真好。他跟我們說了好多好多次，有很多名人來過店裡。他能從我們的表情裡面看出我們沒興趣嗎？那也是一種才能啊。

在這次巡迴遠征外地第一次在慶功宴上喝酒，還簽了很多名。兩個打工的店員很可愛。他們好像從以前就會聽我們的音樂。好像說第一次聽〈有心論〉[註一]是國中的時候。今年二十歲。啊——這些事都讓人深覺感慨。真的是很讓人高興的事呢。播下的種子，確實在某個地方開花結果呢。

今天的演出也讓我深深這麼想。謝謝。

今天的觀眾最年長好像是五十幾歲吧。橫濱場聽說有七十幾歲的夫妻來看。也傳遞給了他們嗎？他們有接下我們交出去的種子嗎？聽說他們說：「看到了很不錯的演出可以當黃泉路上的伴手禮了。」我好想知道我們的音樂和言語，和那段七十多年的人生交織後會呈現出怎麼樣的景色，會是什麼樣的交錯呢。
不變的是，可以傳遞什麼出去很讓人高興。

註釋

註一　主流第四張單曲。歌詞寫不出來大幅拖延到錄音時間。每天、每天，都對著書桌一直在寫。剛開始寫的時候完全不是要寫戀愛的歌曲結果最後卻變成了那樣。不記得途中的思考變遷了。

26：09

地震。還在晃。打開電視。
震央是四國地區。震度五。飯店九樓還真是晃呢。
像這樣受地震擺布真的很讓人不甘心，也覺得煩躁。
所以每次地震來的時候就會覺得隨便你晃啦。我，是不會如你所願的。
現在，說是沒有海嘯的疑慮。暫時安心了。
感覺還會有餘震。
住在東北以外區域的人，也都是那場地震的災民。有人因此害怕去高處、就算不晃也會感到搖晃的人、看到電視裡播放的現實景象導致內心崩潰的人。

大家都是災民。儘管實際上沒有失去家園、家族無人亡故、沒有碰上海嘯，那也都算是受過了災。在各個次元、程度上都存在著災民。

沒有辦法混為一談。我們生活在脆弱的地盤上，甚至讓人感到厭煩、感到難過。日本就是這樣的國家。

仔細想想也是理所當然。本來這個列島在遙遠的過去，是和中國大陸相連著的。而後反覆發生地震，使地面變形，中間出現了日本海，才成了獨立的島。這個日本列島下有四個板塊。

我記得國中地理的課堂。在那場東日本大震災時我腦中最先浮現的也是那堂課的一幕。長得像瓦力聲音很好聽的老師，用了兩張墊板跟我們說明了板塊之間互相施力而地面慢慢從海底隆起的樣子。兩個板塊之間慢慢隆起到一定程度時，單側的板塊就會猛一下隱沒入另一側板塊的下方。這個瞬間地震就會發生。我愣著聽了老師的講解。

那瞬間在板塊上的海水也會用出奇強勁的勢頭被推擠流向空出來的空間。就像是神用著寬度數十公里的大扇子全力扇動海水一樣。

這樣的板塊有四塊，就在這個國家底下。

世界上沒有這樣的國家。毫無疑問，幾十年，或幾百年，會發生一次大地震。沒有什麼是能夠永久留存下去的。不管是建築物、街道、國家。再加上戰爭建造後會消失，重建後又被破壞，儘管如此仍持續建造這就是日本的歷史。

像歐洲那樣幾百年前的建築物、歷史建物，這些都極難保存。伊勢神宮也每二十年會遷宮一次。在歷史之中，連祭祀神祇的場所都有定期更新的習慣。我覺得這跟這裡是地震大國應該有關。

震度五。電視上現在仍持續提醒大家注意。

「天還沒亮。請冷靜行動。小心因為掉落物或玻璃碎片而受傷。現在您所看到的是地震發生當下市內的影像。」

我們已經習慣了。

我想世界上沒有這樣的國家。對於震度五的搖晃，也已經習慣了。

我住在洛杉磯的時候，當時美國國內發生了罕見的大地震。後來好像被稱作北嶺地震。我們家族碰巧當時就在洛杉磯的那個地方。

半夜，我在睡夢中突然感受到劇烈的搖晃。因為還昏昏沉沉的搞不清楚那個搖晃是來自於我的腦中，還是來自外界。

我們家在可以俯瞰市中心的小山丘上。幸好家裡的東西幾乎都沒事，只有書櫃上的書掉了下來，還有一些家具倒了這點程度的災情。

現在，我在維基百科上查了一下當時地震的事。死者五十七人。傷者約五千四百人。是現在仍流傳的美國大地震。重點並不在規模的大小或是犧牲的人數。大家都只有一條命。而且對喪失了最愛的人而言，其他死了幾個人都不重要。那就是一切。

不過，悲劇的數量可以比較。最愛的人喪生了。一條人命消失了。東日本大震災公布的死亡人數到今天，現在就有一萬五千七百八十六人。可以明白這放眼世界是一件多麼特異的事。

我覺得日本是個很棒的國家。我很喜歡這個國家。覺得它很寶貴。

但這個國家是如此脆弱。

這場地震如果發生在三十年前，這個國家的經濟發展就不會蓬勃到這個地步了吧。碰巧、奇蹟似的，在這個國家經濟快速成長的發展期時沒有發生大地震。

現在，本年度的預算案金額超過九十五兆日圓為史上最高紀錄。振興用的預算也占了相當的大部分據說有二十五兆日圓。花了這麼多金額感覺不過一陣子也能復興到住在臨時住宅的人們、失去工作的人們也能夠安心過生活的狀態，想歸想但現實好像並不這麼順利。讓人焦急。不過，總之就是得花錢。

如果家園不能留下、建設後還是會被破壞，那就在那個當下用當時打造出的姿態，若外觀需做修繕就只能留下思想。我是這麼覺得的。讓日本人身為日本人的條件。我認為思想是比什麼都能留下的遺產。我們的生活方式，存在於其中。

不需要成為三島由紀夫[註一]。不過必須思考。因為他的預言到目前為止都說準了。消沉了起來。都是地震惹的禍。

本來是相當爽快的演出之夜結果卻變成這種心情。結果還是正中了地震的下懷。

那傢伙會是一面鏡子。本來天災也沒有什麼能怨恨的對象，但還是要抓出敵人。我知道他笑看著我。會被吞噬掉。我會逃跑。可惡。已經三點了。

明天本來想去寺廟參拜的。我起得來嗎？希望明天也是美好的一天。

希望是美好的一天。

註釋

註一　日本的小說家、右翼社運人士。人氣男子。一九七〇年在自衛隊駐屯地裡切腹自殺。我並不太詳細認識他。我讀過少數他的著作能看到他為這個國家而憂心。為這個國家的思想、政治家、國民、應有的樣貌所擔憂。

3月14日17：13

不是美好的一天。

我感冒了。雖然美好的一天也是有分程度的，反正不是我期待中的美好一天。昨天在唱〈會心一擊〉[註二]左右的時候意識就有些不清楚還覺得冷差點打了噴嚏。第一次在演出中有這樣的感覺。演出結束後噴嚏和鼻水都停不下來，跟大家開玩笑說原來這就是世人所謂的花粉症嗎？結果不是。

只是一般的感冒。唉……巡迴中發不出聲音是可料想的狀況裡面最地獄的一種。而且之前德島場也是，碰到體育館場次就發生這種事。

說實話，LIVE HOUSE場還能夠靠氣魄撐過去。取決於這具身體和那個場地的大小比例。不過體育館場沒有辦法這樣。覺得心胸變得狹隘。

會怎麼樣呢。明天。

最期待能吃到美味料理的金澤只能放棄在外面吃飯。搞什麼嘛。可惡。不過只要明天能唱得出歌怎麼樣都沒問題。真的。我很常這麼覺得。

「就算縮短我剩下的壽命也沒關係，請讓我在演唱會上能發出聲音。」

現在正是這樣的心情。我對此沒有迷惘。不管我活到幾歲都不會改變想法。會這麼想，也就是說唱歌果真是自己的天職吧。

對誰來說那一天可能是第一次也是最後一次看RAD演唱會。對那位觀眾而言那天我的歌聲就是一切。所以我想要好好留下訊息、留下印象。用我的歌聲留在他的心中。

好，如果在此開始消沉的話就和過往的我一樣了。轉換心情我要垂死掙扎到最後。

狂吞藥攻擊、Isodine漱口藥攻擊、喉嚨噴劑攻擊，還有，聽說這時候不要泡澡比較好嗎？不過又聽說泡個長時間的澡很不錯，能不能泡啊。吞口水的時候會痛一下的狀態真的是饒了我吧。咳出了黃色的痰。我好想問為什麼。為什麼你是黃色的。啊沒辦法冷靜待著。啊啊……啊啊啊啊啊！！！！

外面下著雪。

希望明天是美好的一天。拜託了。

希望能夠發出聲音。神啊，如果祢存在的話求求祢了。每次總是抱怨這抱怨那的很抱歉。我不是討厭祢啊。只是要相信祢需要花時間……

對不起。明天可以唱出好聽的歌的話，我會稍微相信祢的。祢不喜歡……這樣的交換條件嗎？不過拜託。拜託祢了。

這次巡迴還會發生幾次這種事呢。好恐怖啊。

註釋

註一　專輯《×與○與罪》的收錄曲目。發行後做為主打歌也製作了音樂錄影帶。找來超過一千五百名臨時演員，製作以棒球轉播為主題的影像。這首歌曲是由曲名出發的。想要描繪出壓倒性的情感。唱給平常相當不果斷的自己。

20：22

我喝了人參雞湯。一個人在飯店房間裡吃。田島買回來給我的。

雖然冷掉了，不過很好喝。我吃了完整一株高麗人參。馬上將藥膳投入胃中。接下來就要從內側把氣逐漸、快速提高起來了啊。大家一定吃了很美味的魚吧。明天結束之後我也要吃壽司。要好好恢復然後吃個飽。如果狀況繼續這麼糟，也沒有辦法去金澤二十一世紀美術館逛啊。不想要這樣。唱完演唱會，就這樣好起來。收下眾多意念，只要收下一萬人的精力就能一下子好起來的。一定是如此。

話題回到小時候的事。

我沒有看過美國人互相霸凌，也可能單只是我很幸運。聽說過霸凌和歧視在美國造成問題，電影裡面也有很多這類場景。不過當時，在當地大家真的對我很好。當然惡意相向的人、個性很糟的人、會嘲笑別人的人跟日本一樣都有，不過沒有發生過「霸凌」。

來思考一下這是為什麼。

美國是聚集了各個國家的人而成的，如同前述在那片土地上背負著幾百年的歷史生活著的「純種美國人」並不存在。

美國建國是在一七七六年七月四日，在我生日的二〇〇九年又一天前。至今兩百四十餘年，也算是個頗新的國家。我最先想到的是，這樣歷史課應該一下就能上完想必很輕鬆吧。要說日本的話，課程是從江戶時代中期開始的。

當然在此之前，居住的美洲原住民有著很漫長的歷史，但他們沒有奪走別人土地還若無其事把它排進課程的樣子。

自己在那片土地上扎根的歷史尚淺，也就是說跟其他國家比起來「外人」和「自家人」的界線壓倒性的薄弱。大家都是最近才在此住下來的人，所以和平相處吧的感覺。

十六世紀，剛好是西歐人最一開始移民到美國的時候，當時歐洲戰火不斷。只要戰爭一發生土地的所有權人就隨之更迭，所信仰的宗教也隨其改變，宗教改變後制定的法律也跟著變動。為此感到厭煩而移民的就是美國人們的祖先，眾多的歐洲人。「自由之國美國」真正是他們曾經所追求的理想（不例外地，他們奪去了在此生活的原住民的自由，但這裡先不提）。

因此在這前提之下，這個國家在「自由」、「共存」的目標下建立了起來。

另一方面不用多說，日本是個封閉的國家。可謂出色的對比。剛好橫跨美國誕生鎖國了兩百多年。解除鎖國是在一八五四年，所以在美國建立後還要過一百五十年左右。讓人訝異。和自然的時代變遷逆流而行。能做到這樣，很大的原因這裡被海包圍幾乎沒有任何接壤國家的關係，說來從沒跟其他國家接壤就自然能想見會培養出封閉的國民性質了。

因此最敏感接收訊息的小學時代，在這兩個可稱為兩極的國家度過的我所想的是——

在日本很容易演變成霸凌的狀況就是像奇怪的名字、外表，和大家穿不同衣服、單親、說話有鄉音（鄉下孩子）。啊還有那些根本不成理由的「好噁心」或是「好煩」之類的也有。

這些要套用在美國的學校裡，說到底是不可能的。在日本超愛欺負人的孩子有一天轉學到洛杉磯的學校的話會很驚訝吧。因為在那裡多的是「不同的孩子」。一個班上就有五到十個人種（如果算上混血會超過）、各式各樣的眼睛、頭髮、膚色、外表、各自微妙不同的發音、宗教、教派、名字。還有，班上的半數雙親都離了婚，有新的媽媽、爸爸是家常便飯。要找共同點反倒難。

在日本會被霸凌的原因，在這裡是理所當然。因為大家各有不同，所以了解彼此這件事很有趣。和班上的朋友聊天會出現這樣的對話。有過「我的血統一半是英國，剩下的一半裡八分之一分別是西班牙和法國和非洲裔還有猶太裔跟別的什麼混的。」他說完然後我回：「好酷喔，我大概全部都是日本人。」這種對話。我如果和這個人結婚生了小孩又會生出一個相當複雜的人啊，之類的。

某個朋友每次都是他爸的女朋友來接他上下課。他也非常中意那個超年輕又貌美的女朋友，說不想要被爸爸搶走。這對教育好還是不好，現在不用議論這個，只是說對在這種環境下成長的我而言，回到日本之後，日本人群體中發生的霸凌讓我感到幼稚。

我覺得美國那裡的朋友，遠比他們更加成熟。我不知道我這樣說對不對，但當時的他們，看到日本的霸凌，肯定也會跟我有一樣想法吧。

還有，這只是我個人觀感，美國有著長期以來黑人被歧視這個大問題的歷史。黑人被當成白人的奴隸使喚，巴士、廁所、餐廳的座位，以及勞動環境，全都區分了「黑」和「白」。

歐洲人當初所創造的「自由」僅是對白人而言的自由。可能也是引以為戒吧，歷史課上面用了很大篇幅探討黑人歧視的事，並且大力讚揚馬丁・路德・金恩的功績。他的演講幾乎全美國國民都會背誦。

然後現在那成了現實。白人的小孩和黑人的小孩並肩而坐，一起讀書一起吃飯。雖然現在仍有一定程度的人對黑人有排斥思想，但美國甚至誕生了一位黑人總統。可以感受到經歷過霸凌、歧視的國家，擁有的堅毅。不論是好是壞，我認為「霸凌」還有很多需要學習的。

你在缺點欄上寫下的內容，一定也有人會笑著把它輕鬆改寫成優點的人。「不同」這件事是「Gift」，有人會這麼說。我也是這樣，得到救贖的。

＊

胸控。腳控。臀控。二頭肌控。頸控。腹控。

這些種類分得很細呢。打開色情網頁這些種類有超過一百個。

美少女、熟女、業餘、媽媽、按摩、強暴、泳衣、女僕、厚片女孩。比較脫序的內容的話有食糞、拳交、嘔吐、二穴、獸姦。到這裡還能理解接下來的女老闆、喪服、牙醫、機器人。已經看不明白了。

色情是沒有終點的呢。然後一輩子不愁吃穿的，不是公務員、知名製造商、ＩＴ公司更不會是音樂人而是色情產業。現在正為就職煩惱的你，想選份安定職業的你，要找工作就要找色情產業喔。

要說理所當然也是很理所當然。色情產業也伴隨著所有電器產品的進化。日本戰後的電視從真空管到數位化、ＶＨＳ、ＤＶＤ、藍光的變遷，還有３Ｄ化。再來Google推出的眼鏡型裝置更是其中之最。這全部都是和成人內容共同成長的。追求更高畫質、更好的品質。答案很單純。我們只要是人的一天，色情就沒有終點。

不管是陷入大恐慌，或是爆發戰爭、朋友自殺、被公司裁員，不如說是陷進這些狀態反倒促進色情的進化。性是離我們最遙遠，也最近的存在。

偶爾會有人說ＲＡＤ的歌詞很色情。所以不喜歡、很不舒服等等。那些都是個人的主張所以我完全不予以理會，當然也不構成我不做音樂的理由。對我來說，反倒覺得那些發言很不舒服。

啊，跟你沒辦法當朋友呢，我會這麼覺得。我也不是整年到頭都一直講黃色笑話。不如說沒怎麼講。我周遭的朋友應該也都沒有任何我會講色情內容的印象。只是我們理所當然生活著的日常，真的是和性距離非常近。它注視著我們。我總有這種感覺。

那個感覺常會化作我的歌詞裡並不時會被說「好色」的字句。這才是普通。對我來說。完全不接觸、不述說就好像不去廁所一樣讓人不舒服。很像糞便一直累積在體內的感覺。堆積滿是糞尿的自己體內。像這樣化為歌詞偶爾露臉。自己也做著色情的事，卻對這些話語或東西有所輕蔑是不對的。就好像說沒用歧視用語就不叫歧視一樣讓人厭煩。

話題拉回來。

世上男女的性愛，大概或多或少有些差別，不過不容置疑的是都受到成人錄影帶的影響。這是件十分可惜的事。那些東西不知不覺間成了教科書。雖然強烈希望能脫離其中，能有自己原創的性愛，但會有個意志讓人覺得那是「超出既有型態」的感覺。

沒有AV的時代。我想，肯定到處都充滿原創性，充滿了用大家所想不到異想天開的玩法來確認彼此愛意的情侶。

看遍了一個町裡的夜晚，大概不會有一套相同的性交，這邊的家裡是那樣，那邊的家裡是這樣，各自有他們的想法吧。但隨著技術進步，大家都平等地入手了教科書。大家開始做起相似的性愛。

而且明明學校的教科書不怎麼看，但是色情的教科書像是要把從頭到尾都舔拭過一遍一樣認真學習。不論是男、是女。性真的很可怕。不管是怎樣的笨蛋，如果能把對性的熱誠和頭腦拿出來，肯定隨便都能上東大，卻不是這麼輕易。

而為了回應那份對性不厭倦的熱情，成人業界日夜追求新的刺激，身為老師為了教授迷途羔羊的新範本而奔波著。

消費者會逐漸感到膩煩。他們求新的速度也更快。普通的性愛已經沒有人想做了。據說「顏射」一開始也是想要帶給大家在畫面上更強烈的衝擊，也就是華麗性。「追求華麗」，這個瞬間就已不是本能。

進入了娛樂的次元，就這樣我們被娛樂化了。看著「那些」誤以為那是「本能行為」做愛。順帶一提，我到現在仍舊完全不懂顏射的優點在哪。停不下來的欲望孕育出一個接一個的過激企劃……我還是不在這裡列舉了。

然後結果就是這樣。

區分出了超過一百個種類，各自的喜好更加細分出去。現在可說是色情網路時代的隆盛時期。欲望長成了這個樣子。然後彷彿追隨其後的電影、音樂業界也發生著這些事。

音樂種類已經多到數不清了。光是搖滾就分成另類搖滾、車庫搖滾、華麗搖滾、迷幻搖滾、油漬搖滾、龐克搖滾、瞪鞋搖滾、後搖滾、硬式搖滾、硬蕊龐克。隨意列舉就有這麼多。明明是為了可以簡單理解喜好所產生的種類名稱，演變成了就算聽到也不知道是什麼樣的音樂這種惡性循環。

電影和ＡＶ還有音樂，大家追求一致目標的時代已經結束了。開始追求不同形式還有原創性了吧。我不知道這是不是件好事。

現在仍感到憧憬。在沒有任何知識，純粹的狀態下和愛人交合的時候，會做出什麼樣的動作呢。乍看之下，好像什麼都能夠知道的網路時代。但另一方面它也產生出了很多永遠不會明白的事。總覺得好像每次說到最後都以離題做終。

畢竟是喉嚨還癢癢的，還有點發燒的狀態，還請見諒。

3月15日 23：50

演唱會結束了。有唱到了最後。

聲音比我想像中還行。真是太好了。是嗑了藥的聲音啊，覺得好像機器人啊，不過想像中還能出聲，真的太好了啊。啊啊，可以唱歌好幸福。肯定是很多人的意念傳達到了吧。感謝。

金澤，是在這附近區域第一次舉辦體育館級的演出。金澤AZ和富山MAIRO都是小規模的LIVE HOUSE，所以真的是第一次。演出很開心。覺得很獨特呢。和西日本，還有關東都不一樣。好像也有很多觀眾是第一次體驗演唱會。聽工作人員們說的。

結束之後有幾個人問我：「不好帶氣氛？」完全沒這回事。觀眾的迴響、氛圍不同很新鮮讓我感到高興。更沒有什麼因為習慣現場所以比較好那種事。我覺得被習慣，也不太對勁。和新的對象交往時，如果他學以前你和別人交往的方式的話也不太對吧。是嶄新的體驗喔。會覺得，你的過往，都給我忘了吧。

今天也有看到在開場的瞬間就驚豔到張嘴發愣的人，讓我不禁揚起嘴角。我也知道後半場觀眾席的情緒不斷地快速上漲。對我一字一句都直率回應的大家很可愛。

如果第一次看演唱會的人很多的話，是件很讓人高興的事。因為第一場演唱會是無法忘懷的。我也是如此。會場的一體感、舞臺、音色、樂團、現場，不管什麼都很厲害。很新穎。不會忘記。和CD有這麼大的不同啊。聽了CD就自以為很懂。來看了演出才發現這才是真的。今天如果有很多這樣的人，能夠成為他們的第一次我很高興喔。更重要的是，發得出聲音太好了，真的。再見面吧。

演唱會之後喉嚨馬上來到極限，我稱讚它真的撐得很不錯。好棒好棒，我的喉嚨。真的謝謝你。

好像還有三十場左右……不過，會和它好好努力度過的。會有更美好的景色等著我們啊。結束之後我會讓你休息很——久的。靜養一星期不說話之類的（笑）。肯定會想說話想到坐立不安（結果，你沒有休息就去電影拍攝現場了喔）。

忍住想去晚上慶功宴的心情回到飯店。在飯店吃了我叫的壽司。雖然是外送的不過依舊超好吃。我知道，明天非得養好身體不可，但還是決定去趟二十一世紀美術館。因為不知道下次什麼時候能去。好期待。一直很想去。

啊，今天朋友從橫濱來看我們演出。我們從國中就認識，所以可以算是青梅竹馬了。

早田純。女。有活力。腳速和男生一樣快、體育萬能。以前被選上了袋棍球的青少年選手。她似乎是從橫濱開了九個小時的車過來，而且還是自己買票。明明是朋友，但這些點會讓人覺得這傢伙真不錯啊。當然拜託我們拿票也是沒問題，但還是覺得這種的很不錯啊。

這麼說來昨天是白色情人節呢。據說情人節是從美國傳來的，不過美國沒有白色情人節。也就是說是哪個日本人所創造的。

而且說到底美國那裡的情人節慣例是男生送女生。或是為了友情和確認友誼而交換。這部分應該發展成了日本獨自的文化了。是晚熟的女生所想出來的嗎？

我回到日本之後很常想，什麼時候開始這些慶祝的日子增加了這麼多。是什麼時候變成愛好派對的國民的啊。說來說去是喜歡有活動嗎？日本還有什麼，交往三個月紀念對吧。這個要領也因此創造出了白色情人節嗎？我所害怕的是在不遠的將來這些慶祝和活動會不會塞滿月曆。

特別是日本從十月底到年末不間斷地有各式活動。近來萬聖節的祭典感很強。大家都很怕寂寞吧。我會認真有種都到了萬聖節今年也要結束了啊的感覺。直到十幾年前明明萬聖節不會有人扮裝熱鬧慶祝的。

我總是會不經意用偏頗的眼光看世界。這是沒辦法的。是我的習慣。但是偶爾直視的時候看起來反倒歪斜。這個世界是扭曲的。

幾乎所有祭典、慶祝活動都是以經濟效益為前提而創造出來的。我不是說這樣不行，而是要在有自覺的狀態下盡情歡騰。

我總認為是頭腦清晰、有先見之明、會煽動群眾、對撈錢有熱情的少數人，巧妙地引導著這世界的氛圍。把它想像成官僚的，更民間版本可能會比較好懂。

當今世下，是個後續的衣服流行色系、外觀會在半年前被決定的時代。流行可說是生產出來的。七成的人未曾自己思考，就走在「看似沒有被鋪好的路上但其實鋪得可完整了」的軌道上，所以生產流行是可以辦到的。當然也有無法預知、自然產生的東西，不過現在討論的和那是完全不同的事。

首先情人節當然是巧克力。巧克力銷售量飛也似地成長。不難想像這肯定是有零食製造商賣力進行宣傳。大量播放廣告，提供給「對流行很敏感」的年輕人一個剛好的潮流。然後從世上的女孩子看來又提供了高難度的告白一個機會，對雙方來說都是有益的事。

以我超級擅自的想法與偏見來看，白色情人節應該是情人節巧克力剩貨過多所以被創造出來的節日吧。彷彿能聽到點心製造商的聲音。「再多賣一點吧。」他們為剩下的巧克力該如何順利大清倉所想出來的漂亮發想就是「回禮」。極致的日本人思想。恩、義理、仇。這些思想全都是日本人才有的。雖然可能完全跟事實不同，但都說到這裡了我不介意。就這樣大概占了整年的大多數業績的兩大活動，就這樣順利成功在日本扎根了。可喜可賀。

母親節是康乃馨、名牌包、錢包。

父親節是鋼筆、領帶、公事包。

萬聖節是變裝道具。

聖誕節是什麼都行。

一個接著一個。

據計算日本國民在家保管的俗稱衣櫃存款的總額約三十兆日圓。三十兆日圓喔。不是億。很驚人的數字。日本人就是如此不信任。不信任銀行、國家、外人。政府說這些錢就這樣躺在家裡無法轉動經濟，於是竭力想出很多政策。多花點錢吧，你看，這樣的公司給的薪水也會提高喔，存在銀行裡吧，諸如此類的。儘管如此仍毫無效果，但說到要送禮物又是另一回事了。大家突然就願意掏錢出來了。

好睏。開完演唱會的今天。兩個半小時。唱了歌。好睏。

晚安。剩下的改天再說。

27:22

夜晚。好冷。

睡不著。睏到爆。但睡不著。眼皮自己掉了下來，卻睡不著。這到底算是怎麼回事？我沒有做任何抵抗喔。不過也出來給我講清楚啊。身體是一體的，所以誰代表出來講一下。到底是要睡，還是不要睡。畢竟不該是這樣的嗎？

因為眼皮掉下來了，就會覺得啊是要睡覺了吧。結果腦袋睡不著啊。然後想說那起來好了，又覺得唉——沒辦法腦袋無法思考。到底是怎樣啦。

有那種一瞬間就睡著的人對吧。真不錯啊。

非常不錯呢。雖然看起來只是件小事，不過用一輩子的範疇想就覺得感覺超賺耶。

想想看現在要花三小時才能睡覺的我，如果能五分鐘睡著會差很多耶。

就算這樣的日子是極端值，用一輩子的長度思考，至少能多睡上一年吧。雖然我平常很討厭用一輩子去估算，不過這種時候就會不禁思考呢。那種等同於幾個東京巨蛋之類的東西。

啊不行不行。

是顆惰性的腦。

我知道的是，現在，以惰性在過活。畢竟是演唱會結束後，拚命演出之後呢。在演出中點燃的火光是沒有這麼容易熄滅的。這點讓人高興。

3月16日（日）21：18

如果，有另一個自己存在。
我想我們一定處得不好。我也不想遇見他。
多一個像這樣的傢伙。我一直這麼想著。
我也很討厭這麼想的自己。
像是在逃跑一樣很讓人討厭。會想說你也好好喜歡一下自己啊。

不過最近改變了。
總覺得，就算多了另一個自己，保持著喜歡他的狀態過活，好像也不全然是件好事。
因為我確實也愛著現在的自己。確實地。
只是因為太清楚自己討人厭的地方所以感到痛苦，但是也確切知道自己的優點。
所以也就是說，非常討厭，不過也非常喜歡。
俯瞰這個宇宙，站在喜歡和討厭的兩端的就是我。

說不定，我最愛的人，
就是會拉起這兩人的手
牽在一起

說著「來，要好好相處喔」的人吧。

然後我也像他一樣，是會把那人心中對立的兩隻手牽起來的人。

我對食物幾乎不挑。有喜歡的、覺得還好的、討厭的食物，不過幾乎沒有吃不下去的。我覺得這點果然還是受到家庭很大的影響。

這種事情多數來說，父母的影響會占很大一部分。我現在也還記得我當初討厭吃的東西。香菇、芹菜、漬菜、茄子、紅蘿蔔。就是那些所有小孩都討厭吃的我也不喜歡。但是我沒有任何可以把那些東西留在餐桌上的選擇。沒有。監視的目光總是雪亮，我要是想把那些留在盤子裡的話，桌子對面的巴掌就甩過來了。是的，想像一下老派昭和連續劇大概相去不遠。

我現在仍然記得有天晚上的火鍋。我們家四個人圍爐，母親拿著我的碗說要幫我裝，而我吵著要自己弄。但是愛幫忙的媽媽不肯退讓，往我的碗裡盛了滿滿的料。裡面有個特大號的香菇。我不禁嘆了口氣。我光想像我待會和香菇的戰鬥，就覺得心力憔悴。

那種時候我常會看時鐘。假設是八點十分。我就會在心裡盤算九點十五肯定能在二樓開心地看著漫畫、十點一定在舒適的被窩中有個好眠之類的。

痛苦的瞬間或難過的瞬間像這樣到來、快來的時候，我有個在腦中穿越時空以度過那個狀況的習慣。

但是穿越時空沒有這麼好用，痛苦的時光還是會確實到來。配牛奶吃作戰、和其他料一起吃蓋過味道作戰、切細細地去分散味道作戰，我實行了平常會用的作戰方式但都對那株香菇沒用。真的是大過頭了。而且那個味道，徹徹底底的就是株香菇。現在香菇是我最喜歡的食材，但是對當時的我似乎無法下嚥（想想味覺會改變很有趣）。

非常僵持不下，所以我下定決心把它整個塞進我嘴裡。然後從那當下開始，大概將近半小時吧，就開始了我和父親的大眼瞪小眼。順帶一提，半小時不是誇飾。在其他家人享受著家庭和樂氣氛的狀態下。只有我不說話、面無表情，想著要用唾液澱粉酶分解香菇，不時還會被香菇特殊的味道搞得想吐，我紅著眼不斷忍著。

途中母親本想要給予我放棄的機會。「真是的，沒辦法呢。你都不吃嘛。好了，就吐出來吧。」她拿了衛生紙給我但是父親斷然不退讓。「不行，給我吃下去。」已經連回答都沒有辦法的我，狀似服從、又像反骨，肯定是用了無以言喻的表情直直地看著前方吧。當時是怎麼樣的心情呢。有個很清楚記得的心情。「對這個人來說我是可愛的自家孩子嗎？」為什麼他不會覺得，孩子這樣很可憐呢。這是小孩子才會有的情感。渴望同情。比起我們家孩子好可愛的心情還要更優先的父親個人哲學是什麼呢。我這麼想過。

結果半小時後。我把終於變小，而且被唾液浸潤到幾乎沒有味道的香菇，配著牛奶一起吞下肚。我贏了。當時吃飯光是要解決碗裡的東西就竭盡全力了。

當時花了這麼多心力才能吃下去的食材。說來不可思議現在都是我最喜歡的食物。不管是香菇或茄子，還有漬菜。不知道是不是當初特訓所獲得的結果，不過長大之後能吃的東西也變多了。什麼都要逼迫從小吃是不對的吧？老爸，我現在是這麼認為的。

題外話，有一樣我在家裡不吃也沒關係的東西。就是茄子。它既不會出現在餐桌上，出去外面也可以不用吃。理由只有一個。

因為老爸也不喜歡。

父母應該給小孩多少影響呢？要尊重孩子的意識到什麼程度呢？這我偶爾會想。大多數上班族家庭裡的小孩因為平凡，可能怨過自己的宿命一、二次。會用欣羨的眼神看周遭的大地主家庭或是有豐厚家業的人們。不會有什麼留下給自己的東西，全部都要靠自己打造。

我對這樣的事情感到沮喪。另一方面從父母那繼承家業的人會有繼承者才有的糾結。想要自己開創自己的人生。他們會想，為什麼我的老家務農、開洗衣店、開西餐廳、開工廠、當歌舞伎演員，為什麼我非繼承不可。如果是歌舞伎演員的話已經關係到家族問題了。不是自己一個人的問題所以相當難解。光想到自己出生的瞬間就已經定好了將來這樣滿可怕的。我也會想像如果是我，會做出什麼樣的抗爭。

其他還有在兒子、女兒才二、三歲剛懂事的時候，就想把他養成職業運動員的家長。肯定為了把自己的小孩栽培成第二個福原愛、錦織圭、石川遼、本田圭佑，所以每天都進行斯巴達特訓吧。不過像這樣懷抱夢想有幾千、幾萬個家長賭命在小孩身上，能夠開花結果的也只有一、二位。其他孩子應該要怎麼辦才好呢。成功的人總是會談起當年自己不得志的時代。我覺得，就這部分而言和一般人們並無所異。

他們會說，但是我成功了。所以請不要放棄夢想。

不是這樣的。放棄了也沒關係。因為沒有人會採訪沒能實現夢想的人啊。為了誕生出成功的那一個人而存在著九千九百九十九位脫隊的人。同樣從懵懵懂懂的年紀開始賣命練習，奉獻出青春的所有，沒能度過和普通人一樣的青春期，某個時候被宣告失敗還是沒有辦法達成夢想。在那之後的人生該如何是好。當時，如果早點放棄的話就好了。如果可以反抗父母說的話就好了。如果我可以選擇自己想要的生活就好了。也會有這麼想的人吧。

這樣還有辦法跟人家說不要放棄夢想嗎？我說不出口。沒有這麼說的必要。只要自己喜歡就好了。被誰說不要放棄、持續下去所以才繼續努力是很奇怪的。不管誰說什麼，都要去做。選自己會這麼想的事去做就好了。

「不可以放棄。」當今世上這種氛圍讓人實在疲倦不已。只要用法律禁止就好了。這種程度的事。別人才不會對你負責任。對你不了解。不了解還是會滿不在乎地插嘴。

話說回來。家長應該介入孩子的選擇到什麼程度呢？完全不介入是不可能的吧。不管是有意識還是無意識，小孩大概都會受到父母的影響。好惡、說話方式、職業、人生觀。有時像是走在前頭的前輩，有時做為負面教材。然後如果出生的瞬間，家長就決定了小孩的未來並讓他持續做那件事稱為極端的話，那容許範圍是到哪裡呢?肯定所有家長都會為此陷入兩難吧。

最理想的是不管是因為父母的期望所去做的,或不是如此,只要那個能成為自己的生存意義,成了不想被別人奪走的東西就好了呢。如果能變成孩子自己的夢想就最棒了呢。入門的動機,其實意外不會記得。

22:39

我回來了。

從金澤平安回來了。去了二十一世紀美術館。去了才發現,這麼說來,今天是星期天。人很多。還有好像在整修中,大概只有一半的區域有展示有些可惜。不過有當地年輕創作者的作品展示我覺得非常棒。幾乎跟我同世代。讓人興奮。有很多讓我會想入手的作品。

果真,接下來的日本會很有趣喔。還有,真不愧是有很多創作者、藝術家的城市有很多很潮的人呢。總覺得有很多比走在東京街頭的人更有品味的人。

還有,我還看了contact Gonzo[註一]這個表演藝術團體的演出。很有趣。肉和肉,撞擊的聲音。

「吭滋」

光。

最後是一片黑暗。黑暗。

偶爾處在那種狀態下,感覺比較好呢。

在一片漆黑中談話，或是在黑暗中吃飯之類的。

眼睛會疲勞的啊。畢竟資訊稍微有些暴力。

好懷念特瑞爾[註二]喔。

那塊被剪裁下來的天空。我想起了直島。

也想要去新潟的光之館[註三]。

回到家之後又把一些收到的花做成了乾燥花。有做成死花好看的花，和做起來不怎麼樣的花呢。不可思議。當然它們不是為了成為木乃伊而生，所以花並無罪。

今天開始日記裡加上日期好了。日記。因為我過著無關星期幾的生活，所以不時會忘記。

註釋

註一　蒙眼人集團互相捶打各自的身體發出聲音。藝術團體。這麼難以說明的藝術也是不多見啊……

註二　詹姆斯・特瑞爾。我喜歡的藝術家。直接用光和黑暗、空間創作藝術作品。很厲害呢。

註三　位於新潟，詹姆斯・特瑞爾所設計的作品、旅宿設施。整體設計都是特瑞爾的作品，據說可以體感到他那不可思議的光的世界。

有一輩子的好友的你
這真的是，一件很棒的事喔。
是無可替代的，美好的事。
我能保證。

3月17日（一）

我買了個雕像[註一]。一九三〇年代的。

在諸多選擇下買了它。腳有點不一樣長所以會有點傾斜不過那個最好看。大概有七個，每一個都差異很大。

腰的曲線。肚子附近。胸部的起伏。很有趣呢。

我很中意那孩子。

因為腳有點歪所以我拜託店家幫我折了一萬日圓。儘管如此還是要五萬日圓。價格高昂。

我試著把她擺在玄關結果感覺超棒。嗯，很搭。

接下來每天，都可以跟她說：「我回來了。」

我覺得她戴頂帽子可能也很不錯吧，

但好像不太對勁。

果然說到底，還是位女士。

不適合戴帽子。

前幾天羊齒的葉子也是如此。

有種好像從很久以前就已經在那裡的感覺。

我應該就是喜歡那種東西吧。

肯定是喜歡用偶然拼湊出必然吧。
家裡自己喜歡的東西越來越多
我突然想到
要是塞滿了怎麼辦，之類的
會什麼也不做嗎
會丟掉些什麼嗎
會找新的地方嗎
死掉的時候什麼都帶不走
至少在活著的時候
至少在家裡
堆滿東西我也覺得無所謂
說要斷捨離
是要怎麼弄啊
用必要最低限度的東西過生活？
這麼說，就是充滿了不可能

今天天氣很好。
我就在等這種日子。看牙醫，買雕像。
接下來還打算去看電影。今天是悠哉的日子。雖然想和誰一起看，但是沒有想要找的對象。一如往常。

有一輩子的好友的你
這真的是，一件很棒的事喔。
是無可替代的，美好的事。
我能保證。

我喜歡的電影院好像有新銳導演的二作品連續上映活動。本來想說情意纏綿的作品比較好，好像也並非如此。好像是說童貞怎麼樣的。
不過沒關係。去看吧。

註釋

註一　人體模型。是歐洲的古董。家裡到處都是，越來越多古董品和快報廢的東西。好高興。

27：56

看了一部和預告如出一轍的作品。
似乎是學生的作品，導演自己配合上映時間前來觀看還和大家做了問候。相當有趣。不拘小節，很青澀。裡面裝滿了他想要做的內容。
我喜歡看完電影，走出電影院，那種街景看起來會稍微有所不同的感覺。
會讓人痛快感覺到，自己就是故事主角的感覺。就這樣繞去了書店，買了幾本看來有趣的書和雜誌，回到家裡想說來睡個覺結果睡不著，所以又出了門，去吃了壽司。

一個人坐在吧檯。大概是有生以來第一次吧。

不愧是大都會，喝醉酒的人滿山滿谷。

我不討厭這樣。大家都拚命地活著。

旁邊坐著兩個男同志和一個女孩子。

看起來滿醉的，好像今天是生日派對的樣子。是附近同志酒吧的媽媽桑和那裡的店員。聽說是工作完來這裡喝酒。全部都是聲音太大才聽到的情報。

女孩子朝我搭了話。

「你一個人嗎？」

「是做什麼的人？」

「為什麼一個人？」

「不好意思我這麼吵。」

「可以坐你隔壁嗎？」

後來那個微醺的女孩子，開始自言自語了起來。持續了兩小時。

她好像也是職業音樂人。

關於自己的音樂、業界經歷、合約和公司的方向性、對歌迷的想法、出生成長、所描繪的理想、對走紅這件事。她講到甚至沒有我能回話的餘地。

她說她很怕生，我覺得並沒有。怕生的人才不會對未曾謀面的人談論自己的事到這種地步。

她問我「您是從事什麼職業的呢？」，我回說：「我也是做音樂的。」

她說：「現在這個時代，不覺得做音樂很困難嗎？」

我說，嗯——會嗎？

接著說了：「因為我只有在現在這個時代做過音樂，所以我不知道。」

只是，我跟她說：「我會為妳加油的。」

這是出自真心的。

我沒有溫柔到能回應那個人所說的每一字一句。

因為如果要說那有什麼用處的話並不會有任何幫助。

不過，只能盡全力做啊。我也會加油的。一起加油吧。

我這麼說了。

我說了那就先這樣嘍她說我也要回去了。

然後她說：「能不能加一下 LINE。」

現在，都是加 LINE 的啊。

我想著，我還真是跟不上時代呢。

我慎重地拒絕了。

我說如果下次再見面，到時候再加吧。
我無法負責任。
也不想要，被她有所期待。
如果成了友人的話，不被期待也總覺得有點討厭。
所以再見了。

我不知道她是不是知道我是誰。
今天莫名地醉了。

3月19日

我們心中每天都對決著。
很忙。每天每天，連續不斷的對決。
想起床VS想睡覺。
想減重VS想吃東西。
想成功VS想偷懶。
想愛人VS想被愛。
不論哪一個都是「想」所以很麻煩。
不過，在這個淘汰賽裡勝出的，現在的你。
現在的我。

YOJIRO GRANDPRIX 簡稱 YJGP。
優勝的是現在的自己。

我慣用手到底是哪邊呢。到底哪邊是慣用手、慣用腳。二〇一三年十二月，我因為意外左手骨折了。正確來說是名為第四掌骨的骨頭。睽違九年出場的 COUNTDOWN JAPAN 音樂祭還有大阪的 Radio Crazy 活動上都沒辦法彈吉他，只能拿著麥克風唱歌。既不中用又丟臉。也給團員添了麻煩。

託那時的福，現在當然已經恢復了，當時生活還真是不便。平常不經意使用的「手」。我第一次發現我平常在什麼時候會使用哪一隻手。會這麼說也是因為我基本上是被稱為左右通用的人種，針對狀況、用途會使用不同隻手（無意識的）。

比如說，筷子是用右手、飯匙是用左手。菜刀是用左手、剪刀是用右手。

雖然會想要吐槽都用同一隻手不就好了，但不知為何就是會用不同手。

總之，一併列舉出來。

筷子	右
飯匙	左
菜刀	左
剪刀	右
投	左
打	左
寫	右

踢　左
然後接下來的是，我在手骨折之後才有自覺的。
洗碗　左
開瓶　左
擦屁股　右
刷牙　左
轉水龍頭　左
瓶蓋　左
剪指甲　右
保齡球　左
高爾夫　右
開關門　右
打電話　左
傳訊息　左
彈吉他　右
吸塵器　左
遙控器　左
槌子　左
掏耳朵　右

像這樣在各種動作上用著不同手。以為自己沒有固定用哪一手的事情上，因為不能用左手而所以打算用右手的時候，會覺得很卡有違和感。

在那之後的幾天，我在做什麼的時候都會盡量有意識地去看我會用哪一隻手。其中也有兩手都行的事。

慣用手是哪邊？我被問之後感到困惑時，大多數都會被問「你筷子用哪手拿」而會回右邊。我曾認為我在世人眼中就是個右撇子。但是一旦到運動場上，不管是投、打、踢，全部都是左邊。真讓人困擾。光用使用筷子的那側也很難區分。

另外，我還打算用種類去尋找法則。乍看之下我覺得應該是精細作業，或是需要更纖細的動作有用右手的傾向。像是用筷子、拿鉛筆和掏耳朵等。

但是，另一方面刷牙和傳訊息不用左手的話就很不順。這讓我越來越煩躁所以就放棄找出結論，就此打住。

我聽周遭的人說，好像要細分慣用手到這種程度的人很少。為什麼我會變成這樣呢。是不是那是我「最初嘗試時用的手」。那為什麼每次在初次挑戰時用的手會這麼不一樣呢。自己的事也存在了一堆未知。

順帶一提，我哥哥，也和我一樣但是不同種類的左右並用者。哥哥基本寫字和用筷子是屬於普通的左撇子，不過要說到球類競技的話又有些不一樣了。大的球（籃球等）是用左手，小的球（棒球等）是用右手的樣子。我完全不能理解，話說回來，大小的差別是以什麼為界呢？我問了他說是「手球」。奇怪的兄弟。

＊

距離橫濱場的演出已經過了十天了啊。好驚訝。

今天起來之後用昨天晚上買回來的德式香腸、雞蛋和納豆做了早餐。我覺得德式香腸留著我也不會吃所以就煎了。還有荷包蛋、石蓴的味噌湯和調味海苔。相當美味。我喜歡基本款的早餐。教科書上會出現的那種早餐。

如果住標準的、常見的溫泉旅館那裡絕對會提供基本款的早餐。

高級旅館的那種，早上吃了腸胃絕對會吃不消吧的，豪華早餐意外不會太膩。這點是不是果真是受到待在美國時，最一開始對日本的憧憬所影響啊。可能和美國人會去金閣寺或是澀谷交叉路口一樣的感覺很接近。

今天也採購了家裡的東西。

一步一步地，變成了「只屬於自己的家」。可能和動物很接近吧。狗狗也是對自己家的味道才會感到安心對吧。嗯？嗅味嗎？到底是哪個字。想要身上纏有只屬於自己家的氛圍，至少在自己家的時候想感到安心。

今天買了名叫袋鼠爪花的花。好像是說生長在澳洲吧。紅色，還滿熱情的花。我覺得對於有點枯燥的半老房子滿剛好的所以買了。和黃色粗糙的水泥牆也很搭。然後在玄關立起相當重且龐大的石柱蠟燭。雖然地震來臨時會很可怕不過非常好看。昨天的雕像是一九三〇年代的產物，這個石柱也是五十年以上的製品，所以玄關感覺變得相當稀奇古怪。而且雙方都是從歐洲來的。

地板順帶一提，是叫做無梗花的法國櫟木板，所以一樓清一色來自歐洲。

我說過好幾次，我喜歡一百五十到五十年前的老東西。雖然說流行會循環，雖然說我搞不清楚那是表達什麼，不過那個時代讓我中意的東西對我來說感覺非常新鮮。不論是外表、配色、質感、味道。我也很喜歡想像其中的故事。

古著、吉他也是如此。

那個雕像也是，會思考曾穿著怎麼樣的衣服呢，穿過幾套洋裝呢，曾住在什麼樣的人家裡呢，肯定穿過好多套好看的衣服吧，之類的。

走在路上，看到一臉哀傷地走著的人、一臉喜悅地走著的人、可愛的人、穿著不搭的男孩子、吵架的情侶也都會一個個想像他們的故事。那前後的故事，他們的過往，和未來的故事。

我果然是，很喜歡故事吧。我對於有我所不知道，龐大且壯大無邊的故事存在感到高興。我喜歡在那一角偶爾窺探、想像。

我喜歡從移動中的新幹線車窗往外看。途中全速通過鄉下山間時，會突然有房子出現。就在山中獨自佇立著。還有在廣闊無際的田裡也是。然後景色逐漸開闊變化成集合住宅或高層大廈。

那裡都有一個一個的家族並有其故事。光是想像就會有意想不到的心情。那一個家。每一扇窗都有無限的故事。哭泣、歡笑、生氣、爭吵、互相安慰、互相擁抱、有這麼多我們無法踏入，屬於那個人的世界。讓人無條件變得多愁善感。

明天要前往大阪。會是怎麼樣的一天呢。

我很喜歡服飾。大概比一般人還要喜歡。如果有人對我說你也差不多該丟了吧，我會覺得困擾（生性小氣沒辦法丟東西），不過舊的衣服我還是會穿。所以更丟不掉。

來思考為什麼我會喜歡服飾。不可思議的是其實穿著衣服的時候自己不太看得到那件衣服。明明難得都花了錢，對衣服感到中意的也是自己。但要說誰看得到，卻是周遭的人。朋友、女友、路上的人、搭了同個電車車廂的人，如果站在舞臺上的話就是觀眾。也就是「對方」。我覺得服飾是告訴對方，我是什麼樣的人的訊息。該說是代替名片的作用嗎？所以我很喜歡看別人穿什麼樣的衣服，喜歡由此想像對方是個怎麼樣的人。

和聽的音樂或喜歡的電影一樣，那個人的穿著打扮比對話更容易理解那個人。所以說，就這層意義而言我有點討厭「我啊，說實話穿什麼樣的衣服都無所謂」的那種人。

不用花大錢。不用穿得特別時尚。

不過「對衣服完全沒有執著」，我覺得是對周圍的人沒有體貼。

住在怎麼樣的房子裡，坐著怎麼樣的椅子，想在怎麼樣的餐廳裡用餐。「總覺得頗舒適」，這種感覺每個人都有。「總覺得」想一直待在這裡呢，之類的。然後我認為自己的衣服，也是在對方存在的空間裡的裝飾。地板、窗簾、牆壁、照明、沙發當中的一種。我想要穿著那種，會讓對方感到「總覺得不錯呢」的衣服。當然，那取決於我的主觀。

有人說過我穿著打扮很奇怪。我很常在街上被搭話，也都是自認穿著不會露餡的打扮卻被說看衣服就認出來了。像剛才所說的，服裝就是那個人本身的姿態、歷史。我生來就是我覺得「這個版型很棒啊」的服飾風格的混搭。我的人生只有我活過。所以這是只屬於我的愛好。這麼想就會感到高興。

幼稚園的時候渡海到了美國，在那裡上小學、交朋友。看過各式各樣的人種與各款服飾。然後回到日本之後也看了日本各種不同的服飾（我覺得日本人是全世界最時尚的）。如此累積下來就是我現在的穿著。

你在哪裡買的？如果說我也想要那套，我會告訴對方，但我覺得，穿起來肯定不會是一樣的感覺。不貼近感受那個人的歷史的話，不管花多少的錢，就算打扮得如時尚教科書，我覺得也缺乏魅力。我都不會為古著、外國貨和國貨還有高級名牌沉迷。因為我不會盲目追求潮流。我也曾花過好幾萬塊買古著丹寧，但那單純是因為「不錯」所以才買的。兩千五百日圓的軍用襯衣我到現在還會穿。雖然破了還是照穿。因為那件很「不錯」啊。ＹＳＬ覺得很貴但還是會買。因為覺得「不錯」。

還有一點，關於服飾的事。剛才在說服飾外表上的事現在改談談內在，對自己內心所帶來的影響。雖然是說穿的時候自己看不見，不過穿上那件衣服為自己所帶來的影響仍然極大。我基本上是按照當天的心情在挑衣服的。我覺得，感覺肯定會，自然而然地，讓當天的情緒幫我選出衣服。

但會有非常難以決定的日子。那就是錄音日。音樂和服飾在我心中有著相當密切的關係。正如同音樂有分種類，服飾也有分。RAD的音樂是由各式各樣的音樂體系構築而成的，所以隨著曲子不同，適合該曲動機的衣服也會有落差。也就是當天的決勝服。

陰鬱氛圍的半拍，所謂比較細碎的曲子，要唱那種像嘻哈的節奏時如果誤穿了黑色緊身褲去的話會很糟糕。完全沒辦法跟上曲子節奏。或是錄超過BPM160[註一]的曲目，如果穿得太寬鬆就反而會有種不緊湊的感覺。

顏色也很重要。絕對有適合那首歌的顏色。其他還有質感，再更講究的話本來挑衣服，大腦反倒會被那首曲子支配。後來就會開始思考和那首曲子很搭的到底是什麼顏色，最後開始思考起作品封面還有音樂錄影帶，這些有關作品設計的所有事項。

這些全部都會不間斷地連成一線。所以我早上有時候會遲到，經紀人啊，對不起。

我很喜歡服飾。

註釋

註一　曲子的節奏。據說是「beat per minute」的縮寫。原來如此。簡單舉例來說，時鐘的速度是BPM60。RAD的曲子有時會是那個的一倍速度，有時候會是那個的一半速度，又或是在六十的曲子裡加到變成一百二十，很常有曲速變化。咦，這樣講能懂嗎？

3月19日（三）23：34

抵達大阪。

有歌迷在車站等我們。是從幾點開始等的啊。謝謝。在新幹線上睡個不停所以今天晚上感覺暫時無法入眠。不過腦袋意外地放空呢。如果可以早點入睡也很賺。

俄羅斯正式宣布將克里米亞編入領土。為此歐美表達了抗議。說要開始制裁。不過有很多揣測。現在世界上肯定各國互拋著媚眼使眼色吧。

美國是單一國家還算輕鬆，歐盟有二十八個國家。剛才新聞這麼說。英國在金融方面、法國是武器、德國則是在燃料方面各自仰賴俄羅斯。法國是連戰艦都賣給俄羅斯了讓人覺得還談什麼制裁啊，不過這點先不論。總之就是二十八個國家要參與一項制裁行動很麻煩。現狀就是很難做出一個對俄羅斯真的有所打擊的對策。俄羅斯也明白這點。

要在哪個領域上制裁都憑各國任意提案。歐盟要說就是不同國家的聯盟但美國不是。

普丁說這次作戰在沒有任何犧牲者出現下就達成了。

但在那之後就出現了烏克蘭軍、俄羅斯自衛隊各有一人因戰鬥死亡的報導。中國支持俄羅斯、普丁的行動。不知為何覺得世界的風向很詭異。美國提議在G8排除俄羅斯的狀況下由七國領導人舉辦首腦會談。好像要在這會議當中討論要怎麼包圍俄羅斯。構圖不管看起來有多浩大，本質上跟小學生吵架毫無差別。

說實在我不明白。

如果說美國說的就是對的那這世界早就玩完了，不過用「美國不也是這樣過來的嗎」當藉口恣意妄為的普丁和中國、北韓的領導人真心沒辦法讓我感到喜歡。對我來說還太難。我只能說還有人為此受苦。

還有人為此流血。這絕對是錯誤的事。

太過理所當然了，這是連三歲小孩都懂的事。

但是頭腦還算不錯的大叔們到現在還一臉正經地在指揮著這種事。持續做這種事。

烏克蘭的輿論應該也有所分歧吧。不能一概而論。

不過有個接受採訪的人說俄羅斯是「邪惡帝國」。我想像了那種心情。

想像了一下被那種國家併吞的心情。

明明都二十一世紀了啊，我想著。真是的。

用外交解決吧。至少。

用軍事解決，真的不只蠢也讓人不敢恭維。

被全世界睥睨如野獸，儘管如此仍做為目標的那個未來，

普丁，你究竟望著什麼？

25：05

三天前，

有人對我說了

「洋次郎所說的，過於正確，過於簡單無懈可擊啊。」

同樣的人，

對我說了

「沒有比你還難懂的人」

這就是我嗎？

想著我至今為止傷過的人。感到痛苦，卻也令人憐愛。

然後想像將來會和我在一起的，某個對象。我很狡猾。

不過我也一直追著過來了啊。不想要模糊這一切。想要更坦率地活著。

討厭汙穢的自己。像那個高中時期，把自己弄得悲觀，且憧憬著周圍美麗而純粹的人。

但我發現了。

不知不覺間，周遭沒有了。那種人。

是我把他們甩開了嗎？

「你的純度，誰也跟不上啊。」

還有人這麼說了
我不具有，我當時所追求的東西嗎？
不，一定不可能是這樣。

如果是這樣的話為什麼會感到如此寂寞。

3月20日（四）24：33

大阪場首日。超棒的一場演出。
既溫暖又熱情，很爽快。既軟綿綿的又很激烈，很溫柔。
很久沒有這樣的感受了。真的很感謝大家帶給我們美好的時光。
今天是智史二十九歲生日。光是這點就很特別。二十九歲啊。不錯不錯。原來我們也這個年紀了啊，想想就覺得感慨。不過啊，忘了這回事吧。繞了一圈回來，覺得無所謂。
今天途中換氣讓聲音糊掉了，但基本上非常清亮。
那個會場也不會太大剛剛好。可以看到所有人的感覺。大阪固有的氛圍。很有趣。
問了大家對大阪都構想的意見大家幾乎都反對。那讓我笑了出來。
輿論就擺在眼前啊。年輕人啊，你們只能把你們的想法傳達出去啊，真的。

YUI[註一]來看了演出。我看到她生病的新聞，覺得很擔心所以前幾天傳了訊息給她。比想像中還要有精神讓我安心了。然後她就說要來看我們的大阪場。

看起來很有精神太好了。

她好像也玩得很開心太好了。希望她多花點時間靜養，然後再唱她想唱的歌。

一定會有很多人等妳回來的。有很多人，都因為妳的歌聲得到救贖。

註釋

註一　已經認識幾年了啊。歌手YUI。是個很讓人費心，不過像是孽緣的同業者。是有著好歌喉的人。

3月23日（日）19：12

樓梯間的花。越來越讓人依戀。真不錯。最近終於變暖了，我會打開窗讓春風吹拂進來。家裡，也就像自己心裡的感覺。

腦中一片混亂的時候，大多數家裡也是一片混亂。然後，我覺得家裡的樣貌也反映出了那個人本身。有怎麼樣的東西，要怎麼增添色彩。會有接近自己內心的感覺使我感到安心。龐雜、無國籍、既舊、又新。混合木頭的溫度，和混凝土的冰冷。有白有黑。

還有我現在一直找的門。亮綠色的，如果能找到在《艾蜜莉的異想世界》裡出現的那種顏色的門就完美了啊。還有紅色寬型的二人座絲絨長凳。

如果可以擺在玄關會非常棒啊（二〇一五年的現在，順利入手）。

我很喜歡家。

家很重要。跟其他職業的人比起來我待在家的時間相當多，某種意義上這也是我的工作地點所以更重要。就像服飾能展現出那個人一樣我覺得家也是如此。最近不太會去拜訪別人家，不過我很喜歡看別人家的空間。

以前最一開始自己住的時候是那種所謂的清水混凝土牆，挑高樓中樓，天花板高四公尺的摩登住宅。那時候沒有特別想過自己想要住在怎麼樣的地方，也還不知道自己的喜好就住在一般街頭巷尾會說「好酷」的房子裡。但就在剛好過一年的時候我搬家了。

理由有很多，像是很冷啊、很難擺自己喜歡的東西、很難有「自己家」的感覺等等。因為感覺不論誰來住都會是一樣的氛圍。

所以我接下來住在像是工作室的空間。就是個大到不行的房間加臥室。客廳空間是十七點五坪挑高三公尺。可以自由使用的空間。設計成怎麼樣的風格都可以。

從那時候開始我就一點一滴地收集起了我喜歡的東西。那裡跟我比較適合。來過的人都跟我說：「是個很有趣的家呢。」對我來說，我只是把它打造成越來越舒適的家而已。

現在住的家，本身的地板和牆面我都換過了所以算是手工的。然後加上擺飾的東西也很自由。

我真的覺得家能夠表現出一個人。比開口能得知的東西更多。不僅擺放的東西和它的如此，本身的狀態也是。我覺得狀況有些不好的時候、無法順遂發想的時候、單純疲勞的時候，環視房間就覺得散發著同樣氣息。有部分也是來自於有沒有打掃的差別，不過同樣是髒且雜亂也還是會有所不同。

總覺得視線良好、思路清晰的時候，房間也是一樣通風良好。房間直接呈現了那個人的精神狀態。我雖然不太相信風水什麼的，但到頭來還是覺得是這麼回事。活著的空間對人有影響是理所當然的。

23：02

總覺得空空的。
心情。失去所向。明明應該感到開心的。
你、我。
耶，
感覺空蕩蕩的是，心底？還是腦袋？
走在東京街頭有很多的人。想著很多的事。
明明只是走在街上。
這座城市是全日本最讓我感到多愁善感的地方。

戴上耳機聽音樂。
以這座城市為背景聽音樂，幾乎所有音樂聽起來都很棒。
如果有了東京街景的加乘仍然無法唱入人心的話，那就不是什麼好音樂了。
會來這座城市的人，肯定多數都是沒有放棄的人。
野心、大志、欲望、希望、不安、絕望、嫉妒、醜惡、慈悲、後悔、懺悔、悽慘、溫柔、背叛、悲傷、冷漠、溫暖。
充斥著這些情感。
從放棄的人眼中看來。
這些肯定都是一樣的吧。
是同樣的吧。

大家都追求著什麼來到這個都市。
所以我很喜歡這裡。
因為有很多正在努力的人。
是聚集著怕寂寞的人的地方。
來吃雪見大福吧。

3月24日（一）18：37

又來了。

又來。

到底是去哪裡了。

希望這世界上剩下單隻的襪子
被丟到垃圾桶之後
都能夠在天國和另一隻重逢。

23：16

我吃過飯回來了。

春天正在一步步接近。今天真的相當溫暖。是可以一直開車兜風下去的天氣。今年可能沒辦法看到東京的櫻花了啊。可能要在京都、福岡等地看，我們很常在春天辦巡迴所以可以在很多地方賞櫻，不過我還是喜歡在故鄉看。

雖然賞花喝醉的人大多面目醜惡到讓人看不下去，不過也是沒辦法的啊。櫻花就是如此有魅力吧。

明天要前往茨城。本來覺得當天再出發也行，不過還是盡可能不要打破規律比較好。前一天確實抵達，好好調適心情。嗯，這樣才好。茨城因為有 rockin' on 的大型音樂祭離東京也很近，所以我想肯定很容易被各家樂團巡迴跳過。

期待演出。會帶有什麼樣的色彩呢。在那場震災之後我覺得看新聞報導，茨城是發生最多餘震的。比福島和宮城多。

3月25日（二）16：43

非常好的天氣。

嗯，舒適到不行。這種天氣應該犯罪也會很少吧。不禁想了這種事。不過對本性極惡的人來說或許這樣的天氣才適合犯罪。這樣的話就根本而言，讓人無法理解了。

我在街上閒逛了一下。感覺可以一直走下去。這應該是今年以來第一次，光散步就走到汗水浸溼了背心。

目標是最近開始會去的定食店。那間對身體感覺很不錯也很好吃。途中眼鏡的螺絲掉了所以拿去修理。然後眼鏡行免費幫我修了。他們說，因為零件多到有剩所以不用錢。總覺得，很不好意思，謝謝。

在這種風和日麗的日子大家肯定都溫柔了一點。

北韓。我不知道我對這個國家的現狀正確理解到什麼程度，不過還是無法抹滅對金正恩為首他們國家的指揮部門抱有的殘暴印象。總覺得，如果他們國家是在南半球更接近赤道太陽的暖烘烘的地方，可能會變成跟現在完全不一樣的國家吧。

「啊，算了」或是「今天就先忘了這件事吧」的感覺。還有「沒關係啦別在意這種事就跳舞吧」。可能會多一點這種精神吧。我覺得意外地很重要。這種想法。以俄羅斯為首，果然在寒冷的地方就會有點針鋒相對的。政策內容、外交內容也顯得有些冷漠呢。我在暖暖的陽光下這麼想著。

今天接下來要出發前往茨城。大家和樂融融地坐 BOKUCHIN 號[註一]去。大概只要兩小時左右一下就到了。LIVE HOUSE 還剩下兩場。會盡全力的喔——還有，我悄悄地想著，回來之後要買春服。

啊，好想趕快站在春天的正中間。夏天還不用來沒關係。大家雖然都希望趕快夏天但我希望春天越長越好。春天和秋天，絕對每年逐漸變短吧。明明這兩個季節最舒適。

註釋

註一　我們公司 BOKUCHIN 所有的廂型車。不能說得太大聲，但因為幾位經紀人的開車技術，所以它不停地增加刮痕。在團員的移動、器材搬運上非常活躍。我不喜歡坐後座所以副駕駛座是我的固定位置。那裡視野良好我很喜歡。

20：54

終於抵達飯店了。我累了。花了三個小時。不喜歡轉來轉去的立體停車場。真的會讓人很暈。

打開電視。報導著比利時的事。比利時的國民分為法語圈、荷語圈、德語圈。

佛拉蒙語[16]占六成、法語占三成多、德語是一成以下。很有趣呢。這種狀況只有歐洲會有。發展出了錯綜複雜的關係。日本如果是這樣的話不知道會變成什麼樣子。互相體讓的意思會有所改變呢。

3月26日（三）24：35

茨城場結束。超級高興的。

原來我們是第一次在茨城舉辦個唱呢。沒有意識到。不過真的很棒喔。你們每一個人的臉龐，都閃耀著光芒。氣氛也直線上升呢。讓我覺得日本還很有希望啊，年輕人超棒的啊。讓我又重複講了，不用到東京去也沒關係喔的話。

在每一片土地上，對當地的想法真的是天差地別。很想趕快去到大都市、不喜歡全國對老家這邊的印象、討厭鄉下感等等的。不過茨城、水戶感覺充滿了愛。充分感受到大家為故鄉自豪。我覺得這比什麼都還棒，也覺得這個想法是無敵的。

不需要渲染上什麼色彩也不需要迎合別人。總覺得和今天演唱會上的大家，有種已經相識兩年且親近的同校同學的氛圍。可以看到大家的頑皮，還有團結一致的氣魄。

如果在運動會上，和這樣的班級為敵的話感覺沒有勝算，是會讓人覺得和他們

16 編註：佛拉蒙語，荷蘭文為 Vlaams，英文為 Flemish，指比利時地區的荷蘭語方言，也譯為法蘭德斯語。

站在同一陣線真好的一群人。途中被拉扯，我整個人都掛在前排的人身上了。對不起啊。沒受傷吧。前排果然意外的女孩子很多呢。還沒有氧氣我就卡在那個觀眾身上意識朦朧然後滾了下來。好危險好危險。已經不年輕了。總之，是場很棒的演出呢。

「我們會再來的喔。」

一如往常做了約定之後回來了。要盡可能地做約定。覺得想做的事情，就好好做。我覺得害怕破壞約定所以不做約定，是個錯誤而且會一輩子沒辦法得出正確解答。以前的我有這樣的感覺。好像在歌裡也這樣唱過吧。

我現在認為，還是懷抱著想要達成的約定這樣活著比較好。

被重要的事物包圍，重要的人們又增加了，今天真的很幸福。

謝謝。

我想這種時期肯定寫不出歌。不過，超級幸福的曲子不也不錯嗎？想寫首那樣的曲子。晚安。

3月27日（四）13：17

起來一看。下雨。下得還滿有感的，雨。

我期待著春天的空氣才打開窗戶的，讓我有些失落。天空這麼灰暗的日子還是窩在家裡看電影好了，還是要刻意換上淋溼也無所謂的服裝去人少的街上逛逛。要選哪一種好呢。嗯——我喜歡在家裡聽雨聲。非常喜歡。那麼，該選哪個才好呢。

啊，昨天在茨城從歌迷那裡收到了本格派納豆的說。用那個來做早餐好像也不壞。就這樣好了。嗯，就這麼辦。

好，決定了。

23：20

在雨停了的街上閒晃，買了蠟燭、買燈籠，比想像中還重。抱著這些東西我還走去看了電影。一個很受歡迎的男生，最後沒能得到幸福就這樣結束的故事。原來女人描繪的故事會有這麼大的不同。不過我很喜歡女導演的電影。

像是《吊橋上的祕密》或《不要嘲笑我們的性》。

女人確切知道男人對她們所渴望的姿態。跟AV相反。是從心理層面而言。女人某種意義而言會造就男人，但是在本質的部分上還是無法互相理解。

即使能夠理解在發生大事件或大型事故，緊要關頭或是一生一世的場景之下會採取怎麼樣的行動，我覺得在平常吃飯的時候、不經意的假日午後、也不是突然感到寂寞而是不小心快哭出來的平凡夜裡，想要聽男人說的一句話、希望看到的舉動只有同樣身為女人才能夠了解。看了這部電影的我這麼想著。

走出電影院，又拿起沉重的行囊逛街。

儘管是星期四街上還是人潮眾多。真不好說。某個地方的主幹道我該說是生理上，還是本能上，沒有辦法待超過十分鐘但人實在太多走不出去。我是個不變的妄想狂，所以想像了很多在這裡發生的不幸。

用輕率的心情答應了搭訕，外表爽朗的幾名男子在她的飲料裡面下藥，在意識朦朧之間一下子被侵犯然後丟棄的女孩子。

認真工作的上班族想要轉換心情走進酒店為女孩子砸錢，將存款和老婆給的零用錢進貢給對方，錢財被搾乾到一點不剩，沒錢之後就被拋棄了。

除了有女高中生的原味內褲收集癖以外很認分工作的大叔。有一次正要入手一條品質良好且有穿著痕跡的十七歲女子內褲時接到了一通電話。被威脅如果不想被家人發現就付錢，於是他不得已只好持續匯錢過去，直到被搾取成窮光蛋。

為了成為厲害的甜點師而從岩手鄉下來到東京約莫二年。跟爸媽說是讀專門學校結果是在風俗場所上班。為了小白臉男友和自己兩個人的生活費，一開始只是暫時打工後來錯失離職時機現在是店裡的紅牌。

大家都是誰的孩子。是的。

沒有誰是為了讓人強暴、讓人敲詐、讓人偷竊，或是讓人推入深淵，而把自己寶貝的孩子送到這座城市來的。讓人陷入不幸的人也是如此。不過，就結論而言卻變得如此。這是場悲劇。

另一段悲劇。

袴田事件的再上訴今天有了結果。然後袴田巖前受刑人睽違四十八年獲釋。光想像就是件很可怕的事。他這四十八年都因為冤罪、沒犯下的罪行坐牢。四十八年。

這次的判決是因為近年來ＤＮＡ鑑識技術的進步成就的，可見接下來這樣的例子會確實增加。另外讓人震驚的是最一開始對袴田先生宣告死刑判決的熊谷典道前法官也說，是由袴田先生直率回答「我沒有做」的樣子，和缺乏自願性的供述證據推論他無罪的可能性很高。結論而言，他說是因為法官前輩的強烈主張因此做下死刑的判決。這是怎麼回事。還有這種事啊。不是無罪推定原則嗎？

熊谷法官在那半年之後，無法忍受自責所以辭去了法官一職轉而當律師。如果熊谷律師做了不一樣的判斷，那麼袴田先生的四十八年就會有所不同了。

如果這是冤罪的話。我在意的點有兩個。

會怎麼進行賠償呢？還有，真正的犯人怎麼了呢？

檢察官、警察的目的與其說是統整真相，比較重要的應該是檢舉犯人這個既成事實這點我能明白。確實，以打擊犯罪的主要名目來說，這是有抑止效果的。

「做了這樣的事會有這麼重的罪」、「做了壞事是沒有辦法脫逃的」。

是將這些教誨深植在人們意識底部的效果。像是中國到現在還是把販毒的人毫無例外全處死刑。儘管罪犯是日本人或是其他外國人也沒有例外。這是在日本無法想像的事。有人說是因為他們過去有因鴉片幾近滅國的經驗所以對毒品特別敏感呢。

這次的事件是第一次由法院認定懷疑證物很可能是由檢察官、警察所捏造的。

雖然聽起來是件很恐怖的事，但也讓我覺得原來如此。

也就是說犯罪者也是人、被誤認的也是人、誤認的也是人、被逮的也是人、偽造的也是人、制裁的也是人。

「被捕的比抓人的是更凶惡的人」可謂之幻想。壞人偽造出壞人，讓善人做出裁決。這種狀態毫無疑問存在。全部都是人。風水輪流轉。有很多「碰巧」的要素。

之前連續兩天播了有趣的新聞。

第一天是，放酒測未過的司機一馬的警察，受到懲處。問他理由，他說：「因為我覺得他酒駕後若被公司發現會被開除很可憐。」

第二天的報導是叫沒喝酒的司機吹氣，然後刻意把他弄成酒駕的警官在開庭的現場。

第二個事件的判決尚未確定所以不好說什麼，不過雙方都做錯了事，不管哪一邊都是壞人。不過比較的時候，我心中會有自己的喜好。我會偏向，讓我感覺到人情味的那邊。沒辦法啊，因為我是人。

話題拉回來。

還有一件事情需要思考。為什麼大家距離死刑執行的時間差這麼多。

確定死刑判決之後，有些人一、二年就執行了，也有人在監獄裡活了十年以上。存在著這樣的差別真的好嗎？

我不知道跟我同世代的人了解到什麼程度，不過死刑的執行是由法務大臣負責決定的。只要法務部長蓋下印章，那個死刑犯就會被執行死刑。一般而言日本是採用絞首刑。也就是所謂的上吊。如同大家所知的法務部長一直換人。就是政治的世界。對法律不甚了解的人也會當，總之走後門先抓個部長的位子來當的人也是有。有不少部長說自己不想成為殺人的幫凶，所以任內不執行死刑。也有連續不斷核可執行死刑的人在。選上的基準各式各樣。沒有冤罪可能性的人、沒有請求再審的人、被害者家屬強烈希望執行的人，這些各自的界線都很曖昧不明。

我會覺得，就這樣真的好嗎？

即使同樣是死刑，我還是覺得，苟活二十年再死跟一年就得死是不一樣的。我認為有個大家都平等的架構是必要的。因為這是相當敏感、非常關乎心理的問題，所以才需要一個明確的規則吧。

不過這次的袴田事件，是因為沒有一定的規則所以才成功的。經過了四十八年仍活著的袴田前死刑犯。睽違四十八年的今天，呼吸到了外面的空氣。沒有人知道會發生什麼樣的事。如果他沒有被抓，普通地過著生活的話。

不過必須補償他才行。要認真看待那些他可能曾有過的生活，誠心誠意地賠償他才行。冤罪啊，多麼讓人悲傷。

真凶先生，你現在正在做什麼呢。

你還活著嗎？如果你活著的話，是笑著呢。還是哭著呢。

你幸福嗎？

不論何時某個人拚命的姿態
都對另一個誰來說是可笑的樣子。

3月28日（五）15：21

我覺得。今天我做了件最爛的事。

希望，人生的價值不是取決於做了多爛的事，

而是取決於做了多棒的事，我切實地這麼期盼。這樣很狡猾嗎？

狡猾也沒什麼不好吧。

19：31

抵達仙台。進到飯店，在房間裡面等來仙台必吃那間店的牛舌定食。去年的《青與MeMeMe》（在宮城縣舉辦的演出。帶著震災後復興的祈願，事隔二年終於實現的演出）的記憶一下子復甦過來。在那之後將近半年。已經過了半年。看著那場演出前一天傾盆大雨的天空，看著降雨機率百分之九十的預報，我灰心地做起了晴天娃娃。還做了三個。為他們畫上了最耀眼的笑容。正式演出才如願沒有下雨。

那種體驗很讓人高興。我相信奇蹟。雖然沒有辦法把它想成神的幫忙。不過在這一生之中，想要碰上很多奇蹟啊。

牛舌還沒好嗎？

我可是，在新幹線上就開始期待了呢。

快來啊，我的愛。
明天一定會是一場很棒的演出。
我充滿了這樣的預感。

啊，對了對了。我一直都關心著這個訊息但是沒有在這裡寫。臺灣學生運動的事情。

雖然太複雜的事情我不了解，簡述就是臺灣的大學生闖入立法院（相對於日本的國會）並占領國會內部。已經過了十天。

據說是因為反對政府要跟中國簽訂的貿易協定。這在日本也是很常引起問題的事，中國的大企業如果進軍臺灣市場，那麼臺灣的中小企業可能會因此失去競爭力而倒閉，另外他們還擔心在出版及廣告這些表現自由相關的部分，受到中國的影響可能會更嚴重。

學生所屬的大學也表明支持學生。學校相繼停課，至今仍持續占領著國會的樣子。這樣的事在現今的日本不會發生。

不管是國會輕鬆通過特定祕密保護法案，或是未經充分議論就企圖讓核能電廠重新運轉。關於消費稅的議論也是不等國民之間通過，而是回過神就幾乎決定了。到現在為了搶增稅前的生意可謂大好景氣。四月之後的反動肯定不容小覷吧。大家肯定是對政府而言，什麼都唯命是從好管束的國民吧。

想像一下，如果日本這個國家，鄰接著大陸，是隔著國境和中國或韓國等國家比鄰。說不定光民族性就會有所改變。我覺得現在的我們可能轉眼間就會被侵略然後喪失身為實質國家的機能。被海包圍，因而安心，使我們自己弱化了。

臺灣是剛民主化的國家。日本也在那個時期發生過學生運動。也有人說是還不懂得放棄。不過我覺得儘管緊鄰著暴力，也是充滿希望的。就算以國家而言是不痛不癢的一擊，就算像是跟胖虎單挑的大雄，我不會感到輕蔑也不會嗤之以鼻。

不論何時某個人拚命的姿態，都對另一個誰來說是可笑的樣子。會被笑，也就是說你正挑戰著多麼艱困的事。也是多麼率直的事。會笑的人，是因為他們無法直視這一切。所以忍不住撇開眼，用嘲笑確保自己高高在上。我不會唱，沒有任何人會嘲笑的歌，也不想唱。也不想聽那樣的歌。我會唱出就算被嘲笑也無動於衷的歌。

我在YouTube上看了對日本人淒切訴說自己現狀的臺灣女學生影片。看起來疲憊不堪，不過雙眼散發著光芒。我想要相信，有著那樣眼神的人。我想要相信，不論什麼時候，最後都是人會推動人們前進的。我會為你們加油。為臺灣的抗議行動加油。

不必多說，現在中國正打算搶世界的發言權。想從美國手上搶走。不論經濟上、軍事上，而它就快變成可能了。恐怕不久的將來世界就會半強制成為中國主導的吧。

於此我所想的是，美國是多麼熟練的主導國呢。我們對於美國人的厭惡感、憎恨、恐怖感，至今幾乎不存在。和我們的爺爺那個世代完全不一樣。雖然感到憧憬，但不會感到嫌惡。當然以自我為中心這個傲慢的態度受到了各國人的批評，不過這是身處中心之人的宿命。音樂或電影、藝術或語言，用各種文化風靡全球、時而做為周到的政治宣傳使用，於思想上、經濟上、軍事上等各種面向上稱霸這個世界。當然做為反動就是承受共產圈的強烈反彈。

中國接下來要成為地球、這個星球的領導者，就各方面來說還差得很遠。他們尚缺乏領導世界的精神性。在世界人口當中，比起尊敬中國人的人，無感，或是輕蔑的人占多數是事實。冷漠、武斷、不知道想些什麼、殘忍、一黨獨裁、在世界各地的土地上拉起自己的界線、占地為王，或許在他們本人眼中只是正當認分地在過活，不過就是有這種印象，這個既有觀念在世界上扎根。這樣不妙。

還有，對於要成為懷抱憧憬，並在文化及思想上帶領全世界的存在是有很多崎嶇的道路在等著他們。中國人的音樂成為世界上最暢銷，去中國旅行成為上流首選，只要召開峰會國家主席就會站在大合照正中央。

中國人設計的衣服帶動下個流行，大家追隨著在中國誕生的角色、品牌、服務、設備，然後跟隨後，新的文化在世界當中各自分支。壓倒性的國民人口數產生了貧困層和富裕層，可能反倒讓這些變得更加困難。

不過確實是中國製造著潮流，今後無關意願都得注意流向過活。

話題跳一下。來思考關於異常及正常。

變態和普通。這個界限我其實並不太清楚。不論誰可能都曾想過自己是個異常的人類吧。我也想過幾次。覺得糟了，我可能是異常的人。從雞雞第一次溢出後會知道是精子的那東西時，說實在我覺得完蛋了。果然我不是外星人就是個變態，不管怎麼樣都不會是個正常的種啊，感覺被最後一根稻草壓扁了。

第一次從那裡流出精液時的事我到現在仍鮮明記得。

從美國回來之後，我們家在歌子外婆家住了三個月左右（我們自家在去美國時租出去了所以等到租約結束租屋者搬走為止）。我本來就很喜歡外婆家，雖然為了要讀自家附近的小學所以得坐公車上學，不過這樣剛好能感受日本所以過得滿開心的。

當時外婆家一樓是客廳、和室、廚房、浴室、廁所然後二樓有兩間房、另一間廁所的配置。雖然很舊但是間滿寬敞的房子。晚上我睡二樓。一間房間是爸媽，另一間房間是外婆、我、哥哥三人並排成川字睡（每天晚上，說完晚安之後外婆會合掌小聲地說：「我想要錢、我想要錢。」而睡去，是個奇怪的外婆）。

就這樣有一天，我一如往常要睡正打算翻身的瞬間，手摸到了我的腿間。「咚」一下。那個時候可能感覺到什麼了吧，我就又摸了一下。然後直接接觸了它。啊，總覺得好舒服啊就這樣一直摸下去，直到某個瞬間，那個感覺突然結束了。不覺得舒服的瞬間來臨了。然後我就不可思議地想著，怎麼了，但又覺得算了就不繼續摸並睡著了。

我覺得我應該在很多個夜晚重複了這樣的過程。肯定有幾天在隔天醒來發現內褲變得硬硬的，但我也沒有特別在意，就這樣度過了平凡的日常。

然後，有一天我如常地結束了那個行為之後，突然想上廁所。雖然很討厭半夜上廁所但沒辦法。走在微暗的走廊上，地板嘎吱作響。然後走到走廊盡頭的廁所後脫下褲子的我感到驚愕。

「嗚哇啊！」

我想應該發出了這樣的聲音。

內褲上沾附了黏黏的謎之液體啊。具體描寫容我在此割愛，那是我未曾看過的東西。我在那時第一個感想是「完蛋了」。

我也隱約察覺到了。我並不普通。我還是覺得自己的存在很詭異，結果沒想到真是如此。

「我是外星人啊。」

我慢慢有了想哭的心情。雞雞的前端出現了不是尿的奇怪液體。我已經不是人類了。媽媽、爸爸，真的很對不起。不是我的錯。我也不知道為什麼會變成這樣。只是這樣就要結束了，我腦中滿是這些想法。

會這麼覺得的原因有幾個，其中最重要的是我的發育比起一般平均要早。這個時候平均應該還一百五十四公分左右吧，但我是個小六就長到一百七十公分的男子。在同學們出現「自慰」或「性愛」等對話之前我就第一個體驗到了這件事。如果有聽過一次這樣的對話，我應該就不會這麼消沉吧。而且還沒有辦法和其他人開口，一個人抱著這個迷惘活過了這個艱鉅的時期。明明上國中之後大概和朋友有九成對話都圍繞在這上面，在那個時期差一、二年差太多了。

不過聽說女孩子有更早開始學會自慰的人。女孩子，還真是不管什麼都很早呢。

我先聲明，前面也有說過，我就一般而言很色還是不色來說的話是不色的。

這些敘述是極其冷靜。且客觀的。

「啊，總之就好想做愛——」如果是男生這種對話應該至少都聽過一次。我也從朋友和周遭的人那裡聽過好幾次。不過我不曾有過這樣的心情。

在對象不明確的狀態下，我不會覺得「好想做愛」。玩個樂團，很容易有人倒貼。被倒貼的話就算活成這麼宅的狀態，還是會接收到女孩子的進攻。我至今做過好幾次身為男生會拿零分的行為。會想這想那想太多。沒有點，身為男性的品味。

我是個如果要跟無法吸引自己、半吊子的對象（不太能感覺到魅力的人）做那種事的話，會覺得不如跟我所愛的男性朋友或憧憬的男性做愛，絕對會比較好的男子（說這種話應該會讓人嚇得不輕吧）。當然我還沒有跟男性從事過那種行為。

可能和蕾絲邊喜歡女性，感覺很像。

反而言之，我覺得是即便對方是男性，也可以從某種女性視點去喜歡他的一種發想吧。

我最近很常跟永積崇[註二]玩在一起。一起喝酒，然後興奮起來一起唱到天亮。超級開心的。在這種時候，我會想著，就像弄錯了和奇怪的女孩子，發展成奇怪的關係一樣很想跟喜歡的男生上床。就是個傻子。

我現在是二十四歲所以大概有兩年了。我有女性恐懼症，另外還有一段時期沒有辦法跟女生做那種事。也沒有辦法找到喜歡的人。我把當時的自己稱作心理陽痿。從精神、肉體雙方面，我都遠離了身為男性這件事。精神上對女性感到恐慌。我到現在也不覺得這個完全治好了。甚至覺得女性的謎團更加深刻。不過現在好很多了。真的太好了。

不過，至於會不會成為同性戀（這個場合很難說明，就剛才的論述來看我的內心普通來說應該是會喜歡上男生的），就算在這之後，也沒有人會知道吧。我想認為愛是不分性別的。我想要，成為就算現在所愛的人是個男生也還能毫不猶豫愛上的人。想要相信這份確實性。

註釋

註一　樂團 SUPERBUTTER DOG 的前主唱，現在是 Hanaregumi。他教了我數不盡的事情。我擅自從他身上學來了做音樂的勇氣、意義。十八歲的時候聽了好幾次也聽不懂的，他的《HANKY PANKY》這首歌拯救了我好多次。

22：34

終於從美國回到日本的我十歲了。

小學生活也剩下兩年，結果在我的人生中並沒有背過硬式書包。

從美國回來，好，終於可以去上期待的日本小學了。開始上學之後最一開始的感想是，讓人喘不過氣。大家看起來都好幼稚。

儘管回來了，還是被霸凌。最一開始的時候。理由各式各樣，沒背硬式書包、穿著膝蓋破掉的牛仔褲去學校、戴著手錶、一開始坐公車從外婆家去上學、洋次郎這個名字、從美國回來的。最初我連那是霸凌都不知道。愣住了。正因為沒有反應所以才更加助長霸凌吧。我不懂大家的笑點。他們叫我說英文，我不願意他們就欺負我。說好然後講了一點還是被嘲笑。

想了想就感受到。「笑點」應該是在那個環境下，封閉的一部分當中無意間滲透其中的東西吧。Scales[註一]、Soleado、Silver Spur[註二]、櫻丘。我在美國讀了三間、日本讀了一間總共讀過四間小學。

在Scales大家覺得很有趣的話題，在Soleado和櫻丘都不有趣。在Silver Spur大家習以為常的打扮，在日本不被允許。總覺得。因為那樣不普通。在美國的四年間這種事已經經歷到煩了。只是回到自己出生的國家還是發生這種事而已。反之亦同。沒有所謂理所當然。我痛切感受到這點。

我領悟到我並沒有主場。是外星人、異端、外人。接受了這件事之後我感到輕鬆很多。我已經放棄去在意了。那之後周圍的眼光也有了改變。我從異端，開始有了自己在班上的定位。又不巧我長得很大隻，所以班導師也讓我很自由愉快地生活，託了這個福，最後一年半是很開心的校園生活。

只是，最初對日本人懷有的放棄、自卑心理在那之後不曾消失。大概，就算過了十八年的現在也是。

升上小學六年級之後，我被迫去上了補習班。雖然爸媽跟我說了好幾次：「是你自己想去上的啊。」但我沒有這個記憶。雖然我爸媽不是那種很熱衷教育的人，不過現在回過頭來看，他們還真是找了個不錯的講法搪塞了過去。身為兒子感到佩服。

我不知道為什麼變成以參加國中入學考試為目標，明明頭腦也不算好但是卻去了程度很好的補習班。在那個補習班裡依照學力階段分成五個班級。現在，認識我的人，或許會對我有「頭腦不錯」的印象，不過當時根本一點也不。開始逐漸明白腦袋的用法時，已經是國中一年級的尾聲了。這部分下次再說。

小六的我在普通的學校裡成績大概是班排名第五。還算是頭腦不錯的，這種程度。小學的功課是你有上課有記憶力的話就能夠拿一百分的。說到底根本不是能考名門私立國中的程度，更重要的是我的日文不太好。回國沒多久的時候，我爸媽好像還很常說你助詞用錯了喔。像是「の」和「が」啊。還有「に」和「を」之類的。

不過父親是一橋畢業、祖父是東大的，這也是生在這種家族的宿命吧，從那時在我身上肯定有些看不見的期待。到小學畢業為止我仍全然無法喜歡上念書，在補習班也總是祈禱著趕快下課。把昂貴的補習費放水流。當時我真的不明白「讀書」的意義。大概這樣的國小生、國中生很多。

數學的話當場說明的內容我幾乎都能夠理解，不過要叫我算就沒辦法。是這樣的感覺。然後其他的科目說白了就是背。這是能夠概括至大學入學考的事。日本所謂那種低程度的「頭腦好」，說到底就是「會背書」。是記憶力的問題。然後雖然會分拿手或不拿手，但只要花時間大家都能背下來。

所以我到上大學之前，都和這個「背誦至上主義」的求知方式正面衝突。對這種事情有高自尊心。會受到讀書時間所影響的科目不可能適合認真的人。所以我很喜歡不需要背誦的數學及國文、漢文。整天時間都花在樂團上，狼狽過活還贏過說不定每天念書四、五小時的人很有快感。

但是，還要好一段時間才會變成這樣子，所以我小學生涯就以在學校還算是個普通會念書的人，在補習班是成績很差的孩子的狀態結束了。國中入學考試報了兩間，其中一間不知道為什麼上了所以就去念了。報考動機大概是「讀附近大家不會去的學校總覺得很酷」。這種理由吧。

自始至終我覺得我最享受校園生活的應該是小學六年級的那一年吧。現在就算回到當時應該也會很開心。我在小學六年級的時候身高超過了一百七十公分。是一般成人的身高。然後班上的女生都很高。不知道是不是因為體型大別人一截的關係，只有我們班很多愛裝大人的人。

稀鬆平常地互相告白、交往、兩對情侶同時約會、看電影。雖然近年的小學生應該都是我們遙不可及的裝成熟小鬼，不過當時我們在同學年裡是很少見的。

在學校跟喜歡的人說晚上八點會打電話去你家要接喔，打過去卻是對方爸爸接的嚇到把電話掛斷過（昭和常見狀況）。放學之後不想回家大概五個人聚在體育用品倉庫的屋簷下聊垃圾話，被巡邏的大叔發現然後被罵。體育課大家太熱烈老師就說：「繼續上！」讓我們兩節都連上體育（現在的話一定會出大問題吧）。不過進入第三學期之後那個帳就算回來，所以多了個從早上到傍晚連續六小時排滿數學課的地獄課表。那個時候的大家還好嗎？

我只有在二十歲的同學會時和大家碰過一次面。不過，我覺得不見面比較好。喜歡的人已經沒有當初的樣子了。她結婚後，生了小孩，後來離婚成了單親媽媽。超級有趣的那些人，後來也都穩重了起來變成上班族。想說絕對會成為職業棒球選手的人，則是已經中年發福快變成了大叔。果然還是有些事，不知道比較好。

如同前述，小學時我成績普通。說不上特別能幹，要說的話是個比較擅長體育的少年。

上了私立國中之後最一開始也沒什麼變化。那個時代錯誤、校規嚴厲的國中從一年級開始能力分班。而且還取名為「α（alpha）」、「β（beta）」、「γ（gamma）」。我想過好幾次：「叫A、B、C不就好了嗎？」

可是，那就是間在奇怪地方很喜歡裝模作樣的學校。所有的課最一開始都有個讓學生冥想的時間。現在想起來真是個可怕的集團。不過不知為何那被稱呼為「默想」。大概是要讓大家靜下心來整頓出專注的精神吧。

不知道現在還有沒有做。大概有吧（不過之前有聽說校規變得滿寬鬆的）。

就是這樣由成績高到低分成了α、β、γ，想當然我是被分到成績最差的γ。印象中那時候分班上不同的數學、國語、理化全科目。然後數學正開始教x啊、y啊的所謂一次函數、二次函數。那個就是區分勝負的關鍵。

當時聽了課也完全搞不懂意思，讓我感到難過。那份難過我至今仍舊記得。「原來，我是笨蛋嗎？」讓人不想面對的現實。不甘心。怎麼辦。然後在考試前，我用我在那之後都跟不上的腦袋拚命思考了。拚命地。想我為什麼會不懂。思考了x是什麼。為什麼用x代表。思考了用x代表有什麼好處。

然後我靈光一閃。

「啪咯」的一聲門打開了。

俗話常說：「〇〇之行始於足下。」或是：「〇〇不是一天造成的。」當時的體驗正是乍然明白其中道理。在那一個瞬間。和漫畫十分神似（當然在那個瞬間之前有著很龐大的苦惱）。

我要是那時候沒有奮力苦鬥的話可能就成了個不一樣的自己吧。所以我一直都對不會讀書、不知為何問我意見的人這麼說。不要在，國中最一開始教x和y的時候放棄啊。然後我會跟已經上高中的人說你再回過頭去看一次。

因為接下來會出現i，也就是所謂的虛數或是五次、六次函數還有lim等等，數學真的會丟很多天大難題給我們。拋給我們的腦袋。他會叫我們整理「這個誰會算啊」的思緒。我覺得這些的入口就是x和y。我們是以當時的體驗為助力，才得以念下去的。

在那之後，我不討厭讀書了。但要說是拚命念書的少年，當然也是不可能的事，畢竟我上國中後就加入了籃球社，過著整天沉浸在籃球裡的日子。以籃球為一切中心的生活。

入社當時一年級大概有將近一百人左右。我不知道能不能說是群雄割據，不過是相當熾烈的生存競爭。打得累到不行回家還得要彈最喜歡的吉他。要彈到睡著為止。還要唱歌。國中生有很多事可忙。

正因此我臨時抱佛腳的能力受到越來越多的鍛鍊。考試前一天，正是決勝之時。只有數學是在上課中死命地想不懂的地方。數學不需要背所以要在上課時全部理解。這是鐵則。

有些人機械性地背定理，不過那種人有一天都會卡關的。如果有好好理解的話就算忘記在考試中還是可以推出定理。然後多推導幾次自然就會記住。不要只會背背背。

不管有多討厭背誦為了要晉級，還是有那種像地理或日本史還有政治經濟等只能背個不停的科目。如果有好好念的話就能看出那段故事或背景肯定會很有趣不過我才沒這麼閒。時間是有限的。我選擇了籃球和音樂。所以這部分就是超級抱佛腳。這個技能就是只要在隔天考試時間裡能夠發揮就好了的記憶。用瑪利歐比喻就是「無敵星星」的時間。在回家的電車上內容一定就忘光了吧。

記憶也分階段，那些超級抱佛腳時必須記住的記憶收在腦中特定的口袋裡。一個很淺的口袋。頭一晃就會掉出來的那種。所以要慎重地，盡量不忘記就這樣背到考試前，為了不要被記住的多餘情報蓋過，所以會極力避免和他人交談就這樣去考試。在這種地方我滿擅長的。

就這樣用獨到眼光和偏見區分出重要和不重要部分的我順利長大了。

其實我有過幾次頭腦「啪喀」打開的經驗。學會騎腳踏車的時候、會彈鋼琴的時候、能在舞臺上好好唱出歌的時候等等。這些我都鮮明地記得，要說學問的話肯定是學會說英文的時候。

如同前述我在幼稚園大班的時候去了美國。當然連英文的ＡＢＣ都說不好，到學校基本也是什麼都不懂。就在普通班的課堂上，和ＥＳＬ（English as a Second Language）來來去去。現在想想要每天待在一個周遭此起彼落的語言都無法理解的世界裡好恐怖，不過也多虧還小所以勉強度過了。說到底六歲左右的小孩腦中就充滿了難以理解的世界啊。

然後朋友們都很溫柔。他們對這個從日本來，完全不會講英文的不可思議異邦人非常非常地好。還為了誰來教我英文爭來爭去的（基本所有美國人都很樂於助人）。那讓我很高興。

美國所有的公立小學，每天早上必定會全員朝向星條旗宣誓。像是這樣。

「I pledge allegiance to the flag of the United States of America and to the Republic for which it stands, one Nation under God, indivisible, with liberty and justice for all.」（我宣誓效忠於美利堅合眾國國旗，及其所象徵之共和國，於神之下不可分割，全民皆享自由及正義。）

現在讀起來還是非常難。當然每天早上大家宣誓的時候，我只是把手放在胸前然後模仿朋友們含糊地念過去。當時的我可能覺得，我要在這個像是外星人聚集的地方生活到什麼時候。

但是那一天突然來臨了。這也是如同漫畫一般。有天早上宣誓，一如往常的宣誓突然可以很順地講出來了。「啪喀」。我自己也邊說邊感到訝異。

完全不知道是什麼意思。真的完全不懂（我想其他學生大概也是如此吧）。是用耳朵聽著記下來的。

每天早上、每天早上，像念經一樣聽到的字句在未曾思考過意義之下就記住了。像最近流行的Speed Learning的先驅那樣吧。是「某天突然」就發生的。

透過這個要領我漸漸學會了英文。在不知道日文的意思之下，是從它在會話裡面的出現方式，以及那個人的表情學會的吧。想過就覺得，語言某種程度就是種記號、樣板。女高中生、新橋的上班族、ＯＬ的抱怨，要是被問大概對他們的對話內容有什麼想像的話是可以特定指出幾個詞彙的。

仔細聽大多數喝醉酒的人的對話都是由「好狂、真的、超好笑、氣死」構成的（我也不例外）。我們看似自由地對話著，但是所使用的詞彙非常有限。當然，到某種程度的次元是這麼回事。我想我也是這樣逐漸背下來的。把那些詞彙。直接背起來。就像在幾年前也是這樣記日文一樣。

慢慢可以用英文理解上課內容，搬家到洛杉磯的時候我已經沒待在ＥＳＬ班裡，全部的課程都可以在普通班級裡上了（成績是下中左右）。那個「啪喀」的體驗。接下來還會發生嗎？已經不會發生了嗎？希望還會發生。

這麼說來，我想起了在美國的宣誓。不過在日本讓學生們齊唱國歌是違憲的這件事還引起過問題呢。跟橋下先生有關。我覺得怪到引人發噱。被稱為自由象徵的美國每天早上所有學校還會對國家發誓效忠呢。

本質的自由跟這完全不能相提並論。我覺得上了間嚴格的高中真的太好了。因為有箱子所以才能從那裡出來。因為有畫布所以才可以畫出界外。沒有框架的自由，很不自由也不有趣。將諸多理論武裝在自己身上去抓語病揮舞著自由的大旗是不對的吧。跟有去學校還是當混混，和不去學校直接學壞的差別一樣大。

註釋

註一　我六歲的時候，到美國就讀的當地學校。因為田納西州當地關係，所以學生九成都是白人。是個表示布希萬歲的保守地區。位在到處都是牧場的悠閒地區。

註二　在美國最後就讀的小學。校歌是抄襲迪士尼的〈Mickey Mouse March〉讓我大吃一驚。經典的「米奇、（米奇！）米奇、（米奇！）」連呼部分改成呼喊「Silver Spur、（Silver Spur！）」。是在日本無法想像的發想。

24：50

不知為何今天的時事內容很多，再說一個。

馬上跳出了一個政治家話題。據報導眾人之黨主席，渡邊喜美從DHC的老闆那裡收取了總計八億日圓。唉唷——分為三億日圓和五億日圓兩次收取且皆是在選舉前借入，被懷疑是否收取政治獻金。對於未提報成企業、團體的政治獻金他表示，這是個人的借貸故無義務公開，資產報告書和借款餘額有所不符是出於行政疏失。當然身為在野黨黨魁，他比任何人都更清楚不可能就這樣被放過。

「是政治獻金吧」VS「不是不是，充其量只是個人的借款」

和猪瀨直樹的事件時重複著同樣對話，就我看來也不用多想到底是哪一邊。而且還有五億尚未償還，他說之後會還。我既不信任政治家，也不算不信任，所以對誰收取賄賂一事並不感到驚訝，不過對渡邊先生的話算是有清廉的印象。我記得他本來是自民黨的吧。

他打著消滅空降官僚的旗號，和黨的意見紛歧所以脫黨，說要以清廉的政治為目標創立了新的政黨。這次的款項聽說還是新政黨成立時收取的，這讓印象又更加破滅了。然後也引起了各種疑問。

爆料這件事的是DHC的老闆？為什麼要爆料？既然要爆料幹麼還給他錢？是對錢沒有回來感到不滿嗎？或是他背叛了對方。反倒是渡邊先生覺得不會露餡嗎？不如說選舉需要花到八億嗎？有這麼花錢？然後他說接下來會償還五億日圓也就是說他今後預計能夠賺到這麼多錢嗎？國會議員還真賺啊。等等的這些疑問毫無止境。

每次有這種消息的時候我就會想。很常聽到有人說：「大家都在做這種事。」但如果這是事實的話，為什麼只有特定的人會遭曝光被捕呢？無法理解。真的是。

被要求解釋的渡邊黨主席表示他並無意願辭職。他認為做出說明是他的責任。最重要的說明他卻說就像是去了酉之市所以買了熊手。

不好笑。一點也不好笑。政治家也必須要有品味的吧。在說顯而易見的謊言時，說出什麼樣的內容是講求品味的。也有人是這樣用一句話一口氣逆轉情勢的。可惜啊。

才剛發生過猪瀨直樹的事件。剛好昨天新聞報在導說那被認定為政治獻金所以他遭簡易起訴。真是不得了的時機啊。大概會被迫下臺吧。會怎麼樣呢？現在本來在上一場選戰打算跟眾人之黨聯手的維新會的人應該覺得好險吧。差點掃到颱風尾。

啊，真的是誰來告訴我吧。

為什麼政治家會一個接一個重複同樣的事？從頂尖大學畢業，拚命用腦袋往上爬，才終於當上政治家，為什麼會犯下初級中初級的錯誤呢？啊，明明我明天有演出。覺得腦子好混亂。喂，都是你們的錯啦，渡邊。

讓我腦袋一團亂。

3月29日（六）24：12

是場不可思議的演出。

感覺情緒在遙遠的另一端，但我覺得這樣也很好。

昨天到早上都睡不著，啊是這樣的一天啊我抱持著放棄的心情就這樣翻來翻去到早上，看看新聞看看漫畫。然後又努力想睡著結果一直醒到早上六點。然後十點就睡醒了，放棄繼續睡就洗了澡。

出發的時候，經紀人小塚因為哥哥的身體狀況急遽惡化所以回了老家。在爸爸經歷幾次腦梗塞還沒住進加護病房的時候，換哥哥身體出問題。哥哥也裝上了維生裝置病況危險但原因似乎完全不明。因為是一直住在福島的人，所以最一開始會想到核能的影響。這是偏見嗎？雙重可怕。演出前也一直想著小塚家人的事。

正式演出，本來擔心能不能發出聲音不過比想像中還好。不可思議。遠在他處的心情，逐漸被觀眾閃閃發光的臉龐和聲音拉了回來。然後意識回到身體裡。做出些自己也感到意外的肢體動作。

這是什麼感覺，好開心，好爽快，再更多一點。不錯喔，這個呢？嘿。不錯喔，嘿嘿，我覺得是這樣逐漸成為一場精采演出的。

途中，桑的MC太過莫名了搞得很難進歌。我啊，會露骨地表現出情緒呢。我覺得用奇怪的狀態進歌會很不舒服。在演唱會上，談話也是音樂啊。既是留白、是節奏、是韻律。就是這個時機，那種心情的抑揚頓挫。演出期間中，一直都是音樂啊。交接話題、使個眼神。希望可以在更高更高的次元上結成一體呢。我們四個人。

雖然現在也是個很棒的樂團，不過想要更好。

宮城的會場離市內有些距離，大家都是開車或是搭巴士來會場的。在進到會場之前經過了停車場和周邊販售區，可以看到脖子上掛著毛巾的情侶、朋友、家人、隻身一人、各種人們讓我很高興。也是因為今天睡不著還有早上開始情緒就很怪，加上小塚的事。還有剛好那時候在車上聽〈獨白[註一]〉所以眼眶有點泛淚。從舞臺上看到觀眾也會有這種感受，不過看到這樣的場面更讓我動容，深深體會到大家是這樣來看我們演出的啊。

今天也真的很感謝大家。明天也要加油喔。

註釋

註一　《Sprechchor》那張單曲的 c/w 曲。是第一次，回顧了和其他團員一同度過的時光。很不好意

思所以錄音的時候也一個人關在錄音間裡帶著電腦進去錄了音。歌詞一天就寫好了。偶爾快迷失方向的時候，我就會聽這首歌。

3月30日（日）24：46

小塚的哥哥過世了。

該從哪裡說起。

是非常非常漫長的兩天。

宮城場第二天。下了傾盆大雨。

為數眾多的觀眾在大雨中前來，然後在上場演出前接到了小塚的哥哥過世的消息。讓我感到愕然。

腦中呈現空白。

好想哭。

一瞬間想到了很多事。這世界未免太不講理了。

不是嗎？

小塚的媽媽在三一一的海嘯中過世了。媽媽在照護機構工作，地震來的時候她幫助各個爺爺奶奶逃生。最後自己來不及逃，被海嘯吞噬而喪生。在那之後他馬上跟我們一起跑了絕體延命巡迴[註一]。那次巡迴我們和小塚一同前行。巡迴最終場在仙台的演出安可橋段上，我們和小塚，還有同樣在海嘯中失去雙親的燈光師平山一起唱了〈Lovable〉[註二]這首歌。

在那之後過了三年。我知道他孤身一人的爸爸身體狀況也變差所以時常回老家。我們也不好裝熟，大概是個笨拙的集團，是沒辦法講出什麼好話的團隊，不過我們跟他說：「希望可以連媽媽的份一起長壽下去呢。」然後我記得他說哥哥在福島會盡量照顧父親，所以沒問題的。但哥哥卻過世了。

我記得只和小塚差兩歲吧。三十八歲。無法想像啊。為什麼得發生這樣的事不可呢？

接下來要開演唱會啊……還無法消化這個狀況。將全部的感情都緊閉了起來，才上場演出。在平常不會出錯的地方，忘了好多次歌詞。有好幾個瞬間無法言語。不是感到難過。是空無一物。感覺好像自己的靈魂被忘在了什麼地方。是為了不難過而做出的防衛本能嗎？

儘管如此未免表現得太糟了。跟平常差太多了。

越是覺得，跟平常一樣，沒問題的越慘。

是爛透了的自己。

不過觀眾仍舊閃耀發光著。比起前一天東北獨有的氣氛更加炸裂。演奏時充滿熱力表現歡騰不過在MC上就沉默不語，他們不吭一聲只是靜默等待的氛圍。讓我差點笑場。

很直率呢。感受到了大家純粹的心。

所以說我直接跟他們說發生了難過的事，然後結束了本篇演出。

安可上在這次巡迴以來，第一次演奏了〈BURIKI〉[註三]。能在那一天，那個地方演奏這首歌真的太好了。不是因為小塚家裡的事，是前一天就說要不要唱，雖然是偶然但現在覺得一定是有什麼意義在的。

朝著在遙遠遙遠天空中的哥哥，而唱了。

雖然只有跟小塚的哥哥見過一次面，不過見了一次。他來看了我們福島場的演出。絕體延命巡迴。跟他老婆一起，站在小小的 LIVE HOUSE 裡。是看起來頗嚴肅的學校老師。跟小塚完全不像，真不愧是兄弟。我覺得是個很棒的平衡。那個時候我想著，就是要讓小塚加上哥哥成為一體的啊。

安可時的ＭＣ。不經意就從口中說出小塚的事。一開口就停不下來了。震災的事、震災讓人厭惡的事、對日本感到厭惡的事、現在日本的現狀、住在臨時住宅的人們、在那裡過世的人們、家人、光因為得到奧運主辦權就高興起來的東京。臺灣、俄羅斯、泰國、世界上示威活動的動向。經歷過大震災之後仍舊如此不變的日本人們。

守護重要事物這件事。溫柔、堅毅。我說了我現在內心的想法。大家都沉默著，聽了我說。可能是充滿偏頗的話語，不過那就是我。

我沒有哭喔。

智史代替我哭了。

小塚至今沒有聯絡我們，我也不知道該傳什麼訊息給他。接下來的青森場、北海道場他大概也都不會來。完全沒問題的。小塚，沒辦法跟哥哥說的諸多心情還有道別，你好好花時間告訴他吧。我連想像也做不到。

小塚的哥哥，請好好安息吧。

＊

換個話題。

今天畫風一變，去電影女主角徵選會上打擾了。是我參與演出的電影徵選會。身為共事者希望有幸能夠參與，所以就用在一旁眺望的感覺打擾了現場。今天有兩位候選。

徵選會開始後，我突然被拜託飾演對戲者。說我什麼都不用說只要坐在那裡就好了，所以我照著要求坐在那。眼前十六歲的少女開始演戲。我受到了震懾。在我眼前流下眼淚的那位少女。讓我起了雞皮疙瘩。是怎麼回事。

導演執拗地希望她能夠做出更豐富的表現。「再多一點，還能夠表現得更好吧。是重要的人過世喔。不是只有這樣而已吧。」她重新演了好幾次給導演看可以感受到她心中的燈火逐漸熄滅。而後她身為「她自己」開始流起眼淚。可以明確知道區別。跟演戲中流下的眼淚完全不同。很不甘心，因為沒辦法做到導演的指示所以哭了。

我看到這一幕又起了雞皮疙瘩。結果她哭著離開了房間。雖然氣氛變得很糟，不過外行的我覺得，應該也就是這樣子了吧。

第二位女孩子。

這次也是導演突然開始下指示。一開始也說，妳就坐著，然後平常地聊天。然後給了她一張寫著設定的紙叫她當場開始即興演出。據說叫做 etude。搞不懂是幹麼。甚至讓我認真懷疑這該不會是我的徵選會吧。

在那之後又過了兩輪，導演讓我用不同設定演。是的，我今天是，有生以來第一次「演戲」。我有展現過「演技」。畢竟，那和「我是人類」幾乎是同個意思的吧。

以前我有問過CHARA[註四]。我很喜歡《燕尾蝶》[註五]還看過好幾次。我問她演技怎麼展現出來的？好厲害啊。結果她說了同樣一句話。她說：「大家都用著演技啊。」沒有人不用演技的。不過我沒有演過戲。

成為，被賦予的角色本身。成果如何，說實話我不知道但肯定糟透了。不過，站在女演員面前，聽到她的第一句話我就覺得被拉進了那個世界。那個十六歲的少女（後來確定為女主角的杉咲花[註六]），憑實力、輕而易舉就脫穎而出。然後要說到她的輕鬆程度。我忘我地就回應了她所說的內容。然後她也當場，華麗地做出反應。實在過於唐突所以雖然有些不知所措，不過仍感受到久違，也或許是初次體驗到的興奮感。腎上腺素。

兩段即興的其中一段是，錢包被偷了的少女，和完全沒印象的男子。當然兩人是在完全不透露對方設定的狀態下開始的。是我坐在椅子上旁邊突然就來了個怒氣沖沖的女生「砰！」的一聲坐在我隔壁開始怒罵的狀況。腦袋中浮現問號。第二段是離家出走的少女，偶然在公園裡遇見的男子。他忙著思考工作於是對少女很冷漠。

我覺得兩者導演都是給了我可以維持自己的角色。但是她的角色有一百八十度大轉變，再次讓我感受到演員的厲害，我對於她身為演員的實力感到驚豔。感到敬佩。她還跟我這種菜鳥演對手戲。誠惶誠恐。

雖然是題外話，不過原來即興表演叫做etude啊。好有趣。etude本來是古典樂的用語。讓我這個今天即興演出，也是第一次演戲的外行人說句自以為是的話，我覺得跟音樂的即興演奏很像。

我如果是一個人在那樣的狀態下的話肯定什麼都做不到。是因為拚命對她拋過來的臺詞、頓挫、她所給出的指示做出反應所以才能講出自己的臺詞。這和即興演奏很相似。

「你要這樣彈啊，那我要這樣回應。喔，原來如此，真有趣，那這種感覺的呢？」的樣子。當然，厲害的人來演一定會非常有趣，我頂多就是幼稚園程度而已。真的都是多虧有她的精湛演技。我好像講得太過激動了。不過二十八歲還有很多初體驗的。今天的興奮有些難以冷卻。

還有著有趣的世界存在啊。能夠了解這點首先就讓人非常高興。然後再次對演員這份工作懷抱起尊敬之意。我身邊的各個演員朋友，至今為止我感到抱歉。有一點。

我不懂演員這份工作，究竟為何。有認識的人是演員，也有朋友當演員但我不知道他們是做什麼的人。創作作品的是導演。我一直都這麼想。所以說我對導演有興趣，也跟很多導演交情不錯。透過這次的電影演出，能夠知道這工作的一小部分覺得很棒。

註釋

註一　以《絕體絕命》這張專輯為主題的巡迴。《絕體絕命》這張專輯於二〇一一年三月九日發行。在兩天之後就經歷了東日本大震災。日程正好預定在四月從福島開跑並巡迴東北。東北的場次只好延期。當時我掛念災區的狀況像運送支援物資、募集捐款等等，覺得不是開演唱會的時機。現在回想起來覺得是在異常精神狀況下進行的巡迴。

註二　《二人事》那張單曲的 c/w 曲。和父母之間的關係著實奇妙。我到現在還是搞不懂他們真心究竟為何。在無法互相理解的這段牽絆中，用柔和的心情念著母親所寫下來的曲子。很少有如此純粹地把想法化作言語的時候。

註三　震災後第二年所發表的追悼曲。

註四　代表日本的，我最喜歡的音樂人。我接下了她的邀約在〈Labrador〉這首歌擔任了製作、作詞作曲。她教會我的事不計其數。我目擊了她成為音樂本身、將能量和音樂互相交換。在二十幾歲初和她相遇是我的財產。

註五　CHARA 主演，由岩井俊二執導的日本電影。是講述 CHARA 所飾演的固力果當主唱的樂團故事。我記得當時第一次看時所受到的衝擊。然後極其嫉妒可以在上映當時就看到這部電影的世代。我出道後和岩井導演關係也變好了，現在是我所尊敬的朋友。總是能夠與尊敬的創作者同行，是很貴重的。

註六　飾演了《廁所裡的聖殤》的女主角，真衣。

4月1日（二）21：47

愚人節。抵達青森。

雖然已經做好了心理準備應該很冷吧、應該跟東京氣溫不一樣吧，但比想像中還要冷。不管再怎麼想像還是有極限呢，如果是想像寒冷程度的話。去到氣候完全不同的國外時也是如此。不過熱到會烤焦的夏天就快來了，再多品味一下冬季吧。

今天和明天，是小塚哥哥的守夜和葬禮。我們有演出所以去不成，不過善木哥和永戶會去。

希望他，能夠安息。

在某個地方再會吧。

飛機。調耳壓差點失敗讓我很慌張。總歸是沒問題了。又忘了帶耳機。這已經是第三次了——又得隨便先買個來用了。便當很好吃。

謝謝。

今天開始消費稅調漲，變成了百分之八。然後我買了東西。

街上意外很熱鬧。我去了表參道、青山一帶，人潮活絡。太陽暖烘烘的，賞花客也出了門。說不定這種政策從春天開始實施就是他們算好的呢。灰暗的報導就算塞在寒冬裡，也只會讓人更加消沉。或許比較適合內心稍微明朗敞開心房的春初吧。百分之八。如果能逐漸繁榮[17]起來就好了。雖然百分之五計算起來很方便。

今天開始過新生活。如果是從事這份工作就算不喜歡新年度的感覺還是會逐漸薄弱。不會有什麼新人進來業界，也不太會有人出去。這麼說來我國中和高中都是三年同個班級，所以當時對新年度開始或許並無感慨。不過去到新的學校，辦入學典禮還是會很讓人興奮。

大學的入學典禮我在門口就折返了呢。受到了為數眾多的新生、直升上來看起來很跩的內部生、在進行社團招募的各式各樣人們所散發出來的氣場壓迫。我去吃了日吉站前的麥當勞就回家了。

我時常會想。我不是在入學考試那天，而是在入學典禮那天被試探了讀大學的資質吧。結果我沒有讀畢業。維基百科上好像寫著某某年畢業（上面寫的大多不正確）。對大學也是滿困擾的。

那一天，好好出席入學典禮、聽校長致詞、聽社團招募新生的內容、跟會請客的前輩賣笑臉打好關係一起去喝酒的話，我可能就會過上不同的大學生活了。也可能就能讀到畢業。可能都在那天成了定局。說到底都是沒能做到的。

4月2日（三）24：10

結束了青森場演出。

---

17 譯註：8是末広がり的數字，有漸入佳境的意思。另外，「八」的長相也像逐漸展開。

氣氛熱烈。好熱。非常棒的觀眾。大家都在臉上畫著圖案。或是弄了紋身貼紙。有很多的愛朝著我們飛來喔。謝謝。

因為是 LIVE HOUSE 最終場，所以一字一句都盡力地唱。不過相當放鬆，出現了很適合演出的溫度。可以馬上到達沸點，也冷靜到可以在腦中解二次方程式，絕妙的平衡。

途中，有人拍照讓我感到掃興。大概是毫無意識地拍吧。不過卻讓我的心情掉了不少下來。因為是邊唱歌邊被拍影片，所以從那之後一路到最後都感覺有些沒勁。如果是開放攝影的演出完全沒問題，但我不懂都說不能拍了還若無其事地拍究竟是什麼心情。畢竟大家都想拍吧。只有你一個人拍，未免太狡猾了吧。

然後和攝影團隊的 Shiota 波長不合這點也讓我有點失望。

我覺得「就是這裡！觀眾露出了最棒的表情」時，他拍著完全無關的東西，在桑的 SOLO 最棒的地方他則一直拍我。跟他說從上面拍，他就給我一直從上面拉鏡頭過來拍。儘管……他很拚命地拍，但也一直衝進我視線裡。覺得他位於跟我的感受完全不同的次元進行拍攝。讓我失落。

啊……不行不行。本來想更融入其中的。這是自己的錯。第一天做過的事現在再做也沒有辦法得到相同的感動。這是理所當然的。如果並非如此，人就會一直沉浸在第一次學會騎腳踏車時的感動。車、機車或飛機、太空船就不會誕生了。想要更正確且筆直地往前突進。難得都花了半年這段長到驚人的時間，孕育音樂了。目前為止是一趟很不錯的巡迴喔。嗯，毫無疑問是目前第一。想要就這樣進化。打算

札幌場要參加彩排。
終於要進入 Perfect Dreamers 篇[註一]了。
青森，總之先不論剛才所說的，你們很棒。能和你們活在同個時代我覺得很高興。一起，開創未來吧。請多指教喔。
下次，再見喔。

註釋

註一　二〇一四年二月五日以《×與〇與罪》為主題開跑的 RADWIMPS GRAND PRIX TOUR 2014 巡迴，總共四十四場演出。這趟巡迴分為前篇、後篇，這是後篇的標題。順帶一提，前篇是《會心一擊篇》。

4月3日（四）15：03

抵達札幌。

19：15

抵達之後馬上去了電影院。可惡——錯過吃飯時機，我還只吃了看電影時吃的爆米花……距離成吉思汗烤肉還有四十五分鐘，要忍耐啊我。

我去看了電影。像是舞臺劇的感覺很有趣。電影院裡好多人。是因為春假嗎？我很久沒看過坐滿的電影院觀眾席了。個人喜歡在大空間裡零星坐著人的狀態下觀影。不過那是我的理想，沒有客人來看當然不行。

大人們會互相說謊。用一本正經的表情。偶爾看似開玩笑。這就是電影。不過我會想。不擅長說謊的人果然會是好的演員吧。因為他沒有辦法做超出自我框架的事。只能擴展自己。雖然不知道是說什麼，但還是為了自己留下筆記。聽好了嗎？我自己。

這麼說來前陣子家裡終於出現了蟑螂。是這個家裡第一次出現。真的是陷入恐慌。我也好久沒有這麼慌亂過了。我很討厭蟑螂。總之就是討厭。我不懂科學技術這麼進步，蟑螂仍然持續存在的意義。因為我很討厭牠當然不會溫柔到站在蟑螂的立場想。名字、大小、觸覺、顏色、動作、敏捷程度，就各方面來說我都不能接受。根本可以寫一篇論文了。說不定繞了一圈，我到下輩子就會喜歡牠了。

首先名字啊。不否認牠取那個名字就很糟。聽說最近很流行取奇怪名字造成小孩受害，但我覺得走在這風潮最前端的就是蟑螂。那個讀音在音樂上也是某種意義上的一絕。加入濁音的地方，還有沒有比這個更抓耳的秀逸發音。光是聽到這名字就會一下想起跟蟑螂有關的一切。順便記錄一下我光是寫下這篇文章就已經起了三次雞皮疙瘩（我之前去了永戶他的公司看到他徒手抓蟑螂呢。他還沒出聲啊）。

如果牠叫做「rinrin」或是「subashikko」的話，還有點希望和人類共存。不，沒辦法吧。比起名字需要更先提及那個恐怖的，動作。還有只要一根頭髮的營養就能存活幾個星期的生命力。甚至讓人覺得至今蟑螂還沒占領世界才是件不可思議的事。

話題拉回來。最糟的是我是在臥室看見那傢伙。為什麼啊？在這個疑問當中，如果讓牠跑了的話我今天就不用睡了。會讓我作惡夢。會在夢中被襲擊。慘一點說不定在現實裡也會被襲擊。我沒辦法。不行。

我從二樓衝下去拿了滅蟑達人噴霧，然後戰戰兢兢地擺好架勢。察覺危險的那傢伙鑽進了我枕頭邊的縫隙。糟了。今天要住旅館了。我這麼想著。但是我不放棄，我可是這麼大隻的大人。肯定是對方比較怕我。我使勁把床墊掀開，將打算用驚人速度逃開的那傢伙一網打盡。因為我不確定牠是不是死了所以持續朝牠噴了噴霧。我也吸進了不少導致我頭滿痛的。

順利結束任務。

在吃飯的人失禮了。（吃飯有辦法邊看書嗎？）

有段時期我認真覺得是不是除蟑盒的公司，或滅蟑噴霧、水煙殺蟲劑的公司每個晚上都在街上散布新鮮的蟑螂。畢竟他們的公司肯定養著幾萬隻的ㄓ（我的精神上已經困難到無法打出蟑螂，或是蟑了所以容我省略）。決勝關鍵是他們能夠做出多有效的藥。是沒有ㄓ就會倒閉的公司。聽起來多諷刺。

如果有長生不死藥的話醫生就沒工作了，如果沒有死人葬儀社就會倒閉。有很多幸福建立於不幸之上。也因此從偏頗角度看盡世界的十幾歲，我認真相信著這個可能，但有一個人對我說：「你這樣說在除蟑盒公司上班的人太可憐了啦。」他誠摯的眼神使我洗心革面。

抱歉。

總而言之，我討厭ㄓ。

4月4日（五）19：47

桑原的生日。去了札幌街上的排練室練習。明天開始就是Perfect Dreamers篇了呢，要呈現出變化和進步。還改了不少東西呢。三位感覺很慌呢，不過一定可以在適度的緊張下完成演出的。現在反而還會因為習慣所以出錯。腦袋和身體都要繃緊到最大限度，迎接新的挑戰啊。肯定會很開心的。很酷。

啊——肚子餓了。

午餐吃了湯咖哩。排練本來是預計兩小時就要結束的，卻紮實練了三個半小時呢。走進街上的練團室果然還是會打開懷念的開關。牆壁很薄，可以聽到其他間的聲音轟隆作響呢。應該要再加點什麼隔音措施才對。要先無聲，才會有聲啊。像是break的部分，如果那個停頓有其他間的聲音穿插進來就太浪費了啊。我們最常去的町田studio24在這點就做得很好。

大家，過得還好嗎？

那麼，來去吃飯。

4月6日（日）24：32

來到了支笏湖的溫泉景點。

今天早上離開飯店，在札幌市內吃了湯咖哩，然後到中央市場買了海膽和鮭魚卵就租了車來這裡。途中開在山路上時下起了大雪。無法想像是四月的景色讓我感到有些不可思議。這裡好像到五月的連假為止都有可能會下雪。泡個溫泉、吃過好吃的料理，先給走到巡迴中間段落的自己獎勵。覺得恢復了相當多精神。

昨天札幌的演出，是第一次在北海道的體育場開唱。能發出聲，也試了新的編曲或試作太好了。好像有很多人是第一次來看演唱會，所以有不少人，感覺還在摸索該怎麼融入氛圍樂在其中。因為明白這點，所以昨天感覺自己有努力在帶動現場氣氛。之前也有說過，他們第一場演出是獻給我們，我很高興。最後大家回應了我那句「一起唱」，開始唱起來的聲音響徹我的內心深處。那個宏亮的歌聲會一直留存著喔。我很高興。謝謝大家啊。

雖然明天就要回家了，再讓我多感受點北海道的空氣、料理、溫泉在身上再回去。明天回到東京之後就要再去女主角徵選會。光想就覺得有點沉重所以我盡量不想。

我很喜歡溫泉。

我沒有自覺到這種程度，是別人說我才發現的。好像滿多事情是這樣的。我好像很喜歡泡澡。去溫泉旅館會泡上四、五次澡。抵達住宿時、晚餐前、晚餐後、睡覺前、起床之後馬上、吃完早餐後。大概是這樣。在旅館早上起來，透過泡熱的溫泉讓還發睏的身體和腦袋一下子清醒是至上的幸福。我本來以為大家去溫泉都會泡這麼多次，原來好像不是這樣呢。我甚至想一直泡在裡面。

這麼說來去年的二月十四日我們團員四個人一起去了溫泉。我覺得非常高興。

明天八點半要起床。

本來十一點再退房就行了，不過因為飛機的班次關係，所以九點四十五分不出發不行。真是可惜。不過聽說明天要定下女主角了。不可以遲到呢。啊好緊張。

然後終於我們的巡迴也要進入後篇了。剩下剛好是一半的兩場。會有什麼樣的故事等著呢。要用怎麼樣的構成、怎麼樣的新挑戰做每一場演出呢。最後會進化成什麼樣的樂團呢。好期待。希望不會屈於惰性能夠經常保持新鮮度。觀眾幾乎都是第一次來看。我也想要跟上他們的感覺。不想要輸給那個新鮮感。畢竟在第一次看表演的觀眾面前，一直都會是第一次的演出啊。

想要用嶄新的心情和他們見面呢。

接下來會南下，氣候也會變。

食物、氣場、人也會變。

等我們喔。

一起開心玩樂吧。

北海道，長時間打擾了。我還會再來的。

4月8日（二）17：45

抵達米子。從機場出發，經過了空無一物的原野風光到達了飯店。飯店周遭似乎也什麼都沒有。話說之前真衣的徵選會有個從鳥取來的女孩呢。我跟她說：「啊，有出雲大社對吧。」她跟我說沒有。我跟島根搞錯了。她說被搞錯最讓人討厭了。

抱歉。我去逛逛好了。有什麼呢？感覺不是個能用徒步探索的城市。遠方可以看到山，還有像是鬧區的地方呢。

明天前來的人的家鄉。到此打擾的自己。巡迴真是不可思議。氣溫應該有十六度左右吧。好溫暖。終於可以，和大衣說再見了的感覺。前天的北海道放眼望去都是雪白景色。日本真的比想像中還大。身體感覺還有點跟不上累積疲勞的感覺，不過睡過之後就變好了。雖然錯過了櫻花，但是接下來的春天、夏天都要盡全力地感受。

昨天從北海道回來，就這樣前往了徵選會會場。最後的徵選，共四名。有個有點破天荒的女孩在，不過對方肯定才覺得我破天荒吧。互相覺得破天荒的兩人硬是要對話的場面實在太滑稽讓我忍不住想逃開。從沖繩來的女孩子有著不可思議的魅力。

被那種眼神盯著會覺得很困擾。壓倒性的陽性。如果有個這樣的朋友，感覺真的會為你兩肋插刀。還未曾碰過情感破滅的，那種眼神。領域未受侵犯，無敵。不過實在太過陽性了，製作人們說對於需要陰性的《聖殤》，角色她可能沒辦法勝任。原來如此，我想。

最後，導演、製作人兩位、其他卡司一起負責了評選。他們說也想聽我的意見於是我如實地說了。雖然我是外行但大家還是仔細聽了我說。

然後選出了一位。

女主角。突然湧現了現實感。好的意義上出乎意料。超出我想像的範疇。不可思議的女孩。

一下又有了，無法回頭的心情。緊張刺激、心跳不已，也感覺快要笑了出來，想對自己說聲笨——蛋，諸多心情。不過，我想一定會是一部精采的作品。我相信。要將未曾體驗過的，擴張到什麼程度、去衝刺、去深潛、去突破。

如果是和那個女孩，儘管是緊張刺激、心跳不已、滿身瘡痍，我應該都能夠不逃跑去完成它吧。然後可以體會到無從想像的憐愛吧。我覺得能夠好好做出至今為止，所做不到的表現。我如此相信。

導演跟我說：「洋次郎是個有魅力的人。」

所以，才選出了這個女孩。

我很期待。

明天的演出感覺會是在我心裡的春一番。接下來就是新的季節了啊。然後是只有兩個地方的 Zepp 等級中度規模會場。

熱鬧起來——吵鬧起來吧——

拋開煩惱一起嗨吧——

22：54

我走在五年前也走過的街道上回飯店。米子 BELIER 這間 LIVE HOUSE 旁展示的電車也還在。不過圓頂商店街的屋頂悄悄地被拆掉了。好像是因為老舊化的關係，不過不能靠整修嗎？

但是可以看到天空，在持續著一排鐵門深鎖的店鋪街上反而展現出開放感，稍微緩和了一些沉重的氛圍。我問了計程車司機當地人口果然不斷地外流。記憶中跑《IRUTOKORONI巡迴[註二]》的時候，這裡也是西日本數一數二荒涼的城市。不知道是不是這個的反彈，我記得演唱會超級熱烈。我想如果有地方可以讓年輕人的能量好好地散發、發展、構築的話一定會很厲害的啊。司機說這裡的整體狀況就是，沒有大學、沒有就業機會，所以大家都會去關西。原來如此。

如果有個人對「這個地方」、對些什麼有向心力然後去追求，這樣剩下九成的人明明也會加入一同打拚啊。不過最一開始的「什麼」是很困難的。

在新的場所一開始不太會想要隻身一人。我不是對普通表示輕蔑。因為這是很不得了的才能。不過我覺得經常懷抱著獨自闖蕩的心情，去挑戰世界的氣概是忘了就無藥可救的。

肯定是沒有可以同乘的船、沒有可信任的港口吧。如果有其創造者出現我一瞬間就能知曉的。那樣的人，如果在明天前來看表演的人當中誕生，就太棒了。好，我明天也要用這種心情去表演。

小學六年級的時候。在坐公車前往外婆家的路上，我發現了一間露營刀店。在幾次經過店門口之後越來越想要一把，於是我就下定決心跑進了店裡。現在肯定不會賣給小孩子吧。不過當時的我雖然才小六身高就超過一百七十公分了，可能也因為這樣順利地買到了。蝶型的小刀。花了我的紅包錢。

國中某個時期之後我把它帶到學校去了。毫無理由。也不是想給誰看。純粹收在胸前的口袋裡。到了現在要說明當時的感情也還是很困難。可能是帶著小刀，會覺得自己變強了一點吧。

正是「帶著小刀奔跑」。Blue Hearts。

只是，我能果斷而言，不只有我是那樣的少年。到了二十八歲的我這麼想，我和我覺得還算意氣相投的人偷偷說這件事時，也有人說：「其實我也帶過小刀去上學。我偷偷藏在口袋裡。」

「啊，原來如此」。擅自感受到了一種言語無法形容的羈絆。我也和剛上高中時交往過一瞬間的女朋友說過這件事。結果，她也這麼說。她說，不知道為什麼某個時期一直把美工刀放在口袋裡，沒有拿出來過，結果也不曾用過。那個女孩有著還滿成熟穩重的印象，也不陰沉，還受同性友人歡迎，就是所謂那種超級「好孩子」的那種。一定沒人想過這樣的女孩子總是在口袋裡夾帶把美工刀吧。連有一段時期帶著的我都感到驚訝。

就我擅自推測來看，普通地坐著電車普通地來上學普通地和朋友們一起參加社團活動的十幾歲孩子裡，十個有一個會在口袋裡面帶刀。就跟大家一樣，源自摸不著頭緒的理由，畢竟十幾歲那個年紀對一切都還是飄忽不定的。最近常有人說學校很亂、孩子開始凶暴化或是家庭很混亂等等的（絕對從以前開始就沒變）不過沒有這樣的事，小孩子很純真，很瘋狂，現在和以前都是一樣的。

家長刺殺小孩會充滿理由、糾結、困惑和苦惱，不過小孩刺殺家長的理由只要有一個就夠。畢竟就是個飄忽不定的心情。

各位大人。請不要，忘記這件事。

註釋

註一 以《ARUTOKORONI 定理》這張專輯為主題的巡迴之名稱。當時拒絕在體育館辦演出，頑固地只開了在 LIVE HOUSE 的巡迴。在京都磔磔那場演出收容人數只有二百人卻有三萬人申請抽選。唯一一場體育館規模的個唱在幕張舉辦。不過和觀眾的距離相當遠，在那之後就不曾去過了。

4月9日（三）22：58

結束了鳥取場。累了。豪累。豪累[18]。

總覺得，非常累。

呼。

能做的都做了。

聲音也有出來。

不過這裡是這次巡迴中少見形狀的場地，我們硬是把會場裡的座位拆掉弄成了站位也因此音效上很難處理。一般體育場規模的會場雖然很寬闊不過舞臺很低，所以會多少聽到外部的聲音（也就是說很難表演）。不管怎麼唱感覺都會被相抵掉，然後又繼續唱。這樣大家有聽到嗎？有聽到就好了。

18 譯註：作者故意使用錯字、比較可愛的講法來呈現。

不過鳥取又有種獨特的節奏感，會留點空白呢。很有趣喔。說來和關西，還有九州都有點不同。果真大家都很率直呢。

如果可以為這片逐漸寂寥的土地，帶來些變化就好了呢。然後這是掌握在今天前來看表演的那些年輕人們手中的。我期待下次來的時候喔。我們都要加油。你們，要成為下一個青山剛昌、下一個水木茂、鬼太郎喔。我會看著喔。

今天謝謝你們了。

我也會加油的。

今天真的累了——

連出去吃飯的力氣都不剩。可能也沒有精力回到飯店，洗個澡了。呼。

明天後天，有兩天在福岡的休息日太好了。我要放空度過。

這麼說來我忘記寫了。我在北海道發現我喜歡的那件緊身褲，屁股的地方破了。破得還滿大的。是什麼時候破的。如果是在破掉的狀況下一直穿的話也太丟臉了。

有人說穿長版的襯衫可以蓋住喔，不過我沒有那個勇氣。啊，是小學以來嗎？穿破掉的褲子。不過反過來說我把它穿到破了耶。太好了太好了。再買件新的吧。不知道有沒有賣一樣的。

4月10日（四）14：14

抵達福岡。好溫暖。

我們是搭小飛機來的，三十六個座位裡有三十四個都是我們的團隊。幾乎是包機。總覺得對剩下的兩位很不好意思。看起來都是些凶神惡煞（特別是樂器組。大家都有刺青）。時間還早不然看場電影好了。不過好想睡啊，怎麼辦才好呢。

總覺得腦中轉著很多事情。也有和忍姊[註一]合作的事。大竹忍好像要出合作翻唱專輯然後我也會參加。至今接過很多邀約，不過很難提起勁回應，有很多婉拒參加的理由所以這十幾年的音樂人生涯裡和這種事沒什麼緣分，不過如果是忍姊的話就會想參加。〈鬱金香的刺繡〉。很棒的曲子。最近滿常聽的。

去逛一下散步好了，也沒什麼特別要做的事。去趟天神好了。親富孝路現在是什麼感覺呢。

註釋

註一　大竹忍。日本的大牌女演員。是很重要的朋友。男孩子氣的 SUPER LADY。自身感覺潛藏著還沒有完全發揮殆盡的力量。偶爾會變得很可怕。是個像少女一般，有魅力的人。在《廁所裡的聖殤》裡有幸共事。

4月11日（五）14：14

昨天看完電影就回到飯店了。在房間吃了飯。

總覺得對身體狀況的變化變得敏感了是要感冒了嗎？還是一切正常我也搞不清楚。想太多了，有覺得沒事結果隔天如常地變糟的時候，也有時候覺得肯定是感冒前兆就開始攝取驚人劑量的藥物和營養劑到體內，然後暖和身子去睡，也有時候毫不在乎。

問題是不在乎的時候，前一天如果沒有吃藥也不知道會變得怎麼樣。也不知道是不是感冒前兆。會覺得，是不是不需要吃這麼多藥。結果下一次，不吃的話就會悲劇……這是個永遠的循環。但演唱會僅此一次。那個當下。不想要有後悔，如果感覺會後悔會想要事先預防。

啊——好麻煩的一個人。

就是如此所以昨天吃了藥就睡了。畢竟鳥取場累到不行。

而且聽說九州大概二十度上下，所以就興匆匆地只準備了春服過來，當然是很溫暖，不過好像有點期待過度了外頭還是有點冷。今天早上也喝了葛根湯。不過睡得不錯（是段幸福的睡眠）一定沒事的吧。

接下來久違地和Akira能碰上一面要一起去吃拉麵。是我在福岡的朋友。已經認識幾年了啊。是在地下時期對盤演出以來，已經要十年了吧。出道之後也和他們對盤過，他的結婚典禮我也參加了。

出道之前，業餘樂團的我們當然到哪裡表演都招攬不到什麼觀眾，就到每個地方跟當地的樂團一起訂場地然後參加演出。話是這麼說，但是能吸引很多觀眾的業餘樂團很少，只要有三、四十個人進場就會覺得：「哇喔，今天太強了吧。真的要鼓起幹勁去表演囉！」感到很興高采烈。十人或是以下，根本就是家常便飯。他們是我們在地方一同演出的其中一組樂團。

我們 RADWIMPS 是一個怕生的樂團。必須和初次碰面的樂團聊天讓我們感到憂鬱，說實話也算是把跟其他樂團交流的角色拋給了智史。

「因為是玩團的人」，我很不喜歡只因為這個理由就出現的那種裝熟的氛圍。當然，我想不只是因為這個原因。我無法和他們打好關係最大的理由是因為我不覺得他們的音樂很厲害。從頭到尾都只有這個原因。在一開頭，如果不認為「滿不錯的」，不管多麼努力和對方打交情我都覺得是騙局。然後我想，能認識對方的音樂就夠了。遊歷全國後覺得不怎麼有真的可以撼動人心的樂團。可說是一百團裡面就一團吧。Chatmonchy[註一]就是當中的一團。我們在京都 MOJO 和她們對盤過。從彩排時就和大家不同。

嗯——Akira 來接我了所以晚點再說。掰啦。

註釋

註一　女子三人組的日本搖滾樂團。出道日是同一天。我們在地下時期就和她們同臺過好多次。比起我們當時在地方認識的樂團實力明顯高過一截。我很喜歡她們寫出的字句。我受到身為男生的我絕對說不出來，但是可以理解的字句所吸引。

21：15

回到飯店吃了便當洗了澡。

久久能和 Akira 見上一次面太好了，還見到了他老婆 Megu 和女兒。Megu 依舊很健談又開朗，總覺得安心了。我認識他的時候他們已經開始交往了，我很少有這種連他們途中分手，後面結婚都能知道的關係。

從市中心開上高速公路約四十分鐘後就到了他家。Akira 也已經三十四歲了。認識的時候我十八歲他好像二十三還二十四吧。真是不可思議。他都已經是一個女兒的爸了。我們以前會一起表演的那個叫做 rush 的樂團已經解散了，他現在玩另一個團。然後一邊在父母經營的老人之家上班。但他說周圍充斥著同行所以經營滿困難的。我們已經是大人了。

後天，要和之前的團員還有老婆一起來看我們表演。「在 MARINE MESSE 表演好厲害啊～～真的好厲害啊～～」Megu 這麼說了好多次。是個爽朗的人。Akira 肯定也受到這點的救贖。

本來只是打算一起吃個拉麵就回去，但是他們一直說來我家裡玩啊，有好多想帶你去的地方，我哪都沒去成又不知道下次什麼時候會來，就說那不然我去你們家坐一下好嗎？結果他們很高興地招待我去。

我和她女兒詩織，還有貓小次郎一起玩了。

今天明明是平日有工作，Akira 卻還是提早做完跑了回來。像我這種極其平凡的存在，也可以成為誰的特別讓我感到很高興。然後他在簡訊和電話裡說過好幾次來我們家玩啊原來不是表面話真的讓我很高興。兩位可以這樣理解不太擅長和人待在一起，而且不太相信人的我，並且如此相待我覺得十分可貴。

繼續傍晚的話題。

在業餘時期沒有看得上眼的樂團。不過在這之中，只有 Akira 的歌聲不一樣。非常溫暖、有力，是會想讓人一直聽下去的聲音。

我真的覺得擁有美聲的人，不管歌詞唱些什麼說實話都沒有關係（極端而言）。在聽西洋歌曲時我也不知道歌詞內容。假設裡面唱的是「今天也覺得打掃廁所好煩——」那份感動仍然不變。在我心中重要的是，有沒有觸動琴弦。

他的歌聲就是如此。

今天聽他說歌詞會被現在的樂團團員抱怨東抱怨西的，所以他沒有唱歌。只負責彈吉他。今天 Akira 說他去收拾工作出了一下家門那段時間，我從 Megu 那裡聽說了一些他的心聲。我問 Akira 是用什麼心情玩音樂，她說他還沒有放棄音樂。雖然身為老婆覺得都有小孩了，接下來要養她長大，音樂就只是個過度的興趣而已，不過似乎並非如此，她是這麼說的。雖然想為他加油打氣，但是沒辦法像以前那樣了。使我深思。

隨著時間過去，樂團的意義也會改變。對只要玩團的我就是如此了，當然對有家庭和工作的人更是如此。

然後，就像甲子園大賽中從不曾輸過的隊伍只會有一支，幾乎百分之九十八的隊伍都會在途中落敗。

樂團也是如此。現在我雖然還在玩團，但是普通地想到死之前還有幾十年。工作、女友、結婚、小孩、念書、年齡、繼承家業，有很多不玩樂團的理由。就像在沒有鏡頭之處的高中健兒一樣，大家得迎來和賭上的所有青春含淚告別的那刻。

同時期一起參加橫濱樂團大賽的樂團，大概有二十團左右吧。三年加總起來有六十團，現在還留下來的應該就二、三團吧。大家都各自朝著新的地方啟程。這麼說來之前接到當時交情不錯的樂團友人聯絡說他現在在岡山。他說他會來看岡山場。

當然也有很多人放棄了樂團變得很幸福。別人的幸福，誰也無從談論、無以計量的。不過我很喜歡樂團。也喜歡現在仍然在唱歌的 Akira，希望他能唱下去。我在明白他有家庭、有工作這點上，還是如此希望。我也玩了十三年的團，如此厭惡的「玩團的人之間的熟稔氛圍」現在也產生了出來吧。是上了年紀的關係嗎？這已經是，沒有辦法避免的了吧。

我喜歡玩團的人。

我曾不擅於面對玩團的人。

明明我是逃出社會框架開始玩團的，結果進到那個世界又有一個結實的框架。我們從十五歲開始就訂橫濱的 LIVE HOUSE 場地演出。每次登臺後，都會被前輩樂團或是 LIVE HOUSE 的店長說：「來慶功宴露個臉吧。」我們都把「我們還未成年」這個藉口活用到底逃過了好幾次，但還是每隔幾次就必須參加一回。

慶功宴上只要聚集幾團，幾乎百分之一百的機率會吵架。喝得爛醉的前輩，欺負後輩。甚至會讓人覺得他們是為了在那個場子上能發洩壓力，所以瞄準了時機活過來的。一開始我們很怕但慢慢地就習慣了。什麼也不聽。彷彿有聽一樣地從右流到左，聽聽就過了。

所以說我們是那種所謂橫向關係很薄弱的樂團。孤立其中。一般的業餘時代是招攬不到觀眾的，要常常去有點名氣的前輩或是其他樂團的場子上，跟他們打好關係讓他們找自己團去對盤。然後再努力把其他樂團的觀眾吸收成自己團的觀眾，這是一般理論。

不過我們並沒有那麼能幹。而且我是團員裡最不會做這種事的人。現在才有幾個尊敬的前輩或是碰面可以自然聊天的樂團友人，當時的我周遭沒有這種對象，就算憑當時的我那頑固至極的腦袋肯定壓根不會認可。

前輩們裡有好人也有討厭的人。不管在哪個世界都是同樣。肯定連說教的內容都是相同的。這樣做、那樣做、你們這點不行、要紅要這樣，等等類似的說教。

我一個都無法認同。

從到了三、四十還沒個成果，一直待在原地的前輩那裡得到的建議，我也沒有共鳴。因為你們不是沒成功才待在這裡嗎？我是這麼想的。

然後，有人會這麼說。「紅不是一切。」這當然啊。有很多人沒有大紅也還是做出了很棒的音樂。也有如果天時地利人和，一定會擁有爆發性人氣的樂團。這些事情我再清楚不過。但我知道這樣的樂團一定不會抓著其他年輕樂團這麼說。

如果是認真為自己的音樂無法受到世間認可而煩惱，是不會這樣對周圍說三道四的吧。我頑強地想著，不要管我們，不要煩別人。

現在想想我有點頑固過頭了。

當時我很討厭那個業餘樂團的世界裡，無以言喻的混濁空氣。和我曾喜歡過的骯髒和悲哀不同。是沒有夢想的現實。真的足以信賴的人。就三個左右。

在某個地方的 LIVE HOUSE 演出結束後，我們去跟店長打了招呼（玩團的人有個在正式演出後去跟當地照顧自家樂團的 LIVE HOUSE 店長打招呼的習慣）。然後那個店長就開始說起了，為什麼你們會演奏那樣的歌啊？說來那個節奏啊之類的。

我們當時想要把各種音樂吸收進來所以完全沒有八拍的曲子，現在聽還是覺得當初一味地在追求節奏複雜的音樂。

現在想到的都嘗試。

找我們自己的音樂，我們是這麼想的。在那過程中碰到了那個店長。最後他還說現在流行的是這種節拍然後開始播起CD。

「這團最近受我們這裡關照（每個月固定一定在這裡訂場地的意思），觀眾也滿喜歡的喔。你們也做看看這種歌啊！」他自以為是地說。我感到衝擊，而且越想越覺得討厭。要給他好看。大概也只有這個時候我超認真地想著這種漫畫一般的臺詞吧。

飯店毛巾相關的宣導，真是夠了。現在進來洗澡才覺得。「本旅館以善待地球的旅館為目標。為了環境，如果有可以再利用的毛巾還請配合使用。」這類的字句。為了地球？是想要做會讓地球高興的事嗎？要是這樣應該還有別的事可做吧？

絲毫無法苟同。真是的……

＊

現在突然想到。我天性小氣。不浪費食物。不丟衣服。這雖然也是優點。可能也是因為成長的家庭環境吧。我們家是徹底不浪費食物的家。就算只剩一點留在盤子上不是收進冰箱，就是無論多飽都會塞進胃裡的那種家庭。可再利用的東西什麼都會利用。

嗯，雖然是如此。

4月12日（六）24：10

好累——演出結束之後，在臺上排了一下明天要表演的合奏。能完美呈現的話肯定很帥氣。全力演出。

今天的福岡。一萬人的觀眾。一開始覺得後排座位很遠，有傳達到嗎？但慢慢能眺望到後排之後，覺得心情到了和他們很接近的地方。是個感動的光景。明天還能到更近更近。大家都等著。真的是件很厲害的事。

不論哪裡都是睽違三年，還有可能是等了五、六年。也夠遠距離的了，但那段時光就是如此濃密。演出的時光。

總覺得喉嚨的狀況最近越來越走上坡了。想要這樣持續到結束。請注視我們到最後。我想要將它散布到全日本。將我們現在所有的東西。心情、氣概、種子。把力量借給我們。就算結束後會碰到一些不如意的事也好。讓我們跑完巡迴。讓我們能用盡全力，到結束之後會覺得暫時先別開演唱會了。拜託了。

今天也謝謝大家。傳遞了很多心意出去。也得到了很多心意。再會喔。
明天會更賣力。炒熱氣氛。來睡。
晚安。

啊，永戸的家人有來看表演。Yoji和大家看起來都過得不錯呢。聽說最小的Midori在家沒來。我收到了她寫的信。
她寫說：「洋次郎，可以和我結婚嗎？」
多麼直白的言詞啊。
時間一瞬間停止了。我能夠說出這麼直率的話嗎？
過於直白讓我有種沒辦法貿然回覆的心情。我也記得過去的事。
人不會，忘記這種事，忘記孩提時代的記憶的。
謝謝啊，Mi。

我算是從人生滿早的階段就開始意識到小孩的存在活著了。大概從十幾歲中

段開始。想著小孩的事也意味著思考自己父母的事。至今為止，也擅自做過各種妄想，不時從中得到救贖或感到嫉妒，偶爾會被安慰這樣活過來的。是個噁心的傢伙。

然後最新的作品《×與○與罪》這張專輯當中的〈Tummy〉[註一]這首歌，寫的時候又重新思考了。這次巡迴在每個會場都有唱。連彩排都算進去應該唱了超過一百次。每一次，自己都會有全新的感動。不是對歌曲，而是對那個孩子的存在。對於那個尚未出生的孩子的存在，感動到想哭。雖然說起來很怪，不過是真的。

在這次專輯的採訪中，有位採訪者這麼對我說。「其實你有小孩吧？」我誠實地說了沒有。那位採訪者聽說有個女兒。他跟我說，經歷過震災，他對女兒的愛更強烈了。

不知何時開始我反倒變成了採訪的人。途中講女兒的事講到太激動，他還泛淚。他說：「那首歌，我覺得真的只有擁有小孩的父母才寫得出來。」

我雖然沒有小孩，但我覺得我比這世界上還未成為父母的任何人，和未來的孩子做過更多對話。我跟對方這麼說了。這份心情並非虛假。

如同敘述我是個極端的人。我也不打算否認，我認為我藉由他人，以他人為鏡，十分地理解自己。然後，也還沒有生小孩的計畫，不過從現在就開始在思考各種事情。受到各種情感的侵襲。首先，世間上的各類犯罪，每次在新聞上報導都會引我深思。犯下罪刑的被告父母在鏡頭前被打上馬賽克，哭著向世間謝罪的時候我也會思考。

要是自己的小孩傷害他人怎麼辦。成為了犯罪者怎麼辦。

這個國家裡沒有一個人是預想自己的小孩會成為犯罪者而養育他成人的吧。只要不是太過特殊的家庭的話。大家為自己的小孩取名字的時候，沒有一個人是想像著傍晚的報導節目或是網路新聞會附帶大頭照上面寫著〇〇死刑犯的名字來取的。

大家都是希望自己的小孩幸福。餵剛出生弱小的孩子吃飯、晚上哭了要抱起他、工作以供他念書。任誰都不會想要揮汗養育一個殺人犯。

所以才感到可怕。我也是這樣。希望他能幸福。真切地希望他能夠長成一個可以為誰帶來幸福的人。不過如果大家都是懷抱如此期望在養小孩的話，不就不知道是因為什麼契機而讓孩子走偏路了嗎？沒有人知道。大家都是第一次當父母。沒有人習慣養小孩。我問了很多周遭當上父母的人這件事。「你們不擔心嗎？」「不害怕嗎？」我問。至今，說過害怕啊的只有一個人。剩下的，大概三十人左右都說，他們壓根沒想過這種事。我領悟了。

肯定只有不用思考這種事的人，才有順利當上父母的資格。像我一樣想過一次的人，只能想個透徹。我領悟到，要好好迷惘、徬徨過，即使感到苦惱，總有一天成為父母的時候還是得養育他。

我剛好碰到叛逆期，在對父親的不滿和反抗心逐漸增強的十五歲左右就一直思考這些事。如果，我的兒子也對我，有著當時我對父母所懷抱的同樣情感，我覺得我會活不下去。好難過。對於懷抱這樣情感的自己也感到悲傷。

不過我有一個確信。我老爸，大概也對我和哥哥抱有同樣的恐懼吧。他是個膽小的父親。我隱約可以，感受到這點。然後我再次痛徹感受到單純生了小孩再死去的人生，和不生小孩而死去的人生可謂是天差地別。

地球誕生至今四十六億年。生命誕生至此四十億年。人類遠祖誕生到現在約四百萬年。從那之後承續了這個連鎖不曾斷絕，傳承至此才有了現在的我。據說是如此。如果途中有一個人偷懶就不會有現在的我。大家都這麼說這也是眾所皆知的事實。儘管如此還是相當厲害。其中存在著多到不足以用數字表示的人類。我如果在這裡沒有生小孩就死了的話，歷經四十億年連結到我身上的連鎖就會斷了。這樣一想，就會覺得自己的人生好像一無所有。不論我現在做了什麼，或是我唱了什麼。這樣意識就會率先轉向首先該生小孩的方向努力。我一個人的生命是沒價值的。

畢竟如果不生小孩的話除了斷了延續下來的生命，同時也是奪去了未來數百年、數萬年、數億年持續下去的生命種子。我不知道那會化為幾萬人，或是幾百萬人甚至幾億人。只是這點是無庸置疑的。

當然有些人、夫婦的身體無法生產。現在有滿高比例的人接受不孕治療。生活方式多樣化，那些人能夠決定自己幸福的價值。無法生育的人，不該遭到周遭白眼。

不過我覺得有能力卻不把生育列入選項也不太對。能夠生小孩，是件尊貴的事。

現在世間把先上車後補票講成不好的事。我覺得很煩超級煩。能生小孩這件事是個奇蹟。就算想生也很難生。有很多情侶因為結婚會有很多附加價值，結婚的意義也受到細分，所以踏不出那一步。不論是誰要組成家庭都是需要勇氣的。

我覺得能夠生小孩是最明確的遺志。這在機率上不太高。被稱作命運有何不可。這兩人能夠在一起就好。當然往後的努力也很重要。不過我覺得看到非婚生子或婚前懷孕就表示否定的世間風潮非常奇怪。有一堆夫妻懷了小孩結婚之後過得很幸福，反而也有很多普通地結婚之後才生小孩還是離婚了的夫妻。先上車後補票，萬歲（不是說我以這個為目標的意思）。

我說過好幾次我父親是個怪人。他在我小學四、五年級的時候跟我說：「你不用結婚也沒關係，要生小孩。」

在那之後他也經常跟我這麼說了好幾次。是個聰明人的爸爸，配合對方選擇用詞這點非常不擅長。我現在大概能明白他的意思。即使現在能懂還是覺得他很極端，不過他肯定是希望我能夠思考生小孩的意義吧。

註釋

註一　專輯《×與〇與罪》中收錄的一首歌曲。是為了自己未來的孩子創作的歌。在專輯製作的最終階段，幾乎只花了一天寫歌然後錄音。

4月14日（一）21：24

昨天結束了在福岡的演出回到了東京。團員還留在福岡。晚上回到家吃了飯。雖然累到不行，疲倦不已，不過晚餐很好吃所以恢復了精神。晚上也睡得很安穩。

福岡場第二天。使出全力了。不論是汗水還是體液，還有心情。福岡是從十年前開始就來開過好幾次演唱會的地方。Drum Be-1、Drum SON。從只有幾位觀眾的演出慢慢人數增加，到這次的MARINE MESSE。一萬人的會場感覺起來非常大。連開了兩天。我們的意念有傳達出去嗎？

東京和地方似乎有著我們想像以上的距離。這次巡迴我漠然感受到。不過，也是因為這樣啊。所以我們在演唱會上必須做的事情是不變的。因為我們只能講出自己眼裡所看到、所感受到的東西啊。不同土地上的人會這樣將誕生的音樂，轉化為自己的曲子。

新挑戰的即興演奏也算是達成了。接下來會越來越好。想做的事無止盡。多不勝數。無從消化。不過如果可以的話，想要偶爾的在「途中」展現給大家看看。以前不會這麼想呢。本來不管是演出或是音源，都以沒有任何汙點的完成型態為目標。想做到完美無缺。還真是變了啊——我。不過這樣也好。距離廣島場還有幾天。好好放飛自己度過吧。

今天也在家裡吃了飯。兩天連續。今天的雞肉沾美乃滋桔醋太不得了了。感動。真的。欸，我說真的。放入口中的時候可謂一種無以言喻的爆炸。必須要一吃再吃。當成在關鍵時刻的決勝料理。

我覺得柚子胡椒是天才。同樣理由我覺得紫蘇葉也是天才。

但是我不會覺得松阪牛、比內地雞是天才。如果問我想要成為哪一種，我毫無疑問會回答想成為柚子胡椒。我的意思不是說當主角、當配角之類的。而是我覺得沒有其他食材像是柚子胡椒或是紫蘇一樣，除了可以襯托對方也能確實主張自我，而且可以產生出一個全新的調和。是在友人當中絕對會希望能有一個的類型。

松阪牛一輩子都是松阪牛。知道自己是個王者，周遭的人也對此感到認同。在那以上或是以下都不是。我想他經常會有身為王者的苦惱。被說好吃理所當然實在是太過分了。不過我不會對這樣的人感到憧憬。

適合雞肉豬肉，在鍋物或是燒烤也是百搭，時而當沾醬，時而稍作提味。希望自己擁有不管在哪裡都總能融入當場的氛圍提供有趣事物的素養。想做出符合那個場合的演出。這個意義上我和以前所謂的搖滾樂手完全不一樣。我不會想要一直當個一樣的自己。我不想說：「因為我只能做到這個。」

偶爾我會搞不清楚。究竟是為了要吃火鍋所以才要有柚子胡椒，還是為了品嘗柚子胡椒而吃火鍋呢。或是為了吃生魚片才有紫蘇，或是為了品味紫蘇才要吃生魚片呢。我就是這麼喜歡它們。我說了好幾次，是天才。

因為聊到食物，所以再說一件事。

人覺得自己的感覺有多準確呢。對其信任到什麼程度呢。像是自己做出選擇，但其實徹底受到了周圍的氛圍和輿論操作。我在很多時間點上會這麼想。

我跟別人聊到食物的時候，偶爾會有違和感。海膽是高級食材，鮪魚肚、霜降牛肉也是，魚翅也很貴。這是一般的常識。鮭魚很便宜，章魚或是鮪魚的紅肉也比較便宜。不過為什麼？問了之後大家就會說因為海膽鮑魚還有鮪魚肚和牛肉魚翅「好吃」、「稀有」。這是真的嗎？才不是。說到底我覺得因為「很貴」、「大家都想吃」才吃的人壓倒性地多。

鮪魚肚和霜降牛肉等等，油脂比較多的部位。會喜歡吃是日本獨特的文化。如果在美國等地牛肉肯定是要吃紅肉的，脂肪少的部位才受歡迎。紅肉才是盛宴。他們看到油花多的肉還會露骨地擺出不高興的表情。日本則是喜歡高品質油花。美麗的筋紋配上細緻的油花、脂質。如果說人真的是用「好不好吃」當成食用的基準就無法說明這樣的現象。不可能會因為住的地方有這麼大的落差。

還有，海膽也是日本獨特的飲食文化。南半球的澳洲等地聽說只要潛到海裡就滿坑滿谷都是海膽。到處都是。然後大家也不喜歡拿來吃。所以說也不是高級食材什麼的。如果出自於對味道純粹的判斷的話，這也是件很奇怪的事。

食材的價格到頭來是透過供需平衡而成立的，然後味覺這個附加價值般的情報占了很大一部分。

「因為很受大家歡迎」、「因為是高級食材」大概也包含在「好吃」的感覺裡。所以在電視上介紹過後，空蕩的店裡才會突然出現大排長龍。我每次都這麼想。如果去到澳洲，大家絕對不會像這樣吃海膽。去美國的話，不會吃霜降也不會吃鮪魚肚。當然料理方式是在該國獨自發展出來的所以無法一概而論，不過這個感覺的差異大到異樣。然後我覺得，大家都對此不抱疑問地在吃下肚。

剛搬到洛杉磯時的事。在那之前所住的田納西州附近沒有海，所以吃海產類的機會很少。更不用說是生的魚，想也不用想（二十年前更是如此）。

對非常喜歡和式料理、生魚的我們家雙親來說，他們忍耐了田納西那裡如同拷問般的兩年，搬到洛杉磯時可謂狂喜亂舞。零星的有和式料理店、壽司店。然後一如所想，在日本被稱作高級的食材在這邊能用破天荒的低價享用到。點個海膽丼飯他們可是會把海膽裝到快從碗裡溢出來，然後也就十塊美金多一點吧。把海膽竭盡所能塞滿整個臉頰的媽媽看起來十分幸福。不過我本來就沒有喜歡海膽喜歡到那種程度，所以看到這麼大量的海膽反而有點怕。

開始有這樣的想法之後，我開始希望盡可能有自己的價值標準。自己心中的價值，和實際價值的差別，我覺得就是我和現在生活的世界的差別。

我不是這麼喜歡海膽的人。雖然我覺得滿好吃的，不過要說它值不值一貫三百日圓或四百日圓，我會有一點疑問。雖然好吃，但標準價格一貫一百五十到兩百日圓才妥當吧，我的結論是如此。反過來說，鮭魚，我覺得這個太便宜了。鮭魚在全世界都有需求。對不太喜歡壽司的美國人也很受歡迎，也有各式各樣的料理方式。不論是用煎用蒸或是生吃都很好吃。可稱之萬能魚，現在在全世界普及的壽司店。我也是有去過各種不同國家的壽司店但有很多就日本人來看敬謝不敏，在這之中只有鮭魚的安定感表現超群。是不論國籍，都能受到男女老少喜愛的味道。那只要一百五十到兩百日圓我沒有辦法接受。說到底鮭魚是因為養殖，在海外生產出龐大的量所以反映在價格上吧。可能也是因為這樣，所以要說在日本人之間有這麼受歡迎嗎？也沒有這麼一回事。

不過假設。假設鮭魚很難養殖，漁獲量只有現在的百分之一。那樣的話我覺得它應該會晉升到跟現在的海膽和鮭魚卵一樣境界吧。然後大家應該都會爭先恐後地想吃吧。竹筴魚或比目魚在我心中也是同樣類型的魚。

所以我決定了。就算鮭魚或是竹筴魚和比目魚變成一貫三、四百日圓，我也還是不會轉向海膽或鮭魚卵繼續吃它們。想要懷抱著這樣的確切。

同時，我也不想輕易說難吃。與其說是味道，是因為我知道多麼容易受到環境、食用時的狀況、周圍的聲音所左右。

倘若飛機迫降在海上然後被甩出機艙外，漂流到某個無人島上。用雨水解渴，三天三夜未進食，終於發現了附著在岩石上的藤壺。剝開外殼，沒有調味料的情況下一個勁把它塞進嘴裡，那一餐絕對會比我至今為止吃過的所有食物都更好吃。

4月15日（二）26：03

今天所有團員一起去了伊勢丹物色衣服。那個光景看來滑稽讓人有點不太好意思。居然和團員一起去買東西。不過總覺得，有種和平常不一樣的感覺很開心。因為是為期半年的巡迴，想當然冬天開始穿的舞臺服到夏天還要繼續穿會滿痛苦的，也想要慢慢加一點顏色進來所以我向大家提了案。想對季節保持敏感度，而且難得是橫跨冬天到夏天的巡迴，想要讓大家能好好感受到變化。果然現在春天正當時，我感覺十分受到季節影響。不管是穿著、心情都很開闊。敞開心胸。很重要的一點也是開始養植物了啊。

冬季沒有活力，總算活過來的植物，現在用著不得了的速度在生長著，不斷茁壯。我在家裡樓梯走上走下的時候，都會聞到味道並得到生命力。變得高興。這樣的自己，我想也沒想過。不僅是植物，我也沒想過會飼養動物。小學時代養的青鱂，還有家用的小型稻子我也都馬上就養死或養枯了。我覺得自己沒有飼育的才能。自己雖然覺得很遺憾不過也理解自己沒有那樣的溫柔，小五那時候青鱂死掉的消沉記憶我到現在還記得。

放在廚房上，寶貝著，不能忘記要餵牠吃飼料！興高采烈地，結果兩星期後牠就死掉了。大概是自己心裡有玩樂、睡覺、吃飯等等，比青鱂更重要的事吧。輕易地殺死了牠。我對於剛養的時候，明明發誓會好好養牠的結果太簡單就破壞約定的自己，打從心底感到失落。

正因為是這樣的自己我更是這麼想。要好好養植物。前陣子巡迴大概五天住在外面時我就很在意。甚至還夢到了一次。應該是因為想著，好想澆水好想澆水才夢到的吧。我最喜歡澆水的時候了。我會安靜地澆水。這樣就會聽到根部、土壤吸水的聲音。我很喜歡那個聲音。會側耳聆聽。仙人掌也是如此。雖然它長得一副不需要水的樣子，不過澆水的話吸水的聲音滿大的。很像小朋友喝果汁盡全力吸到臉頰下凹的樣子喔。我喜歡那個聲音。

小塚送我的肉桂樹在冬季期間也是垂頭無精打采到讓人擔心，不過現在外表看起來抬頭挺胸的。光是看著它就會覺得有精神。在祐天寺買的羊齒，那種植物生命力超乎常人。一星期大概就從二十個地方長出了快二十公分。大家心裡都在等待春天呢。如果在有某種程度綠地的環境下出生成長，一定會理所當然地察覺這些事，會是深根在自己心中的情感，但是在東京出生的我並沒有。活到二十八歲仍有相當新鮮的驚奇。

我想要告訴當時都關在家裡只吃超商便當不斷抽菸最後生病了的自己。跟他說，你買植物回來養。我現在也還站在入口而已，因為還沒經歷過把它們養枯的衝擊所以不知道什麼時候會放棄種它們，但至少現在感覺還不錯。

它們帶給了我活力。太好了。

話說回來，舞臺裝好像決定了又好像還沒。就選那件好嗎？佩斯利花紋。是覺得不錯但覺得還差一點什麼。我啊，快靈光一閃。和現在的我們的音樂相配的衣服。沒時間了喔。

這麼說來，之前看推特上寫了這樣的事。「身體殘障者」這個詞彙被分類到歧視用語了，據說是如此。接下來正式名稱是「身體不受眷顧的人」（結果這只是乙武洋匡先生在愚人節發的惡搞推文）。

難得提到就藉這個機會重新思考了一下歧視這件事。至今我也很常思考歧視。包含「歧視」這個詞所衍生出的歧視在內，思考這個看不見的敵人。說來，歧視究

1945
8.9 11:02'

NODA
SPORTS

免税藥店

竟是什麼？

不說歧視性發言是件好事嗎？

就算在心裡這樣想不說出口就好嗎？

如果這麼想了怎麼辦？

這樣是內心醜惡嗎？

我的歌曲也很常被唱片公司提出來議論，好像是。如果發行了這種歌曲會有人感到受傷，他們這麼說。然後說，所以請你改歌詞。每次這種時候我都會跟他們談很多次。我想，跟他們說過之後他們一定會諒解的。

我不是用歧視的意識寫下這些字句、文章的。不如說，是反過來。如果這個歌詞出了什麼問題的話，或許是件好事。會成為大家思考歧視的契機。會成為火種。我曾無關緊要地想過這種事。但我是認真的。

舉例來說，有個流著口水，明顯「不是普通」走法的精神「障礙者」迎面走來。大人會「假裝不在意」。小孩會「死盯著看」。大人會罵小孩子。說了：「不能看。」小孩子還是會狀似不可思議地盯著。然後大人又會再罵他。小孩會問：「為什麼？」

可以明顯看出誰才是歧視。

另外，身心障礙人士這個用詞太過直接了，大人們很常會用「身體不自由」這個說法。這個我也偶爾會有違和感。當然也有人是懷抱著溫柔體貼地用這個詞，但也有只是想委婉地說，並把他們歸類了事的人。再更進一步地說其他人有決定那個人「不自由」的權利嗎？這讓我感到疑惑。

我很常說。是否幸福是取決於本人的。

不幸的人、不受眷顧的小孩子、窮困的國民，我覺得這些字彙都是不同立場毫無關聯的人自己擅自用上的字彙。政治家、電視上的名嘴之類說的（他們還會說「我們庶民」這真的是閉嘴吧蠢蛋）。結果都還是高高在上的發言。他們沒有放下身段跟大家用同樣視線說話。這讓我在意地不得了。

這是上某個廣播時候的事。

那前一年的除夕夜，跨年派遣村在世間蔚為話題。因為經濟不景氣所以派遣員工被裁撤，沒有住宿能夠過年，一大群人無處可去就聚集到了那個地方。而非營利團體及NPO負責支援他們。這本身是段佳話。

不過那時候廣播的DJ跟我這麼說。

「發生了跨年派遣村的問題，有很多不幸的人在。你有什麼話能對他們說的嗎？」

我嚇了一跳。我想說，這人用了公眾電波說什麼。幸福或是不幸是由本人決定的。派遣契約被終止，肯定有人內心還是懷抱希望的。或許也有人會想要藉著在派遣村樹立的人脈做新挑戰。會有回到家人身邊的人，當然也會有墜到谷底感到絕望的人。

就算把他們概括說成「不幸的人」，我不是也沒有什麼能對他們說的嗎？是否幸福，是那個人自己決定的。其他任何人都不能幫他決定。我們是無關的外人。才不了解那些人們的心情。如果說眼前出現了一個人，聽他說過的話，是可以和他商量、給予同情、對他說教。不過我沒有什麼話可以跟不知道實情的「不幸之人」說的。

每次聽到「不自由的人」，我都會有些同樣的想法。是不是找個詞代入，就可以稍微當成是和自己不同世界的事。就這樣把他們裝進看不到的箱子裡，會能夠安心一點嗎？你願意把自己的幸福交給別人決定嗎？

不管自己覺得有多幸福，被冠上各種原因說「不，你是個可憐人」的心情是怎麼樣呢。

我想要有只屬於自己的幸福標準。

沒上學的小孩、沒有父母的人，就算沒有家、就算貧困，還是有人活得幸福。也有人覺得這樣就好地在活著。不要把他們都混為一談。還有也注意一下在說「不自由的身體」的瞬間，就是說自己是「自由的身體」好嗎？

歧視根深柢固。至今仍無從彌平。或許也不會消失。只要人類存在的一天。不過關係是可以改變的。在認同自己卑賤的心情、邪念、想要敷衍過去的真心話之下，不要去掩蓋它，而是思考要怎麼表示可以更好。然後要怎麼說。我覺得這才是重點。我相信經過深思熟慮後講出來的話，就算是同樣一句話也會有所不同。

4月16日（三）25：28

晚安。今天松永導演來我家。我們聊了六個小時左右。聊了很多很多。更加深期待。聽了其他卡司的候補人選、聽了以色列的事、透過電話跟忍姊聊天、想像開拍的樣子笑得開懷。還要四個月之後啊。

我真的，不知道關於電影的任何事，他還是信任著這樣赤裸的我。製作人甘木先生[註一]和小川先生[註二]也是。好開心。很明確。看在他們對我的信任，我也會不放棄演到最後的。只能這樣了。其他演員名單也都是很棒的人。很明顯只有我一個人不太合群。這是怎樣。不過沒關係。畢竟自己沒有前例可循。

有何不可。為了要做出日本還沒出現過的精采電影，拚上全力。

一起拍出來吧。導演。完成之後再一起笑著，不會喝酒的我們再一起喝一杯。笑著喝。

雖然和導演沒什麼關係不過我又想到了。想去以色列。不去不行。去那個三個宗教互相交會、互相對抗、互相憎恨，且共存的地方。世界的縮圖並不是日本而毫無疑問地是在那裡。這裡是異端。現在日本的理所當然，諒誰都無法理解的。

「要看到遼闊的世界」

這是我喜歡的電影的臺詞。如果是我的話會怎麼說呢。

「要看到看不到的世界」不太對。有點僵硬。

「要褪去至今為止的世界」吧。現在要說的話。

註釋

註一 電影《惡女羅曼死》等作品的製作人。戴上草帽看起來滿不可思議的。超像肯德基爺爺。

註二 電影《喬瑟與虎與魚群》和《乒乓》的製作人。非常適合戴威風凜然的眼鏡，是個知性派酷哥。

4月18日（五）20：59

抵達廣島。進到飯店吃了外帶回來的廣島燒。來到廣島一定會吃這家的廣島燒。好久沒吃了啊。好好吃。醬汁口味沒有這麼重。吃起來很順口。

電視上報導著韓國渡輪事故的新聞。韓國國內大概清一色都是這個新聞吧。

韓國的大型渡輪沉沒了。失蹤者超過二百七十人。各種情報錯綜複雜。今天救援隊終於成功進到船內的樣子。不過並沒有發現生還者。據說是因為障礙物太多所以沒辦法在船內進行搜索。

然後，直到昨天船身一部分都還露在海面上，今天是完全沉入海中了。事發至今六十個小時。有生還者嗎？如果有的話是什麼樣的心情呢。很可怕吧。每分每秒都在下沉的船。就算是這個時期也很冷吧。肚子也會餓吧。

日本和韓國之間就算這種新聞也會有很多分歧。要得到正確的情報頗費工夫。報導說因為校外教學而坐上船的那所高中校長自殺了。是對讓自己的學生遭逢事故感到責任嗎？這樣的事故會產生出第二、第三次的被害者。幾年、幾十年碰上的一次事故會扭曲幾百、幾千人的人生。肩負重任。

「我們犯了值得一死的罪。」

船隻的航運公司老闆哭著這麼說。船長也是最一開始逃出來獲救的，完全被當成像國家戰犯。船長像是殺人犯一樣，戴著衣服上的帽子臉朝下坐在鏡頭前面。不管是有什麼理由，我都覺得是抓人出來示眾。我心中正常的感覺是這麼說的。韓國是在嫌疑犯的階段就會曝光在媒體上。剛才的老闆也是，不知道為什麼在影像上是被兩側的男子架著在鏡頭前謝罪。是同個公司的人嗎？還是警察相關人士。藉口、理由都已經無機可乘。失蹤者的家人用盡所有言語罵船長和航運公司。當然，他們是被害者。

然後反過來說也會誕生英雄。

直到最後都還發著救生衣給乘客的女性船務員故事成了美談。這個二極化會持續進展下去吧。自殺的校長，還有公司的老闆也是，我覺得那裡以死解決什麼事的氛圍比日本還重。這絕對不是一個日本會完全不懂的感覺。

早些時期的日本有切腹、自決等詞，大岡越前守還會判「遊街示眾，斬首後首級懸於獄門臺上」這種刑。示眾的文化，以死謝罪的泰然、崇高、武士道，全都不是別人家的事。不過說實在還是會有種「上個時代的感覺」。

肯定也會有好的一面吧，在鏡頭前持續喊叫著流於情感的話語的樣子，會產生哀悼之意以外別的感情。

今天只能，祈求失蹤者平安。

其他閒話我覺得可以等到確認他們的安危之後再說。

22:54

逐漸培養出了這次巡迴的常規習慣。

讓人安心。再次覺得是趟好的巡迴。關於電影的意識也逐漸變強。

忍姊好像願意參與拍攝，莉莉哥[註一]說他剩下行程要安排。聽導演說他好像對劇本讚譽有加。好像看得開心。莉莉哥的角色好像本來就是為他量身打造[註二]的。不行太過期待不然到時候定下的是不同人的話不太好，雖然很難辦，不過希望能定下來。還有宮澤理惠[註三]。這部電影說著沒錢沒錢還是找了很多很棒的演員。理惠姊之前有來看過我們的演唱會。希望務必能和她一起演出。我覺得她相當適合那個母親的角色。

電影拍攝現場和做音樂不一樣。很多人都拚命做著自己的工作，才能完成一部作品。比起做音樂，更不能踏入別人工作的領域。是各自發揮專業的空間。

現在還只有製作人、卡司、導演三種人，不過接下來還會有攝影師、燈光師、副導演、收音師、化妝師、服裝師。是會和我還不認識的職位的人一同堆積而成的吧。導演說過好幾次。

「會是很不得了的一個月喔。肯定會感到痛苦。不過，一定會是很美好的日子喔。」

每次見面，導演都會說幾乎一樣的話。我也會回他：「肯定是如此呢。」不過隨著每次這樣的對話，現實感也慢慢增加了。時間將近，上次還沒決定的事這次也定下來了。減少了一項不確定，多了一分期待。

到八月之前會持續這樣的過程。

要成為宏[註四]。

註釋

註一　莉莉・弗蘭奇。很棒。很機靈又睿智還很性感又恐怖然後溫柔到不行，是我最喜歡的人。

註二　實際上以那個演員為想像去寫臺詞。聽說這件事之後我也想像出了莉莉哥的樣子。

註三　現在我都叫她「Mirie」。是與生俱來的藝術家、表演者。每次跟她見面都會有新的心情。既直率又魔性，是不會逃避命運的人。從她身上得到了勇氣。很不怕生，又很危險。肯定是本來就有把人牽著跑的力量吧。哎呀，還真是可怕。

註四　《廁所裡的聖殤》中我所飾演的角色名。我被他吸引所以接下了這個角色。會有像看到自己

般的焦躁、安心感。

4月19日（六）23：17

廣島第一天結束了。
非常開心。很高興。很溫暖。我在MC上也說了，感覺很像家。雖然說來奇怪，那麼大的地方不可能是家。
不過可以安心地開唱。可以吵鬧。感受到比平常還多的信賴感，可以自由歌唱。
也因為是第一次穿的舞臺服所以很新鮮呢。啊好熱啊。很熱情。很幸福呢。

現在電視上播著養羊的節目。
好厲害。羊，好美。
明天也要嗨翻全場。結束之後要去常去的餐廳吃飯。
做出一場最棒的演出吧。

沒寫到重要的事。
來廣島的前一天，看了部很棒的電影。譯名叫做《阿黛兒，藍色是炙熱的顏色》[註一]。英文名是《Blue is the Warmest Color》[19]。為什麼日文名稱是炙熱啊。現在

19 編註：臺灣片名為《藍色是最溫暖的顏色》。

她們的表情仍烙印在我腦海。本來想說要趕快寫在日記上結果過了段時間。是兩位女性的故事。

相愛。相愛又相愛，到了最後崩壞。

令人不快、又恐怖，不過從頭到尾都很美。

「如果是以愛為動機，沒有什麼是不能做的」

這是我最喜歡的某部電影的宣傳詞。

我想起了這句話。

然後我想起了這兩部電影在根本的部分是很相似的。

我喜歡這部電影。

阿黛兒的天真和可愛很卑鄙，還有艾瑪的男子氣概也是。兩人是從性開始然後由性而終。兩位的床戲不需要理由。無以言喻。有個壓倒性的力量存在。我不太理解兩人分手的理由。不過我覺得這樣也好。影像當中就是如此真實，就算他人無法理解影像裡也必定存在真實所以無所謂，這部作品有讓人信服的說服力。

一年一部，也可能兩年只會碰上一部。這樣的電影。超越了之前的《雙面勞倫斯》[註二]。最近，法國電影，很厲害。我傳了心得給松永導演。

除了為這部電影感到沸騰，還有一些覺得很萌的地方，不過最重要的一點是我心中的女子非比尋常地興奮了起來。

我喜歡上女生的時候，會用很多方式喜歡。

直截了當的性方面、外表、個性，其中有友情，也會追求母性。還有另外一點，就像之前寫過我心中的女性部分，會有同性戀傾向、蕾絲邊的那一面會喜歡上，那個對象。對這點有所共鳴的人有多少呢。我跟周圍的人說大部分的人都會愣住。

不是身為男性，而是「我心中的女性」會有所反應。我看了這部電影之後再次確認了這件事。所以說，如果有男人會引起我心中的女性部分反應，我肯定會變成同志。擁有著和外在性別不同的部分，而且有自覺，那個部分的情感應該比別人再更大一點。

我想這應該可以稍微說明一些我這個有些無法用常規解釋的戀愛觀。男・洋次郎不管做出多少反應，女・洋次郎如果不做出反應的話就不會喜歡上。所以說沒有辦法輕浮地接吻，也沒辦法上床。

很常被說你講什麼艱澀大道理啊，也認真煩惱過自己是不是裝模作樣但恐怕不是。證據就是我喜歡的女生也有受女生喜好的傾向。如果繼續深入挖掘這點感覺會知道更有趣的事。

感覺阿黛兒和艾瑪還會在我的腦中各角落到處玩上一陣子。身為接下來要演電影的人，可以看過這部作品太好了。學到了演電影的覺悟。還有勇氣。接下來這部電影我覺得就是最後一部了，如果又有什麼陰錯陽差要再演一部的話，或許就是同性戀的電影了。

《阿黛兒》在坎城影展得到了金棕櫚獎。最高獎項。同性戀的主流電影在日本有多少部呢。在十人裡就有一位同性戀的這個世界上，在戀愛主題上似乎也沒有十部中就有一部是描繪那些人們的題材。日本還算是個發展落後的國家。

到現在還是在跟風。因為沒辦法描繪出美感，所以才無法打動異性戀的人啊。

所以他們才有所不知，而感到恐怖。全部都是一樣的啊。他們跟普通男女。
連汙穢，和不堪入目的部分都是。
就只是，兩個人類。

註釋

註一　在坎城國際影展上拿下金棕櫚獎的法國電影。描繪女子之間戀愛的電影。時長超過三個小時。有種像是看紀錄片的錯覺。不管怎麼說，阿黛兒都很可愛。看完一段時間她都無法從我腦中離開。很想要摸摸她的頭。一直很想。

註二　交往的男性其實有女裝癖好。這樣一對男女的故事。

4月20日（日）27：28

是場非常棒的演出。變得更加喜歡廣島了。那個心情是怎麼回事。接下了那樣的心情該怎麼辦才好。要怎麼還給大家才好。

我們還會再來的。真的很謝謝大家。

讓人受不了。我烙印在眼中、胸中了。在今天又更喜歡音樂了。

幸福。就這樣，出發去埼玉吧。這趟巡迴，要把目前為止所接收到的都裝進身體裡，然後在埼玉把它展現出來。肯定會是一場很棒的演出的。

演唱會結束後，是「味噌湯's」的會議。封面遲了很久才定下，和當初預定不同的那張照片感覺很棒就這樣採用為封面了。好有趣。抱歉啊讓你手忙腳亂的，邊哥。聽說交差期限是後天。裡面的照片現在正在壓線趕工。雖然不好意思不過麻煩了。

在那之後去按摩了。非常親切、仔細地幫我按了。很快就感受到效果了。原來身體會像這樣變得僵硬啊。也察覺到了自己身體的協調性不太好。

這次的巡迴在各個體育館會場都有請推拿師來。他們做事很講究，在那個會場幫我按摩的人會把情報留給下個會場的推拿師，會透過交流再配合我的身體按摩。

總覺得被服務得無微不至，很是感激。不過我也不是很懂按摩只有偶爾才會按。目前也才三次吧。有種「你也多利用下這服務嘛」的感覺。最後我簽了四張名（笑）。身體也變得輕鬆了，我覺得就算了。聽說工作人員還叮囑他們不要拜託我們這種事。哈哈。滴水不漏呢。

在那之後是吃飯。智史累了所以直接回飯店。昨天、前天其實在飯店外頭好像有偶像的戶外免費演唱會還連續兩天唱到早上所以他沒怎麼睡好。好可憐。對我來說也是頗大的打擊，不過智史的房間那裡好像更慘。

我這兩天結果都到早上五點才睡。一直很在意樓上的腳步聲。

今天肯定也是吧……不過明天剩回程移動而已就算了。

真的對聲音太過敏感了讓人困擾。有職業病的啊。

從餐廳直接去原子彈爆炸圓頂。

總是很想跟這裡見面。而且我喜歡在晚上來這。

會得到很多心情。是件很不得了的事。在那裡發生的事。
站在那裡，四次元當中有三個次元都是一樣的。
只有時間這個次元不同。
如果連時間都一樣的話我就死了。是件很不得了的事。
理所當然。不過就是如此。
那個地方會變成真空。是因為意念嗎？還有聲音。都會改變。
看著河川，想像著無數的身軀群聚於河川中。
想像那個聲音。畫面浮現在眼前。
「水、水。」
我想起了資料館裡面那個全黑的便當盒。
石階上，燒出焦黑的人的痕跡。
制服。
那條河現在成為了約會地點。我覺得很不錯呢。
如果這段歷史能孕育出很多的愛就好了呢。
如果愛可以獲勝的話就好了。
如果這是我故鄉的話這也會是我喜歡的地方吧。喜歡。
原子彈爆炸圓頂，我很喜歡。想要進去裡面。有人跟我說會觸動警鈴所以我就放棄了。
想要在那裡睡個覺。鋪個睡袋。感受它。沉浸其中。
將自己置身於那裡。

今天強烈地這麼覺得。

原子彈爆炸什麼的實在太傻了。死了二十萬人。從小嬰兒，到大人。那些人如果活著，和誰相遇相戀，結婚生子到今天為止不知道又會誕生出多少的生命。可能超過一千萬人吧。可能其中還會有做出了不起的發明，或是掀起人類革命的人。

我想要把那些當成一件傻事。

不希望這是正常的。

想把它當成異常。希望它是這個世界的異常。

我收到了很多心意喔廣島。

謝謝。

我會盡所能抱著它們，活下去。

4月21日（一）21：17

抵達東京。不斷揉著想睡的雙眼讓自己維持清醒。這是為了要矯正自己的日夜顛倒。

如果可以戰勝這個睡意，我就可以和放晴的太陽感情融洽地密切接觸!!

昨天到早上都睡不著。

花不斷地成長。最裡頭的葉子很厲害。總歸一句就是很厲害。今天回到家莫名起了雞皮疙瘩。我在牆的最頂段弄了個掛鉤，然後把爬藤垂掛著展示。不過從那裡新長出來的爬藤和葉子不斷朝上。向上生長。驚人的生命力……讓我有點嚇到。朝下的爬藤不斷長出朝上的爬藤這個異樣的樣貌。而且爬藤互相交錯。確實地交錯著呢。為了，不從蜷著的枝幹上分開。

有自我意志。很明確。好強。

4月27日（日）25：11

埼玉兩天演出結束了。

醉了。真的太好了。很精采。用盡全力。

內心滿滿的不知道該說什麼才好。

總而言之，很幸福。我一輩子都不會忘記今天的事喔。

幸福。

幸福就是這麼回事。

智史，我不會忘記你的不甘心。

我不會忘記那些眼淚喔。

我真的覺得你能當我們的鼓手太好了。

是我的驕傲。

抱歉啊在《Dreamer’s High》的時候說成了「貝斯手，山口智史」。

可能這也有關係吧，我覺得今天智史演奏得不爽快。

如果那句口誤可以讓大家的心情稍微緩下來就好了。
接下來還有喔，巡迴。挽回吧。不留下遺憾。
然後再辦巡迴吧。
我們還有未來啊。不是在這裡就要結束了。
還有想要去的前方。
今天來場的大家，謝謝。
再見喔。

不曾討厭過，不是真的喜歡啊。

5月3日(六·國定假日)13:36

好久不見。

不過回過頭來看的話應該也沒什麼很久不見的吧。是開始寫日記之後空了最久時間的一次。

可能是不太有動筆寫日記的心情吧。我覺得因為是在巡迴日程當中空得最長的一段時間。

來回想一下，在那之後發生了什麼，過了什麼樣的日子。埼玉的演唱會結束之後喝酒喝了個爛醉。

我想隔天應該什麼事也沒做。接下來幾天也沒有什麼特別的人生成果。只有消費。不過我覺得這樣也好。就是如此用盡了全力，在埼玉場，真的。

買了桑和藤君的生日禮物。吃了飯。

大概二、三天燃燒殆盡了吧，除了接下來的巡迴會不會無心演出以外，毫無任何擔心的幸福日子。

對了對了，找到了一間最喜歡的西餐館。一星期內去了三次。去吃午餐。首先最一開始吃了漢堡肉蛋包飯。我好像滿喜歡蛋包飯的。雖然如果被問喜歡哪裡？我會覺得滿困擾的，不過基本上跟三歲小孩喜歡蛋包飯的理由一樣。我喜歡那個「特別感」。費工夫的番茄醬炒飯再特意用稠稠的蛋包起來，肯定很幸福的吧。實在太過美味讓人上癮我馬上成了回頭客。我只要一陷進去就停不下來。接下來一次吃了炒茄子和雞肉的定食。口味一變是和風不過是道絕品料理。然後昨天也去了。昨天吃了豬排咖哩。和前兩道料理比起來是最普通的味道，不過那個普通感也很棒。

店裡留下來的懷舊感實在很有品味。座位全部就二十多個吧。架上漫畫和報紙五花八門可以不用在意時間悠哉度過。紅棕色的磚牆、矮桌、吧檯、透明的菸灰缸。還有最重要的是老闆很棒。非常棒。平常是流著汗水沉默地煮著料理。眉間的皺紋，成一直線的嘴唇、剃得短短的頭髮像是講述著對於西餐無盡的探究心。光是數年還不足以如此。感受到了氣魄。

我吃完之後請打工的女孩子幫我結帳。然後在走出店裡之前回頭跟廚房裡的老闆說了句：「多謝款待。」只有那時候老闆滿臉笑容地朝這裡點了個頭。一百分。喜歡。啊啊好想再去吃。

當初我是抓準了晚上的時間。無奈我是夜行性的人，大概有兩次站在店前面看著熄燈的招牌感到失落。九點休息所以頗難對上時間。於是我轉換了想法決定中午去。這就太好了。雖然說那對我來說是早餐，不過剛好。

希望那裡能一直一直開下去。

這樣的餐廳。

還有，說到這幾天發生的事，就是辦了藤君的生日聚會。男子五人。CHAMA哥、Eno、Hiroki、藤君、我。還準備了禮物，想說機會難得就辦在我家了。大家都還滿喜歡我家的。不過大家實在稱讚過頭了搞得我有點不好意思。雖然很高興。

最後和藤君兩個人不停地即興演奏。大概唱了兩小時吧。明明我們都正在跑巡迴。不過很開心。從披頭四開始，唱到史汀，最後互相唱自家團的歌。合音起來很舒爽呢。果然我們的聲音波長很合呢，我就說說。我最喜歡他的歌聲了。還有藤君腦中裝著各種名曲。我覺得很厲害呢。對怠於努力，沒有翻唱過其他樂團的自己來說很頭痛。我覺得我各種花樣把戲還太少了啊。每次都碰上的時候才要做準備。是個壞習慣。

儘管如此只有男生在家裡要辦派對是個難題。因為計畫絕對會被打亂。開始時間延遲一小時稀鬆平常、不來集合地點、各自自由亂跑。我早就察覺到這個氛圍了所以包辦了準備事項。稍微買了些喝的還有現成料理早早在家裡等。這樣最好了。

剛才在看世界桌球忽然想起了以前福原愛的採訪。有兩個很常被拿來問運動員或知名人物的固定問題。

「你曾討厭過（自己從事的競技項目、職業）嗎？」

「對你來說（那項競技項目、職業）是什麼？」

往後以記者、電視主播為志的大家，不要再問這個問題了比較好。觀眾已經看膩了。因為沒有其他問題能問所以才出現了這種問題。如果是真的有興趣就會問不同事。只要越是在意那個人的個性。認真會問這種問題的人，已經無藥可救了。

當時的福原愛選手，也成了毫無自覺的記者與這個問題的獵物。然後她理所當然地回答了。

「討厭，像是練習很痛苦的時候。」毫不猶豫。

然後記者馬上很驚訝地，

回了她：

「咦！這樣嗎（笑）。」真無聊啊。不曾討厭過，不是真的喜歡啊。我也有過，超級討厭音樂的時候。因為我最喜歡音樂了。

結束了在美國的生活回到日本，進入十幾歲青春期後家庭的風景就逐漸有了變化。哥哥越發穩重，家庭中的紛爭或是吵架變成哥哥來當仲裁了。是最成熟的一個人。我上了高中之後，加上了青春期的煩躁感越來越討厭這個吐槽點滿滿的家庭了。對自己置之不理、覺得自己很了不起的感覺、讓自己走投無路的講話方式、威嚴重壓的氛圍、身為家人卻無法放鬆的人際關係。使我越來越討厭回家。討厭要過得心驚膽顫的。對反抗的態度更加惱火的老爸、媽媽。以及來自愛吵架父親的威嚇。我就算有多生氣，也沒有辦法直接對爸爸出手只好施加在自己身上了。用了各種方法。

現在想想應該是希望他們能夠發現吧。讓他們知道，兒子正為此受苦喔。用菜刀割手、用頭撞牆，有次還從二樓跳下來。

「不管怎樣都好，去哪裡都比現在好。」當時的我是這樣的心情。但是父親不曾退讓。他是個不願意承認我做了些什麼事讓他內心感到動搖的人。只在自己的場上和人較勁。

從不會從自己的邏輯中踏出一步。既感情用事，又是個論理的人。

剛好那個時候雙親之間也發生了決定性的事件（雖然我沒有詳細聽說但大概可以想像得到）。哥哥一直介入當中聽他們兩個人的說法。母親開始會突然在家中發生錯亂的狀況，家庭開始扭曲。這也影響到我的腦袋出現越來越多火光、變得非現實，每一天，過得越來越行屍走肉。

一點都不想去學校，不過也沒事可做就這樣乘著電車一路前行，回過神來已經到了江之島那附近所以我就散步了一下。晚上去練團室和團員一起玩音樂。某個星期還每一天都到山上或是河邊和公園閒晃。一天逛個六小時之類的。現在想想還真是不會累啊。到底都做了些什麼啊。

像那樣什麼也不用，還是像嗑過藥一樣的狀態，我覺得是高中生的才能或該說是特權。焦躁和妄想還有性欲和好奇心是最好的配料。

學校回家前的班會我偶爾會出席。因為是相當巨大的學校，所以聽說對出缺席很寬容，沒有一個人一個人去登記，不知為何沒有被發現就這樣到了高三的十一月左右。但是在最後的最後露餡了。

我和高三新換上來的班導師不合，結果那傢伙調查之後發現我蹺課。某天我被他叫去然後被關在一個奇怪的房間裡讓我寫反省書。我想他應該一直不爽我的態度所以才去抓小辮子吧。

我本來以為無故缺席半年會被退學結果沒有。不知道是不是班導師不希望自己的班上出現問題人物，這個到現在還是不知道真相。然後最嚴重的就是叫我媽媽來進行三方會談。你們家孩子都不太來學校喔。只是不斷低頭道歉的媽媽。「他出門的時候說他要去學校的……不好意思。」我讓媽媽有過好幾次，這樣不堪的記憶。但是，當時覺得無所謂。不管是感到抱歉，或是痛苦。

十八歲的那個時期，幾乎所有事情都無所謂。很堅強的。因為無知。

學校也是整個時代錯亂的奇怪學校。禁止男女一起通勤上學、禁止男女在走廊上聊天、禁止染褐髮、出什麼事馬上就剃光頭，當然也禁止用手機、頻繁地突擊檢查包包。

也因為這樣所以退學的基準很曖昧，就算做了一樣的事，朋友一下就被退學了，不過名人或是企業老闆的兒子（因為是巨大的私立學校所以也很多這種人就讀），就只要簡單接受個別輔導就能解決，是間有錢就行的學校。連畢業紀念冊的照片，都能在幾乎沒有上課的時期用頭髮是棕色的理由叫我過去重拍。最後的最後仍舊如此，為此感到傻眼的我剃了頭髮戴上黑框眼鏡扮成他們所盼望的用功讀書好學生拍了照。他們所盼望的樣貌是多麼的愚蠢、他們所執著的事有多微小多羞恥。我想讓他們看到。這是我小小的復仇。

肯定對他們來說連屁也不是。

生活在家裡和學校，兩地之間的我。成了一個不管什麼都覺得討厭，每件事都覺得火大，只對朋友溫柔，到處都是的青春期男生。而家庭更加混亂了。媽媽看起了精神科，哥哥好像很常照顧她。爸爸雖然沒辦法像以前一樣作威作福，不過又沒辦法飾演其他角色。只好盡全力勉強自己，繼續當個強韌的父親。

某天我和媽媽一起坐車，結果媽媽小小聲地說：「我覺得我會和爸爸離婚。」

「這樣啊，不錯啊。」我只這麼回答了。

到頭來我沒有問她為什麼會變成這樣。他們夫妻的事都是讓哥哥介入，我被屏除在外。不過我對那個家庭也沒有任何留戀，想到終於可以離開那些心理束縛我有點高興。

我不知道他們最後是用什麼理由迴避了離婚的危機。我唯一知道的是夫妻生活並不簡單。

一如往常在不和諧音以最大音量持續鳴響的家庭裡生活的我們看到了轉機。我高三的時候，父親要被外派到法國。如同之前外派美國，他還是有先問過我們要不要一起去，不過我慎重地拒絕了。

在那之後雙親在巴黎和瑞士，居住了六年，我和哥哥留在日本。

註釋

註一　BUMP OF CHICKEN的主唱。已經認識七年了。是我最喜歡的前輩。很害羞、有趣又帥氣、愛開玩笑卻又很溫柔。最重要的是，聲音好聽。以前很常沒什麼事但覺得寂寞的時候，就會打電話給藤君。光是聽到聲音就會平靜下來。別看我這樣我是沒有辦法對別人撒嬌的。也不太會表現出來。藤君是少數可以表現出這一面的對象。

註二　BUMP OF CHICKEN的貝斯手。和藤君一樣七年前認識的。是很有男子氣概又有趣的好哥哥。很常在聖誕節，聯絡我說反正你也一個人吧就找我去他家玩。我很喜歡CHAMA哥彈的貝斯，有一次要錄CHARA的〈Labrador〉這首曲子時請他一起參與了。我很高興呢。

5月5日(一・國定假日)19:37

有裸睡也完全不會感冒的種族對吧。在美國也有，電影裡也偶爾會出現。好羨慕啊。我似乎不是那種人。要好好穿著上衣褲子，甚至還需要把T恤紮進褲子裡才行。就是這樣，一不小心就馬上出現感冒前兆。

大概是這趟巡迴第三次吧。還算合理吧。大概前天晚上開始的。前兆是在那前二天出現的。外頭日益溫暖，內心也變得開放，晚上就裸著睡了。

現在到了新潟。比想像中還冷。這個也是意料之外。今天穿了好不容易送來的刺繡夾克所以更顯單薄。雖然猶豫了一下但還是很想穿。到達飯店之後換上睡衣、吃了飯然後吃了藥。明天一定沒問題的。我以前明明會對此更加焦躁、更加緊張啊。身體在感冒之下進行的演唱會真的是地獄。現在已經稍微放鬆了點。是有了自信嗎？某種意義上可能是當初不信任周遭吧。我自認有種覺得自己的聲音表現如何會左右當天表演好壞的傲慢。

現在不是。可以好好對大家撒嬌、依賴大家。信任。對於團員。就算我不行智史肯定也會拉我一把，之類的，三位會想辦法幫忙的。所以說，狀況不好的日子我會在開唱前的圓陣說：「今天可能會有些時候不太行。所以請拉我一把。拜託了喔。」

然後三位也會回說：「好啊，交給我們。」反過來說如果三位當中有誰狀況不好我會帶著他一起前進的。絕對會。邊這麼想邊開唱。我們多少變強了。身為一個樂團而言。

好的演出，光靠我一個人是沒辦法做到的。

飯店也好讓人懷念。我記得很清楚。以前在旁邊的那條河邊散步過，還在附近打了保齡球。一直以來新潟都是在 LOTS 那間小 LIVE HOUSE 舉辦演出。把會場擠得水洩不通但每次都是很棒的演出。

在黃金週連假的最後，東京站人潮擁擠。連假的車站，慣例的光景，看起來閒得發慌的小學生。在新幹線來之前漫長的等待時間，看著那張臉，各式各樣的記憶復甦了過來。將白色的襪子整齊地穿到上頭，褲子也穿在高腰的位置，POLO 衫紮進了褲子裡。頭上戴著棒球帽，背上背著背包，妹妹站在他身旁。他臉上帶有連假中經歷過的未知體驗、興奮還未退卻的疲勞感，加上煥然一新的自己混在其中的表情。他爸爸看起來已經累到不行。媽媽大概是在為回家之後的晚餐準備，和要洗衣服而心煩吧。

日本真正的樣子我覺得不是晴空塔也不是武士更不是京都的寺廟或是澀谷的交叉路口，我覺得應該是這種地方才對。日本人的所有就像是裝載在這個休假日車站月臺一樣。久久才和孫子碰上一面的爺爺奶奶、情侶。各種不同的意念在這裡飽和。以前的我也曾經歷過啊。雖然不是這麼誇張的感覺，但也是在月臺上的離別。在機場的離別。

外公外婆遠道來美國的時候，我最後看到外公的笑容，一直跟他揮著手。一直。因為有比較偏僻的地方存在所以才有東京啊。因為有去的地方，才有能回的地方啊。我覺得，很棒啊。

今天看到的那個小學生現在應該打著大呵欠在睡覺吧。新的學校生活又要開始了。將只屬於自己的連假期間的冒險、體驗化為糧食，能夠發現稍微成長過的自己。並稍微感到驕傲。

24：08

和幾個朋友，又看了一次《阿黛兒》。上次在電影院上映期間二刷同一部電影是什麼時候呢。我不記得了。也可能是第一次。大家，都說這是部好電影。

我喜歡的東西，能夠聽到喜歡的人也稱讚它果然很讓人開心。雖然我肯定是大家不叫好也會繼續喜歡下去的人。用自己的判斷去喜歡。不會受到別人的聲音而改變。朋友們也知道這一點。不過《阿黛兒》受到好評我還是很高興。雖然是女生之間的戀愛。只是兩個人類相愛，這是從幾百年、幾千年前就存在的理所當然之事。我和朋友也是如此。所以才覺得高興吧。

其中一個朋友說：「看的時候會把自己代入進去。」原來如此。女孩子的話，能夠看得更加貼切嗎？阿黛兒依然很可愛也很可憐。

和兩星期之前看的時候完全沒變。一定一年後、十年後也不會變吧。那個睡臉、門牙、笑臉、哭臉、跳舞的樣子、接吻的方式。是一種安心感。她恆久存在於那個電影裡。我接下來的人生不管碰到什麼事情，就算艱辛就算難過，她都會存在於那裡。這樣的話，肯定沒有問題的。我覺得最讓我高興的，是那份安心感。

在隻身一人的這個世界裡，找到重要的人。遇見一部珍貴的電影，可能和那個一樣是件讓人喜悅的事。八月，會演電影。我會去演電影。多麼驚人的事啊。不用所有人也無所謂。我不希望是那樣。不過那部電影如果可以成為對誰來說很重要的電影的話就好了。我會盡全力去演，希望能夠達成這個目標。

明天的新潟場。一定會很棒的。我會炒熱全場氣氛的。

巡迴到了後半段，因為是體育館等級的演出所以日程都以週末為主，日記的書寫速度也明顯降低了啊。明明在飯店裡寫日記是件理所當然的事啊。啊，管他的啦。雖然會思考很多事不過就把不想要忘記的寫下來吧。只看得到演唱會的日子，慢慢地變成可以看到「未來」了呢。錄音、為海外場準備的彩排。衝啊。藤君跟我說片木盒蕎麥麵很好吃要去吃呢。明天去吃。

我很喜歡看電影。也沒有這麼刻意，不過想想我一年應該有看四十部吧。但是沒有很詳細地了解，只是憑直覺看有趣的作品。

被問到：「你喜歡的電影是哪部？」每次都會很猶豫，隨著當下的想法而有所不同，所以說總是會猶豫。我來介紹幾部，我曾經講說我喜歡的電影。

《三月的獅子[20]》

是個近親相姦的故事。在本文當中也有寫到的「如果是以愛為動機，沒有什麼是不能做的」這段宣傳詞，就是這部作品。這部作品在我心中持續當了好幾年

---

20 譯註：一九九二年上映的電影《三月のライオン》，沒有官方中譯名，並非二〇一七年的同名電影。

的第一名。我在那之後，跟這部作品的導演矢崎仁司認識了，現在是好友。

《甜蜜的十一月》

是在高中一年級的時候吧。古文課快遲到了所以我匆忙跑上樓梯衝向教室。本來都二階併成一步在跑，那時候把三階當成一步。結果那天不巧因為下雨所以室內鞋也溼了，要跑完階梯前一刻腳踩空了，重擊到膝蓋。縫了五針。不得已只好跟社團請假，這是我和當天碰巧在籃球社晨練時撞到頭同樣只能請假的朋友兩個人在回家路上去看的電影。是兩個男子一起去看只會感到後悔的悲情戀愛電影。那時候莎莉・賽隆的可愛程度可謂異常。

《火線追緝令》

是大衛・芬奇導演，布萊德・彼特主演。年輕的布萊德・彼特總歸一句就是帥。摩根・費里曼也是。不用華麗及過於激烈的描寫，用故事和場景切換、伎倆呈現恐怖感的手法很精采。懷抱期待看的最新作品《控制》沒有這麼喜歡。

《窒息暴戾》

描寫討債者的韓國電影。我對那個人物描寫感到衝擊。無可挑剔。擁有壓迫觀眾的力量。給了我喜歡上韓國電影的契機。我跟這部電影的導演梁益準透過松永導演介紹變成了朋友。是位纖細的人。我找了他來我家一起吃火鍋。

《回到未來》

在我心中永遠的青春電影。包含續集在內都無懈可擊的娛樂大作。當時故事描寫的一九八五年代是我出生的那年也讓我感覺到了命運。可能是我至今重看過最多次的電影。

《喬瑟與虎與魚群》

是讓我對國內電影產生興趣的電影。我透過這部電影知道了什麼是只有日本才拍得出來的電影。對主角恆夫的無可救藥感到焦慮，被怎麼看都覺得像是自己的焦躁感侵襲。也讓我察覺到了平常不曾自覺到自身的汙穢。我將參與演出的電影《廁所裡的聖殤》的小川先生也是這部作品的製作人。感受到了不可思議的緣分。

《GO！大暴走》

主演的窪塚洋介總之就是很帥氣，所有的演員都活在這部電影裡。活生生的。在這裡面看到的大竹忍演技可能是我最喜歡的。和拍攝這部作品的行定勳導演最近偶然認識了，會一起喝酒。他肯定比大家想像中的還要好相處而且講話相當有趣，是個非常有魅力的人。

《孩子》

是法國電影。年輕清貧的情侶有了孩子。女方選擇生下但男方因為有點想要錢就把剛生下來的孩子賣掉了。寫到這裡我發現了。果然我喜歡描寫著放蕩男子，和雖然不能幹但依然堅強凜然活下去的女子的電影。超籠統的說，就是如此吧。

不行。沒辦法挑一部出來。完全沒辦法。還能講出更多更多更多更多喜歡的電影。《手紙》和《大吉嶺有限公司》還有《戀夏（500日）》、《綠洲曳影》、《街頭痞子》、《死亡實驗》、《燕尾蝶》、《我們的七日戰爭》、《扶桑花女孩》我也很喜歡。

寫歌詞的時間是，扭曲的。
不好好扭曲時光的話。
可能會被這個世界絆住
而沒辦法寫出什麼好東西。

5月9日（五）23：33

濱松的飯店。吃了鰻魚飯。很好吃。身體狀況也好了不少。

新潟的演出非常棒。大幅度超過了我的期待很不錯。我不是說期待度很低喔。而是因為我清楚知道至今為止在LOTS的演出是什麼樣子，覺得肯定會是場不錯的演出。不過比想像中更好。在場上詢問的時候，聽說有八成的觀眾是第一次來看演唱會。還有，幾乎都是新潟的歌迷。很少從其他縣市遠征來的。也可能是因為這樣吧，造就了那個一體感。總之是段非常美好的時光。很高興呢。毫無疑問在埼玉是個轉捩點。不論是對工作人員而言，或是對團員而言。不過巡迴還要持續下去。然後在那之後第一場是在那裡太好了。大家的心意都傳了過來。

我很開心。大家都等著我們來。

可以被誰等待，是件高興的事。這也意謂著我們的存在一直在某個人心中對吧。帶著感謝的心情，雖然歌聲不盡理想不過會唱給大家聽的喔。因為只有一天還好。隔天雖然要錄音，不過還是盡情唱了。

〈DADA〉[註一]的時候一度沒了聲音。我想說糟了。不過不可思議，復活了過來。在這種時候我常想。精神是會凌駕於肉體的。淡然地。新潟，謝謝喔。

麵很好吃。還有我忘了吃竹葉糰子，不過善木哥買了回來。我美味地享用了，喔——謝謝。再見面吧。下一次。

隔天是和忍姊的合作歌曲錄音。

不管是兩個人一起唱或是錄別人的歌都是第一次，讓人心跳不已。且不巧身體狀況不好，從早上鼻音就停不下來，我跟他們說我唱的部分麻煩改天再錄，總之為了看錄音狀況我也到了錄音室。忍姊在那裡給了我魔法之藥，吃了之後還真是不可思議，喉嚨變得相當輕鬆。雖然很難吃。可能是目前為止吃過的藥裡最難吃的。吃完之後因為那個藥口臭很重還被旁邊的人抱怨。啊哈哈。

不過，謝謝。

還有可能也跟忍姊的人格特質有關吧。和那個人講起話來很多事感覺都會變得沒問題。打算先暫時配唱所以我也進去了錄音間。混音室裡有好多重要人物讓我很緊張。還有攝影機拍著。我沒刮鬍子啊。

曲子是〈鬱金香的刺繡〉。是岡林信康這位民謠歌手唱的，關於村落歧視的歌曲。是傷感的日本歌曲。這次會接下邀約很重要的一點，可能也是因為忍姊說想唱這首歌吧。我覺得其他的人不會這樣跟我說，說想一起唱這首歌。我覺得她看我的角度很有趣呢。

和忍姊一起唱歌的感覺，很舒適。從耳機裡聽到的眼前唱歌的她的聲音。

我也試著唱了，大家說相當不錯。因為感冒，我本來只打算來看的結果變成也要錄。大概錄了五、六次，結果最一開始唱的那次被採用了。結束錄音之後，雖然忍姊還要錄合音不過我先回去了。大家滿擔心我的。跟我說週末還要開演唱會，要趕快好起來。抱歉。

也託大家的福，我覺得身體狀況恢復得不錯。

晚上，回到家放空，想說要去哪裡吃飯呢就一個人上了街。氣溫正剛好所以我繞了一下。走了半小時左右我坐在長凳上稍作休息。結果有不少穿著時髦的年輕人陸續從建築物中走出來。我想說是有什麼嗎？結果有一個女孩子跟我搭話。她眼睛紅腫著。好像剛哭過。

我問了她，結果她說剛看完電影《阿黛兒》。原來如此，時髦的情侶都看了那部電影啊。而且那女孩說她之前看了我們在新潟的演出。我嚇了一跳。聽說她是在新潟的演唱會ＭＣ中聽了我說那部電影的事，才來看的。她跟我說電影非常棒她哭個不停。太好了。如果推薦了之後不怎麼樣的話也很不好意思啊。

而且她還從包裡面拿出了為了某天遇到我能拿給我所以平時先寫好的信。讓我不禁想吐槽未免準備得太周到了吧，不過她的眼神很認真。在電影裡也有說過呢。「人生並沒有偶然喔。」我跟她聊了一下，收下了信，握了個手，然後說了再見。總覺得有種某天會再見面的感覺。是我的錯覺嗎？

謝謝。

在哪個地方再會吧。

然後我就一個人吃了壽司。吃了個飽，和朋友見了一下面，覺得醉過頭的那傢伙好煩就丟下他回家了。

隔天去錄音室。為了ＲＡＤ的新歌錄音作曲。是工作過頭了嗎？可能是。很常被這麼說。不過大家也是做著這個分量的工作吧。我心裡是這麼想的。三年前我對自己所做的「趕著活」的宣言仍在進行中。上張專輯[註二]還在持續向上爬的途中就發行了的感覺很強烈，所以想趕快把剩下的曲子做出來。想趕快做出來。這個焦慮感很重。

我覺得一定有巡迴中才能錄出來的音色。然後一如所想，四人一起演奏了之後感覺不錯。雖然只有一起演奏過一次，不過我確信一定能錄出好作品，所以就決定靜岡場結束之後來錄音。不錯喔。

記錄。錄音的意義，果真隨著時間在我心中產生了變化。音檔裡面有著眾多要素。是毫無瑕疵、潔癖、洗練、極致的音樂。是完美構築出的原創性。是花上好幾年的時間，如同做出一具雕刻品的藝術。我也曾經有過如此追求。走過那個過程。不過現在不是這樣。現在可能最接近本來的 record 所帶有的「記錄」之意。記錄當下。這個目的最重要。

無懼於語病，我現在覺得如果呈現出了扭曲骯髒汙點雜音越多越好。想要確實留下未經洗練的自己。也不是說，要刻意去做出雜音，或加上一些歪斜效果喔。

我覺得這跟我喜歡接近紀錄片的電影肯定也有些共同點吧。用手持攝影機拍攝了下來，我現在覺得可以看到毛孔的距離很美。然後如果是現在的自己的話，在這個距離下我有自信不論是留下什麼都會很有趣。

二十八。是個不錯的年紀。就是這樣，十三日開始的三天。要錄音。接下來，是海外場次的彩排。那之後，發行「味噌湯᾿s」的作品、跑活動、海外巡迴。怒濤般的行程啊。

註釋

註一　專輯《絕體絕命》中收錄的曲目。也發行成單曲。對於某些人來說可稱之為ＲＡＤ代名詞的一首歌。我們自己，也覺得因為這首歌所以得到了新的自由。

註二　《×與○與罪》。

25：41

寫歌詞。

好久沒遇上了啊，這個「魔性」的時間。

寫歌詞的時間是，扭曲的。不好好扭曲時光的話。

可能會被這個世界絆住而沒辦法寫出什麼好東西。

5月10日（六）23：42

是場很精采的演出。第一次的靜岡體育場，讓人興奮。

從頭到尾都用溫暖的心情唱了歌喔。真的，很謝謝。我在ＭＣ上也說了每次靜岡都是在 LIVE HOUSE 開唱，想說這次會是什麼感覺結果超棒的。大家果然都很愛自己的故鄉呢。這比什麼都讓我高興啊。

現在，我寫的滿長一段文章不見了。電腦你開什麼玩笑啊。我才剛買耶。

寫了什麼來著。對了，想要回到好好珍惜故鄉的人們身邊。因為我們說到底就是外人。演唱會一開始就太熱了我還請人把空調開強一點，結果後來流汗一下子降溫變得好冷。溫度調節還真困難啊。聲音有點出乎意料因為喘不過氣所以出不來，聽起來還行嗎？因為大家把氣氛整個帶起來，所以我把明天都給忘記去唱了喔。

明天一定沒問題的。今天有一次唱過頭喉嚨痛了一下覺得糟了，不過明天也會使出全力的。就算沒了聲音也能傳達給大家的。你們要接收下來喔。等著吧靜岡。

在沖繩想做的事。

取得水肺潛水證照。聽說要考到證照至少要三天，所以還是要看接下來的工作情形。我雖然潛水過好幾次，但如果沒有證照的話需要教練跟著。

我喜歡海裡。

安靜、澄澈，雖然說來很怪不過會有種我回來了的感覺呢。

嗯，歸還的感覺吧。想要一個人潛水。

在海底，慢慢悠哉地，游泳就會覺得自己被重置過呢。

這是什麼感覺啊。

我會想，子宮是不是就是這種感覺。也因此，才會受到吸引吧。

一點夢想。

就算行程很緊迫也想要在九月左右考照（二〇一五年現在，還沒拿到證照）。

5月12日（一）15：32

結束了靜岡場回到東京，今天能喘一口氣。然後邊寫歌詞。

世界盃出場選手二十三位的名單發表了。我沒被選上。沒被選上太好了。我就算去了也什麼都做不到，嗯。希望他們能夠加油呢。聽說平均年齡是二十七歲。

之前還當成帥氣哥哥看著的足球國手都比我小。本田、長友、香川[21]還有其他人都是。在這層意義上，上次的世界盃和這次，這段期間應該在我的心中有了很大的不同。甲子園也是如此。一直當成前輩在看的某個時候突然變成了後輩。現在都已經小了我十歲。雖然是理所當然，不過會對這些理所當然的事感到訝異，也意味著日常讓人喪失了對時間流逝的執著。

韓國的渡輪沉沒事故，至今仍有二十九人失蹤。是件超乎想像的大慘案。

之前，船隻的營運公司關係者被逮捕了。就像我之前也寫過的在上手銬的狀態被拉到採訪團前面，說出：「我們犯了值得死千萬遍的罪過。」不難想像當場的氛圍讓他們只能這麼說。這根本已經成為固定範文。現在，被害者、家屬、國民對那艘船上的船員、營運公司相關人士感到憤慨。我懂那個心情。是不管有多同情都蓋不過的悲痛，不過我覺得這個構圖跟霸凌一樣。那個範文反而造成一種空虛。

21　譯註：選手全名為本田圭佑、長友佑都、香川真司。

該說放棄，或說投降。是場很讓人難過傷痛的事故。

我思考了如果在日本發生這場事故會怎麼樣。海上自衛隊的人、熟悉海難事故的專家口口聲聲說日本絕對不會發生這種事。我想說這是在別國發生的事所以都是隨人講，不過也深切希望如此。不過假設發生了的時候，家屬、被害者、媒體、政府、輿論，這個國家的氛圍會是怎麼樣呢。我很在意這點。會跟現在的韓國有些相似，卻又有些不同吧。

不論好或壞，我覺得韓國這個國家都有比日本更剛直的一面。如果在韓國發生了二〇一一年東日本大震災一樣的災害時，肯定會是更加不同的輿論、風潮吧。比起熟慮型，他們更接近速決型。日本人還是無論如何都會去迎合氛圍。因此會把讓自己被排除在外的發言從選擇中刪除。在韓國如果發生了同樣的事時，會像我們這麼輕易想再啟動核能電廠嗎？應該是會有希望能夠充分討論的聲浪，充斥著整個國家吧。其他還有特定祕密保護法，或是風營法。

雖然不是什麼都爭執就好，不過我希望，日本人也可以發現，好好表達自己的意志那就會實現的感觸。

我打從心中，為犧牲者們，為將來才正要擴展生命的眾多年輕才能及性命祈禱。

5月17日（六）23：44

三天的錄音結束了。本來預計是兩首歌結果錄了三首。

第一次在巡迴期間錄音，不錯。不太過度在意細節，我覺得錄了首非常大膽果斷的歌曲。

5月20日（二）22：33

海外場次用的彩排第二天結束了。大家感覺都不錯而且很高昂。

這次要巡迴的是，韓國、臺灣、香港、新加坡。

海外場的歌單不是以最新專輯為主，放了比較多以前的歌。雖是這麼說也不知道亞洲圈哪首曲子比較受歡迎，所以就從每張專輯裡面考慮平衡地挑了歌。三個場地的票都已經賣完了。很不得了。基本上是八百人左右的場地，臺灣是一千二百人。明明門票完全沒賣出去也不是什麼不可思議的事，就是這麼未知。我喜歡未知。做出好的演出吧。只要好好把自己放空站上舞臺就能做出好的演出。好好看著觀眾，做出反應去唱就行。雖然一開始，想著語言不通什麼的。不過仔細想想外國人的英文歌，我也是不知道歌詞意思還在聽啊。

三天前從武田那裡聽說他爸爸身體狀況不太好。去年開始就一直在抗癌的樣子。雖然努力過了但已經轉移到全身。「隨時都有可能走掉。」他聲音顫抖地說著。我不知道該回什麼才好。

太快了啊。

太不講理了啊。

小塚的哥哥也是。這趟巡迴會變成什麼樣子啊。演出本身很順遂，所以和現實的差距才讓人有點困惑。讓人擔心。讓大家幸福吧。大家都拚死命地，努力著啊。

明天彩排就結束了。

寫日記的速度慢了下來。

5月21日（三）24：20

結束彩排第三天的晚上，和松永導演碰了面。今天一整天都是奇怪的天氣。看到遠方是藍天，但下了大雨。撐傘的人，和沒撐傘的人各占半數的街上。明天好像會放晴。

導演給我看了最新的劇本。很精采。我忍住了兩次淚水。在看劇本的時候，他說待在我看劇本的地方覺得會不自在所以大概離席了一小時左右。是個纖細的人。他好像去外面散步了。

劇本，更加有血肉，更加活生生的了。可以想像。那個人，就在不遠處。自己要說的那句臺詞。可以感受到花了十年撰寫的導演的想法。在現在這個階段，我覺得這會是近九年最棒的電影。要將這點弱化或增強，接下來都是靠運氣還有我們的努力去決定了。開始期待了。增加了不少臺詞，還有感覺很困難的場景。不過比起懼怕，總之覺得是個好場景的想法先跑了出來。受其感動，被它逗笑。

很棒。導演跟我說如果整個不怎麼樣的話要坦白說。想要聽真正的感想。當然我也是打算照實跟他說的。

小花、莉莉哥、忍姊，如果能參與拍攝的話還有理惠姊。這些人決定了這部電影的成果。還有兩個月。一下就要開始了啊。後天要去韓國。不可思議的是完全不感到緊張。肯定會是場很棒的演出。

5月23日（五）16：20

抵達韓國的飯店。自由時間。肚子餓了啊。昨天開始就有點興奮。在機場更加興奮。我果然很喜歡旅行的樣子。聽過好多次這個名字，這個國家的新聞也比其他國家的更常看到。是也有朋友在但第一次踏上的國家。

心跳不已。我一直看著飯店對面的道路、城鎮。我覺得道路規劃、城市樣貌能夠表現出那個國家（飯店的客房也無例外）。當然和日本也很相似，不過也有點像美國西海岸的氛圍。還有一點印尼和東南亞的氛圍。混在一起的感覺。接下來打算去街上逛逛。

啊，永戶哥叫我了。待會見。

24：10

我回來了。一整天，都在進行第一次的首爾觀光。讓當地朋友帶我到處逛。繞了又繞。吃了大眾烤肉。看了韓國的宮殿。看了發明韓文的偉人銅像。也看了和日本抗爭的偉大士兵的像。有很多街道風貌。有些地方像代官山，有些像澀谷、像原宿，是和日本能夠共通的景色。果真很接近啊。非常遙遠，卻又相近。

後來我覺得應該更像個未曾謀面的人，好好以個外人的身分散步才好，我有些後悔。好好像個初心者左來右往，在路上迷惘。我意外地喜歡，去個未知的國度從個完全陌生人（外人）慢慢將自己的身體融入那個國家、地方的過程。

如果最一開始就請當地人帶路，總覺得開心程度，和興奮會減半。內心姿態說來完全不同。會是安心、像樣的自己。雖然說，「不想要安心」這點說來就很奇怪啊。

晚上又再和幾個人會合聊了很多事情。各自都深愛著自己國家的文化，但是從話語之中還是能夠感受到和日本根深柢固的距離感。那靜悄悄地，卻讓人深感寂寞。

我喜歡韓國。我們日本人和韓國人之間那道大溝究竟何時能夠弭平呢。不是件容易的事。就算是多麼內心相通的友人，只要聊到歷史馬上就能感到溫度一下子升高。我好像也跟朋友聊過一整晚。

我們在戰爭中敗給了美國。但是我的血並不這麼深刻記得憎恨。先不論這是好還是不好。殺人犯的家人，大家都是罪人嗎？那個血脈是汙穢的嗎？如果是這樣，那這個地球上存在著不受汙染的生命嗎？說到底，戰爭存在著「正確那一方」嗎？

我真切希望，在我們這個世代可以做出一個什麼樣的結論。厭惡戰爭這件事的心情，大家都是一樣的。我不想要放棄找出結論啊。

我們是鄰居不管我們多麼互相憎恨，也都是順了希望挑起戰爭的人的意。是希望戰爭的人的勝利啊。對付放棄相愛的人最有效的手段，就是聯手起來啊。困難的是，不管我多麼把頭埋在地上謝罪，這個狀況都不會改變。如果說這樣就能讓什麼改變，我願意，一直去做喔。

就算我們多麼怨恨，陸地都不會移動。鄰近的事實不會改變。是在非洲或是西歐會有人說「不知道不同在哪」而劃分在一起的國家。既然這樣，我想要相愛。想要互相擁抱。不是只有這個選擇嗎？

是比起喜悅，覺得不順遂更多一點的一天呢。明天是演唱會。會是怎麼樣的一天呢。我會加油的。會盡全力，唱歌的。要好好接收下來喔。

5月24日（六）14：00

今天是武田的生日。生日快樂啊。一起度過美好的一天吧。

旅途的疲勞，加上到處逛所以睡了很久。雖然到睡著為止花了些時間。還有，早上房間的電話響了。六點半左右。用韓文說著什麼。「sio？sio？」的。我昏沉沉地回問對方就被掛了電話。會有莫名其妙的電話打來是「外國飯店常有的事」。

比來之前背負了更加重大的意念。在今天的演出上。我想要把該撒的種子全部播種下去。

5月25（日）25：37

抵達日本。發生了太多事情。

要從哪裡開始講起。細微的事情明天好好在腦中整理之後再寫。

演出，很驚人。那個能量、歡聲、視線、意念，全部都很美又有魄力讓我感動。那個汗水量也是這趟巡迴裡面最誇張的一次呢。沒想到還能夠再有那樣的音樂體驗。我確實接收到你們的心意了。真的很謝謝你們。第一次海外演出是在韓國太好了。我們一定還會再來的喔。

臺下觀眾一字一句不出錯地跟著唱了。不管它是A段還是首安靜的曲子。雖然關於這點有很多意見，我覺得沒有哪個是正確解答。裡頭也會有人覺得又不是唱卡拉ＯＫ希望大家不要用這麼大的音量唱吧。

只是我覺得那個像是要把無法壓抑的心情爆發出來的姿態，不應該受到任何否定。至少，我們的演唱會歡迎這樣的行為。和在日本不同的體驗，很新鮮。所以才有趣。是不同國家啊。不同的部分，才能夠凸顯出日本的風格。也才有了在不同國家表演的意義。接下來的臺灣、香港、新加坡我也期待到不行。

5月26日（一）18：29

結束怒濤般的行程回到日本。今天睡到了傍晚四點。嚇了我一跳。

現在覺得，背好痛。背後、脖子一直很痛，本來有去推拿果然還是受到演唱會影響的啊。三天前想說好不容易舒緩了，結果又開始痛。沒辦法。到巡迴最後。我們好好相處啊。

在韓國的回憶，濃密到讓人不敢相信是三天兩夜。去了很多地方。去吃了烤肉、吃了韓式烤五花，連喝了好幾家夜店。醉了。最後被不認識的韓國人灌了一杯龍舌蘭就倒了。為什麼在未知的國家裡醉倒是件感覺這麼棒的事。在日本就有種沒辦法完全醉的感覺。不過最重要的果然還是演唱會的回憶啊。嗯，沒有能夠超越那個記憶的景象。啊啊，很厲害。

謝謝。

武田的父親過世了。

在韓國場的前一天，二十三號的晚上。武田沒能見到他最後一面。十天前才聽武田說。從去年就一直抗癌，然後癌症轉移到身體其他地方，隨時都有可能離開的事。他說，他不會讓演出開天窗的。

我曾祈禱，如果臨終之時來了也要是武田能在的時候。沒能實現。妙的是還是武田生日的兩小時前。肯定他爸爸也努力過了。韓國場正式上場演出前武田跟我們說父親過世了的事。他忍著眼淚，像是要讓自己振作起來一樣，說：「今天表演會加油的!!」不管怎麼看都像是逞強的那個樣子，讓人揪心。

演出，他很努力了。開唱之前，我在臺前，和武田做了個比平常還要用力，還要久的擁抱。跟他說：「要上了喔。」他說：「嗯。」燈光暗下的瞬間，無與倫比的歡聲。然後上臺。我想肯定至少有一瞬間吹跑了武田的寂寞吧。在初來乍到的地方的演出就是如此有魄力。

演出結束後武田將毛巾往頭上蓋然後哭了。真的很努力了。我們沒有什麼話能對他說的。過了一陣子因為也是他生日，還是問了他：「大家一起去慶功？」我們跟他說，不勉強。武田回說：「我要去。」簡單用了善木哥買來的香檳乾杯。在韓國幫忙了我們的工作人員也有一起。大家看起來都很驕傲。當然我也是。是場很棒的演出。

武田雖然看起來也很高興，但是臉上還是有著逞強的樣子。眼眶一直紅腫著。這讓人更看不下去。他肯定昨晚一夜沒睡吧。不過我們覺得這種時候還是普通地跟他相處比較好，我們用了不靈光的腦袋這麼想著。

往後，樂團這樣持續下去肯定會各自碰上巨大的傷悲。那時候，身為團員，身為朋友能做到些什麼呢。希望他快倒下之前、覺得撐不下去的時候可以依賴我們。我希望我們是這樣的團員。

演唱會隔天，武田一個人先回了日本。我們接受了採訪，晚上才回國。武田為了先回來這件事跟我們道歉了好多次。別這麼說。

晚上，十點半左右抵達羽田。大家，都累到不行了但還是決定去幫武田的爸爸上香。守夜後武田的家人們都留在齋場裡。武田、武田的太太[註一]、媽媽、哥哥出來迎接了我們。他媽媽總是溫柔下彎的眼睛看起來更憔悴了。感受得到是心力憔悴加上體力疲倦至極。她好幾次和我們鞠躬，說著謝謝。我們上了香，最後瞻仰了他爸爸的面容。

去年，武田的結婚典禮上看到的他爸爸的樣子。單手拿著啤酒以不擅長的笑容繞過各桌不斷說著「謝謝大家、謝謝」的身影復甦在我腦海中。比那個時候，看起來老了一點。在那之後僅過了半年，我想他一定拚命努力對抗了病魔吧。心情難過到受不了。

上完香之後再做個問候，我們就離開了齋場。我跟他媽媽說，身心都要多保重喔。如果有什麼我們幫得上忙的地方，請隨時找我們。聽起來可能有些唐突不過我是真心的。我發覺我們不知不覺間，變成和家人很相近的存在了。我深切地想著，我想做能做到的事。

她說：「讓人很放心。」看到那樣的身影武田的太太也流下了眼淚。我覺得他們真的是對很棒的夫妻。才剛結婚不久。不過可以看到一直互相陪伴的兩個人之間的羈絆。

說不定這樣的經驗，儘管現在很讓人難過，卻可能會超越好幾年份的相處成為只屬於兩位的聯繫。

去年武田的結婚典禮上。他爸爸拿著啤酒到我們桌來致意。在我的酒杯裡面倒了啤酒，跟我說了謝謝之後，深深低了頭說了：「我兒子就拜託你了。」我笑著回他，好。

現在回想起來，那時候他爸爸可能就知道自己將不久於人世了。我想，他是不是因為這樣所以才跟我說了那句話呢。

芳夫先生，感謝你生下武田，讓我跟他相遇。在他帶給眾多人幸福的同時，他自己也會變得幸福的。請您安息吧。

註釋

註一　至今都不覺得有必要特別發表私下的事情。剛好是個好機會，就寫在這裡。

5月29日（四）19：25

抵達臺灣。不得了的溼度。在韓國也感覺到，不過是不同等級。

到了之後坐上計程車就下起了雷雨。剛好碰上傍晚的壅塞，街上一下子變得嘈雜。抵達飯店後像是房務人員的人禮貌地帶著我們去房間。是間很氣派的飯店。到了房間，他突然說他是ＲＡＤ的歌迷。嚇了我一跳。

洗過手打算要在房間打滾的時候褲子上的拉鍊壞了。花功夫想弄好它，結果沒有修好只有頭變得很痛。四個小時的飛行，一個小時的車程。滿夠人受的。昨天沒怎麼睡好。實際上沒有動到身體光是移動也是會對身體產生一些負擔。我是這麼相信的。

當地導遊Miyuki[註一]和Maru[註二]帶我們去了臺式餐館。店門口大排長龍。小籠包、炒空心菜、炒飯、雞湯、酸辣湯，吃得飽飽的。真的不管哪一道菜都很好吃。謝謝。

和韓國不同是相當溫和的調味。就算每天吃也不會吃壞肚子。我說過嗎？在韓國的最後一天吃壞肚子，雖然去了有歷史的宮殿觀光，但是十分鐘跑一次廁所可謂悲慘。有人說辣不是味覺的那件事是真的呢。聽說是痛覺喔。所以說肚子痛也是，單純就打擊而言很痛。胃壁之類的地方，而且那個又好吃到驚人所以感覺很不妙。會一直吃。腸壁之類的。大家，抱歉啊。我在幹麼啊。

不過，對於辣的忍耐程度會有個體差異這點真不可思議啊。也就是說可以去鍛錸的嗎？

韓國人每天都吃那些東西啊。雖然非常好吃，不過我沒辦法……

這麼說來臺灣和韓國某種意義上擁有相同的歷史背景。是過往被日本征服、支配的歷史。今天聽到的故事大概有將近五十年，成了日本殖民地的時代。身為日本人不知道這件事情好丟臉。不過現在的韓國和臺灣，對日本的相處方式可說是完全不同。對於這點我忽然有了興趣。

搭著計程車在街上行進，也會跟我們說明：「那是日本統治時期建造的建築物。」韓國也到處都有這種的建築物也聽他們做了同樣的說明。不過發言的感觸不太一樣。這點非常有趣。

臺灣在言語當中完全不含有受害情感。韓國人的話語之間則是明顯帶有那樣的情感。「這個車站是日本軍蓋的喔。」跟你是不是他的好朋友，毫不相干。他們會把內心中的憎恨暴露出來給你看。實在是不可思議。

今天問了 Miyuki 她們，對日本不會有憎恨之情嗎？然後她說以年輕人為主很多臺灣人受到日本的電視劇及音樂影響，因而感到憧憬所以抱有親近感。還有她還提到日本對於臺灣做的援助、支援。

我想韓國應該對於日本文化也和臺灣有著相去不遠的感覺。因為接觸到日本演藝、文化所以才開始學日文。在這點上也有相似構造，不過根本的情感卻有如此不同的理由。果然教育是一個很大的原因吧。

但是跟臺灣的關係之間毫無疑問隱藏著這件事的解決之道吧。

人很難一直憎恨著人活下去的。要頑固堅持這個想法不是件普通的事。東日本大震災的時候，比起世界上其他國家，給了我們更豐厚支援的國家就是臺灣。我今天想起了這個新聞。亞洲很寬廣。還有很多我不知道的事情。不要自以為了解而是想要徹底明白。想要明白現實。

我問了占領國會抗議行動的事，結果她若無其事地回答不知不覺就結束了。她說，比起這個現在媒體更關心捷運上的隨機殺人事件。這樣的事件聽說在這個國家竟然是第一次發生。我感到驚訝。

「隨機殺人魔」這個殘酷的詞彙聽起來是否已經喪失了新鮮感呢，在我們日本。然後這是件多麼令人悲痛的事情呢。當然這會是個大新聞，不過卻也有些習慣了的感覺。讓我感到顫慄。使我有無盡的興趣。

想要了解自己的話就跟誰聊個天。

見那些你覺得搞不清楚他們的對象。

見那些你覺得聊不來的人。

想要知道自己國家的事就到海外吧。

從內部看自己的國家到頭來就是內訌。

不論溫柔或嚴厲都是半吊子而已。

如果抱怨日本抱怨得不乾脆的話就出去外面罵。

如果外國嘲笑日本的話你會說些什麼。

笑？一同嘲諷？生氣？反駁？

那份感情、話語就是你。是面鏡子。

二〇一三年八月，我去了南非旅行。如果要旅行的話要去哪裡好，因為是炎熱的季節所以涼快的地方好，那去北歐附近好了，想坐臥鋪列車啊，拖拖拉拉地想著這些結果遲遲定不下來，因為焦急和煩躁影響，我在出發之前來了個擅長的發想大逆轉決定去南非。

日本正值盛夏所以那裡是冬天。踏上了約翰尼斯堡，在北部的克留格爾國家公園被野生動物震懾，坐上心心念念的臥鋪列車（藍色列車）優雅地橫越大陸，在開普敦乘上觀光直升機一望港灣，還去好望角觀光。南非全套行程。在都會區是請導遊幫我帶路，我也在那時才第一次好好了解非洲歷史。

納爾遜・曼德拉從二十七年的牢獄生活當中被解放後，第一次進行演說的市政府，還有以前曾進行奴隸買賣的廣場，他們所睡的住宿等等，比起桌山更讓我感興趣，因此他也很有熱誠地跟我解說。

非洲，也有被歐洲諸國支配的歷史。自己的國家不曾屬於自己。直到數十年前為止。戰爭、掠奪、內亂、人口販賣、種族隔離。歐洲諸國像是挑喜歡的衣服一樣爭先恐後支配非洲國家，並將其殖民地化。提倡反種族隔離運動的曼德拉因叛國罪被捕入獄，遭判處無期徒刑。是個這樣的國家。

南非也多次遭到英國及荷蘭等國互相爭奪，每次都造成當地居民犧牲。

而現今，他們成長到能舉辦世界盃足球賽的國家。導遊說他自己是因為世界盃這個契機才找到導遊這份工作的。現在除了都會區以外貧困層還是占壓倒性多數，搭上列車也可以看到不少被迫過著非文明生活的人們的樣子。連都會區現在仍會發生掠奪、強盜、殺人、強暴等犯罪，治安不好是個重大的問題。從外國注入的金錢只會流入一部分富裕層的手中。雖然還有很多問題存在，不過還是前進到了這裡我看得出來他為此感到驕傲。

聽到這些血淋淋的歷史我不得不問導遊。

「你們對於歐洲各國的人們，不會感到憎恨嗎？」

那個回答我到現在仍無法忘懷。他有些靦腆地說。

「Because we are forgiven people.」

「我們非洲人，是原諒的民族。」他如此回答。

「對西歐人討厭透頂。這份心情也不會消失吧。不過持續憎恨下去什麼都不會開始。我們是會原諒的民族。而且我們也從他們身上學到了很多東西。從英國人身上學了英文，現在甚至慢慢成為了官方語言。從法國人身上學到了葡萄酒的做法成了我們這裡的一大產業。其他國家幫我們蓋了鐵道、基礎建設等等的，有這些幫忙我們才有今天。我們是這樣前進的。」

我被他的話語所感動。從支配、歧視、貧窮當中，可以誕生出如此堅毅的話語。我似乎看到了人類的希望。

七年前去印度的時候我也深深感受到，英國在歷史上果然是個了不得的國家。應該沒有哪個國家在全世界這麼被討厭吧。他們反覆地掠奪與支配，是個始終站在頂點的國家。

我去印度的國立博物館時，邊看展示品，導遊拉瑪先生說了：「這裡的幾乎都是二級品、舊款。」

我問他：「為什麼？」

他回答說：「國寶那些全部都被英國帶回去了。現在也全部都在大英博物館裡。」

那是我覺得拉瑪先生的表情最恐怖的一瞬間。英國的大英博物館，是間以大部分從世界各國搶奪來的贓物組成的博物館。將諸多國家化為殖民地，奪取領土、掌控人民，再將那片土地上貴重的物品運回母國。

如果是日本人的話肯定無法忍受吧。像是日本人這樣很怕被討厭的民族性，在戰後肯定會把東西還回去。才沒辦法把那些東西大剌剌地展示在自己國家的博物館裡。兩年前，我終於達成心願去了大英博物館但是展品遠超越我的想像。全世界的寶物都收藏在那裡。花了兩小時也完全逛不完，一直看下去總覺得受到作品本身所持有的能量，和蘊藏在裡面的意念影響讓我不太舒服我就出來了。我已經沒辦法再進去了。

聽說最近中國的富裕層，會來日本的古董店把秦、明等時代，中國具歷史意義的器物或是壺等等大量收購回母國。是讓它們再度回國的感覺嗎？也有聽說日本的浮世繪很多都在歐洲呢。

這麼說來我們家東西也來自歐洲、中東、東南亞、南北美等地。如果畫成線的話，會密密麻麻的。這顆星球，整個像是互相交織的蜘蛛網。

註釋

註一、二　日文說得很好的嚮導。聽說日文還真的是看連續劇學的。太厲害了，頭腦真好。

5月30日（五）14：45

臺灣第二天。

到早上都沒怎麼睡著。不行再陷進那個迴圈裡啊。唉今天晚上能睡就好了。

中午前起床去了九份。聽說是有《神隱少女》裡面湯屋的原型建築物，原來如此。說實在我看不太出來。不過撇開這裡是作品舞臺的情報還是很有趣。

雖然完全成了個觀光地，不過隨著階梯一直爬上去，兩旁像擠饅頭一樣並排著的建築物很有趣。要在那樣的狹窄地生活自然就必須活用崖邊地形，讓建築物往縱向成長。

在幾乎是山頂的地方有間小學這點很有趣。要去那樣的地方上學啊。是住在上面的孩子們的學校嗎？吃了芋圓。跟日本的粉圓完全是不同等級的大小差異。那個大小幾乎可以稱得上是主食等級。一大塊。圓圓的。很多。

不過雖然那樣的觀光地也很棒，我還是最喜歡普通人們普通地生活著的街道、高速公路上可以看到的村莊、山脈，那些有著生活氣息的地區。臺北比起獨棟建築更多大廈和公寓。大概是因為土地受限。物價大概是日本的三到五分之一左右不過聽說土地價格差不多。好貴。或許也是因為如此，有無數間屋齡頗高的大樓、公寓。這讓我喜悅不已。身為一個喜歡古老建築的人一瞬間就會成為，這個城市的俘虜。

外露的鋼筋、色彩斑駁的牆壁。因為廢棄瓦斯而有些髒汙卻不會有不潔感。跟對鄰居爺爺的親近感很類似。

放在陽臺上的空調室外機，從幾十個整齊排列的同形窗戶可以窺見各式各樣的人的生活。最上層是屋頂庭園。屋頂最邊緣一整排的盆栽。感受到和日本強烈的共同點。這樣的景色以前在日本也有啊，應該有過吧。會有這樣的心情。

希望它能夠一直這樣留存下來。在還能用的時候，珍惜著用。然後我覺得它會就此成為世界遺產。就是這樣的街景。不刻意的生活，我喜歡這樣。這些有好好發揮機能的大樓們。我喜歡。就算拍照也覺得每個角度都好看。不管拍了哪裡，都像在電影裡頭一樣。

不論這是西洋風格或是東洋風格，抑或是折衷。但是我不喜歡半吊子。日本可惜的是很難構成美景。「平凡無奇的建築物、景色、道路太多了。」「總之是這風格」的感覺跑了出來。能夠收進底片裡的只有被選中的地方。好寂寥啊。為什麼高層的人不多思考一下呢。

途中，經過了幾次山邊能看到五彩繽紛可愛小屋子的地帶。我說：「是墓嗎？」她說是的。每一家有一座小祠般的祭壇。非常大。

我覺得我好像在哪裡看過類似的東西。是沖繩。巡迴結束租了租賃車在本島觀光時，有開錯進去那種形狀的墓地區過。據說裡面會放著世世代代的骨灰。不過沖繩的是以水泥的灰色為主，臺灣的則裝飾得更加五彩繽紛。還有彩繪。

快要回到目的地時突然下起了驚人的強烈驟雨。滂沱大雨。最近好像每天都會下。吃完飯想說雨停了用走的回去結果馬上又下雨。我覺得日本還算好的呢。這裡的梅雨季大概是到六月左右。現在正值梅雨季。跟沖繩幾乎一樣。我不討厭喔。剛才墓地的類似也是有什麼關係在嗎？好有趣。

三點半開始接受採訪。會問到什麼事呢。好期待。

19：11

採訪結束。四家媒體。大家都很有熱誠地提問。有很多會講一些日文字句的人。果然日本對亞洲的影響力還是滿強的啊。回到房間之後桌上擺了一瓶葡萄酒。是驚喜嗎？是昨天說是歌迷的那位飯店人員送的禮物嗎？今天過了一天我突然思考起這個國家被說「親日」的理由，以及確實如此感受到的親切感是來自何方。

以前曾經受過日本統治、喜歡日本的連續劇和音樂，或是觀光客是財源，這些關係是也有，但我想可能單純是因為人的根本很像吧。從哪裡感覺到的呢？很多地方。穿著打扮像我這樣的大部分到海外都會被盯著看。一下就很顯眼。不過臺灣人不會一直看過來。對周遭的人不會有過度的關心。我覺得，這樣剛剛好。

還有今天採訪的人。拚命地說日文，不過發音不太確定或是不知道該怎麼說的時候會很害羞地低下頭拜託翻譯幫忙。這樣的姿態，也非常有親近感。料理的味道。基本上清淡。很高興。

然後剛才回到房間那瓶送來的葡萄酒。旁邊附了一張信。這應該是飯店的日本籍工作人員寫的吧，裡面寫著：「您蒞臨之時，敝飯店的工作人員思索有所不周讓您感到不快深感抱歉。」我完全沒有感到不快喔。後面還寫說：「為了讓您在此的住宿能夠更加舒適，若有任何問題請不吝向房務提出。」這個有點過頭的貼心，或該說是謙虛，我覺得很接近慰勞對方的想法。現在的日本也不太常見。但是日本自古以來就是這樣的國家。高雅，且會在看不到的地方表達感謝。沒有想到在海外也會看到這樣的文章。

21：54

今天的晚餐。無比美味。臺灣料理。店裡的阿姨還滿厚臉皮的樣子。我們覺得滿好笑也完全不介意，不過嚮導的兩位感覺很尷尬。那樣冒失又難應付的阿姨是全世界都有的呢。

總歸一句就是很好吃啊。智史也這麼說。日本也有好吃的臺灣料理店，不過是怎樣會有這麼大的差別呢。滷肉、麻婆豆腐、炒雞肉、用雞肉汁煮的飯、海鮮雞湯、炸魷魚、糖醋豬肉、臺灣式的煎蛋捲，等等。麻婆豆腐最讓我感動。沒有吃過那樣的麻婆豆腐啊。啊——好喜歡。想住在臺灣。認真想在這裡住上一個月啊。明天終於是，演唱會了。

開始寫這份日記的二月五日人在高崎的我啊，現在在臺灣喔。很開心喔，很興奮喔，經過了四個月不過還很生龍活虎充滿活力地表演著喔。

5月31日（六）14：33

正式演出。是這幾天睡得最好的。太好了。
到早上都一直一點一點想著的事。那是什麼啊。
突然有個浮現腦中的名字。
那個人在那個時候，不是想我的事吧
想要放聲大喊。
喂！喂!! 地大喊。
就這樣不知不覺就睡著了呢。

會做出好的表演的。背負著自己至今的歷史。

26：22

我回來了。邊刷牙邊寫日記。
是個非常幸福的一天。一千二百人。在初次到訪的國家見到了出奇熱情的人們。
感動。還想要傳遞給大家更多更多的啊。謝謝。謝謝。我感到很幸福。
臺灣可愛得不得了。還想要再來。明年內，能來嗎？

在這裡做約定還太早了。如果能有更確切的可能再說好了。不過，現在是這樣的心情。

謝謝。謝謝。明天要啟程往香港。等著啊香港。

今天喝了不少酒。因為是很棒的一天所以沒關係。

因為是很棒的一天。日本，我們還能繼續抬頭挺胸地活下去喔。

說說而已。因為我喝醉了啊。肯定睡不著的啊。雖然明天八點五十分要起來。

還很亢奮啊。

6月1日（日）16：23

抵達香港的飯店。早上集合時間太早了。死命爬起來，和大家會合。飛機雖然是十二點的不過在那之前花了時間。像我們的器材啊、工作人員很多啊。

在機場和Maru道別。覺得寂寞了起來。僅僅三天而已不過她真的對我們很好，已經是能夠信賴的朋友了。還想要再見面。來找她。

昨天晚上是演唱會主辦的公司老闆請我們RAD的團隊全員吃慶功宴。我喝了不少。還有小篠[註一]、遠藤先生[註二]還有味噌團隊的Pirano[註三]也從東京來看。大家好像都很樂在其中。

是徹底愛上臺灣料理的三天。仔細想想無比接近大陸的島國，這或許就已經是我們的共通點了。還有，他們說國民抱有很大的自卑感。這點也是共通的吧。

五點時只有兩家採訪。在這間飯店裡，香港講英文也能通所以有種安心感。

這裡是一九九七年從英國那裡歸還的吧。為什麼是那年？說到底為什麼只有香港是殖民地？數不盡的疑問。來問 Taku 好了。機場有幾個人來接機。我很高興。那些人知道我們幾點來對吧。是不是在臺灣機場等我們的人傳消息給他們的啊。畢竟現在是推特的時代。出了機場坐上巴士到飯店。看到了這幾天久未謀面的藍天。一瞬間覺得內心某處被什麼給洗淨了。果然藍天是很重要的啊。真是厲害。

坐在巴士上拍了很多照片。也是因為碰上了好天氣。高樓、大廈、海港。和臺灣有所不同的諸多高聳建築物近距離擠在一起。

那就是「價值百萬美金的夜景」的每一小塊嗎？從小窗想像一個個的家庭。港灣裡排列著無數貨櫃。各式各樣。在藍天照耀下很美麗。那裡面裝滿著什麼呢？

21：51

吃完晚餐看過夜景回住宿。景色確實很美不過說實話因為悶熱的關係所以元氣減半。果然亞洲的炎熱非比尋常啊。突然覺得日本還算可愛的。然後真的、深切覺得，室內太冷了。我深感到日本人很纖細呢。一直在這樣的酷暑和寒冷空調之下來來去去絕對會生病的。比起感冒會是從更根本的地方，在身體構造上受到破壞。這種感覺。好期待明天演出啊。啊啊。

註釋

註一　這本《LALILULE 論——RADWIMPS 主唱隨筆散文集》的編輯。以前一起去過印度的夥伴。是個熱愛魚類的好人。

註二　位於下北澤一間名叫 UK PROJECT 的老字號非主流唱片公司老闆，也是我朋友。會兩個人一起，悠哉去喝酒。明明沒有共事過，卻會突然想見面。這趟巡迴他已經來看了七場左右吧。是我非常喜歡的人。

註三　負責想「味噌湯's」作品封面及影像等的主軸內容非常優秀的廣告人。是個愛開玩笑的的女士。

6月2日（一）26：47

香港場結束。很棒。很棒。很棒。

很感動。海外巡迴團員，還有工作人員們都漸漸找到邏輯了，做出了最紮實又合適的演出。大概一半是香港的歌迷，一半是其他華語圈的歌迷。非常溫暖又熱情得到了很多的愛。

早上，飯店不知道是打掃其他房間還是施工，聲音很吵我被吵醒了好多次，在會場一開始碰到電源問題所以彩排稍微被拖到時間，有很多事件發生不過總括來說都不是什麼大事。當地的宣傳、營運公司，大家真的對我們不錯。

演唱會前做了香港傳統的儀式。據說是他們那邊祭典或是表演時必定會做的開運儀式。燒香，然後烤全豬再切來大家一起吃。真的是場很棒的演出，也算有祈禱的價值了。從韓國開始，這份情感就越發強烈，但在今天有了確信。想要在海外開很多演唱會。想要開更多。

今天也有很多從中國的北京、上海，和其他地區來看的人。我真的對於大家怎麼認識沒有唱過動畫片頭片尾、電影主題曲的我們的音樂感到疑問不過這是現實。有為此流淚的人。在韓國在臺灣，在香港都有。沒有比這個更美好的事了吧。再次明白了音樂的偉大。

安可的MC我聊到了日本和中國的事。

兩國在政治上有著各種問題。不過無論如何我們都是一對一的人。沒問題的。我這麼想。是今天來看演唱會的全體觀眾讓我這麼想的。

我對這樣的發言有所抗拒。我也不知道大家會有什麼反應。很害怕。不過在本篇演出中，看到觀眾們的表情讓我怎麼樣都想要和他們說。就算場面尷尬也好。這種時候的我很堅強的。在演出中的那種一體感，和喜悅是不會被任何東西所掩蓋的。如果因為我的政治發言而導致場面氛圍驟然一變，那也就是這樣了。就接受它。然後純粹演奏音樂。

不過並沒有。大家給了我熱烈的聲援和拍手。我很高興。我們沒問題的。日本和中國，沒問題的。我打從心底這麼覺得。

謝謝。我接下來也會發信下去。

雖然並不簡單，如果簡單的話我就沒有說的必要了。

對吧。打從心底，對香港表示感謝。

謝謝。我不會忘記今天。

6月5日（四）18：43

關東進入了梅雨季。下著大雨。如果再早一點下就會很麻煩了。

今天冰箱送來了。Taka[註一]送的搬家禮物。是美國製的超級大臺。禮物什麼的總覺得很不好意思所以不太喜歡收，不過一直在用的那臺剛好在這個時機壞了。所以就承蒙他好意收下了。很棒的冰箱，謝謝。

是從美國直送過來的，但我家沒有電梯。送貨的一下就放棄爬樓梯直接回去了。這樣領人家薪水的嗎？真讓人難以置信。

就把我跟超大冰箱留在我家樓梯前面，好一段時間不知道該怎麼處理。那麼。接下來能拜託的就是常叫的搬家業者了。是個不管什麼工作都願意接很可靠的好人。打電話給他也馬上答應了。

不過比想像中還麻煩。為了一臺冰箱出動了三位男子，拆掉客廳的門，途中還拆了樓梯間的燈，花了一個半小時才安置好。

漂亮，又大。感謝Taka，感謝搬家業者。搬家業者說：「下次搬家這臺冰箱就留著吧。給住這裡的人當附帶的家電。不想再搬一次了。」連業者都這麼說，真是臺不得了的冰箱。

煥然一新。目前為止用的那臺冰箱是我一個人住之前，就在老家用的。從當時到現在我們一起生活了五年。我們家本來就是生性小氣沒辦法丟東西。大概雙親都是如此。是血緣啊。媽媽本來還打算把這臺冰箱拿回去做其他用途，但我覺得還是換上一臺新的比較好吧於是我說服了她。

新的冰箱是門上有自動製冰機還有飲水機的優良機種。光看外表就覺得很傷電費，不過總之容量很大。是世上的眾主婦會感到十分喜悅的大小。接下來請多指教啊。太好了。話說回來，說明書是英文喔，認真來看吧。

話題拉回到昨天，去了上原廣美[註二]的專輯發行活動。好久沒聽她的演奏依然精采。

我聽著她的鋼琴回過神來露出笑容、回過神來已搖擺著、回過神來感到傷感。全部都是「回過神來」就這樣了。情感，會被她撼動。被她的全力。任其擺布。她擁有著高超的技巧和強勁的氣概。說什麼都要感動你、要撼動你、演奏給你聽、奏進你的心裡，這種感覺。

她好像聽說了我會來，突然跟我說一起去對面的clubasia裡面正在舉辦的東京斯卡樂團[註三]演唱會亂入，我就照她說的跟著她去了。點頭哈腰地。

明明認真對話幾乎是第一次，總覺得聊得很開心。她啊，鋼琴就是她的一切。這個我能理解，她也明白我能理解這一點。她好像也會聽我們的音樂，說很想要早點去看演唱會。確實，希望她能夠早點來看呢。

東京斯卡樂團的演唱會，雖然只有要演奏一首歌不過她才不會就這樣回去。而是會席捲全場。討厭半吊子的。如果是我的鋼琴可以做得到。不需要手下留情。

明明是驚喜現身卻不只是個祭典氛圍，而是技壓全場。一較高下。將那一次的機會掌握手中。是場可以十二分傳達出來的演出。結束後和大家問候，就道別了。總有一天能夠一起做些什麼就好了呢。好想要一起即興演奏一次啊。我可以做些什麼呢。首先先讓她喝個爛醉。再從那開始。

如果要即興演奏我是個半吊子，非常。鋼琴、吉他、歌唱、鼓，全部都算會但都不精。如果是跟不算精的人來說可以搭得上。可以蒙混過去。我擅長變那些小把戲，也知道一些狡猾的伎倆。不過到像她一樣擁有壓倒性力量的人面前，就會變得無力。會被揭穿。

如果要即興的話，我只能跳舞了吧。哈哈。

明天開始是新加坡。

漫長的旅途。不過是海外最終場。會盡全力演出。全心。全意。

和廣美在那之後，還會跟她丈夫三原先生一起去喝酒。是對非常棒的夫婦。互相尊重。跟他們聊天就可以看出他們非對方不可的理由。有一次酩酊大醉有個一起即興演奏的機會不過可惜醉過頭了幾乎不記得過程。肯定做了不像樣的演奏吧。但是很開心。我只記得這點。下次肯定要記住。

註釋

註一　樂團 ONE OK ROCK 的主唱。有男子氣概，冒冒失失的。來我家的時候，一直說要送我什麼當搬家禮物勸也勸不聽。是個非常溫柔的男子。

註二　爵士鋼琴家。我去過好幾次她的演奏會。二〇一五年的現在成了朋友還會跟她丈夫一起去喝酒，也會藉酒勁彈鋼琴。

註三　代表著日本的斯卡樂團——東京斯卡樂團（Tokyo Ska Paradise Orchestra）。

6月6日（五）24：39

結束了漫長的移動。現在在新加坡。早上八點離開東京的家，晚上八點抵達新加坡的飯店。因為大幅延遲行程也全亂了，那之後就開始採訪記者會。過了十點才終於吃了晚餐抵達飯店十一點半。因為有時差所以日本時間來說是十二點半啊。

說到底因為羽田下雨，光出發就晚了一個小時。然後飛了七個半小時終於到了，結果在IMMIGRATION（入境審查）花上了一個半小時。難以置信。完全沒有前進。排隊隊伍。甚至讓人懷疑是不是每個人都做行李檢查。途中我都快要大喊出聲了。突如其來的。「啊——」地大喊。因為隊伍完全沒前進，搞得我都快幼兒化了。太危險了太危險了。

從機場要去飯店的途中，經過了那個有名的很像屋頂放了艘船的高樓層飯店（濱海灣金沙，好像是這名字）。看到了美麗的街景。抵達飯店之後是人生第一次的採訪記者會。真是非現實的光景。四個人坐在長桌前。眼前是記者。大概有七家媒體請他們舉手提問，然後再將我們的回答分享給諸位的那種方式。問題很獨特很有趣。

接受了亞洲四國的採訪之後明白了幾件事。他們對日本的文化、音樂相當關注。還有對於我們來開演唱會很高興。還有韓國和日本的音樂互相爭奪亞洲領導權，兩國互為比較對象這件事。還會針對韓國的樂壇現況問些問題等等。

也有一家媒體是從印尼前來採訪的。他們說等我們去開演唱會。好高興。很想去呢。

這次的亞洲巡迴，如同在日本跑四十場一樣是段濃密的時光。不是說在國內我們比較隨便，當然國家有所不同。在那個國家只做一次的演出。那一次就會在我心中定下對那個國家的印象。當然，是「第一印象」。

一邊期待，下次或在下一次來的時候能夠更新那個印象。

當然日本的事我遠比這些都還了解。可以花上四十次去決定。本來也有基礎知識。不過越是了解，越是深奧，能去探知我所不知道的日本。這是件很令人高興的事。

新加坡的人口比例主要是華僑（中國）占七成、馬來人占兩成、印度人一成。在來這裡之前我完全不知道。雖然聽說英文是官方語言但是發音聽起來完全不像母語也是因為這樣吧。也因為如此，離市中心稍微遠一點就有印度城、中國城等同民族聚集的餐廳和商業區塊。

晚餐我們去吃了「印度城裡面的『中式餐館』」一間定位有些複雜的店。非常好吃。還是搞不太清楚什麼才是基本款的新加坡料理，不過不愧是以華僑為主的地方料理，基底都是中式，然後花樣很多。關鍵的調味這部分和中國不太一樣。

我也吃了必點的紙包雞。非常美味。萵苣包蛋和絞肉，還有空心菜、排骨、蒜炒蝦、炒飯。炒麵不知為何是咖哩味的應該是跟印度城有點關係吧，我偷偷地這麼想。

呼——洗了個澡終於靜了下來（這麼說來，剛才還發生了我的房間感應卡沒辦法用所以在等他們換新的過來的事件）。雖然匆匆忙忙的，不過明天總覺得會是一場不錯的演出吧。肯定是的。

大便味的咖哩，和咖哩味的大便。

現在突然想到所以寫了下來。
沒有什麼特別意思。

飯店房間裡又送來了一瓶葡萄酒。臺灣的之後第二次。小塚的房間沒有，所以是你懂得的感覺嗎？明天演出成功之際大家再一起喝吧。

6月7日（六）18：35

正式演出前二十五分鐘。我在飯店房間裡。竟然。這間飯店是直通演唱會會場的，而且會場裡沒有休息室所以只好待在飯店房間裡面等。覺得情緒上不來啊（笑）。只能在舞臺側一下子把情緒帶上來了。舞臺可能是目前為止最難辦的一個。啊不過只要奏響樂器有音響我們就能表演了，雖然工作人員頗辛苦的。

不知道我能解釋到什麼程度，不過舞臺正上方，除了鼓手以外前方三人的站位後方是主音響，所以聲音會整個疊在一起。可以在舞臺上聽到外場聲音的狀態。

一般來說可能不太有人知道，不過在觀眾席聽到的聲音和在舞臺上演奏者聽到的聲音是完全不一樣的。演奏者會各自將自己的樂器或是引導用的節奏等，請PA將自己方便演奏用的聲音混音再從監聽音響裡放出來。然後演奏出來的所有音樂在一個好的平衡之下，播放到觀眾席上的就是外場聲音。

這裡應該不是以演唱會為主打造的場地吧。昨天好像是舉辦了DJ活動，基本上是以夜店營業為主吧。還有我的站位不知為何在多了一階的地方。這個我也是不明所以。新加坡的觀眾會是什麼感覺呢。聽說好像也有人從印尼來。這次的亞洲巡迴，只有新加坡場票沒賣完。有點可惜。

也為了往後接續下去，這次的演唱會要做出非常非常棒的表演。全力演出。亞洲最後一場。昨天睡了滿久的，喉嚨感覺一定很不錯喔。

22：15

演出結束。太好了。很熱烈。

和韓國臺灣香港還有日本都不一樣的空間。直率的觀眾。非常純粹，覺得自己確實有看人眼光。大概是印尼的人吧，有頭上圍著頭巾的人（伊斯蘭圈的吧？）總覺得很新鮮。

炒熱場子的方式也很獨特。也有認得臉的人從日本來看。太厲害了啊，好幸福啊。日本人和中國人還有白人印度人及印尼人都一起歡呼。跳躍舞蹈。很幸福。最棒了喔。好高興。

謝謝喔。不禁做了還會再來的約定。因為我就是這樣想的啊。

會再來的喔，下次想把票賣完。也說了想去印尼。會盡力的。加油。

演出間，感受到今天智史比平常狀況還要不好。不覺得動搖，而是冷靜地察覺到了。結束之後我跟他說，後來智史說有話要說，大家一起聽了。

果然好像一直狀況都不好，沒辦法踩大鼓。是突然發生的，他也覺得十分痛苦。演出進行時他偶爾腦袋會一片空白。沒事的時候就沒事。他說，他覺得這種事或許不需要跟團員說。我問他說：「智史，你想要怎麼辦呢？」

然後他哭著說：「我想要把這趟巡迴跑到最後。」

太好了，這樣就沒問題了。我跟他說，一起跑吧。IRUTOKORONI巡迴的時候也發生過同樣的事。演出間鼓突然停了下來。我想說發生了什麼事看向智史，但他撇開了視線。他肯定不知道該如何是好吧。但還是很拚命。

和那個時候不一樣了。大家都變了。往好的方向。變得更強了。一起跑到最後啊。這是趟美好的巡迴啊。不管能不能踩大鼓。

不是這樣的。我們雖然玩音樂，但也不只是演奏音樂而已。所以說很有趣啊。這次在各種環境下，偶爾還在日本無法想像的奇怪狀況下進行演出，而且還做到了。完成了得以滿足的演出。是可以做到的啊，我們。

希望智史能夠保持自信，開心跑到巡迴最後。

我會為你打氣的。加油，智史。

6月8日（日）24：35

回到日本。是趟漫長的旅行。

昨天演出結束，雖然有智史的那件事，不過 Taku 和 Miyuki 在新加坡是跟我們最後一場了所以就去了慶功宴。

和從日本來的朋友家城[註一]和他朋友，還有我高中認識的同學太郎[註二]會合，最後去了鬧區（武田、桑原去了賭場）。

夜店街很厲害。不斷播著音樂，街上充滿人群，一排好幾間都是夜店。我們隨便找了個目標結果第一間進去的店播著古巴音樂。相當不錯。一開始是現場演奏。女性和男性主唱配合著很有氛圍的節奏唱歌。聽眾非常不錯。我覺得跳舞方式能全然反映出那個國家。

手、頸、臉、腰、腳的動作。

隨著國家不同，和常聽的音樂這些會完全不一樣。我有聽說過日本不是動腳而是動手的文化。不管是日本舞，還是沖繩的 Eisa 太鼓舞、阿波舞，主要都是手部動作。然後去日本的夜店我常會覺得為什麼大家都做著一樣動作。

雖然有點年代了不過之前還流行過 Para Para 啊。現在的年輕人已經不知道了嗎？我是在，說什麼年輕人啊。

先不說這個了，我明明是個日本人，卻動起了腰。還很常這樣。當然手也會動。果真受在美國的生活滿大的影響吧。還有我喜歡女性扭腰的動作。昨天也看到了好幾個人。很棒。白人、印度人、黑人又有所不同。黑人，或是有非裔血統的還是不同凡響。總是讓人看得著迷。

在那間店裡有個非裔血統的，性感女子一直邀我。從走進店門口的時候她就看著我這邊。我想說怎樣，回看了她一眼結果她就走過來搭話了（我忘記她的名字了）。感覺喝得相當醉了，才剛見面馬上就跟我說：「很可愛耶。」她穿著正常，妝也不浮誇。不像是娼婦。不過才說了一下話，像她男伴的人馬上就過來把她帶走了。

去日本的夜店大家不知為何都用同樣動作跳舞我偶爾會為此感到不可思議。會不禁觀察。特別是腳的動作。會有種大家在某間學校裡學了一樣的動作，只有我沒被找上被丟下了的，奇怪錯覺。所以從那個動作的差異來看，如果裡面混有外國人我馬上就能看出來。

縱身於大音量之中，自己的身體、心靈會做出什麼樣的動作。這就是跳舞的樂趣。隨著節拍、隨著氛圍，還會隨著當下的情緒有所不同。肯定會有所不同的。因為人類是會持續變化的那當中的一瞬間而已。所以說環顧四方都能看到那整齊劃一的舞蹈時，原本醉著在聽舒適的音樂，會突然完全出戲。全都是「看起來在跳舞，但並沒有跳的人」。

這跟之前寫到的性愛的事有共同點。我們很常遵循著某樣教科書而活。這個時代，要脫離教科書生活還比較難。它充斥在各處。數之不盡，還依種類分別。不過本來，血、根源就是與生俱來的對吧。「跳舞」這個行為本應是「不這樣做不爽快」的行為喔。

你不是僅此一人的存在嗎？你所活過的今天不是只屬於你的嗎？這樣的話，應該要有只屬於你的舞蹈。要有只屬於你的話語。不用帥氣也沒有關係。「帥氣」是，本身就已經具有的。沒個所以然很不錯吧。

不管是用耳機或是音響，用大音量播一次喜歡的音樂看看，閉上眼睛。然後慢慢睜開，那個音樂實際上會讓你做出什麼樣的動作呢。了解看看吧。肯定會有無從用言語解釋的，那個你出現。

有一段時期要把舞蹈列入國中必修課程的事引發話題，就像剛才所說的，我覺得沒有什麼意義。

雖然應該是為了「培養個性」或是「培養自由的表現」、「注重自主性」這些理由，不過這是個連在自己想跳舞才去的夜店都有一大半的人會跟上同一個形式跳舞的國家。日本人很喜歡規則。是要透過規則才能獲得安心感的民族。有人對你說你就自由地做吧到頭來只是創造出「看起來，很自由」的規則而已。我在YouTube上看過一次舞蹈課，似乎就是在體育館裡大家都做著一樣的動作，模仿別人的動作，覺得很害臊，很隨便地跳著舞的光景。除了穿著體育服，還有缺少華麗的燈光和音響以外，和晚上的夜店沒什麼太大的差別。稍微跳得好一點的人就成了像「模範教科書」。

說到底，真的跳得出獨創性舞蹈的孩子如果一萬個裡面有一個人，不是藝術家也不是舞蹈家的公務員教職員能夠做出適切的評價嗎？

「喂，給我認真跳啊。」會這麼說的不就是可預期的結果嗎？舞蹈必修課看起來像是個全新挑戰但其實和書法課沒什麼差別。拿著教科書，就照著做。文部科學省搞錯了目的和手段。

我不相信個性這個詞彙，不過如果想要那樣東西的話要怎麼從這個爆炸的資訊當中守身、隔離自我才是重點。不被理解、被嘲笑、被當傻子、不甘心，如果有這些經歷，這才是屬於你的財產。

註釋

註一　諧星。現在以曼波家城這個名字單獨活動。已經認識七、八年了。喝醉之後很煩人所以我大多都會丟下他回家。

註二　高中、大學的同學。現在是任職於丸紅商事的菁英上班族。同年八月和我也認識的高中同學結婚了。看起來吊兒郎當的其實很可靠。真不愧是他。

6月10日（二）27：50

我覺得好喜歡啊。
很喜歡很喜歡，喜歡到無法自拔啊。
非常惹人憐愛，想要昭告所有人。
但又想占為己有。

HIWATT

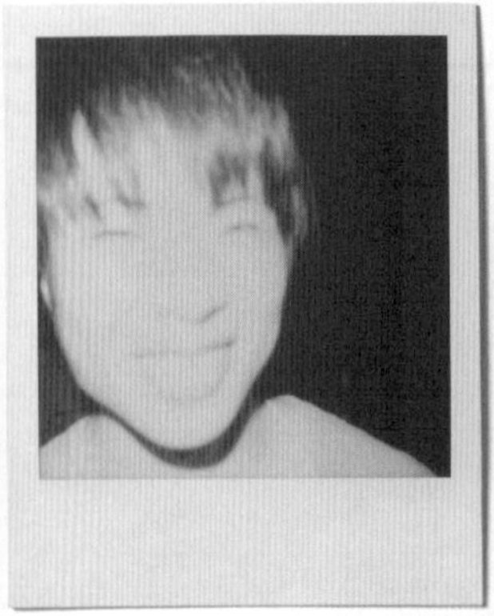

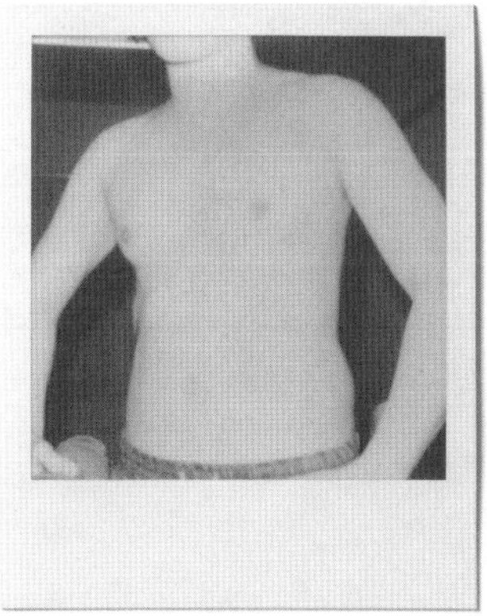

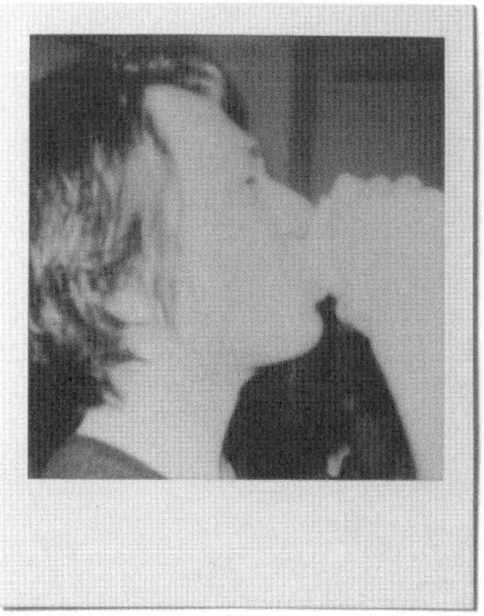

看似相反，但並不矛盾。

我覺得好幸福啊。

搖滾之日隨便就這樣過了，普通的六月十日，很適合這樣的日子我做了最不搖滾的行為之一，更新了汽車駕照。

號誌燈總是會在沒注意的時候變綠、變紅。

沒有傷到誰真是太好了。

我偶爾會無視號誌燈。

沒有那個當下的記憶。

兩次，連續兩天被抓。所以今天要聽兩個小時的講座。再一次的話就要被吊扣駕照了。好危險。如果發生事故的話。更危險。

講座很重要。真的會讓人覺得該好好注意。

因為很討厭啊。傷到人，或是被傷到。

講座結束傍晚四點半。撐到現在肚子都餓了想吃點好吃的東西。去了祐天寺懷念的拉麵店。沒開。去池尻的拉麵店。沒開。

難度越來越高。光是普通的店已經無法滿足我了。

我想起了從朋友那聽說的定食店。機會難得就開車去看看。到了之後外頭掛著「準備中」的牌子。沒關係。從五點半開始排半小時。裡面一直能夠聽到備料和準備的聲音。

我故作平靜但口水已開始分泌。開店五分鐘前，突然在我身後出現了隊伍。不愧傳聞是間名店的樣子。期待逐漸高昂。

六點五分，開店。

菜單很多樣化。不過是貫徹定食店的菜單。有非常高的好感度。點了油淋雞定食外加鮪魚山藥泥。身為第一個客人，料理最先小心翼翼地被運了過來。好吃。好吃。

迎合年輕人所以飯量、配菜都偏多，不過對飢腸轆轆的我來說也不是吃不下。肉、魚、烤的、炸的，有各種菜色。決定要常來光顧。

說到這裡大家應該也看出來了，我很常自己一個人吃飯。思考那要吃什麼呢的時候，很少會出現跟誰一起吃的選項。當然會思考。跟別人一起吃飯比較開心、好吃這個我也懂。不過，吃飯的時候特地約誰、找誰出來十分需要勇氣。也會介意。前陣子說的西餐館也正是百分之百能達到我的要求。一個人能去的店，然後好吃的店。都內很難找到這樣的店家。我如果是開店的人這也是理所當然的。與其以散客為目標當然是團體客比較好。如果對自己料理有自信的話更是如此。

今天的店正中紅心。太棒了。

多謝款待。

我還會再來喔。

晚上看了部超無聊的電影。無聊到驚人。好久沒有在電影院有廢到笑的感覺了。不過多虧那間定食店還稱得上是美好的一天。

降雨機率百分之五十。
生存機率百分之五十。
中獎機率百分之五十。
告白成功機率百分之五十。
是高、是低。是多是少。
終究取決於人。數字是沉默的。

6月11日（三）20：16

下著雨。一直下雨。

好久沒被雨打擾了。會讓人覺得，想做的事還是不做比較好。不愉快。不過沒辦法。我喜歡從家裡看出去的雨，和聽到的雨聲。儘管如此還是不想要被打擾。本來想說要去看電影的。想要趕快，把昨天看的爛片記憶刷新。因為是徒步範圍的電影院所以下雨更讓人困擾。看看手機上的天氣預報。現在是百分之九十，一個小時後、二個小時後百分之四十，三個小時後百分之九十。完全搞不懂是怎樣。

說來天氣預報和實際狀況差太多了。氣象預報士太小心翼翼了，搞得這數據莫名其妙。

「降雨機率百分之五十。」

本來這是五成所以有一半的機率會下，一半的機率不會下才對。不過聽到今天的降雨機率百分之五十就肯定會下。大家都撐著傘，路上也很塞。出家門之前想像一下溼答答的電車裡，心情就比平常陰沉了百分之十。

若是到了降雨機率百分之九十，就根本沒人會覺得有百分之十機率不會下雨。到這地步大家會在意起降雨強度。已經不是下不下雨的問題了。準備長靴和雨衣……甚至還會思考，或許今天不早搭一班電車不行。本來會認為數字是很客觀的，是不受人的主觀意識和不確定性所影響的東西但並非如此。

降雨機率百分之五十。

生存機率百分之五十。
中獎機率百分之五十。
告白成功機率百分之五十。
是高、是低。是多是少。
終究取決於人。數字是沉默的。

24：39

訂了個睡蓮盆。因為這本書的編輯也是我朋友的小篠送了我睡蓮。今天一整天都待在家裡。剛才寫完日記之後雨就停了是我的誤算。如果我早點察覺的話就能去看電影了啊。唉算了。

昨天和朋友邊喝酒邊聊的事。

他是美國人。我們對話用英文。不過他也懂日文，所以真的講不清楚時會說日文。聊了戀愛和女朋友的事。然後我越想越覺得。如果語言不同，這個國家裡存在的八成小爭執、摩擦可能都會不見吧。

據說以前神明為了懲罰人類所以讓世界上的人類說起了不同語言。讓大家無法互相溝通。不過現在我覺得，我們是不是太把自己的言語，當成保護自身的防禦，或是攻擊的武器。想像一下。在印度、在泰國、在法國、在土耳其，和當地的人談戀愛。只屬於兩人的戀愛。轟轟烈烈的，戀愛。兩人的共同語言是隻字片語的英文，還有對方國家問候用語的程度。且僅僅持有那個國家的旅遊書和 iPhone。

即便如此人仍會墜入愛河。「不是日本人」這點，也是個會喜歡上外國人的充分理由吧。昨天我說了這件事。也會跟外國人談戀愛吧。已經受夠用日文了。

太常用、用到爛、用到破了。思考共同認知的詞彙極少的人的戀愛。無法仰賴言語的焦躁。會努力想用其他方式彌補。會有新發現的待人溫柔之道。

想要化為言語的懊惱。吵架的時候，不管對方能不能聽懂可能都會想用自己國家的語言大聲叫嚷。

不過……謊言更加無所遁形。

能有不同解釋的，曖昧且無謂的謊言會消失。

也不會有模稜兩可的溫柔，和耍小聰明的話語。

頂多就是、不是、兩者之間這三種答案。

只有這樣。毫無保留的兩人。

總覺得，對現在的我而言這是件很美好的事。

是說歌頌愛的語言是法文對吧。

然後說明愛的是日文。

雖然有這樣的諺語，不過哪種我都不需要。

「語言不同」這件事的尊貴，讓我感受到救贖。

把覺得講贏對方就是對的的人，帶到地球的另一端去吧。

我自己，偶爾也會這樣。

人有滿高的機率會結婚的，現在跟以往不同對不結婚也表示認可，現在是要一個人度過終生只要那個人覺得好，能開心過活就行的時代。儘管如此仍舊有很多男女選擇結婚。思考他們為什麼結婚。

關於結婚諸多知名人物、學者、詩人曾發表過富有機智，抑或是含蓄的評論（像是芥川龍之介、愛因斯坦等人）。也就是說，結婚果然是有「什麼」的。說到底結婚就是種契約。我覺得契約實在是距離戀愛或是喜歡的感情最遙遠的一件事。要說原因，因為我認為戀愛就是出自於無償的行為。然而契約是由嚴密的規則所構築，若是任一方不履行契約會有相對應的法則等懲罰。會經常把這兩件事綁在一起思考可感受到人的有趣之處。

我覺得很少有一個詞比「結婚」，更對人們有各自不同意義。

嫁入豪門的人，以財產、對方的職業、家世背景決定的人，因為有了孩子所以結婚的人，用外表和個性決定的人，談了場大戀愛最後定下來的人，相親的人，由父母決定對象的人，被父母反對後來私奔的人，決定要一輩子養沒用男人（女人）的人等等。

各自的立場都是除了自己以外的人沒辦法理解的。也就是說不管哪個都是正確解答。沒有錯誤。結婚的意義，其實是由自己構築出來的。然後因為是契約，所以不管別人說些什麼，只要當事人雙方能接受就足以成立。

「見了第二次面就決定要結婚了。連手都還沒有牽過。」

「在網路的虛擬遊戲上認識結婚的。第一次見到面是在結婚之後。」

這樣的事情最近開始變得常見，輿論立刻會冷眼看待這樣的情侶。真是愛多管閒事。「絕對幸福的婚姻」是不存在的。

我去印度的時候，從幫忙帶路的導遊 Rama 那邊聽了一件有趣的事。我問他印度的離婚率多高？他說：「零。」

印度的離婚率幾近為零（除了例外）。我感到很驚訝。也就是說沒有人想要離婚。印度至今仍有各式各樣的問題像種姓制度或是男尊女卑的風潮，儘管如此離婚率掛零是件很不得了的事。現在印度人的婚姻大部分仍舊由父母決定。然後男生是壓倒性優勢。當然隨宗教有所不同，像是伊斯蘭教徒的場合，男生可以和複數的女性結婚。會出現，第幾個老婆這樣的狀況。

一般而言，結婚是由男方的父母找和兒子門當戶對的媳婦。被看上眼的女方父母無法違背這個決定。反倒若是婚約成立時，會有新郎家贈送財寶、高價物品的風俗。而新娘在結婚當天首次見到生涯伴侶也是稀鬆平常的事。「這醜男怎麼回事啊」、「生理上無法接受」、「如果要跟這樣的人在一起還不如去死」。肯定會有這麼想的人吧。

不過印度的離婚率基本上是零。聽說日本以前也有類似這樣的時代。儘管沒有一夫多妻制，不過和父母決定的對象結婚，或政治聯姻也很常見。即便如此離婚率仍遠低於現代。也就是說近來推崇的挑對象，確立出「自己喜歡的類型」，找到符合條件的人，談場正經的戀愛然後結婚也無法保證能順遂。

說到底在思考結婚這件事時我總是會想，「命運之人」究竟為何？為什麼聽了過往日本或是印度的婚姻狀況現代的人會覺得那樣有些噁心，或是感到奇怪呢？

會這麼說的人常會覺得憑著自我意志找結婚對象是件正當、幸福的事，但真的是如此嗎？

說到底，我們是憑著自己的意識找到命運之人的嗎？比如說結婚之前和幾個人交往，多的人大概跟七、八個人或是更多交往過所以了解很多種類的人。然後終於遇上了第十位，終於遇見了，這個人是命運之人。為什麼會是這樣？地球上剩下的人會怎麼樣？接下來的第十一個人呢？或是第二十六人也說不定。

地球有七十億以上的人口。我們看似自由地戀愛，用自己的手挑選對象但真是如此嗎？絕大多數的人會在居住的國家、地區、職場、定好的環境、家人、交際關係當中裡相遇且活在受限的範圍中，並從裡頭找到對象。

在日本不太有和亞塞拜然人或布吉納法索人相遇、結婚的人。如果說真的在七十億人當中存在命運之人的比率是平均的，那這個計算就很不合理。為什麼命運之人會這麼密集呢？也就是說我們看似做著選擇，其實大部分都是聽天由命。並且不得不交由祂。

這樣的話不管是否是父母決定對象或是結婚當天才第一次看到對方的臉，對我們而言應該都沒什麼太大差異。我們所說的戀愛結婚，就比率而言和印度的結婚或許沒有太大差別。不管是七十億分之五決定的婚姻，或是七十億分之一所決定的婚姻。

然後我覺得，我們的病是把「結婚」視為一個終點。流著汗水跑到最後，衝過的終點線就是「結婚」。「這個人是我長年追求過來的人！」越是這麼想越是會有「終點」的感覺。如果這樣的話，在那之後的未來會變得相當艱辛。一些摩擦、和描繪過頭的理想產生的落差就容易產生埋怨。以為終點之後會有和平安穩的生活在等著，卻開始抱怨起，和想像完全不同。現實、日常就在那其中。每天都有必須跨越過的難關。

在這點上，從結婚那天才站在入口的夫妻是不一樣的。不管什麼都得摸索。結婚才不是終點什麼的而是起跑線，只能盡力構築出兩人的生活。

意見不合、想法有出入是理所當然的，也不是能夠談理想的對象，充滿著艱辛的事。肯定是辛苦到根本沒辦法挑小毛病吧。不過同時這也是他們的強韌之處。從有錢、沒錢的夫妻離婚率並無太大差異這點也能看出來。婚姻終究是兩個人經營的東西。可以得到這樣正經的結論。

我是這麼想的。

如果我要結婚的話，不會是跟「能和我一起變幸福的人」，而是跟「也願意一起度過不幸的人」。當然我是想讓對方幸福的喔。會努力讓對方變得比誰都幸福。不過漫長一生不知道會發生什麼事，也不全都是好事。不管和誰要一起度過幸福時光都不是件難事。

沒什麼人會因為太幸福所以自殺。我覺得痛苦的時候，才能看得出真實。如果認為：「如果是和這個人就算墜入不幸深淵，應該也能夠一起撐下去。」那就相信那個人吧。

寫了好長一串啊。婚姻為何，還真是，深奧。

這雖然是毫無根據的我的（擅長的）推論，不過第一個想出結婚這個架構的人應該是個非常愛擔心的人吧，而且深深地深深深地愛著對方。不想讓給任何人，希望這段奇蹟般的戀情可以持續一輩子。讓對方發誓，自己也如此發誓。這不是個有勇無謀的挑戰嗎？不過那樣的愚昧很有人情味我很喜歡。而且可以看到嘲笑這件事愚昧的人絕對看不到的世界的，我覺得，是做出挑戰的人。我不知道那兩個人最後是什麼樣的結局。

6月12日（四）24：10

今天很充實。中午起來去之前那間定食店吃了定食。和牛炒茄子、鮪魚山藥泥、生薑燒肉，還有納豆和蛋。然後又去看了我前天發現後覺得很中意的壁毯。

在那之後終於去開通了市話，還去街上買了家用電話。我不想要在大型電器行買，所以去了設計家電店找結果不怎麼有。跑了四、五間只看到一臺，而且不怎麼中意我就沒買了。反倒買了幾樣雜貨。我一直找的玻璃罩價錢不錯就買了。對於裡面要擺些什麼感到雀躍。

那之後，為了要買把壁毯掛在牆上的掛鉤所以去了ＤＩＹ商店。不過找不到想要的那種掛鉤。其實可以找其他的代替用，不過決定先回家確認牆壁的形狀、牆壁打洞的深度再來一趟。

6月13日（五）21：39

初次踏訪和歌山。

到了馬上就去餐廳。跑去當地的西餐館。聽說關西的炸菲力叫做炸腓力。我都不知道這件事。吃了炸腓力牛排，和像是醬炒豬五花的東西。很好吃。是間彷彿沒有比這更標準的模範回答，如同教科書般的定食店。

吧檯位和餐桌位，加起來大概三十個位子吧。入口旁邊有兩個書櫃，上面擺有很多漫畫讓客人可以看。餐桌位墊著就算打翻飲料或是料理撒出來也沒關係的透明桌墊。料理也非常便宜。最推薦的醬炒豬五花應該是四百九十日圓吧。多謝款待。

第一次來和歌山所以走著回飯店。想看看街上是什麼樣子。

好暗。明明是星期五晚上……沒有人在街上。讓我一下擔心起了演唱會。明天是體育館會場。會有觀眾來嗎？遇見了三個年輕人吧。正確來說是看到他們從車上下來。

有鬧區嗎？我試著從和歌山市站走向和歌山站的方向，但基本上都是昏暗的街道。幾間有開的店有眾多客人開心地在喝著酒。雖然店鋪本身很少，不過想喝酒的人很多啊。還看到了和歌山城，點燈之後看起來很夢幻。

回國之後的第一場演唱會。要嗨翻全場。

和歌山有活力的孩子們都看過來聚起來。

6月14日（六）12：56

沒什麼睡（這份日記老是說這個）。

24：15

和歌山場結束。最棒了。超棒的。

久違的國內、體育館，雖然單純也有這樣的新鮮感不過和歌山的觀眾讓氣氛很熱烈喔。在MC上也說了跟昨天在街上看到的寧靜完全不一樣。大家的快樂、高興、期待大爆發了。可以感受到覺得很高興。

有傳遞到大家那裡嗎？我也真的很高興。我們四個都是。

謝謝。

我說了至今為止都不知道和歌山在哪裡，抱歉。後悔。已經沒問題了。和歌山成了我心中重要的地方。把這裡推廣出去吧。還滿多人不知道和歌山在哪的喔。讓日本其他地方認識這裡吧。真的很謝謝大家。剩下的國內場，毫無疑問經過今天更有了氣勢喔。可以跑到最後的。直到最後都能做出最棒的演出的。

6月17日（二）23：00

剩下的場次屈指可數了，我真的覺得這次的巡迴可以順利作結，慢慢感到放心。但完全安心的話會吃苦頭的，所以還是要留下一些緊張感，然後把意念放遠到「巡迴後」的自己、明年的自己、二十多歲最後、三十歲之後的自己。

昨天做了咖哩，今天是ＢＢＱ。很開心。漫無目的的聊天、風景，這才是很棒的。看似失敗但不糟的泡菜炒飯。咖哩也是混了兩個奇怪的醬，想說味道變奇怪了結果第二天的今天美味感就增加了。

6月18日（三）16：02

我家來了睡蓮。把在網路上訂的大型缽裝了水，在裡頭放了兩株。非常漂亮。還在裡面放上了青鱂和蝦子。聽說長了孑孓牠們也會吃掉。據說不需要什麼特殊的照顧，我想說如果我也能顧的話就行於是接手了過來。好期待啊。

我本來就喜歡睡蓮。我喜歡它浮在池裡的樣子。也非常喜歡，它被雨淋溼的樣子。還有最重要的是我十分喜歡莫內的畫。他畫的睡蓮我可以一直盯著看。

人生第一盆睡蓮。好期待它開花。現在已經有大的花苞了，我想應該兩星期之後會開花。

到那之後慢慢加點水，把整個缽加到滿吧。

水龍頭的水含次氯酸鈣，所以要先晒陽光然後每兩天再加一次水。我連這些知識都不知道所以要從頭開始養很困難。不論什麼都有相關知識的人，好厲害啊。

今天晚上又要和松永導演見面了。電影會拍成什麼樣子呢。要和他討論，包含進度狀況。還有最重要的是擦窗戶的再次指導課程。我大概從一月開始就一點點地在擦窗戶。用導演帶過來的專業擦窗道具組，還有他教我的方法。才一段時間沒擦就忘記要怎麼擦了……在開拍之前，要好好繼續練習。最重要的是擦窗可以讓內心平靜。貼近宏的心情。

6月20日（五）11：25

本來打算早上六點半起來看足球代表隊的比賽……結果忘記設鬧鐘睡過頭。明明連早餐的料都備好了真可惜。我在中場休息起床然後匆忙地邊吃飯邊開始看。後半，孤單地為他們加油結果無得分戰成平手。

是場讓人同情的比賽。退一步防守的對手。這讓他們更難踢了吧。對方明明也是輸掉這場的話會陷入窘境的，但不知為何卻不進攻。不過最終而言這就是實力。好不甘心啊。

比對上象牙海岸時更進步了。抱有危機感，而且到最後都有緊張感。我想本來上一場如果有這種意識的話也不會輸掉吧。就算是打成平手。

這次的大會，選手們公開表示會奪冠。當然，都是抱著這樣的心情踢球吧。有著如果不說出口無法實現，這樣的心情吧。不過離那個目標也太遙遠了。現在日本代表所在的地方。已經完全不奢望靠自己的力量晉級了。就算下一場贏了二連勝當中的哥倫比亞也會受到其他國家的比賽結果大幅影響。是靠外界的力量。

這次，不好的預感都一個接一個中了。懷抱遠大目標挑戰的世界盃。但是現實是再這樣下去會在分組賽中敗退。一勝也好我希望他們能贏球。還沒看到贏球呢，日本。一勝就好。贏吧。

今天是星期五。移動日。已經變成慣例了。前往岡山，三小時的移動。去善木哥故鄉做一場精采的演出。

20：01

岡山的飯店。吃了便當。距離睡覺還有時間啊。今天晚上要做些什麼好呢。看了《真幌站前多田便利商店》。那兩位主角非常棒。很剛好。

街景幾乎都是在町田拍這點。也總覺得很高興。我們一直光顧的 STUDIO 24、Play House 的 LIVE HOUSE、放學回家去的卡拉ＯＫ、BOOK OFF、拉麵店、文字燒店、走過好多次的河邊到賓館街，全部都是町田。

我們的學校是在距離那裡幾站的小車站還要轉公車的不方便地方，但因為町田是連結了小田急線和ＪＲ橫濱線的地方，所以大家很好會合。

ＲＡＤ組成的契機，還有和初期成員重逢都是在町田。最常露宿街頭的也是，町田。電影裡面不論哪裡真的都是知道的地方很讓人高興呢。

肯定是在那個城鎮才拍得出來的電影吧。這就算觀眾並非直接認識那塊土地，也能透過當地的氛圍理解吧。好的電影一定是如此。
不可思議。下星期也很多想看的作品上映。

6月21日（六）27：22

喝醉了in岡山。
演出，很熱烈，很痛苦，缺乏氧氣。
觀眾，最棒了。
這是場因為是岡山、因為是你們才成立的演唱會。
音響、空調，各方面環境下都不算是萬全的狀態。那個會場好像是第一次辦那種規模的演出。
真的很謝謝大家。大家玩得還開心嗎？途中氧氣太稀薄唱不下去。意識朦朧所以忘了歌詞。抱歉。不過很想唱給你們聽。
這份心情有傳遞到大家那嗎？
最棒了喔，大家。謝謝。

6月24日（二）15：27

外面下雨。很大。還聽得到雷聲。閃了光。

我從大扇的窗戶一直看。雷聲真是有各種不同的呢。可怕的聲音。是會直擊五臟六腑的聲音。怒吼聲。不過也有，像是貓用喉嚨發出的咕嚕咕嚕聲。很像說著什麼。我不討厭那種喔。

睡蓮缽。水不會滿出來吧。剛才我餵了青鱂飼料。是一群可愛的孩子。

水如果滿出來的話青鱂也會流出來嗎？

好擔心。

昨天看了尤杜洛斯基執導的《鼴鼠》註一那部電影。

從以前到現在都很常聽到，這次據說上的是數位修復版就去電影院看了。跟聽人家說，還有我想的不一樣。從結果而論不怎麼打動我。「邪典電影的金字塔」。說到底我也搞不太懂這個詞的意思。首映當時的氛圍、時代、流行、人物。電影和那些一直都是一家的。不管對其有多麼憎恨、多麼叛逆、多麼愛戀、多麼迎合，都無法從中逃開。反之而言，現在去看那個內容，一輩子都看不出「真實感」。我對於這樣理所當然的事感到沮喪。

感受到很多「這樣的內容想必很有革新感吧」的精髓。也笑過了。覺得很酷。但是當今現代這樣的電影上映了，也沒辦法得到那般評價吧。

理所當然的。

幾乎所有餐廳都禁菸化，全國上下都用憐憫的眼神看嗑藥的音樂人、人民毫無疑問地支持自民黨、不管網路多麼普及在電視上都不會播放出ＩＳ恐怖組織在伊拉克公開處刑的照片，不斷地自我檢肅、規範、血祭、哄著好孩子好孩子。這樣的時代不存在那部電影。

註釋

註一　實驗性。狂癲。像是有脈絡，卻又徹底有所抗拒。途中出現的兔子屍體那些好像是真的。如果現在這樣做的話感覺會出大問題。感覺很適合喝醉了看。

6月26日（四）25：52

足球日本代表隊輸了。早上，我和朋友一起看了比賽。一比四。完敗。「失分是由於前線採取攻擊態勢而出現的不可抗力狀況。」「這是至今的比賽中最有日本精神的一場。」從電視裡聽到了這些字句，但我覺得不是這麼回事。世界盃開幕之後日本的氛圍果真處於異常。致命的象牙海岸戰結束後也是大陣仗鼓吹「下一場一定能奪勝」，和實際情勢產生乖離的正向訊息。明明局勢都如此有利了，還是無法獲勝的希臘戰之後，媒體仍舊維持那個氛圍。

現實就是背後有贊助商，準備了完美塑造出的美談，街上到處都貼滿教練、主要選手的海報。大家盼望那些選手出場，選手連「奪冠」都說出口了，「剩下只要獲勝就好」的劇本徹底強行構築出來。

收視率才是重點。然後能操控媒體的，沒有別人就是贊助商。從首場比賽輸掉時我就覺得有可能連一勝都沒有就被淘汰。而那成了現實。不過這個國家的氛圍不

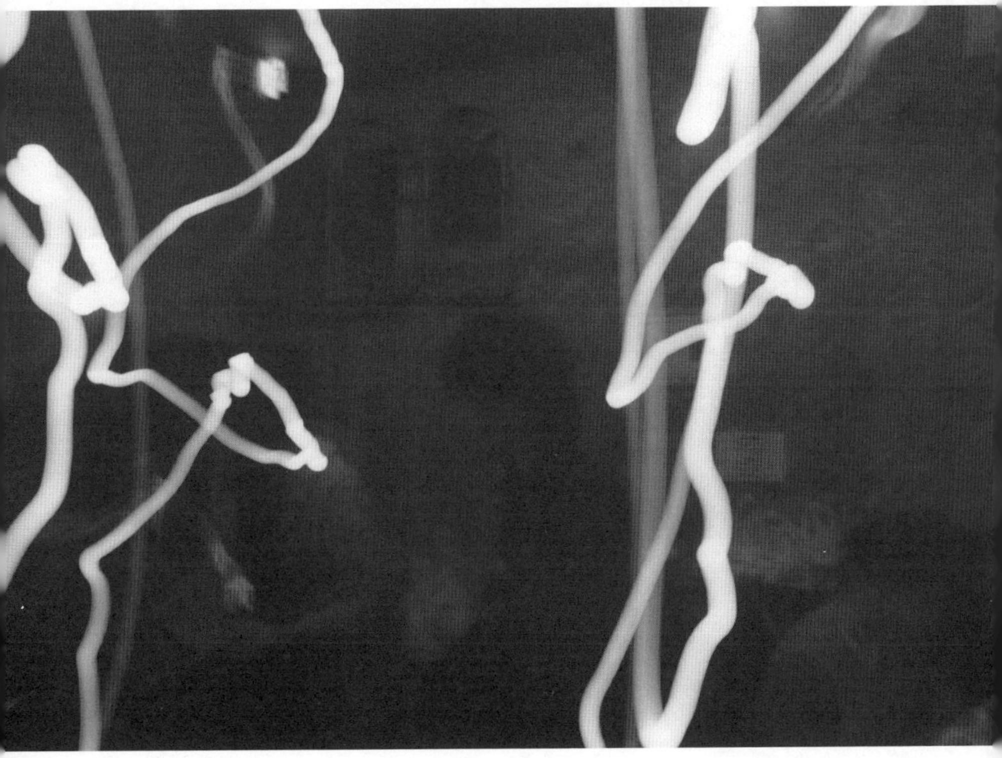

一樣。

啊啊啊啊啊啊，好了算了。我不說了。

之後感覺我不說也有人會說。

不說了。

6月27日（五）23：49

現在在神戶。

應該很少人在電腦上打「KOUBE」第一個會出現「頭」吧。

我是其中之一。是「五月之蠅」的效果嗎？

演唱會，還剩下三個會場嗎？還有六場啊。來了呢。讓人迫不及待呢。要來了呢。會跑到最後的喔。

今天在前往羽田的計程車上一直睡。想說睡了好久啊結果到了機場睜開眼睛果不其然班機的時間過了。

咦？沒搭上飛機。好像是高速公路大塞車。

所以急遽換了間航空公司，換了目的地，改成搭一個小時後前往伊丹機場的班機。抵達之後再搭一小時的車順利抵達神戶。哎呀還真是累呢。畢竟折騰了一大段。不過昨天有很多開心的事情所以互相抵銷了。甚至還有剩。昨天是相當豐盛的一天。

過了中午，去看了島田大的攝影展。和永戸導演一起。從德國文學《海因里希·馮·奧弗特丁根》得到靈感的攝影展。非常棒。我有一段時期每天都和大待在一起。所以大的事情我大多都知道。大也幾乎都知道我的事。大喜歡的世界呈現在展覽裡。沒有任何東西，會傷害到大呢。很美。那裡有著你拚命守護地，你的世界在。脆弱、幾近崩壞，但你還是感到中意對吧？

大雖然昨天沒有待在會場。不過我覺得沒有直接碰到面很好。肯定比想像中還要讓人害臊。我買了攝影集、明信片回家。

這麼說來我用 Google 地圖導了往展覽會場的路，結果它帶我去了個毫不相干的地方呢。那究竟是怎麼回事啊。確實是很舒適的天氣不過我走了快一個小時喔。道玄坂完全是反方向喔。給我振作一點啊，下次。

然後後來是永戸導演陪我一起物色拍立得相機的旅程。

說來話長，反正我兩年前去倫敦的時候，在像古董市集的地方買了拍立得相機。是型號六八〇的折疊型機種。當然不是在相機行，而是在外頭的市場混在破銅爛鐵裡面賣的狀態的。我對它一見鍾情。

老闆是三十幾歲中段的年輕小哥，我纏人地問了他好幾次：「這臺可以正常運作嗎？」然後他說：「絕對能動喔，狀態非常好，附近還有賣底片的你可以買來試。」

印象中大概是一百五十英鎊吧。如果可以正常使用的話不是太糟的價錢，還附盒子和說明書，狀況非常好所以我就買了。我得意洋洋地去了他指定的店家買底片還真有賣。

在那裡買了底片之後走出店外，我就等不及地把底片放入相機，按下快門。不用說「嗚咿」一聲，完全沒顯像。被騙了……

我抱著無以言喻的氣餒心情回去飯店。在那之後，因為買了兩組左右的底片所以試了幾次但還是不行。從那以來我對拍立得的熱情就一直維持燃燒不完全、懸在半空的狀態。

在日本我偶爾去別的方也會逛相機行，邊找其他的相機也邊注意拍立得。不過沒有一臺讓我喜歡的。另外聽說日本也有段時期拍立得很普及，所以到處都看得到相機本體。不過照我判斷上大概七、八成都是故障品。

幾乎都是覺得那外表很可愛，所以會在古著店、家具行、雜貨商店被當成時髦擺設品的一部分。有在賣的狀況也都不好，照片一半以上都沒辦法好好顯像或是基本都沒對焦，那種的真的很多。

就是這樣，時光流逝，今年我逛過的一間平凡無奇的雜貨商店久違地碰上了讓我心動的了。那裡的櫥窗裡擺了所謂的六〇〇系列共三臺，還有基本款的型號SX-70也有三臺。狀態看起來也很不錯。不過重點是，店長對拍立得完全是個外行。不管什麼問題我都反而會被他問。

他似乎也不知道，現在有可以顯像的媒介，我問他說如果我帶底片來可以試拍嗎？他吃了一驚問我說底片還存在喔。這次相遇讓我對拍立得的熱情再次燃燒。

我決定把和在倫敦相遇的它當成美好回憶然後尋找新的夥伴。櫥窗裡擺的相機價錢落在七到九萬日圓。說實話很貴。真的。而且擺的人還不了解拍立得。

唉不過倫敦的它都要兩萬日圓左右了，比起買了半吊子的相機只能拍出不滿意的照片，我想買臺可以用一輩子的愛機，於是讓永戶導演陪我一起開車去惠比壽買試拍用的底片。

但是在這裡發生了意想不到的事第一部。

買底片的那家相機行不是也賣拍立得嗎？而且那裡的老闆，跟他聊了拍立得的事他還很熱情地回覆，這不是把我所有的問題都回答了嗎？而且而且，那裡擺的拍立得全都經過檢修才兩萬四千日圓左右！這不是讓我突然感到在意嗎！

我死命地壓抑動搖的心情。想著要冷靜。不過不論什麼事都要貫徹初心。花了兩年歲月尋覓找到的現在，不需要著急。還是決定先試過本來那個七到九萬的拍立得，看看它成果如何。

我跟那位仔細教了我各種事情的相機行老闆說我還會再回來，就前往了剛才的雜貨商店。有點誤算的是底片只有 SX-70 用的。六〇〇系列的賣光了。

馬上在剛才那間雜貨商店裡試拍。雖然有六臺不過一半沒有底片沒辦法試。既然這樣剩下裡面能試的就只有金邊的 SX-70。看起來有些太妖豔讓我感到退縮。

喀嚓！本來十分鐘就會浮現的，雖然花了半小時，不過顯像得很漂亮。

而且果然韻味十足。但是要八萬日圓。煩惱之際。打了電話給剛才的相機行。問他說，如果有六〇〇系列的底片的話可以拿店裡的試拍嗎？

老闆一下子就回說：「可以啊。」那麼都到這地步了不試拍不行，於是我們去了 BIC CAMERA。因為相機行老闆說如果是那裡會有賣底片，所以我們去了結果馬上得到「沒有賣」的回答。因為回答得太過迅速我一瞬間不知該如何是好。一整天的移動距離已經拉得這麼長了，又聽到這句話。讓我雙腿一軟。

我問說知道哪裡有賣嗎？店員跟我說，Village Vanguard 之類的有賣喔。沒想到沒想到。在 BIC CAMERA 沒賣的底片在 Village Vanguard 會有。不丟臉嗎？自稱 BIC CAMERA 的你們居然沒賣，這句話當然說不出口我們又徒步前往 Village Vanguard。

確實有了。

而且種類很豐富。不同外框、彩色、黑白。幹得漂亮。

然後，機會難得就想說也把我家倫敦的孩子也帶去給老闆看看，所以繞回家拿了。我想說，如果是那間相機行應該能修一下吧。

還把最近狀況不好的 Nikon FE2 君也帶去維修了。

再次來到，惠比壽的相機行。

首先，先抱著被打槍的準備給老闆看倫敦君，他說了句：「應該沒問題吧？」我跟他說可是會變成這樣，然後把拍出來完全無法顯像的照片拿給他看，他說：「這個原因，是因為底片啊。可能是底片舊了吧。」

竟然——！

這不是有為了要到相機行試相機所以買的 Village Vanguard 家的六百系列的底片嗎？

插入。

緊張的一瞬間。

喀嚓。

不過還不知道。接下來約十分鐘蓋著放置。

但是這點就是拍立得的醍醐味。

在店裡歡談一陣。

過了十分鐘。

戰戰兢兢地掀開……

漂亮地顯像出來了————！！！好美————！！！

所以不用買了————！！！

兩年前在倫敦的小哥，懷疑了你我真的很抱歉。

連自動對焦都很完美，手動也行，閃光燈也能確實運作，沒有問題。就是這樣沒買任何一臺相機，發現這傢伙是能用的。

漫長的一天。不過，有著最好的結果在等我。

那之後和陪我一起逛的永戶導演去吃了義大利料理吃到了最棒最美味的披薩。

這是滿久之前去過一次的餐廳但是很好吃。在店裡，還有出店後我都拿著拍立得到處拍。好開心。然後不論哪一張拍出來都非常好看。

因為沒有曝光計所以還抓不準亮度，會太亮，或是太暗，不過那也讓我很開心。這會是一臺只有我才能夠操作的機器。我覺得好像很久以前也想過一樣的事呢。

是第一次開 Karmann Ghia 時候的事。我覺得什——麼都沒變啊。到頭來。

就是想要只屬於自己的玩樂道具。想要有，只有自己知道的對話對象。

手好累。打了好長好長一段呢。

後面就省略一點。

後來和永戶導演稍微去了一下夜店。
第一間迷惘在開放過頭很不得了的活動之中十五分鐘就撤退了，第二間也是搞不清楚狀況總之就喝了酒然後跳了舞。但是老是被認出來。不知為何。
啊不過是美好的一天，就算了。拍立得真讓我高興啊。
好想出本攝影集。

來聊一點 Karmann Ghia 的事。

Karmann Ghia 是我買的第一輛車。是歐洲車由義大利的 Carrozzeria Ghia 和德國的 Karmann 共同製作的車。我開的是一九六〇年代中旬的車體，被現代車上幾乎看不到的車體外觀所著迷而決定購入。曲線和圓滑的感覺看來很情色很棒啊。

還有，也組裝了福斯的零件生產而成的，所以頭燈和保險桿那些看起來有福斯的感覺。

我從京都人車主那裡買下的。很難找到擁有可以開這款車的毅力和技術還有熱情的人吧。連引擎都很看心情的，方向盤和手煞車、車門、面板、儀表板基本都是鐵的，因為是鐵製所以冬天冷如冰，夏天燙到像是可以煎荷包蛋。

到了冬天沒有做防凍加工的車窗，一下子就會凍住甚至讓人感到難過。我總是在車上備著毛巾，趕時間的時候沒有辦法等它溶解（說到底沒有暖氣它根本不會融化）我學會了在寒冬中把車窗全部打開用左手擦擋風玻璃，盡可能確保視線然後用右手掌握方向盤的開車技術。這個奇妙的光景也讓我被警車攔過幾次。

另外，當然它是手排車，加上它引擎的發動難以捉摸，所以第一次開我車的人幾乎毫無意外都會開到熄火。我自己，在冬天引擎熱不起來的時候基本上只要腳一離開油門就會熄火，所以停車的時候首先要在右腳踩油門的狀態然後左腳踩離合器切成N檔，然後慢慢拉手煞車或是使用以右腳腳跟踩煞車這種駕訓班絕對不會教你的技術在停車。

現在想起來覺得好笑。煞車和油門還有離合器，有必須三個都踩的時候啊。開 Karmann Ghia 的話，不會有邊滑手機邊開的那種不遵守規矩的人出現。因為是不可能的。

我花了好幾年，完全建立起我和 Karmann Ghia 兩者間的信賴關係，但是因為它保養太花錢了，還有沒有辦法出遠門，加上坐在副駕的人評價相當糟糕，所以不得已只好脫手。我大概開了三年半。

它現在還過得好嗎？我最初的愛車。

為什麼不出那種設計的車我覺得很不可思議。雖然能理解它不適合大量生產。不過它既嶄新，又纖細、親近人，還很帥。

偶爾在等紅綠燈之類的時候，會有愛車人士打開車窗跟我說：「這車子不錯耶。」或是問：「很漂亮的 Karmann 耶，幾年的？」這樣呢。我也是偶爾在路上看到的話就會不禁視線追著它跑。有著浪漫情懷。

6月28日（六）23：56

神戶首日結束。

有很多從大阪來的人呢。也是因為這樣吧。覺得主場感很強烈。很好發揮，也可以感受到上次岡山場有多麼艱難啊（不論是空調，還是音響）。智史今天感覺狀況不太好。

總覺得，雖然很難說。都還有五場。就算想表演，或不想表演。所以我希望它可以撐到最後。將目前為止這三十九場演出中培養出的自信謹記在心。巡迴結束之後，再重新思考就好。

謝謝。

7月1日（二）16：54

七月了。一年也過了一半。還可以度過幾次半年呢。

大多數的人都不是剛好在除夕或元旦過世。

大多數的人都是在「途中」的某個時間點過世的。是幾月呢。

如果要死的話，夏天感覺比較好。沒被發現的話會很糟就是。腐爛的會比較快。為什麼我想著這種事。

神戶的演出結束之後我就早一步回了東京。演唱會結束後的移動還真是累人。演唱會後感到疲憊光是移動也會消耗體力。

神戶，兩天都非常開心。怎麼說，覺得是至今為止最純粹，表現得像棉花一樣。可以悠哉，可以激烈。自由變化。

打從心底信任來場的大家並演唱了。不太過僵硬。

謝謝。希望大家也有玩得開心。

智史的狀況感覺仍然不太好。這種時候，我想不管我說什麼都只會讓他更在意。不管是多麼溫柔的話語。覺得團員會聽成各種不同意思。

昨天晚上，從智史那邊收到了他覺得很痛苦的訊息。團員全員都有收到。是非常長篇的文章。裡面寫著他至今的痛苦，還有對其的反省、努力，和其他各式各樣的情感。

難過的是，我甚至找不到我能為他做的事。如果他需要建言不管什麼我都會跟他說，如果要我陪他練習不管多少時間我都會陪他，如果他希望我對他這可悲的心情生氣我也會生氣。

不過，現在什麼也做不到。在這種時候，肯定桑和武田更值得依賴吧。我隱約這麼覺得。

昨天晚上看了舞臺劇。宮澤理惠主演的舞臺劇。要說感想的話就是非常棒。雖然是偶然，《海邊的卡夫卡》是我唯一讀過的村上春樹的小說。四年前左右朋友說村上的作品當中最推薦的是這本所以我就讀了。最一開始的印象是，啊啊，這樣的表現是可以的啊。

有節奏感。富有含意，同時也有劇情演變。不過會有個瞬間忽然輕飄飄地飛越過那些。雙腿發軟。我想書迷應該就對那個瞬間著迷吧。

讓我得到了勇氣。

沒問題的喔，就算幹了件大事，大致上也是沒問題的。

我覺得它對我這麼說。

是的，就像是大瀧詠一[註一]的話語[22]一樣。HAPPY END[註二]。雖然他們的歌我知道的不多，不過像是〈收集群風〉[註三]，不管什麼時候聽都可以讓人找到想找回的心情。

好像是在雜誌還哪裡看到大瀧先生這麼說過。在做音樂的時候，就算做了一個非常怪的嘗試，過幾年人們就會感到習慣了。會變成理所當然。所以說年輕人不需要害怕做一些新的嘗試，或是可能很奇怪的事。不必退縮。這些話使我得到很大的鼓勵。

理惠姊漂亮地演出了佐伯女士。卡夫卡少年，和我的想像相當不同不過最後讓我覺得「原來如此，你是卡夫卡啊」。然後中田很棒。非常忠於原作，不過說到底原作充滿了複雜的伎倆，途中近乎錯綜複雜到近乎難解，就舞臺劇而言是部有充分複雜程度且有好的平衡的作品。演出結束後和幾位朋友碰面。在那之後，和小篠去吃飯。理惠姊也隨後會合。

聊了很多事情。是個好到過分的人。帶有既令人憐愛又危險的味道。在毫無防

22 譯註：話語意指〈風をあつめて〉這首歌（歌名意同收集群風），演唱者為樂團「HAPPY END」。

備，和全能之間自由生活著。但是卻是個怕寂寞，且像孩子一般，著實的人。我這方面的嗅覺經過多數鍛鍊。

這個人身上瀰漫著那種氣息，甚至讓人害怕。

最後聊到了《聖殤》電影的事。然後她回了我兩句話：「務必讓我參與。我想參加。」讓我好想哭。多棒的一個人啊。

宮澤理惠，願意參與《聖殤》拍攝。

註譯

註一 「HAPPY END」樂團的主唱。

註二 日本的搖滾樂團。我雖然只知道幾首歌，不過現在聽起來那個輝煌還是很厲害。讓人知曉了日語搖滾的普遍性。

註三 HAPPY END的代表歌曲。跟日本的什麼景色都很搭的歌曲。戴著耳機邊聽這首歌邊走路時，會有種我能夠走到任何地方去的心情。不管哪裡都會走去。能獲得溫柔的勇氣。

7月7日（一）17：25

今天是七夕。天空灰濛濛。空氣潮溼。

明天、後天是東京場。終於到了這裡呢。最近拍立得照片拍個不停。感覺很契合。比想像中拍得還好、完全拍不好、想說就是這個瞬間！的時候顯像失敗。太暗，或是太亮。

不過很開心。數位相機我用兩天就膩了。我喜歡要費工夫的孩子。我昨天去了家附近的餐廳。看到了平井堅。嚇了一跳。因為有點久沒見面了所以稍微打了個招呼。是個爽朗又很棒的人。

啊，上星期六是我生日。是難以道盡的最糟的生日所以說啊稍微提一下就好。從朋友那邊收到了味噌湯形的蛋糕……說實話是很難下嚥的外表。而且，我叫野田洋次郎。丈次郎是別人喔。

以為夏天要來了，它又遠離了。

想說太熱了，又突然變冷。

不過我覺得每年好像都是這樣。

大家都說是異常氣候或是地球暖化。

「如同往年」僅僅是個平均值。沒有一年是每一天都維持如同往年的氣溫、降水量、颱風數量的。我說了太理所當然的事了啊。

啊好期待明天的東京場。這是這次巡迴第一次在東京開唱呢。也是最後一次。為什麼東京不開體育館場次是個謎。據說代代木競技場好像不讓觀眾會跳來跳去撼動地面的樂團開唱但不知道是真是假。

24:54

我有說過第一次射出精子的事嗎？
在那之後已經過了快二十年了啊。究竟射出了多少精液呢。
有沒有滿滿一個小充氣泳池的量啊。

這麼說來，小學六年級夏天的自由研究。
現在我仍清楚記得。我和H[註一]說要一起做食鹽的結晶。我已經完全忘記做法了，大概是在筷子上綁線，然後在鍋子裡放進一些東西，然後把線垂掛在那加熱後就能出現美麗結晶的實驗。做出結晶了。做出了未完成也完全稱不上漂亮形狀的結晶了。

啊不過這也是研究的啦（我們小學的時候不知為何「的啦」這個謎樣的詞大流行。印象中還持續到升上國中後一陣子。驚人的「的啦」威力。不知道其他地區是不是也流行），我們兩個這麼說著，然後把未能成功的變形結晶做為研究結果收集進瓶子裡，在暑假結束後交了出去。

到了九月在大家面前進行研究成果發表，然後大家也都，嗚啊——的一聲還算佩服。其他還有做了花枝的模型，跟大家分享如何漂亮切花枝的人呢。

A的題目是宇宙。後來他上了麻布中學。再後來好像進了東大。

就這樣發表結束之後，全員的研究成果會展示在教室後面的空間一陣子。要讓大家，可以各自看有興趣的內容。然後在此發生了一點小事件。

成果發表的幾天之後，我們裝瓶的結晶不見了。突然之間。是誰的惡作劇，又或者是錯手被丟掉了。小學生真是隨便的生物，有著吵鬧的時候非常吵但一瞬間就會忘記的性質，因此只要一星期大家都會忘了那件事。話題每天都更新。跟現在的網路新聞類似。昨天的梗如果沒特別有趣不會記得。

啊，雖然離題了不過兵庫縣議會議員的野野村氏的事到現在還會報呢。我不認為我回過頭來看的時候還會記得。他被質疑是否違法利用政治資金時在記者會上大哭、尖叫、暈厥。一開始三秒左右還笑得出來，繼續看下去就感到不快。這不是無意識的。那傢伙，不知為何是刻意的。我這麼認為。而且途中還救不回來了。

所以他自己開始暴走。無視對他的質問。看了就不舒服。但是世間的目光一直聚焦在那個怪異的姿態上而沒什麼聽到對於重點違法事項提出彈劾的聲音。大家都只是看傻了眼。

話題跑偏了。

就這樣連H和我，都忘記了結晶的事，過著暑假結束後倦怠的每一天。

有一天，和H要去朋友S家。我們很喜歡在朋友家物色東西。是會到處看那個家庭、家、氛圍、房間的樣子，像是要把那些全部仔細品過一遍然後玩到一個段落就說聲打擾了便回家，再聊對那個家庭各式各樣妄想內容的討人厭小孩。

那天是第一次去S家。和S稱不上要好但也不算壞，他的腦袋不差但也不算好，身高嬌小，是個稍微有點耍小聰明的人，這是我對他的印象。臉上好像有雀斑吧。所以說我也想不到他會住在怎樣的家裡。他家還算滿氣派的。還有自己的房間（當時我是和哥哥兩人一間）。我進到他房間最先看到了那個瓶子。沒料想到的情節。

是那個瓶子。我們收集結晶的瓶子。

好驚訝。S開始手足無措。

「啊，這個啊。是你們的吧……對吧。這個啊……我覺得超美的啊……然後我就帶回家了啊。然後，想說會變得怎麼樣……就在這裡面，加了牛奶，和一些東西……不過，擅自做出這種事情對不起啊……還給你們……嗯，給你們」

那當下，H如連珠炮地說了：

「啊，什麼？什麼時候拿的？怎麼回事？為什麼？？？偷拿的？這不就是偷竊嗎？而且還加了牛奶進去，莫名其妙，搞什麼鬼啊。喂，開什麼玩笑啊，我跟APPLE（班導的綽號）告狀喔，啊？你現在才要還我也不想收這麼髒的東西啦。」

當時的事情我到現在也很記得。H頭腦很好。在小學六年級時，就已經有用百分之百的正論抨擊對方的能力了。是個驚人的傢伙。更不用說S是個中等的小學生。

應該是好奇過頭所以偷走了它吧。不過我個性扭曲所以沒有制止，而是毫無作為靜觀其變。

吵過幾次後，最後我們還是把裝瓶的結晶帶回家了。然後把那瓶子帶回家之後和它久違地面對面，仔細看了一下覺得裡面好像漂著不可思議的東西。如絲一般，像是生物一樣，但不是牛奶。

然後我有了確信。這是精子。S的精子。有在浴室裡自慰過一次的我記得射在水裡時它那個獨特的動作。接下來是我的推測。

S對那個不可思議的結晶著迷，然後不知為何將從自己體內流出的謎樣神祕白色液體和那個結晶做了聯想。覺得如果將這兩樣東西混在一起應該能夠產生不得了的東西吧！之類的。很像小學六年級生的想法。

然後某天悄悄從學校把那個朋友的自由研究帶回去，在家中嘗試受精。我覺得經過大致是如此。結果並沒有誕生新生命，也沒有開始發光，什麼也沒有發生就這樣擺在房間裡裝飾卻被所有者發現了，這又是粗心的的小學生才會有的結局。

我到最後都沒有跟H說這件事。S肯定在那天之後苦惱了好一陣子吧。像等待追溯期過的犯罪者一樣。想著，希望不要被發現，希望不要被發現。

我沒辦法討厭這樣的S。

註釋

註一　最要好的同學。幾乎每天都玩在一起。不過畢業之後一次也沒見過面。多年前聽別人說他結婚了。可喜可賀。

7月8日（二）23：49

東京首日結束。哭了。是場非常棒的演出。充滿主場感。

昨天完全睡不著。為什麼啊。半夜三點、四點、五點半、六點、八點都確認了時間，看到中午十二點的時候我都笑了。

不過沒有像以前一樣會有快要瘋了的不安感。覺得床不適合、覺得房間不適合、覺得想太多啊，想這想那的。完全不喜歡的某人的歌莫名離不開腦海。夢到跟本來完全不喜歡的人交往。

不可思議。

偶爾夢到那些現實世界不認識的人們，對方是認識我的人嗎？是毫無任何關係的我所創造出的幻想產物嗎？不過，如果並非如此，而是現實認識我的人，因為什麼理由而鑽進我的夢的話這樣聽起來好像滿棒的啊。

就是這樣雖然是睡不著的一個晚上，但演唱會上聲音比想像中還出得來。湧現了沒問題的感覺。覺得，很好。

比起聲音身體好重。在正式演出中，也覺得跳不起來。不過，是場很棒的演出。覺得到了明天就會忘記所以現在先寫下來。在意識朦朧之中。

今天不住飯店而是回家了喔。因為那裡是昨天讓我怎樣都沒辦法入睡的房間（笑）。所以感到抗拒。剛才到了飯店走進房間的瞬間，就覺得果然還是回家好了。

吃了便當，現在在客廳寫著這個。

想了一下今天流淚的理由。詳細內容明天之後再寫。
不過不得不寫的是，我流眼淚不是因為感到難過。
而是覺得自己很幸福。
我對不經意出現的身體反應感到驚訝。
我最不覺得自己會哭。有觀眾從馬尼拉來看。好高興啊。雖然不論從哪裡來，我都很高興。不過單純距離遙遠，會讓引力變大呢。充滿了這樣的感覺。

7月10日（四）19：31

颱風來了。好像今天會過境。
風聲好強。偶爾雨勢會忽然變強，然後一下就停了。
聽說威力減弱了。但不能掉以輕心。
這個颱風造成三人死亡。

昨天東京場結束，現在徹底是個空殼。讀個收到的信，煮個蕎麥麵吃度過今天。晚上就一直待在家裡吧。
讀收到的粉絲來信……有會讓人高興的也有讓人失落的。有很多我的想像力跟不上的字句。
裡面混著一封這樣的信。
我沒有跟你結婚。

我沒有跟你見面。
我沒有跟你聊電影的事，沒有跟你上過床。
我沒有說過喜歡你的地方。
不過這些聲音不會傳達到你那裡。
不要，跟老公離婚啊。
請好好地，面對。
面對丈夫。面對現在的你的世界。面對現在的你。
我會為此加油。

昨天的演出。
發生了各種狀況，比前天還要手忙腳亂。想說要冷靜下來，內心卻反倒焦躁起來。各位團員都相當努力。得到救贖。不過沒有過於從容地表演才好吧。觀眾、工作人員都說是場非常棒的演出。
不知道是第幾次這麼覺得。不過越想越覺得自己對演唱會的評價和觀眾的評價不一樣。會被這點拯救。卻也變得強韌。
如果搞不清楚狀況的話，演出很常就會這樣拖泥帶水到最後，不過昨天不是。那個緊張感，確實成為燃料爆發出去了。昨天的「實況」啊，第一次有這樣的感覺。
雨勢變大了。
唰——唰——唰——
演出中說了前天MC的後續。不過到頭來那都是重新再說過的話語，前天那時候讓我流淚的心情幾乎無法化為文字了。但是這樣就好。

演唱會還剩兩場。之後無法想像。

甚至讓人害怕。覺得是不是有什麼就要因此結束了。

「下次」就是如此遙遠。

所以是非常重要的兩場。

最後肯定會非比尋常吧。

不過，等到最後一天，結束時的心情我已經準備好了。

我知道。

「就這樣啊」這麼果斷、爽快地。

要再來個一百場嗎？

會是這樣的心情。

會想說機會難得要稍微勉強自己拉抬情緒在慶功宴上吵鬧，但是不會有這四十四場演出中所體驗過的興高采烈，能確實感受到我們果真有過驚人的經驗。然後，結束以後被自己的無力感侵襲。

我是知道的。

我們一直都把那當成動能前進。

那樣的感覺越是龐大，越是能讓什麼煥然一新。

我現在就能夠預見到了呢。

7月13日（日）13：12

昨天導演、導演的家人來我家玩。

他太太、Aoha 和 Nagi。

Nagi 的名字是我取的。「凪」。

有生以來第一次幫人取名。

雖然不是為人父，但還是擔了一個責任。又有了個，和為人取名之前，不同的自己。好高興。

Ao 好像相當期待，剛到的時候還很緊張害羞，但一下子就開始嬉鬧起來。餵了露臺的青鱂飼料、大家一起吃了蛋糕、一起觀察 Nagi，聊了電影、聊了「味噌湯'ｓ」的事，真的覺得他們是很棒的一家人。

我大概能夠理解，導演利用開拍前最後的休假，遠道而來讓我和他家人碰面的意義了。我覺得他是希望我能夠確實地看到這一切。我想，這就是導演展現誠意的方式啊。將自己赤裸的樣子、根本的樣子、最寶貝的部分，不論是不是身為導演都不會變的單位呈現出來。

可以見到大家太好了。還想再和大家見面。

「洋次郎肯定會是個好爸爸呢。」

「真的嗎？」

「會的，絕對會是的。」

好高興。

那是高二的時候嗎？

「我才不想生為你的小孩。」

「我一直很討厭當你的小孩。」

我跟爸爸這麼說。

我覺得那時候是我們父子關係緊繃的時機。父親和兒子都不知道該如何是好。不知道兒子想什麼。令人毛骨悚然。做為溝通橋梁的哥哥上了大學去了別的地方不在家。母親情緒不穩定。

不管是哪個家庭都會碰上一次的瓶頸。對我們家來說那就是當時。後來去搬到巴黎的父母家造訪時，老爸回顧了當時的事。

老爸是，老爸的老爸（我的祖父）年過四十才生的孩子。

「我沒有，會好好斥責我的年輕老爸。我在你現在的年紀養著你們所以不知道該如何是好。」

他如此說道。那時候，覺得第一次聽到老爸打從心底的心聲的我，感到難過的同時也安下了心。

拿小孩沒辦法。不是自己所期待的孩子。為什麼我會生出這種傢伙。為什麼我這麼努力他還是不懂。像這樣全國之中抱著頭在燒的父母們。

不管你怎麼說，眼前的孩子都是你教育的結果。儘管悲痛，也無法逃開。我們家的父母不管多麼不能幹、多麼笨拙，但還是養大了自始至終都很率直且誠實內心溫柔的哥哥，還有像這個感覺的弟弟。我覺得他們很偉大呢。

現在，和雙親是關係最好的狀態。

各自過著自己的人生，偶爾碰面寒暄敘舊。這種關係。高中三年級的途中，我們就分開了。在那之後，就沒有一起住過。直到最近開始感覺到一抹寂寥。是因為雙親的衰老，特別是父親。曾經那麼頑固彆扭且高大的父親，也一點一點慢慢瘦弱了。哥哥也生了小孩，於名於實都成了爺爺。沒有像以前的血氣方剛，眼角下垂，喝酒也喝不過十二點就躺在沙發上打呼睡著了。不擅長早起會向家人千叮嚀萬交代星期天中午十二點前絕對不准叫他起床的（因此媽媽和兩兄弟，為了不吵醒爸爸，星期天早上會過得異常安靜）他現在早上六點就會自己起床，帶狗散步之後再去上班。

人的年紀會增長。不管你怎麼過活這點都是平等的。父親的姿態有一天會變成我的姿態。不過還是無法拂拭那份寂寞。曾經那麼可怕的父親。充滿生命力、毫無畏懼、持續挑戰、對音樂懷有熱誠、帶有色氣的父親。頑強守護自己正義，為其鬥爭的父親。現在他的姿態有些不同。

然後有很多到了現在才能說的話。到了現在才說得出口的感謝、恩惠。

北野武在哪裡曾說過：「過了三十歲還無法原諒父母的傢伙是傻瓜。」這是真的。這本書或許就是為了這件事所寫的。我覺得我早就原諒他們了。不過我還是個孩子。和自己的孩子還未曾謀面。如果等到父母過世就來不及了。趁他們還活著的現在想要告訴他們。

可以成為你們兩位的小孩我很幸福。感性、性情直率、脆弱、什麼都當成自己的事、很喜歡人、充滿愛的母親，和雖然感性但是又很理論性愛講道理不服輸愛吵架、不良，卻又很纖細很女孩子氣很帥，頭腦聰明得很的父親。能成為兩人的小孩，我很幸福。

然後最重要的是，他們教會了我音樂的美好。兩人毫無猶豫地將音樂帶進了我的人生。像呼吸一樣自然地，讓我發現了音樂帶來的喜悅。因為有兩位，我才成為了音樂人。

現在覺得，不中用到極致的兩人很可愛。我肯定也是如此。生為這兩個人的孩子，不可能中用地活著。在出生為兩位的小孩時，中用地活著的選項就已經被完美消除了。我看著樹敵、遭到誤解、受到背叛，儘管如此還是選擇自己生活方式的兩人過來。看到不想再看。

這二十九年來，是段不像樣的親子關係。一起生活的十八年之間，我幾乎不曾認真對你們說過真心話。和兩位分開生活之後，我覺得，現在終於找回了真心相待的時光。雖然只有偶爾見面，現在能叫聲「老爸」，一起舉杯飲酒，我還會對他說教。我覺得不放棄一直維持關係到今天太好了。

往後，你們也要繼續在哪裡看著我喔。再抱怨我喔。請多指教。

7月15日（二）24：34

平凡的每一天。今天去拿了送修的相機回來。想買的拍立得用微距鏡頭賣到沒貨了。不甘心。事隔許久回到手上的 Nikon。本來螺絲掉了所以要捲底片每次都要費一番功夫但是復活了。

太好了。還有換了新的 iPhone。換成了容量最大的。花了九萬兩千日圓。很貴呢。真不愧是，賈伯斯。真不愧是，孫子。

去吃了火鍋。如同詭異大樓裡某一間房一樣的店裡。味道非常棒。雖然辣椒加得多到誇張，但不會覺得太辣。明天後天也是，到演唱會之前會持續平凡的日子。

這樣就好。

喜歡這樣。

距離梅雨季結束，還有一陣子吧。

7月16日（三）24：44

試著開始減重。突然地。

好像那角色必須要相當瘦，就想說那稍微開始減吧。說是稍微，但是滿突然開始的所以很辛苦。這樣會撐不下去，所以思考該怎麼辦。想說也仰賴一下藥物。畢竟，是要一直服用抗癌藥物的人。這樣也行吧。

將肚子上的肉

和心上的肉

都去除掉。

距離沖繩場還有三天啊。這就要結束了。

下個大的

開始正要開始。

如果我要結婚的話，
不會是跟「能和我一起變幸福的人」，
而是跟「也願意一起度過不幸的人」。

7月17日（四）24：04

不可思議不可思議的，一天。
今天肯定是，世界上最不可思議的一天。
世界第一不可思議的男子。
入手了魔法之藥。
讓肚子比較不會覺得餓的藥。
是醫生開的處方。

壓著肚子上的脂肪轉。
我在八月，就會死掉。
要自己打造出，會這樣的身體。

會變得怎麼樣呢。

有張我最喜歡的照片。
非常棒的照片。

想要放大照片就找了負片，結果遍尋不著。

在家裡找了五天左右，到處都沒有。

負片。

負片。

明明

好想要啊。

沒辦法，只好拿別張照片的負片去相機行。
是鹽田介紹給我的相片行。
我打了電話，跟店家說我會過去打擾。
我想要，把照片送給那個人。

那家相片行，
開在大樓的小小一間房裡面。

我按了電鈴店家開門讓我進去。
是個頭上混著白髮的爺爺。

房間裡放滿了各式各樣的東西，但整理得很整齊。
重要的東西收在重要的地方。可以感受到講究。
不可思議的相機機械、諸多的影像機器、一無所知的機械、容器、雜貨、照片、照片、照片、照片。
這個房間的主人是那位爺爺。
任誰也無法操控。
既是船長，也是機長、室長、老闆。
我大概麻煩這位爺爺顯像過三次，不過一直都是田島幫我拿來的，所以我第一次見到他。
不過他看過我拍的相片。是段不可思議的關係。
比起我本身，他更早認識我拍的相片。
明明不曾謀面，但是他看過我所看過的景色、走過的路、從舞臺上拍下去的觀眾們。有種不同於被看到裸體的，害臊感。
見面兩分鐘，我就知道我喜歡這個人。

這個人，接下來也會持——續來往。
我知道。
我會偶爾忽然過來，然後跟這位爺爺說一些無法跟別人傾訴的事。
問他關於相機的疑問。
會跟他聊女朋友的事，聊未來老婆的事。
夏天炎熱的時候就喝著麥茶，冷的時候喝溫熱的紅茶。
偶爾帶甜的點心過來。

爺爺也會，跟我分享他長大成人的兒子的事。
會跟我說，他對努力在當爵士音樂家的兒子的抱怨、瑣事、自豪。
我知道。

我偶爾是個預言家。

我跟他說了我把負片弄不見的事。
明知不可能還是拿給他看了印出來成明信片大小的照片。
「真的呢，是張好照片呢。」
他這麼說。
「對吧？」
我也這麼說。

他看到裝照片的袋子，說他認識那間相片行。要不你先問問看啊？他跟我這麼說。

原來如此。我沒想過這方法。

那是間普通的鎮上相片行，我單方面認為應該不會有一年多前突然來店裡的客人的負片。

想說，不如有才可怕。

不過那位爺爺對我這麼說，我想說就算沒有也要問問看。

反正就開車十分鐘的距離。我把照片放在爺爺那裡，去了一年前沖洗出我最喜歡的照片的那間店。

去的路上，我在心裡默念了十次左右：「希望會有希望會有。」

走進店裡的前個瞬間，最後默念一次。鄭重念著：「希望會有。」

到了店裡，我馬上把明信片大的照片拿給店員看，

然後跟他說：

「以前，我在這裡洗了這張照片……不過一直找不到負片，我想說應該不會是留在這裡吧，所以來問了。」

然後店員愣了一下。

「不，我們店不會留負片的……所以沒有呢。」

溫和又迅速的回答。

我邊說著，也是呢，然後感到極度消沉。

因為他問我：「請問貴姓？」
我說我姓野田。
然後店員說：「『野田先生』，有一張呢。」

？？

「有張，一直沒來拿的負片呢。」
他這麼說著並拿出了一個袋子。
我停止了呼吸。起了，雞皮疙瘩。
打開裡面，放著有我最喜歡的照片的負片和CD—R。

下個瞬間我跳了起來，抱住了店員。

「就是這個！就是這個！！！」
在裡頭的店員也走了出來，大家都很為我高興。
據說是我拜託他們洗了明信片大小的照片，然後說也想要檔案所以把負片給了他們，接著就這樣忘得一乾二淨沒去拿就過了一年。

到底是誰惹的禍。

如果不是那位爺爺發現是那家相片行的袋子，跟我說的話我早就徹底放棄了。

我跟店員表達了他們幫我留那麼久的感謝和我的喜悅之後，急忙回到爺爺在等著我的相片行。爺爺也相當為我高興。

「這樣啊，太好了呢，那家相片行很可靠的。」

這是奇蹟。

我馬上拜託他放大印刷

還請他幫我也洗幾張小的大小。

雖然稍微超過了預定時間，不過這是沒辦法的。

接下來，會留存到永遠。

永遠剛開始的兩、三天，就看寬一點吧。

邊挑照片，看起來很高興的爺爺。

接下來還聊了塔羅牌占卜、運勢之類的話題。意外有些女孩子氣的爺爺。開懷大笑。

我果然喜歡這個人。

談笑間選完了照片，他端出了冰咖啡（喝不了咖啡）。

結婚的事。

「喜歡」的事。

相機的事。

生日的事。

工作的事。

聊了很多。

見過幾十次、幾百次的人。

那個爺爺就像是這樣的對象。

傳達、理解。

7月18日（五）20：45

抵達沖繩了。上次去神戶的時候巧的是剛好全員都發生了沒趕上飛機的失態，所以稍微提前出發。在飛機上讀新收到的劇本。又有不少新加的部分、修正點。比較喜歡本來劇本的部分，比較喜歡新版劇本的部分。把這些告訴導演。

決定參與演出那時，我跟導演說請不要放棄。請不要放棄我。我說，我也不會放棄的。我覺得導演在為我實踐著那句話。當然，接下來進入正式拍攝會開展出真正的涵義。不過在那之前，我就，已經是那樣的心情了。

我會把我想的全部都講出來。全部。

有會傾聽的導演。不過比誰都還為這部作品著想的是導演。

所以說我當然最後會讓步。在事後不留下任何麻煩。

抵達那霸機場。雖然不是萬里無雲，不過是晴天。關東接下來的三天連假，據說是很容易變化的天氣，可能會很糟。這種時候，會有一點賺到了的心情。不過，會覺得，光是這趟巡迴裡我們幾乎很常朝暴風圈前進，所以至少最後給我們一點獎勵吧。所以說我就抬頭挺胸地，接收下這片晴空了喔。

巡迴，在明天、後天的演出後就要結束了。

每次抵達沖繩，接下來要開演唱會的心情都會暫時被奪走。毫不客氣地奪走。

「好好放鬆啊、悠哉地過啊、哎呀，有什麼不好——」

充滿了那樣的氛圍。

還有飯店的旅客九成都是觀光客，會讓我覺得帶點緊張的心情和表情去大廳的自己很像走錯地方。

附近的人都穿著夾腳拖和沙灘褲。進到房間就會想換衣服。

輸人不輸陣我換上了夾腳拖去散步。

從房間看出去的夕陽真是十分美麗，我朝海邊跑了過去，結果抵達最佳觀賞地點時已經晚了一步。太陽隱身於飄在水平線上方一些的雲朵之中了。

不過沒關係。

我用拍立得拍了兩張。

但是，太熱衷於拍照我弄丟了太陽眼鏡。

我覺得，好難過。

據說昨天飛往吉隆坡的馬來西亞航空客機在烏克蘭被親俄羅斯派武裝勢力擊落。新聞報導的。

究竟是怎麼回事。除了以色列和巴勒斯坦的戰爭以外，還有俄羅斯和烏克蘭。

地球，如果像是《小王子》裡的星球那麼大的話，肯定會吵到睡不著呢。

戰爭、戰爭。

不會結束、不會停止、無法阻止。

是這樣的嗎？

以色列那邊好像上個月，發生了引爆導火線的事。以色列的三名少年遭到殺害。接著，巴勒斯坦的少年被殺。到這個地步就已經無法阻止了。

不論是哪個時代，不論過了多少年，
戰爭的起始都不會改變。
也就是說，對於想要挑起戰爭的人簡直易如反掌。
只要有個契機就好。
真的搞不懂為什麼。
真的搞不懂為什麼。

7月19日（六）22：49

沖繩首場結束。
一下就過了。是和 Zepp 比較起來嗎？為什麼呢。覺得體感非常非常快。還是因為接近了想像中的結尾呢。來到最後的地點・沖繩，可能無意間對結束是有更加沉重且濃密的東西產生了意識吧。明天一定會覺得更快吧。
宇宙不是越到邊緣速度會變得越快嗎？
還是不是。可能就是很接近那樣的意識吧。

沖繩的觀眾，動作比起其他土地的大家還少，且很有自我節奏。以為沒有傳達給大家，但歡聲雷動。這讓我很高興。果然還是要這樣才行啊。在每個去到的地方，都有各自的色彩讓人高興。

被這樣的天空海洋天候大地還有言語包圍著。

怎麼可能沒有自己的色彩。

謝謝。很開心。

智史在倒數第二場出了最大等級的包。我想本人應該最覺得糟糕吧。我啊，總之……聽了這麼多話走到了現在所以決定不管發生什麼事都不會停下演奏和歌唱。自己變得強韌了。

就結果而言明白的事。就是智史幾乎沒有聽著我們的樂音。有點難過。

這麼說來，我並不清楚各自監聽（各自的耳機、音響傳回來能聽到全部樂器聲音的引導）的樂音。不知道其他三人是用什麼樣的平衡聽著樂音。

說到底跟三位比起來我本來用的音量似乎就相當小。這理由只有一個。因為我想聽周遭的聲音。鼓、吉他、貝斯的聲音、觀眾席的聲音、自己的歌聲、在外場聽到的樂器聲、反射回來的自己的聲音。

想盡可能敏感地察覺。大家的聲音。

這麼說來印象中智史總是和負責監聽的 Kouzu 說：「哪個聲音再往上調一點、把這個往上調。」是因為自己的樂音越來越大，導致他沒有發現自己一個人演奏完全不同段嗎？如果是這樣的話，我覺得這是個非常不好的循環。
嗯——嗯。很困難呢。

到了終場，還是有眾多試煉。內心無法休息。
在緊張的狀況下，迎接最終日。
不過肯定會是很棒的演出的。

使出全力。
使出全力。
絞盡力氣。

7月20日（日）12：29

巡迴最終日。
比昨天睡得好。早點上床有了好結果。
還有就是因為把手機收進了包包。
早上起來，很美的天空。裸著身子走到陽臺，用拍立得拍了一張。
晴朗的天空要把快門速度調快來拍才行呢，還是太亮了。
還需要花時間熟悉。
終於到了，最終日。沒有缺席任何一場，順利走到這裡了。

我為大家感到驕傲。

抬頭挺胸，出發。

7月21日（一）18：43

回到了東京。

在飛機上好睏好睏卻睡不著。小塚的鼾聲相當驚人。到家想說睡個午覺，果然還是睡不著。吃了一點出發前煮的湯，打開房間裡這三天一直緊閉著的窗戶換氣，往肉桂樹和花上澆滿滿的水，到露臺上摘掉睡蓮枯萎的葉子，再餵青鱂飼料。

巡迴結束了。

在昨天，七月二十日。

是場精采的演出。至今為止沒有一趟巡迴像這樣作結。

演出結束那瞬間的心情，一半如預想一半出乎意料。前一天十九日留下一點悔恨反倒是件好事吧。最終場，不是想要熱鬧如祭典，而是單純想要做出這趟巡迴裡最棒的演出。四人應該都是這麼想的吧。

我們是不同人類。非常不一樣。不同到偶爾會讓人難過。

不過牽繫著這四個人的毫無疑問是我們的音樂。這雖然理所當然，但我不曾像昨天一樣深切感受到。

如果沒有音樂的話，我們不會聚在一起。興趣一樣、如果同班的話會是朋友、一起吃飯、一起遊玩。這些都並不會。

雖然聽起來是件難過的事，不過這樣就好。是在說什麼。

嗯，昨天我們四個人一起做了場非常棒的演出。

觀眾也很棒。唱每一首歌的時候，保有「這趟巡迴也是最後一次唱這首歌了」的泰然，但是去仔細體會了。珍惜地唱。也有唱到第四場才重新察覺到的歌詞的意義。平常歌詞的內容幾乎不會進到我腦海裡。一如往常還是在MC中很想哭，但我忍住了。這次。結束之後智史和武田說在那個場面下他們沒忍住淚水。總覺得好高興。

結束的瞬間，智史哭了。流了很多很多眼淚。

像是孩子一樣地哭了。我想著很多事。

感到驕傲，覺得丟臉、令人憐愛、沮喪，每個情感都是真的。

只是當時我只說了一句你很努力了，就和他抱在一起了。因為那是我心中占了最大部分的情感。

緊緊地抱住了他。

「接下來，要從這裡開始喔。」智史用顫抖的聲音這麼說了。

我也想著一樣的事。

在這個最終場，我覺得迎來了美好的開始。

我在安可時這麼想著。感謝大家成就了這趟精采的巡迴。

這個樂團是我的驕傲。

演出結束後等工作人員大家一起去慶功宴。因為拆臺（撤收）作業的關係結果全部人集合已經是快半夜一點了。回到飯店距離慶功宴還有兩小時，回過神來發現我睡著了。

慶功宴也是，至今為止最開心的一次。很高興。

雖然不是和全部的工作人員，不過是和超過八十名的幕後工作人員以及經紀人們加起來快一百人的餐會。

明明這麼長期間共事過來，但幾乎都是第一次講到話的人。大家本來雖然都很緊張，不過隨著酒酣耳熱漸漸熟稔了起來。然後他們都異口同聲地說很開心、超棒的。

說實在不管我們覺得是趟多麼滿足的巡迴，都不太能知道幕後發生了什麼樣的狀況。就算產生了彆扭或是爭執，工作人員肯定也會盡力不影響到各個團員，每次演唱會都是中午進場彩排，稍微有個空檔，然後正式上場結束後就回去。不太有可以深入對話的機會。

我非常想要知道他們是怎麼樣製作這趟巡迴的。是用什麼樣的心情攝影、搭建舞臺、操作燈光、開卡車。

大家爽朗的表情看似滿足地在回顧這次巡迴真的讓我很高興。這半年期間，我們果然是在最棒的環境下做表演的。

而且最重要的是，其實工作人員也是每一場演出全部都看過的觀眾。他們的感想也讓我很高興。在什麼地方會覺得感動、喜歡哪一首歌，我喜歡大家跟我們分享。我還從其他工作人員那聽到了經紀人田島的爆料。

廣島場上我在MC時說了田島的事。他是廣島出身的。我也知道他媽媽有來看表演，更重要的是我想告訴大家RAD真的非常受到這位來自廣島的青年關照喔。我在舞臺上說出了對田島的尊敬和感謝的心意。我說，從你們的家鄉廣島離鄉背井的這個青年，真的給了RAD很強韌的支撐。沒有父親的田島，靠母親一手拉拔三兄弟長大。或許不算是一對出色的兄弟。但我希望他媽媽能夠知道，現在仍讓她擔心的兒子有好好地擔負著重大的責任。

那場演唱會結束後，我們沒特別有什麼對話，就如同往常收拾善後，所以我完全不知道發生了這件事，但昨天聽說那場演出結束後，田島一個人躲進廁所裡哭。對於突然的爆料感到十分動搖的田島。又想起了當時的事，而哭了出來。我第一次看到田島那樣的表情。他好像終於耐不住害臊就逃到廁所去了。

田島不太會把私底下那面展現出來啊。肯定也很難跟我們團員抱怨工作上的事吧。

接下來也請多指教喔，謝謝。

和PA的岩見哥則是做了漫長演唱會的總括。首日的高崎、亞洲巡迴，回來之後覺得我們變了的事，說音樂還真是厲害啊。岩見哥說終場最棒了。

我感受到當我們用盡全力、用全身，如同字面上拚命做一場表演的瞬間，同時，工作人員也是用著要當場燃燒殆盡的氣勢、氣魄、不認輸的心情在那個現場努力著。

事到如今覺得放心。

最後是大家一起的拍照大混戰。他們一定是覺得不能拍照吧。

結果其中一個女的工作人員開口，問說可以一起拍照嗎？我說完全沒問題啊，結果大家都蜂擁上來了（笑）。

青春，正當時。萬歲。

我不愛讀書。一年頂多，讀個一本。連巡迴期間，最多也是看三本。說來我根本不知道該怎麼看書。無法維持讀到最後的動力。小學暑假的閱讀心得，也是大概看過後記想像本文內容寫的，那是全國中小學生當中七成的人都會用的做法。

這樣的人寫了這麼厚的一本書。想想還真不可思議。如果跟十二歲的我說，他肯定不會相信。說不定還會發火，說：「我真是變了啊。」

語言。

語言。

語　言。

至今在音樂訪談裡面也說過無數次「語言」本身沒有個性。「語言」在我出生的很久以前就已存在，也隨著時代變遷改變了樣貌。這本書裡面所有的「言語」都收錄在字典裡面。被賦予了意義。理所當然。我發自內心不相信這件事。不過，這是怎麼回事呢。用言語這個道具所描繪出來的我的姿態千真萬確是我。既讓人害臊，也讓人難過。

言語總是無法企及情感和思考，腦筋遲鈍，明是如此偶爾還會遠超過我的想像。明明是我所寫下的，卻在對我訴說。對我生氣、給我警惕、鼓勵著我、嘲笑著我。我一定一直都被言語所注視著。牽起手，友好度過，或是不管寫什麼都會變得全然不同。往後也會不斷重複，像是這樣若即若離的過程吧。如同超越戀愛或友情僅此一人的存在一樣。

總有一天想用一句話，就唱出全部的內容呢。

想要寫出那樣的歌。現在，還在努力的途中。

這本書裡是二〇一四年二月五日開始長達半年間的巡迴記錄，和其他各種雜事。自言自語、回想、新聞時事、疑問、煩悶，把那些都照著心情寫下來了。我想每一個議題幾乎都沒有得出明確的解答或是結論。不過想著想著會急著要找出答案是我的缺點，所以說我覺得這本書這樣就好了吧。停留在徒然。這本書裡面收錄的話語就像是要拍下在彈跳床上持續跳著的人一樣。那一瞬間看起來會是怎麼樣並沒有那麼重要。那個前後。這本書持續記錄下了，連續不斷，在改變型態的我的那一瞬間。我很期待五年後、十年後、二十年後，看到寫在這裡的字句的我會怎麼想。想著為什麼會寫這種事而痛苦到打滾、點頭稱是、反駁、贊同、受教。不過，跟現在的我越不同越好呢。希望可以更嶄新的自己呢。在這層意義上，能夠在這裡立下一面標誌的旗幟是件好事。想要前進到，遠到看不到這面旗子的地方。

這是趟很漫長很漫長的旅程。是身體內的，也是之外的。

然後期盼對讀了這本書的你來說，也能為明天開始的日子，帶來些微的變化。這本書要怎麼樣用都無所謂。「還有這種麻煩的傢伙在啊。」或是：「這樣的笨蛋也能活著啊。」「覺得自己還比較好。」還是：「我以為只有我有這個想法。」之類的。在你還要繼續活過明天的時候，不管是以什麼形態，若能推你一把就好了呢。另，忽然想要一個人旅行的時候帶上這本書很不錯。可以消磨你大量的空閒時光，萬一，晚上找不到住宿只能露宿街頭時還能夠拿來當枕頭。一石二鳥。

在本文中回顧的自己的歷史，還停在未完成的狀態。三十年的歲月比想像中還要長許多。回過頭看能想起比那多十倍的故事。總有一天，如果，還有機會的話再說。

最後，陪我到超過截稿日期的小篠，謝謝。真摯對待並做出設計的關口先生、擁有巧妙技術和美感拍出體現這本書內容的封面照的石川先生、校正到快瘋掉卻還是不放棄努力的小塚、邊哥，謝謝。

最重要的是，買了這本書的你，非常感謝。

就，是這樣。

給萬一選到這本書當成夏天讀書心得的你。我在本文裡面把語句用盡了。所以後記只能寫成這樣真抱歉啊。祈禱你能被老師稱讚「感想寫得真好。」

二〇一五年四月七日

野田洋次郎

RADWIMPS GRAND PRIX 2014 實況轉播

會心一擊篇

2月5日	（三）	群馬	高崎 Club FLEEZ
2月7日	（五）	櫪木	HEAVEN'S ROCK Utsunomiya VJ-2
2月9日	（日）	山梨	甲府 CONVICTION
2月11日	（火・國）	長野	松本 Sound Hall a.C
2月15日	（六）	愛知	名古屋 GAISHI HALL
2月16日	（日）	愛知	名古屋 GAISHI HALL
2月20日	（四）	鹿兒島	鹿兒島 CAPARVO HALL
2月22日	（六）	熊本	熊本 DRUM Be-9 V1
2月24日	（一）	長崎	長崎 NCC&STUDIO
2月26日	（三）	香川	高松 MONSTER
3月1日	（六）	德島	ASTY 德島
3月8日	（六）	神奈川	橫濱體育場
3月9日	（日）	神奈川	橫濱體育場
3月13日	（四）	奈良	奈良 NEVER LAND
3月15日	（六）	石川	石川縣產業展示館 4 號館
3月20日	（四）	大阪	大阪城 HALL
3月21日	（五・國）	大阪	大阪城 HALL
3月26日	（三）	茨城	水戶 LIGHT HOUSE
3月29日	（六）	宮城	宮城・SEKISUIHEIM SUPER ARENA（GRANDE・21）
3月30日	（日）	宮城	宮城・SEKISUIHEIM SUPER ARENA（GRANDE・21）
4月2日	（三）	青森	青森 Quarter

PERFECT DREAMERS 篇

4 月 5 日	（六）	北海道	北海道立綜合體育中心 北海 KITAYELL
4 月 9 日	（三）	鳥取	米子會議中心 BiG SHiP
4 月 12 日	（六）	福岡	MARINE MESSE 福岡
4 月 13 日	（日）	福岡	MARINE MESSE 福岡
4 月 19 日	（六）	廣島	廣島 GREEN ARENA
4 月 20 日	（日）	廣島	廣島 GREEN ARENA
4 月 26 日	（六）	埼玉	埼玉 SUPER ARENA
4 月 27 日	（日）	埼玉	埼玉 SUPER ARENA
5 月 6 日	（火・國）	新潟	朱鷺 MESSE・新潟會議中心
5 月 10 日	（六）	靜岡	靜岡 ECOPA ARENA
5 月 11 日	（日）	靜岡	靜岡 ECOPA ARENA
5 月 24 日	（六）	韓國	Yes24 MUV Hall
5 月 31 日	（六）	臺灣	Legacy Taipei
6 月 2 日	（一）	香港	Music Zone @ E – Max
6 月 7 日	（六）	新加坡	TAB
6 月 14 日	（六）	和歌山	和歌山 BIG WHALE
6 月 21 日	（六）	岡山	CONVEX 岡山
6 月 28 日	（六）	兵庫	神戶 WORLD MEMORIAL HALL
6 月 29 日	（日）	兵庫	神戶 WORLD MEMORIAL HALL
7 月 8 日	（二）	東京	Zepp Tokyo
7 月 9 日	（三）	東京	Zepp Tokyo
7 月 19 日	（六）	沖繩	沖繩會議中心展示棟
7 月 20 日	（日）	沖繩	沖繩會議中心展示棟

潮流文學

LALILULE 論——RADWIMPS 主唱隨筆散文集

（原名：ラリルレ論）

著　者／野田洋次郎
執行長／陳君平
榮譽發行人／黃鎮隆
協　理／洪琇菁
總編輯／呂尚燁
譯　者／陳虹儒
美術總監／沙雲佩
美術編輯／李政儀
執行編輯／丁玉霈
國際版權／黃令歡、梁名儀
協力編輯／熊芩
文字校對／施亞蒨
內文排版／謝青秀

出　版／城邦文化事業股份有限公司 尖端出版
台北市中山區民生東路二段一四一號十樓
電話：（〇二）二五〇〇－七六〇〇
傳真：（〇二）二五〇〇－二六八三
E-mail：7novels@mail2.spp.com.tw

發　行／英屬蓋曼群島商家庭傳媒股份有限公司城邦分公司 尖端出版
台北市中山區民生東路二段一四一號十樓
電話：（〇二）二五〇〇－七六〇〇（代表號）
傳真：（〇二）二五〇〇－一九七九

中彰投以北經銷／楨彥有限公司（含宜花東）
電話：（〇二）八九一九－三三六九
傳真：（〇二）八九一四－五五二四

雲嘉以南／智豐圖書有限公司
（嘉義公司）電話：（〇五）二三三－三八五二
傳真：（〇五）二三三－三八六三
（高雄公司）電話：（〇七）三七三－〇〇七九
傳真：（〇七）三七三－〇〇八七

香港經銷／城邦（香港）出版集團有限公司
香港灣仔駱克道一九三號東超商業中心一樓
電話：（八五二）二五〇八－六二三一
傳真：（八五二）二五七八－九三三七
E-mail：hkcite@biznetvigator.com

新馬經銷／城邦（馬新）出版集團 Cite（M）Sdn. Bhd.
E-mail：cite@cite.com.my

法律顧問／王子文律師　元禾法律事務所
台北市羅斯福路三段三十七號十五樓

二〇二二年十二月一版一刷

■中文版■

郵購注意事項：
1.填妥劃撥單資料：帳號：50003021戶名：英屬蓋曼群島商家庭傳媒(股)公司城邦分公司。2.通信欄內註明訂購書名與冊數。3.劃撥金額低於500元，請加附掛號郵資50元。如劃撥日起 10～14日，仍未收到書時，請洽劃撥組。劃撥專線TEL：(03)312-4212 ・ FAX：(03)322-4621。E-mail：marketing@spp.com.tw

國家圖書館出版品預行編目資料

LALILULE 論：RADWIMPS 主唱隨筆散文集 / 野田洋次郎作；陳虹儒譯. -- 一版. -- 臺北市：城邦文化事業股份有限公司尖端出版：英屬蓋曼群島商家庭傳媒股份有限公司城邦分公司尖端出版發行, 2022.12
面；　公分

譯自：ラリルレ論
ISBN 978-626-316-723-0（平裝）

861.67　　111002854